Dame de pique

Du même auteur
aux Éditions du Masque

Julie Lescaut
Dame de cœur
Dame de carreau

Collection de romans d'aventures
créée par Albert Pigasse

www.lemasque.com

Alexis Lecaye

Dame de pique

ÉDITIONS DU MASQUE
17, rue Jacob 75006 Paris

ISBN : 978-2-7024-3538-0

Couverture : © Dajma-Thierry Godard – Conception graphique : We-We

*Toute ressemblance avec des situations
et des personnages réels, vivants ou morts,
serait bien entendu une pure coïncidence.*

1

Vendredi

La femme faillit le surprendre quand elle bondit de l'immeuble de l'avenue Rapp, une bâtisse à la façade tarabiscotée digne d'un film de Corman.

Elle dévala les quatre marches du perron, et poursuivit sa course vers la Seine, ses longs cheveux bruns retenus en queue de cheval battant sa nuque à chaque foulée.

Elle changeait tout le temps de tenue mais c'est la première fois qu'elle sortait en vêtement de sport, un jogging élégant, qui soulignait ses formes sans trop les marquer. Elle portait des baskets d'un blanc immaculé, une banane en cuir beige sur les hanches, et un gros chronomètre sur le poignet droit. Elle était gauchère.

D'une chambre de bonne située de l'autre côté de l'avenue, il avait déjà détaillé son corps nu et brun grâce au téléobjectif de 600 mms, et l'image de ce corps parfait, de la cambrure prononcée de son dos musclé, de ces curieuses lignes presque blanches qui remontaient de ses bras vers ses épaules et parsemaient son thorax, de la toison noire et touffue au bas de son ventre, de ses seins petits et gracieux, restait encore imprimée sur sa rétine.

Cette mission n'avait pas que des inconvénients. La cible était une des plus belles femmes qu'il avait jamais traitées professionnellement, elle avait la grâce des traits et la grâce des mouvements, et il regrettait déjà le moment où cela finirait.

Elle traversa l'avenue au feu rouge et se dirigea vers l'ouest et la Tour Eiffel. Elle courait sur le large trottoir, esquivant habilement les passants, toujours au même rythme soutenu. Il s'attendait à ce qu'elle oblique vers le Champ-de-Mars, comme la plupart des joggeurs, mais elle poursuivit sa route sur le Front de Seine, toujours tout droit, et descendit vers les quais dès qu'un escalier se présenta.

Il gara son scooter sur le trottoir, et se pencha sur le parapet pour voir si elle continuait dans la même direction.

Elle était déjà loin, petite silhouette gris-bleu, parfaitement identifiable à la façon élégante dont elle se mouvait.

Il reprit sa filature, s'arrêtant le long du parapet de temps à autre pour vérifier si elle n'avait pas rebroussé chemin. Infatigable, elle courait toujours le long de la Seine, disparaissant par instants derrière des arbustes ou des constructions, reparaissant en terrain découvert.

Bientôt elle dépassa les limites du quinzième arrondissement. Les berges devenaient de moins en moins praticables.

Promeneurs et joggeurs n'étaient pas rares, mais elle poursuivait sa route, splendide et solitaire, indifférente à tout ce qui n'était pas sa trajectoire. La nuit tombait, et malgré l'éclairage urbain, on y voyait de moins en moins.

Et si cette sortie était un leurre pour se rendre à un rendez-vous clandestin ? Cela voudrait dire qu'elle l'avait repéré, et pourtant rien dans son attitude, à aucun moment des cinq jours pendant lesquels il l'avait espionnée, ne trahissait le plus petit frémissement d'inquiétude ou de soupçon. Jamais elle ne s'était retournée dans la rue, jamais elle n'avait manifesté par son attitude corporelle cette conscience de soi un peu gauche des gens qui se sentent observés. Elle devait être immunisée par les milliers de regards admiratifs et envieux qui se posaient sur elle.

Le temps était au beau, l'air doux, surtout pour une fin décembre.

Son cœur s'accéléra. Elle avait disparu depuis plusieurs secondes derrière un petit monticule de terre et des rangées de parpaing hautes de trois mètres et plus, et ne réapparaissait toujours pas. Les berges avaient laissé place à un vaste chantier de tas de sable, de grues, éclairé par des lampes à arc. De gigantesques camions orange à toupies avançaient ou reculaient dans un ballet maladroit, leurs énormes moteurs tournant à plein régime, ponctuant le vacarme de bips aigus et incessants. Où était-elle passée ?

Il gara précipitamment le scooter sur un coin de trottoir, prit à peine le temps de ranger son casque dans le coffre placé sous la selle, et dévala le large sentier boueux qui menait aux travaux — et à la Seine.

Il passa entre les hautes barrières de fer qui délimitaient le chantier. Il savait avec certitude que la course était terminée. Que la cible avait un but, et que ce but se trouvait là, quelque part, dans ce chantier. Ce vers quoi elle courait depuis le début se trouvait là, dans la boue, quelque part au milieu des parpaings et des tas de sable. Sinon, quelle raison aurait-elle eue de venir dans ce coin perdu ?

Une sirène se déclencha, plus forte encore que le vacarme ambiant, et quelques secondes plus tard, les énormes diesels des camions et des compresseurs se turent, laissant la place à un silence relatif. Un autre bruit, plus continu mais distant, prenait déjà le relais des machines : celui des voitures sur le périphérique qui surplombait les berges deux cents mètres plus loin, avant d'enjamber la Seine et de plonger sous terre entre Paris et Boulogne.

Avec l'apaisement du chantier, la rumeur de la ville reprenait ses droits. Il était cinq heures, et dès que les monstres jaunes et orange se furent figés, leurs conducteurs descendirent des cabines, le portable déjà à l'oreille, à peine ôtés leurs casques de plastique blanc.

Il se faufila entre d'énormes tuyaux empilés.

Du coin de l'œil, il saisit un mouvement furtif, à une cinquantaine de mètres. Il repartit d'un bon pas, passant devant des ouvriers qui ne lui prêtaient aucune attention.

Avec sa sacoche noire, ses lunettes cerclées de métal, ses cheveux gris mi-courts, sa cravate bordeaux, sa veste de demi-saison en faux tweed, son pantalon en tergal gris, ses souliers marron à grosse semelle de crêpe sombre, il se fondait dans n'importe quel décor urbain et professionnel. Cadre technique, comptable, inspecteur de travaux ?

Fort de son invisibilité, il traversa le chantier entre les monstres apaisés et se retrouva bientôt au seuil d'un labyrinthe de parpaings gris. Il avança de quelques pas et s'arrêta.

Il lui avait bien semblé que c'était par là que la cible avait disparu, mais à présent, il n'en était plus si sûr. Il avança encore. À part les murs en parpaings empilés, il n'y avait rien que du sable, une terre jaune collante, et de la pierraille. L'air était lourd et humide.

Les murs de béton isolaient le tunnel de la rumeur. Il avait le sentiment curieux de se trouver dans une crypte.

Il perçut, plutôt qu'il ne vit, une ombre s'interposer entre la lumière crue des lampes à arc et lui, et comprit au même instant qu'il s'était fait piéger.

Il se retourna et la silhouette de la cible se découpa à contre-jour. Elle le fixait, mais telle qu'elle s'était placée, le dos à la lumière éblouissante, il était incapable de deviner l'expression de son visage. Elle était beaucoup plus petite et plus légère que lui, mais il se sentit curieusement vulnérable, chasseur devenu gibier.

Il avait horreur de ce genre de situation, humiliante et injustifiable à ses yeux. Mais cela arrivait, et lui arriverait encore. Il avait mis au point des méthodes efficaces pour retourner la situation à son avantage. Il avança vers elle en tentant de plaquer sur son visage un sourire affable, plongeant la main dans sa sacoche pour en sortir une de ses fausses cartes professionnelles.

La voix de la cible claqua, sèche et impérative.

— Ne bougez pas.

Il se figea, sensible à la menace qui émanait de la voix. Il essaya une autre approche.

— Excusez-moi, dit-il, mais j'adore les belles femmes brunes. Vous avez le plus beau cul que j'ai jamais vu.

— Ne vous fatiguez pas, dit-elle.

La situation lui échappait. Elle aurait dû manifester de l'incertitude, de la colère, voire de la peur. Après tout, elle se trouvait seule avec un inconnu dans un no man's land. Non seulement elle n'avait pas peur, mais...

— Pour le bénéfice de qui me suivez-vous ? dit-elle en avançant d'un pas dans l'ombre.

Elle n'était plus qu'une silhouette sombre, aux traits invisibles.

— Vous ne voulez vraiment pas me le dire ?

Cela ressemblait presque à un jeu. Il s'efforça de sourire. Peut-être que cette situation l'amusait, après tout. C'était une femme riche et souvent seule, elle était sans doute blasée et venait de trouver une occasion de se distraire un peu. Mais son manque total d'appréhension avait tout de même un effet déstabilisant. C'était un peu comme si elle savait d'avance ce qui allait se passer, comme si elle n'avait aucun doute sur l'issue de la confrontation.

Qui était-elle ? Il avait un nom, une adresse, mais ça ne signifiait rien. Elle était mariée... Il ne savait même pas pourquoi il devait la suivre et observer tous ses gestes, même s'il avait une petite idée sur la question.

Elle sortit de sa banane un objet noir compact. Il crut d'abord que c'était un petit appareil photo numérique. Des cibles l'avaient repéré par le passé et avaient tenté de le prendre en photo. Une façon de se venger. Cela ne leur servait à rien, et il s'en fichait.

Ce n'était pas un appareil de photo qu'elle braquait sur lui mais un pistolet ultracourt aux deux canons superposés. Une arme de poing capable de cracher simultanément — ou successivement deux balles de neuf millimètres. Imprécise au-delà de cinq mètres, mais mortellement efficace à la distance où elle se trouvait de lui.

Dans la courte seconde qui lui restait à vivre, il eut encore le temps de se dire qu'elle voulait lui faire peur, et que jamais, au grand jamais, il n'avait été question de prendre un tel risque quand il avait accepté la mission.

— Je ne vous veux aucun mal, dit-il, les mots se bousculant dans sa bouche. Je suis agent de recherche.

— Je sais.

La première balle lui traversa le sternum et le cœur, provoquant un arrêt instantané de la pompe cardiaque. Il s'affaissa. Sa tête heurta un parpaing. Il sentit une ombre descendre sur lui. il n'éprouvait aucune douleur. La deuxième balle lui transperça l'os frontal et le cerveau de part en part.

Pendant dix secondes, la femme resta sans bouger, aux aguets. À part la rumeur du périphérique, tout était calme. Elle rangea l'arme, enfila des gants en PVC et fouilla les vêtements du détective privé, transféra dans la sacoche tout ce qu'elle trouva dans ses poches.

Avec une longue pince de chirurgien qu'elle introduisit dans les plaies, elle extirpa non sans mal la première balle, puis ramassa la seconde, écrasée sur le sol.

On était vendredi soir. En principe, le corps ne serait pas découvert avant lundi matin. Cela lui laissait trois soirées pour prendre des mesures et agir. C'était plus qu'il ne lui en fallait. Mais agir ne serait pas possible si elle ne comprenait pas d'abord qui avait lancé le détective à ses trousses.

2

Samedi

Martin arpentait son appartement, dans un vieux pantalon élimé aux genoux et troué aux fesses. Il n'était pas rasé, et la peau sous ses yeux était fripée. Il était dans une colère noire, même si ça ne se voyait pas. Cette colère était principalement dirigée contre lui-même. C'était une colère de dépressif, assez molle dans ses manifestations, mais avec un potentiel dévastateur à moyen terme.

C'était un des symptômes de son état général. Martin était profondément déprimé, et le fait que cette déprime ait la qualité répertoriée de « dépression névrotique » ou « anxieuse », ou « post-traumatique », manifestation courante chez les personnes ayant perdu un proche, ayant échappé à un grave accident, etc., n'y changeait rien.

Deux mois et demi plus tôt, la traque d'un tueur de femmes s'était achevée dans le sang. Le tueur était mort, la plus proche collaboratrice de Martin, Jeannette, et Martin lui-même, avaient failli y passer.

Martin avait mal au cou, là où la balle du tueur l'avait touché. Il avait également mal au dos et à la poitrine, et des migraines intermittentes lui comprimaient l'œil droit et toute une partie du front et de la nuque pendant des heures d'affilée. Il avait essayé quantité de médicaments, mais pour le moment, aucun n'avait eu d'effet notable. Le médecin lui avait d'ailleurs expliqué que ce n'était probablement pas directement lié à sa blessure, mais plutôt à sa dépression. Il lui avait dit aussi que le fait de le savoir n'arrangeait généralement rien.

Il faisait de la rééducation avec un kiné qui venait deux fois par semaine, et avait l'obligation de s'aérer au minimum une heure par jour, de préférence en marchant dans un jardin public. Il obéissait plus ou moins à cette dernière prescription.

Le reste de ses journées, il traînait comme une âme en peine dans son salon fraîchement repeint — sa compagne Marion et sa fille Isa avaient décidé de lui donner un coup de neuf pendant son hospitalisation. Il ne supportait pas cette odeur de peinture. À vrai dire, il ne supportait pas grand-chose.

Il allait de sa chambre à la cuisine, allumant la télévision au passage, puis l'éteignant quelques secondes plus tard, écœuré par les images sans queue ni tête qui passaient sur l'écran.

Il n'avait rien dit des travaux de peinture, et son absence de réaction avait blessé les deux filles, qui y avaient consacré beaucoup d'efforts. Soucieuses de ne pas l'enfoncer dans son marasme, elles n'avaient rien laissé paraître de leur désarroi. Elles commençaient à ne plus pouvoir le supporter, déprimé ou pas. Marion restait le plus tard possible au bureau (elle était journaliste), et Isa passait le plus de temps possible en vadrouille, alors qu'elle aurait aimé se prélasser dans l'appartement. Elle suivait des cours de théâtre en attendant un hypothétique engagement, mais elle n'arrivait plus à apprendre ses scènes à la maison tant l'atmosphère était lourde.

Elle songeait à aller habiter chez une copine — elle n'avait pas renoué avec le futur père de son bébé, et ce n'était pas à l'ordre du jour. Ce projet de déménagement était remis de semaine en semaine, aucune de ses amies n'étant vraiment disponible.

Le mal-être de Martin déteignait sur elle, et sa convalescence difficile était en train de se construire sur un mur d'amour agacé, d'incompréhension et de malentendus qui tapait sur les nerfs de tous.

Une personne aurait pu aider Martin, c'était Myriam, son ex, mais à part quelques coups de fil où elle s'enquérait de sa santé, elle ne s'était pas manifestée.

Il se sentait tout à fait lucide, du genre de lucidité qui lui faisait se demander une dizaine de fois par jour à quoi lui servait de continuer à vivre. La nuit, il dormait douze à quatorze heures, des marathons nocturnes dont il se réveillait fatigué et pâteux, sans aucun souvenir.

Depuis la mort de sa première femme, Martin avait été sujet à de brusques accès d'angoisse, qui passaient aussi vite qu'ils lui étaient venus, mais cette fois, ils ne disparaissaient pas. Elle était morte l'année des onze ans d'Isa, dans un accident de voiture. Sa propre mère était morte quand il avait le même âge.

Sa libido était au point mort.

Il était sorti de l'hôpital fin septembre, après deux semaines d'immobilité forcée, son arrêt-maladie devait s'interrompre dans quelques jours, mais il envisageait de le prolonger d'un congé sans solde. Il n'avait aucune réserve financière, et il avait une famille à demi-charge — la sienne, avec le bébé de Marion qui allait naître en mars — plus une autre famille, la sienne également, à charge complète, sa fille Isa, comédienne au chômage, et son bébé qui allait naître en février, avec un mois d'avance sur le premier.

L'avenir lui paraissait aussi sombre que le présent.

En fouillant dans ses papiers, il avait fini par retrouver le contrat qu'il avait souscrit vingt ans plus tôt. Si encore son assurance-décès avait permis de faire vivre décemment les deux filles. Sa mort n'apporterait que quatre-vingt-douze mille euros à Isa. À peine plus que les droits de succession qu'elle serait obligée de régler aux impôts pour pouvoir garder l'appartement.

Le narcissisme morbide dans lequel il était en train de s'enfermer ne l'empêchait pas de se sentir coupable, mais ce qui culminait chez lui, c'était son sentiment d'impuissance. Il n'arrivait pas à être autrement. Et le fait de percevoir l'inquiétude et l'exaspération grandissante des deux filles dont les ventres s'arrondissaient avec une remarquable simultanéité n'y changeait rien.

D'après les derniers examens, Marion allait avoir une fille, et Isa un garçon. Leurs grossesses se déroulaient sans accroc, les analyses étaient bonnes. Mais à cause de Martin, elles n'en tiraient pas autant de joie et de paix qu'elles étaient en droit de l'espérer.

Laurette, son amie psy rattachée au ministère de l'Intérieur, avait tenté de lui parler, mais il lui avait opposé une fin de non-recevoir. En désespoir de cause, elle s'était adressée directement à Isa et lui avait recommandé des psychothérapeutes. Marion, puis Isa, avaient tenté de faire passer le message. Il avait refusé de les rencontrer.

S'il ne faisait pas de rêve nocturne — en tout cas il ne se souvenait d'aucun — il n'en était pas de même pendant ses journées.

Quand il était seul, des flashes d'un réalisme glaçant naissaient brutalement dans son cerveau : image, son, odeur, tout y était. Il y avait deux sortes de flashes, des visions du jour de la mort de sa première femme, la mère d'Isa, juste avant et après l'accident : leur dispute, l'arrivée des gendarmes s'encadrant dans la porte leurs képis à la main, son attente devant l'école le soir même, le sentiment d'impuissance... Ces images survenaient sans avertissement, ne duraient jamais plus de quelques secondes, et le laissaient hébété.

Son adjointe Jeannette qui consacrait ses dernières forces à lui indiquer comment il pourrait retrouver le tueur à l'arbalète.

Son duel avec le tueur. La brûlure quand la balle était entrée dans son cou, la sensation que sa vie était en train de s'achever, celle de son doigt en train d'appuyer sur la détente, les soubresauts du tueur sous l'impact des balles, la poussière et la sueur qui lui piquaient les yeux et l'aveuglaient...

Toute sa vie passée se résumait à ces deux événements dramatiques, qui lui assenaient ces visions sans relâche, comme autant de coups de poignard. Était-ce son inconscient qui tentait de le prévenir de quelque chose, de l'aider à surmonter son abattement en lui fournissant cette matière brute venue du passé ? Ou bien était-ce un bug mental, faisant naître des morceaux de mémoire, tirés au hasard du tiroir « moments particulièrement horribles de ma vie » ?

C'étaient toujours des moments où le sentiment dominant, écrasant était l'impuissance et la culpabilité. Impuissance à empêcher sa femme de mourir. Impuissance à empêcher le tueur de tuer des femmes – et de le tuer lui. Des morts qu'il n'avait pas su prévenir, lui, Martin. Martin, mari et flic passif et inadéquat. Et par conséquent inutile. Morts inutiles. Vie inutile.

Isabelle aimait son père, mais elle avait jugé bon, passé quinze ans, de ne pas intervenir dans sa vie privée. Elle s'était même efforcée de masquer le plus possible sa tristesse et sa souffrance quand Myriam et lui s'étaient séparés.

Isabelle aimait bien Marion, la nouvelle compagne de son père, même si au fond d'elle-même elle éprouvait parfois une jalousie sourde à son endroit. Leur commune grossesse les avait rapprochées.

Devant l'insuccès de toute démarche visant à améliorer l'état de Martin, elle avait fini par se résoudre à faire quelque chose qui s'apparentait pour elle à une sorte de trahison – vis-à-vis de Marion.

Elle n'avait pas le choix. Elle ne pouvait assister sans rien tenter à cette autodestruction lente et inéluctable. Elle ne reconnaissait plus son père, c'était presque devenu un étranger. Elle devait intervenir.

– On dirait l'invasion des profanateurs de sépultures, avait-elle un jour lâché à Marion. À l'extérieur, c'est lui, mais à l'intérieur, quelqu'un d'autre a pris sa place.

Marion avait frissonné.

C'est ce qui avait décidé Isa à agir.

Elle se rendit au bureau de Myriam le premier jour de décembre. Elle la trouva amaigrie et fatiguée. Et pourtant, toujours aussi belle. Isabelle n'était pas un juge impartial. L'ex de son père, avec ses épaules larges, son teint mat, son regard noir, était son modèle de femme. Petite, elle voulait à tout prix lui ressembler, ce qui faisait rire et émouvait Myriam, qui avait perdu longtemps auparavant – avant de rencontrer Martin – son enfant unique, et ne pouvait plus procréer.

Isa était le seul enfant qu'elle aurait jamais. Les deux femmes, aussi différentes qu'on peut l'être, se comprenaient à demi-mot, et Myriam attendait l'accouchement d'Isa avec autant d'impatience que sa belle-fille.

– Qu'est-ce qui ne va pas ? demanda Myriam, en levant les yeux d'un épais dossier.

– Tout va bien, la rassura Isa en posant la main sur son ventre. Enfin non, tout ne va pas bien. Ça va même très mal. Papa déconne. Il déconne à plein tube.

– C'est-à-dire ?

– Je ne le reconnais pas, il est ailleurs. Il est chiant, inexistant. Et c'est de pire en pire.

– Et sa compagne, elle en dit quoi ?

– Comme moi.

Myriam soupira et se leva.

– Écoute, Isa, tu peux comprendre que je n'ai pas du tout envie de m'immiscer dans l'intimité de ton père. Il a une autre femme, après tout.

– Tu es jalouse ?

Myriam respira profondément.

– Ne sois pas sotte. La vie de ton père ne me regarde pas. Ne me regarde plus.

– Je ne te demande pas de jouer les conseillères conjugales, s'énerva Isabelle. Je ne le reconnais plus. Parfois...

Elle s'interrompit.

– Parfois ?

– J'ai peur qu'il fasse une connerie. Il marche en traînant les pieds. Il s'habille comme un clochard. L'autre jour, j'ai vu qu'il avait fouillé dans le dossier de son assurance-vie. Il ne veut parler à personne. On ne peut plus l'atteindre. Ni Marion ni moi.

– Et moi, pourquoi est-ce que je pourrais ?

Isa la regarda comme si elle venait de sortir une énormité. Puis soudain parut changer d'avis.

— Tu as raison, dit-elle, c'est idiot. Je comprends. Excuse-moi.

Myriam la rejoignit et la prit dans ses bras. Isa posa la tête sur l'épaule de sa mère — de sa quasi-mère — et l'encercla de ses bras.

Elles restèrent ainsi un moment sans bouger.

— Je crois que je le sens, murmura Myriam.

— Il n'arrête pas de me donner des coups.

— Je vais voir ce que je peux faire avec Martin, mais je ne te promets rien. Ton père et moi...

— Je sais, dit Isa, vous n'êtes plus ensemble. Et en plus il est avec Marion.

— Ce n'est pas ce que je voulais dire... Depuis quelque temps, à chaque fois qu'on se voit, tous les deux, je crois que ça nous fait plus de mal que de bien.

— En ce moment, je ne vois pas comment il pourrait aller plus mal, dit Isa. Mais c'est toi qui vois.

3

Lundi

En posant les yeux sur le corps, Jeannette comprit tout de suite — à la façon dont le sang s'était écoulé des blessures et s'était accumulé sous la tête — qu'il n'avait pas été déplacé.

Pour pouvoir approcher du cadavre, et éviter d'effacer ou de brouiller les empreintes — parmi lesquelles figuraient peut-être celles du meurtrier, les techniciens de l'IJ avaient construit une passerelle avec des planches de chantier et des parpaings.

Deux jeunes en blouse blanche étaient en train de prendre des moulages de semelles ou de traces moins définissables au plâtre à modeler.

Jeannette souleva son pied gauche et examina les dessins de la semelle. C'étaient exactement les mêmes que ceux prélevés par les deux techniciens.

— Des Nike Air neuves, remarqua-t-elle. Taille 38, comme les miennes, je parie.

— Alors on vous arrête, dit le plus mignon des deux.

Personne ne rit et le garçon rougit.

Jeannette lui adressa un clin d'œil, et il parut moins gêné.

Olivier la rejoignit, un peu essoufflé. Olivier était le second adjoint de Martin, et par voie de conséquence il était devenu le sien. Ce qui n'allait pas sans heurt.

— Aucun des ouvriers du chantier n'a rien vu, rien entendu.

— Avec le potin qu'ils font, pas étonnant, dit Jeannette. Tu sais à quelle heure ferme le chantier ?

— À dix-sept heures. Seize le vendredi. Enfin, officiellement, mais il y a toujours un battement.

Bélier se rapprocha de Jeannette. Les deux femmes se connaissaient bien, elles se sourirent. Bélier était la directrice technique du LIPS. Ce sigle n'était pas un hommage à ses lèvres pulpeuses, mais la contraction de « Laboratoire interrégional de police scientifique ».

— Corps rigide, taches rouge violacé sur les parties en contact avec le sol. Pas encore de taches vertes sur le ventre. Température plus ou moins égale à la température ambiante.

— Entre 24 heures et quatre jours, compléta Jeannette.

— Oui, ça c'est la théorie. Moi je dirais vendredi, entre 16 et 20. Deux blessures par balles, toutes deux mortelles.

Jeannette hocha la tête, sans en demander plus. Elle avait appris à se fier aux conclusions de Bélier, qui seraient plus tard rigoureusement argumentées dans son rapport.

En s'éloignant, Bélier claudiqua sur la planche et faillit tomber. Olivier la rattrapa par le bras, mais elle se dégagea d'un mouvement brusque. Elle avait subi une attaque de poliomyélite dans son enfance et gardait en souvenir une jambe plus courte que l'autre. Elle n'aimait pas qu'on le lui rappelle, même par inadvertance.

Jeannette la suivit.

— On dirait qu'il a été attiré dans un piège, dit-elle. Vous pensez que je me trompe ?

— Non, ça paraît très vraisemblable. Et celui ou celle qui l'a tué a récupéré les balles, probablement à l'aide d'une pince pour celle qui a transpercé le cœur. J'ai sondé la plaie.

— Le tueur s'est servi de pinces ?

— Probablement. Et pas n'importe quel genre de pince. Des pinces de chirurgien capables d'entrer dans une blessure et d'extirper un corps étranger.

— Vous voulez dire que le tueur avait prévu qu'il aurait à utiliser ces pinces.

— Oui. Il devait les avoir sur lui.

Un silence s'installa. Elles en avaient vu de toutes les couleurs, mais l'idée d'un tueur qui prévoyait de se munir de pinces pour extirper les balles du corps de sa future victime, avait quelque chose de particulièrement glaçant.

— Qu'est-ce qu'il faisait dans la vie ? dit Bélier en regardant le corps.

— Nous n'avons rien trouvé dans ses poches.

— On va le scanner de face et de profil, mais s'il n'est dans aucun fichier...

— Je sais.

— Comment va Martin ? demanda Bélier, sautant du coq-à-l'âne.

— Il est toujours en arrêt de travail. Ça fait un moment que je ne l'ai pas vu.

Bélier secoua la tête, pensive.

— Pourquoi ? Vous pensez que je ne suis pas à la hauteur ? lui demanda Jeannette, plus curieuse qu'agressive.

— Je pense qu'à part lui, vous êtes la seule qui peut débrouiller ce sac de nœuds. C'est juste que j'aime bien Martin.

Elle se détourna et partit houspiller son équipe.

Jeannette la suivit du regard. Y avait-il une intention cachée dans cette affirmation gratuite ? Et si oui, laquelle ?

— Moi aussi j'aime bien Martin, murmura-t-elle, tout le monde aime bien Martin. Il n'y a que lui qui ne s'aime pas.

Elle sourit soudain. Elle venait de comprendre le message.

4

Lundi

Dès que Martin ouvrit la porte, Myriam sentit son cœur se serrer. Il flottait dans ses vêtements, un T-shirt informe et un pantalon qu'elle lui avait acheté une quinzaine d'années auparavant. Il avait perdu une bonne dizaine de kilos, mais ce n'était pas le seul changement, loin de là. Il avait quelque chose de fuyant et de hanté dans le regard, comme s'il affrontait une lumière trop forte.

Elle dut faire un pas en avant pour qu'il s'efface et la laisse entrer.

Elle le suivit dans le vaste salon qui avait toujours servi de pièce à tout faire.

— C'est si moche que ça ? ricana-t-il.

Le ton la soulagea fugitivement. Il était encore capable de se moquer de lui-même. Tout n'était peut-être pas perdu.

Dans le salon, les filles avaient fait fort. Les murs coquille-d'œuf faisaient ressortir le teint blafard de Martin.

C'était la première fois que Myriam voyait la cicatrice de son ex. Une ligne boursouflée et violine qui lui barrait le cou en biais, long trait sinueux où le poil ne pousserait jamais plus. Le chirurgien avait fait du bon boulot. Mais ce n'était plus cette blessure qui le faisait souffrir. Martin avait touché du doigt sa nature de mortel, et c'était peut-être ce qui était en train de le détruire.

Certains rescapés de l'au-delà avaient vu un tunnel et une lumière blanche, et en sortaient à jamais sereins. Ce n'était pas son cas. Elle ne savait pas ce qu'il avait vu ou ressenti pendant son coma, mais le résultat paraissait catastrophique.

— Tu fais un régime ? Je te préférais enveloppé, dit-elle.

— Je ne fais pas de régime, je n'ai pas faim, c'est tout. C'est Isa qui t'a appelée au secours ?

Elle soupira. Dépressif ou pas, il n'avait pas perdu grand-chose de ses facultés. Cela rendrait leur dialogue plus difficile, ou plus facile, elle ne savait pas encore.

— Je suis en pleine dépression post-traumatique, dit-il. Si tu connais un moyen pour que je m'en sorte... Ça faciliterait la vie de tout le monde, y compris la mienne.

— Tu penses au suicide ?

— Oui. Plus pour penser à quelque chose que pour sauter le pas... J'ai fait des petits calculs, mais même d'un point de vue financier, ce ne serait pas intéressant pour les filles.

Elle guettait dans ce qu'il disait un ton d'auto-apitoiement, mais ne le trouva pas.

— Et si tu reprenais le travail ?

— La brigade se passe très bien de moi. Leur taux d'élucidation n'a jamais été aussi bon.

Myriam s'assit dans un des deux fauteuils crapauds râpés et croisa les jambes. Martin ne baissa même pas les yeux sur ses cuisses. C'était tellement contraire à ses habitudes que son inquiétude remonta d'un cran.

— Tu veux bien me servir quelque chose à boire ? dit-elle.

Il alla fourrager dans un placard avant de revenir avec un martini-dry.

Elle leva le verre et goûta. Les proportions étaient bonnes, mais il n'avait pas mis de glaçon.

— Tu ne m'accompagnes pas ?

Il parut surpris, et partit vers la cuisine avant de revenir avec un grand verre d'eau gazeuse à demi éventée.

— Tu n'as plus de bière ?

— J'ai oublié de dire aux filles d'en acheter.

— Tu n'es pas capable de descendre t'acheter un pack de bière au monoprix du coin ?

— Je n'ai pas assez soif pour ça.

Il s'assit en face d'elle, sur un tabouret. Il la regardait en face pour la première fois. À nouveau, Myriam crut déceler dans son regard une lueur lointaine, trace fugitive de l'ancien Martin.

— Je suis un cas désespéré. Je suis désolé.

Cette fois-ci, l'auto-apitoiement était bien là, mal masqué par cette prétention à l'ironie. Elle se leva et posa son verre à peine entamé. L'homme qui lui faisait face n'avait plus grand-chose à voir avec le Martin qu'elle avait aimé. Isa avait raison. Un étranger — un *alien* — occupait ce corps amoindri et le rongeait de l'intérieur. Elle eut envie de le frapper, pour exorciser et chasser le démon impalpable qui l'avait colonisé.

Cela n'aurait servi à rien. Elle n'avait pas la moindre idée de ce qu'il fallait faire pour l'aider. Peut-être n'y avait-il rien à faire. Son impuissance l'exaspéra. Elle n'aurait jamais dû venir.

Elle se détourna et sortit.

Dehors, il s'était remis à pleuvoir. Une pluie glacée, qui venait du nord-est.

En bas, sur le pas de la porte, elle croisa Jeannette. Les deux femmes s'embrassèrent. Elles ne deviendraient jamais des amies, mais elles se respectaient.

Jeannette portait sur son visage les marques des blessures que lui avait infligées le tueur à l'arbalète. Elle avait perdu ses joues rondes de post-adolescente de trente ans, des cernes qui mettraient du temps à disparaître soulignaient ses yeux. Autour de sa bouche, les fines cicatrices en zigzag ne s'effaceraient sans doute jamais tout à fait, mais son regard était clair, totalement en prise avec la réalité. C'était un regard de survivante.

— Comment va-t-il ? demanda-t-elle à Myriam.

— Mal.

Jeannette se contenta de hocher la tête.

— J'ai honte. Je n'ai pas tenu plus d'un quart d'heure. J'ai eu envie de lui taper dessus. J'ai préféré m'en aller. Je suis au-dessous de tout.

Jeannette sourit.

— Si vous saviez le nombre de fois où j'ai eu envie de lui taper dessus moi aussi et où j'ai préféré sortir du bureau...

— Je ne sais pas comment l'aider. Je me sens totalement impuissante. Je me suis enfuie comme une voleuse.

— Vous l'aimez trop, dit Jeannette.

Myriam se sentit rougir. Était-ce si évident pour tout le monde ? Non, Jeannette était particulière, elle sentait les gens, Martin le lui avait dit un jour.

— Quelqu'un m'a donné une idée, dit Jeannette.

— Vous allez le remettre dans le bain, c'est ça ?

— On peut toujours essayer. Il va certainement comprendre mon intention, mais avec un peu de chance...

Myriam lui serra le bras.

— Bon courage.

Elle rejoignit sa Mini-Cooper argentée — ce qu'elle appelait sa « voiture de pétasse », et se glissa derrière le volant.

Elle souhaitait de tout cœur que Jeannette réussisse là où elle avait échoué. Mais elle savait aussi que si c'était le cas, elle ne le pardonnerait pas de si tôt à Martin.

Je n'ai pas échoué, se dit-elle. Je n'ai même pas essayé. Et elle se sentit aussitôt submergée par la honte. Elle avait eu une réaction de rejet, incroyablement violente, qu'elle n'avait même pas tenté de surmonter. Elle n'avait laissé aucune chance à Martin, alors qu'il y avait certainement un levier quelque part, sur lequel appuyer. Quelque chose qui le ferait sortir de sa coquille narcissique et autodestructrice. Non. C'était une maladie, pas un caprice. Elle le savait. Et pourtant au fond d'elle-même, elle n'arrivait pas à ne pas lui en vouloir.

— Tu es déjà presque certaine que le tueur est une tueuse, dit Martin à Jeannette. Si c'était un homme, la victime se serait méfiée et ne l'aurait pas suivi là. Ça colle avec ta pointure 38.

— D'accord. Comment savoir que la victime l'a suivie et pas le contraire ? Peut-être que c'est le type qui fuyait.

— Dans un cul-de-sac isolé ?

Jeannette lui avait fait un croquis de la scène de crime, qu'il tenait dans sa main amaigrie et examinait les sourcils froncés.

Son agressivité avait un ton presque professionnel. C'était bon signe.

— Pourquoi on suit une femme ?

— Tu penses à un violeur, elle se serait défendue ? Moi je n'y crois pas.

— Tu as raison, ça ne colle pas. D'après ta description, ça ressemble plus à une exécution.

— Une vengeance ?

— Ou un contrat.

Elle haussa les épaules, agacée.

— Depuis quand la victime d'un contrat suit-elle le tueur ? C'est plutôt le contraire, non ?

— Si c'est une femme, et qu'elle l'a allumé... Oh j'en sais rien, dit-il, perdant soudain tout intérêt pour le problème. Tu me fatigues.

— Et si c'était un rendez-vous qui avait mal tourné ?

— Pourquoi pas ?

Il lui rendit son croquis, et rejeta la tête en arrière en fermant les yeux.

Bien sûr que non, aurait-il dû lui dire. On ne donne pas un rendez-vous dans un endroit pareil.

Il avait l'air fatigué et impatient qu'elle s'en aille.

Elle se leva. Elle n'était qu'à moitié déçue. Après ce que lui avait dit Myriam, elle ne s'attendait pas à une victoire facile.

Il se leva en même temps qu'elle et s'avança vers elle en se penchant légèrement en avant. Elle crut qu'il allait l'embrasser, ce qu'il n'avait jamais fait. Mais au lieu de ça, il lui caressa la lèvre supérieure avec une infinie douceur. Elle se figea. Jamais il ne l'avait touchée non plus, même pas une poignée de main.

— Je ne te l'ai jamais dit, Jeannette, mais je suis vraiment désolé, murmura-t-il. Tout est ma faute.

Il se détourna et sortit précipitamment de la pièce, son pantalon flottant sur ses jambes.

Au moment où elle tirait la porte d'entrée sur elle, elle sentit une résistance et suspendit son mouvement.

La porte se rouvrit de quelques centimètres. Le visage de Martin parut dans l'embrasure.

— Vous avez vérifié si c'était pas un flic ? dit-il.

Elle resta bouche bée. Comment n'y avaient-ils pas pensé ? L'idée ne lui en était pas venue, ni à elle ni à personne. La porte se referma, et elle resta là plusieurs secondes, clouée face au panneau muet.

Un flic ! Quelque chose dans l'allure de la victime... Des vêtements aux couleurs volontairement neutres, effacées, tirant sur le marron et le gris, des chaussures de marcheur, pratiques et inélégantes, chemise-cravate pour se fondre dans la foule anonyme des employés de bureau... Mais non, aucun flic n'était porté manquant. Enfin, pas encore... Il avait raison, ça pouvait très bien être un flic. Et si c'était un flic, cela voulait dire qu'il y avait quelque part des dossiers, des éléments concrets, des rapports, une piste à suivre...

Elle eut l'intuition que son enquête venait de faire un pas dans la bonne direction. Grâce à Martin.

5

Lundi

Elle réfléchissait. Le corps avait dû être découvert ce matin, mais pendant le week-end, elle n'avait pas chômé.

Quelques heures après le meurtre, elle sentit sur son bas-ventre les premiers signes d'une poussée d'un virus familier. Elle prit immédiatement deux comprimés de Zovirax et enduisit la zone de crème. Cet herpès, dont elle souffrait depuis l'enfance, ressurgissait à chaque fois qu'elle subissait un stress particulièrement violent. Le meurtre en était un. Le traitement était efficace, les picotements quasi électriques cessaient au bout de vingt-quatre heures. Parfois la lésion n'était même pas visible, mais elle la sentait sous sa peau, prête à l'envahir.

Quand elle était adolescente, avant la découverte de nouveaux médicaments, il lui arrivait d'avoir le pubis couvert de pustules pleines d'un liquide jaunâtre, imbriquées les unes dans les autres. La douleur et les démangeaisons la torturaient, mais c'étaient les seuls moments où elle connaissait un peu de répit dans son enfer. Sa maladie dégoûtait tellement son tortionnaire qu'il la laissait provisoirement en paix.

Elle n'avait pas réussi à forcer le coffre dans le bureau du détective. Par contre, elle avait pu ouvrir sans difficulté le tiroir fermé à clé dans lequel elle avait trouvé une trentaine de contrats types remplis et signés par autant de clients.

Au domicile de sa victime, elle n'avait rien remarqué qui eût un quelconque intérêt pour elle. L'homme vivait seul, il enseignait par intermittence dans une école privée de formation d'agents de recherche. Il faisait un peu de sport, et suivait des cours de perfectionnement en anglais et en espagnol. Rien à quoi se raccrocher. Pas l'ombre d'un carnet de notes où il aurait consigné des remarques personnelles sur ses affaires, et le disque dur de son ordinateur ne contenait rien non plus qui ressemblât de près ou de loin à des rapports sur ses enquêtes...

Elle avait éliminé les contrats qui remontaient à plus d'un mois. Elle avait la conviction que le détective ne la suivait pas depuis plus d'une quinzaine de jours. Elle l'aurait vu ou senti.

Il restait onze noms, avec adresses et numéros de téléphone.

Celui de la personne qui avait commandité sa filature figurait forcément dans cette liste.

Comment l'avait-on repérée ? Quelle faute avait-elle commise ? Elle devait démasquer celui qui voulait la piéger. Il fallait que ces noms deviennent des visages, des biographies détaillées, afin qu'elle puisse punir celui qui avait eu l'audace de la traquer. Des innocents allaient être éliminés, mais c'était la seule manière de colmater la faille.

Une gangue de glace lui serrait le cœur, une colère incommensurable lui brûlait l'esprit et le milieu du ventre, mais le reste de son corps était de marbre. Un inconnu s'était permis de s'immiscer dans sa vie, l'obligeait à prendre des décisions qui pouvaient la mettre en danger. Elle était venue ici, avait enfin trouvé la paix, elle avait même commencé à envisager un avenir. Et voilà que tout cela était remis en question. Il y avait bien longtemps qu'elle ne s'était sentie aussi profondément outragée.

Elle avait scanné les onze contrats dans son propre ordinateur. Elle pouvait se réciter la liste par cœur.

Sébastien Grossard, 227, rue de l'Université, 75007Paris
Julie Rodez, 22, rue Anatole-France, 92 Colombes
Stéphane Holliez, 15, rue Chaligny, 75012 Paris
Aymeric Tanguy-Frost, 21, rue Hallé, 75014 Paris

Georges Forrier, 8, impasse de la Gaîté, 75014 Paris
Alain Karief, 19, Villa Monet, 75019 Paris
Catherine Amard-Fusin, 82, rue de la Croix-Nivert, 75015 Paris
Eloi Wilkiewitz, 12, rue des Rosiers, 75004, Paris
Valdek Mirmans, 12, rue Raynouard, 75016 Paris
Stéphanie Mallory, 1, allée des Rois, 78 Saint-Germain-en-Laye
Jacques Faïglioli, 33, place de l'Horloge, 69000 Lyon

Si elle ne parvenait pas à trouver rapidement lequel de ces inconnus l'avait fait rechercher, elle serait obligée de passer à la vitesse supérieure. Ce serait sale, dangereux, épuisant, mais inévitable. Son temps était limité. Ce qu'un inconnu connaissait sur elle, un autre pouvait le découvrir, tant qu'elle ne savait pas quelle erreur, ou quel hasard stupide l'avait trahie. Quelqu'un voulait sa peau. Le pire, c'est qu'elle ne savait même pas vers où se tourner.

Elle entendit des pas derrière elle. Elle ne se retourna pas, mais mit l'ordinateur en veille d'une légère pression de l'index.

Une main chaude et sèche se glissa sous son chemisier et lui pétrit doucement le sein droit. Elle frémit.

Elle rejeta la tête en arrière et ferma les yeux quand il l'embrassa dans le cou et lui mordilla l'oreille.

Elle lui prit les tempes entre ses deux mains levées et lui embrassa les lèvres, les yeux toujours fermés. Elle se laissa aller. Elle ne pouvait pas agir ce soir. Autant profiter de l'instant présent.

Les mains ne s'aventurèrent pas plus bas. Elle ne lui avait jamais dit qu'elle avait de l'herpès, mais ce soir elle n'aurait pas besoin de prétexte pour ne pas faire l'amour. Ils ne pouvaient se permettre d'arriver en retard à son dîner, c'était trop important pour lui.

Et dès cette nuit, quand il se serait endormi, elle passerait à l'action. Avec détermination et sans pitié. Des innocents allaient souffrir. Mais n'était-ce pas ainsi depuis la nuit des temps ? N'était-elle pas innocente elle aussi à cinq ans, avant la première fois ?

6

Lundi

Pour la première fois depuis sa sortie de l'hôpital, Martin ressentait autre chose que ses obsessions. Ce qu'il avait lu dans le regard de Myriam ne lui avait pas plu. C'était... Il tentait d'éviter le mot, mais il n'y avait pas moyen — pire que de la déception. Du dégoût. Tant pis pour moi et tant pis pour elle, se disait-il, s'efforçant d'évacuer le sentiment pénible et douloureux que la réaction de Myriam avait provoqué en lui.

Et s'il avait accepté de jouer au jeu des questions et des réponses avec Jeannette, c'était en partie à cause de l'attitude de Myriam. Pour bien montrer que s'il voulait, il pouvait, mais qu'il ne voulait plus, parce que plus rien n'en valait la peine.

S'étaient-elles donné le mot, ou bien était-ce par hasard qu'elles lui avaient rendu visite presque simultanément ? Ou encore... Isa. C'était Isa, lasse de voir son père dans cet état. En tout cas, ce n'était pas Marion. Elle n'aurait demandé de l'aide à Myriam pour rien au monde. Ses filles feraient bien de le lâcher un peu. Ses filles ! Il fallait qu'il arrête de penser à Marion et à Isa comme à ses « filles ». Marion était sa compagne, et même s'il n'avait pas couché avec elle depuis l'hôpital, il lui avait fait un bébé, et ils recommenceraient certainement un jour à coucher ensemble. Certainement.

Un jour, il ne passerait plus vingt minutes à se laver les dents juste pour passer le temps, il regarderait dehors et il finirait par sortir dans la rue pour affronter ses semblables. Un jour.

Il alluma la télévision et s'abîma dans la contemplation d'un film animalier, puis tomba en zappant sur un débat qui traitait du désir — ou plutôt de l'absence de désir chez les hommes.

Un chercheur affirmait que quinze pour cent des hommes adultes n'éprouvent aucun désir sexuel, ni homo ni hétéro, ni autre. Il liait cette carence à des zones du cerveau. Des expériences avaient été faites en double et triple aveugle. On avait passé des séries de diapos, d'abord neutres, et de plus en plus suggestives, à des sujets « sains » et à des sujets touchés par le « non-désir », après leur avoir truffé la tête de palpeurs. Chez les sujets sans désir, certaines zones du cerveau étaient restées inactives.

Zones inactives. Martin se dit que chez lui aussi des zones étaient devenues inactives. La balle du tueur avait-elle provoqué un handicap physiologique, bloqué un processus biochimique ?

Il se demanda s'il ne devrait pas se refaire scanner le cerveau. Il avait déjà passé trois scanners, mais les médecins n'avaient pas exploré les zones du désir. Mais avait-il vraiment envie de retrouver le désir ?

Il éteignit la télé, et alla chercher une revue féminine dans les affaires de Marion. Il s'arrêta sur une photo publicitaire représentant une magnifique jeune femme nue photographiée de trois quarts dos. Des fesses et une cambrure de rêve. Un profil de déesse. La photo était retouchée, mais intelligemment. Pour une fois, ça ne ressemblait pas trop à une figurine virtuelle en 3-D : on discernait la texture de la peau, le fin duvet blond de ses cuisses et de ses bras. Il tenta d'imaginer qu'il était avec elle. Contre elle. Qu'il passait légèrement la paume de sa main sur ce fin duvet, remontait avec sa langue le long de sa colonne vertébrale... Est-ce qu'il se sentait excité ? Difficile à dire. Peut-être un vague frémissement. Il se tâta le sexe. Si frémissement il y avait, ça restait purement cérébral.

Il s'efforça d'imaginer en détail une scène plus élaborée entre la jeune femme et lui. Ils se croisaient dans l'ascenseur. Elle était habillée cette fois, toujours ravissante, et très ennuyée parce qu'il y avait une fuite d'eau dans sa salle de bains. Il lui proposait de l'aider. Il faisait une fausse manœuvre, l'eau giclait du tuyau, et ils se retrouvaient trempés tous les deux. Elle ôtait son T-shirt et lui proposait tout naturellement de faire sécher sa chemise. Ils étaient tous les deux torse nu dans la petite salle de bains, moment de trouble, ils se frôlaient et soudain elle se jetait sur lui. Ils commençaient à s'embrasser et à se caresser, mais dans un mouvement mal contrôlé, ils accrochaient le sèche-linge qui leur tombait sur les épaules avec les vêtements. Ils se dépêtraient du linge mouillé en riant. À cet instant, la porte d'entrée s'ouvrait. C'était la nourrice qui rentrait de l'école avec le gamin de la jeune femme. À quel moment, se demanda Martin, ai-je décidé que cette fille avait un gamin ? Et que ce putain de séchoir allait nous tomber sur la tête ?

Plus pervers ? Un soir tard, seul au bureau, il entendait des cris. Un flic en tenue était en train de violer une pute dans la cage de garde-à-vue. Martin cassait la figure au flic et emmenait la fille à l'infirmerie. Elle voulait lui prouver sa reconnaissance. Mais quand elle levait le visage pour l'embrasser, il remarquait à quel point elle était déjà marquée. En plus elle avait des boutons autour de la bouche. Une sorte d'acné. À force de tailler des pipes à des types pas propres ?

Il soupira. Il arrivait bien à se concentrer, à imaginer des scènes à fort potentiel érotique, mais ça tournait invariablement au fiasco.

Et avec une femme avec laquelle il avait déjà couché ? Myriam ? Il écarta aussitôt l'idée. Impossible. Pourquoi impossible ? Impossible, c'est tout. Marion ? Il éprouvait une grande tendresse pour elle. Sa grossesse la rendait belle et émouvante, adoucissait son corps et son visage, arrondissait sa minuscule poitrine sans la déformer. Il n'y avait aucun point d'aspérité où accrocher un fantasme. Cela paraissait presque... indécent. Et avec sa toute première femme, la mère d'Isa ? C'était tellement... lointain. Dès qu'il pensait à elle, il la revoyait toute jeune, à une époque où ils avaient tout le temps faim l'un de l'autre, mais ce n'était plus lui. Deux jeunes gens incapables d'imaginer ce que la vie leur réservait. Penser à elle de cette manière, c'était presque aussi dérangeant que s'il avait eu des fantasmes sexuels avec Isa. Un terrible mélange d'inceste et de nécrophilie.

Marion et Isa le trouvèrent endormi dans le fauteuil, la revue féminine à ses pieds. Elles échangèrent un regard sans faire de commentaire, Marion ramassa la revue, jeta un coup d'œil à la jeune femme cambrée, et la referma.

Lundi soir

Le dîner était conforme à ses prévisions. Dépourvu de toute fantaisie, ennuyeux de formalisme. Quand il ne monopolisait pas l'attention par une blague ou un bon mot accueilli par un silence attentif et suivi de rires serviles, le président – patron de son mari – lui faisait ostensiblement du genou, mais personne, pas même l'épouse du grand homme, ne semblait rien remarquer. C'était la première fois qu'elle était conviée à un dîner officiel avec le grand homme, un privilège qu'elle devait à son mariage.

Le président avait la réputation de séduire systématiquement les femmes de ses collaborateurs, ainsi que ses collaboratrices, et apparemment il n'avait pas l'intention d'attendre une prochaine rencontre pour la clouer à son tableau de chasse.

Elle ressentait jusque dans le moindre recoin de son corps la proximité du pouvoir, une sorte de vibration quasi érotique qui électrisait l'atmosphère, poussait les femmes à rire un peu trop fort, et crispait les hommes, moutons ou prédateurs.

Elle avait repris deux comprimés de Zovirax. Son herpès s'était calmé. Peut-être même qu'elle éviterait les boutons. Elle se sentait détendue, physiquement adéquate.

De temps à autre, elle examinait à la dérobée le profil de l'homme dominant, le roi des corbeaux comme elle l'avait surnommé en secret. Il était facile à caricaturer, avec ses cheveux teints en noir, les sillons profonds du front et des joues à peine atténués par les crèmes anti-rides et le Botox, les dents trop blanches, les oreilles de vieillard trop grandes, soigneusement épilées, le bronzage artificiel de l'épiderme usé. Le costume bien coupé et le col blanc de la chemise parfaitement ajustée masquaient les autres atteintes de l'âge, mais ce qu'aucun artifice ne pouvait dissimuler, c'était son allure de vieux rapace insatiable et incapable de passer la main. Il était au centre de toutes les attentions et de tous les sourires d'une foule servile. Elle s'étonnait. La plupart des jeunes femmes présentes, accompagnées ou non, n'avaient d'yeux que pour lui.

Elle soupesa le couteau à viande disposé devant elle. D'un seul coup, sans effort, elle aurait pu lui enfoncer la lame jusqu'au cœur, ou lui trancher la jugulaire et la carotide d'un même mouvement.

Elle jubila intérieurement en imaginant l'épouvante qui les saisirait tous, les cris d'horreur, le sang éclaboussant les visages, la fontaine écarlate aspergeant robes et chemises, maculant la nappe brodée et la cristallerie étincelante.

Dans la confusion générale, elle ne serait même pas inquiétée, et elle pourrait sortir comme si de rien n'était.

— À quoi songez-vous, ma chère ? dit le roi des corbeaux en se penchant vers elle, accentuant la pression contre sa cuisse. Comme disent nos amis anglais : *a penny for your thoughts.*

Elle lui adressa un sourire éclatant.

— C'est une soirée merveilleuse. Tout le monde est tellement charmant. J'ai l'impression de vivre un conte de fées.

Elle sentit le doute dans le regard du vieux beau. Elle se fout de moi ? Elle adorait jouer les idiotes, mais il n'était pas dupe. Il n'était pas président pour rien.

Mais un homme, c'est facile à berner. Elle poussa à son tour sa propre cuisse légèrement contre celle de son hôte, et elle le sentit frémir d'aise, tous ses doutes envolés.

Il l'aurait bientôt, elle aussi, à sa merci, dans son petit appartement de la rive gauche, ou ailleurs. Elle crierait sous lui comme elles criaient toutes. Il n'y a pas d'aphrodisiaque plus puissant que le pouvoir, et le Viagra n'est pas fait pour les chiens.

Elle croisa le beau regard incertain de Francis, placé de l'autre côté de la table. Il n'ignorait rien de la réputation de son patron. Elle lui adressa un sourire et un clin d'œil, et elle le vit se détendre aussitôt. Elle éprouva ce léger et familier coup dans le bas-ventre, qui la frappait à chaque fois qu'elle le voyait, ou même pensait à lui. Jamais aucun homme ne lui avait fait cet effet.

Elle coupa sa viande minutieusement, en petits dés, qu'elle ingurgita l'un après l'autre, soudain indifférente à tout ce qui l'entourait. Elle se projetait deux heures plus tard, sur les pas du premier de la liste. Francis dormirait profondément, il ne s'apercevrait même pas qu'elle avait quitté le lit. Pour le président... Elle verrait plus tard. Un tel amant pouvait devenir un allié de taille, capable de lui ouvrir toutes les portes, et de la protéger.

7

Mardi zéro heure quinze

En rentrant dans son appartement, elle sentait ses narines imprégnées de l'odeur de la mort, ce mélange de déjection, de sueur aigre et de sang. Elle savait que c'était une sensation purement psychosomatique. Il n'y avait pas – il ne pouvait pas y avoir sur sa peau la moindre molécule organique de l'homme qu'elle avait tué.

Elle avait de brefs frissons de fièvre en revivant la scène. Elle avait tué pour rien. L'homme était mort inutilement pour avoir fait suivre sa belle-fille qu'il soupçonnait de tromper son fils. Il n'avait pas compris ce qui lui arrivait. Avant de le tuer, elle s'était assuré que sa femme – absente pour la soirée – n'était pas au courant de l'initiative de son mari. Ce qui lui avait épargné de suivre son destin.

Elle avait récupéré le double du contrat du détective dans un tiroir. Pas de trace, pas de mobile.

Elle n'aurait pas toujours une chance aussi insolente. Il était même statistiquement impossible qu'il n'y ait pas à un moment donné un gros pépin.

Il restait dix noms sur la liste. À cette pensée, elle se sentit soudain prise de faiblesse devant l'immensité de sa tâche. Plus elle s'attacherait à trouver l'origine de la fuite, plus elle créerait les conditions pour que de nouvelles fuites se produisent. Qui sait si elle n'avait pas déjà commis une erreur irréparable ? Laissé quelque chose derrière elle qui la condamnerait un jour. Les progrès des disciplines forensiques étaient tels aujourd'hui que le moindre indice pouvait se révéler porteur d'une incroyable quantité d'informations.

Cette nuit, elle avait mis toutes les chances de son côté. Elle était entrée chez l'homme en combinaison de plongée, sous un ample K-way neuf, de quatre tailles trop grand pour elle. Elle portait des chaussons antidérapants, et ses mains étaient protégées par des gants en Spectra, une nouvelle matière synthétique beaucoup plus fine et résistante que le Kevlar. Elle avait les cheveux et le crâne pris dans un bonnet de plongée — comme la combinaison, sous la capuche de son K-way. Noir mat des pieds à la tête, elle était quasiment invisible. Elle avait acquis tous ces objets en Belgique ou en Hollande, sous une fausse identité.

Pour étrangler l'homme, elle s'était servie d'une corde à piano. Depuis son arrivée en France, elle achetait dans des ventes publiques des objets en apparence inutiles qu'elle accumulait dans une cave et qui finissaient parfois par lui servir.

Chez elle, une fois ôté et jeté le K-way, elle avait rincé la combinaison de fond en comble, avant de la mettre à tremper dans une solution javellisée.

Elle s'était ensuite douchée et savonné toutes les parties du corps, séchée minutieusement et enduite de crème de nuit des pieds à la tête. Entre son nombril et son pubis, son ventre était intact. Pas le moindre picotement annonciateur.

Pourtant, l'odeur de mort persistait. Pas d'images. Juste l'odeur. Peut-être son corps s'habituait-il mieux que son esprit à son activité de tueuse. Lady Macbeth, songea-t-elle avec un ricanement sans joie. L'odeur, imaginaire ou non, finirait bien par s'atténuer et disparaître. Autrefois, ses meurtres ne provoquaient pas de telles réactions. À présent, quelque chose avait changé. Elle savait qu'elle était condamnée à subir cette odeur imaginaire pendant des jours entiers. Elle appréhendait le moment où elle devrait vivre avec.

Il dormait profondément quand elle se glissa contre lui et se colla à son corps. Elle passa sa main sur ses épaules, sa poitrine, son ventre, heureuse de le sentir si chaud et si vivant. De quoi rêvait-il ? D'elle ? De sa carrière ? Ou de tout autre chose, un univers intime auquel elle n'aurait jamais accès ? De sa première fiancée disparue ? Elle sentit un coup de poignard lui déchirer le ventre. Non, pas ça. Est-ce qu'elle cesserait de l'aimer un jour, aussi brutalement qu'elle s'était entichée de lui ? Non, entichée était un mot faible.

Elle avait été bouleversée en l'apercevant pour la première fois, un an plus tôt, presque jour pour jour, parmi la foule d'un vernissage mondain. Ce fut comme un électrochoc, un mouvement brutal de tout son être qu'elle n'aurait jamais cru possible, et qui d'abord la révolta. Personne ne devait avoir un tel ascendant sur elle. C'était inconcevable, humiliant et dangereux. Mais très vite elle comprit qu'elle ne pouvait pas lutter. Elle n'avait pas le choix, il fallait faire avec. Il fallait qu'il soit à elle.

Pour le conquérir et le garder, elle devait se montrer aussi prudente et circonspecte que quand elle liquidait ses proies. Aussi impitoyable également.

Elle apprit qu'il était fiancé à la fille d'un grand industriel. Une fille du même monde que lui. La fiancée mourut deux semaines après la rencontre. Elle attendit pendant quatre longs mois, profitant de ce délai pour tout apprendre sur lui. Elle était son ange gardien, ombre attentive et aimante, le cœur battant dès qu'une femme séduisante l'approchait de trop près. Elle ne pouvait quand même pas les tuer toutes. Elle se rendit bientôt compte qu'elle se faisait du souci pour rien. Il restait indifférent à tous les travaux d'approche, subtils ou grossiers.

Comment l'aborder ? Aucun moyen classique ne paraissait approprié. Elle eut un jour une illumination. Cela demanderait pas mal de chance, c'était une idée folle et romantique, mais c'était le seul moyen pour attirer son attention.

Son plan faillit trop bien marcher. Elle échappa à la mort de peu dans l'accident qu'elle avait provoqué, sur une route perdue de campagne. Il lui sauva la vie en parvenant à ouvrir la portière coincée, alors que la voiture était en train de prendre feu.

Plus tard, bien plus tard, il lui raconta que le jour de l'accident, il revenait d'une visite aux parents de sa fiancée morte (ce qu'elle n'ignorait pas). La sauver d'un accident si semblable à celui dans lequel avait péri sa fiancée lui avait paru un signe du destin : une vie avait été perdue, et il en avait sauvé une autre, presque dans les mêmes circonstances.

— Tu m'aimes à cause de ça ? lui dit-elle, mordue par l'aiguillon d'une soudaine et terrible jalousie contre laquelle il n'y avait plus de remède.

— Peut-être en partie. Mais je t'aime surtout parce que tu es toi.

Cela ne lui suffisait pas. Il fallait qu'elle pose la question suivante, au risque d'obtenir une réponse qui allait la torturer.

— Et elle ? Tu l'aimais vraiment ?

— On avait toujours pensé qu'on se marierait un jour, depuis qu'on était petit… Je me rends compte aujourd'hui que ce que je prenais pour de l'amour était une immense tendresse. Marine était plus une sœur qu'une fiancée.

— Une sœur plutôt incestueuse, dit-elle sèchement.

Il rit.

— C'était tellement différent de ce qu'on fait ensemble. Je suis sûr que là où elle est, elle nous regarde, et qu'elle t'aime presque autant que moi.

Par moments, il était incroyablement bête. Et en plus il croyait en Dieu. Comment Dieu aurait-il pu tolérer une créature comme elle ? Et si jamais Dieu existait, la pauvre sotte qu'elle avait supprimée, au lieu de se prélasser au paradis, devait se consumer de rage à voir son fiancé et amant faire l'amour trois fois par jour à sa meurtrière.

8

Mardi

Martin se leva en même temps que Marion et prit le petit déjeuner avec elle, après s'être douché et rasé avec soin.

Elle s'efforça de ne rien laisser paraître de sa surprise et de son contentement. Qu'est-ce qui avait provoqué un tel changement ? Elle aurait bien aimé le savoir, mais remit ses questions pour plus tard.

Elle lui demanda sur un ton d'indifférence qui ne pouvait tromper personne.

— Qu'est-ce que tu vas faire aujourd'hui ?

Il hésita avant de répondre.

— Il est temps que je me remue un peu. Je ne sais pas comment vous faites pour me supporter depuis que je suis rentré de l'hosto.

Elle tenta de sourire, ne croyant pas encore tout à fait à la réalité de ce qu'il venait de dire. C'était presque impensable. Le vrai Martin était en train de refaire surface, sans prévenir.

Elle cacha son émotion en se levant et en allant rincer sa tasse dans l'évier. Elle ne voulait pas donner trop d'importance à ce moment, de peur qu'il ne se renferme dans sa coquille.

— Tu rentreras tard ? lui demanda-t-il.

Voilà qu'il s'intéressait à ce qu'elle faisait !

— Non, pas trop... Pourquoi ?

Il se leva à son tour et s'approcha d'elle. Encore une fois, il la toucha doucement, d'une façon hésitante, comme s'il craignait une rebuffade.

— Je voudrais qu'on se voie en tête à tête. On peut se retrouver quelque part ?

— Bien sûr. Où ?

— À la sortie du journal.

— Dix-neuf heures, ça va ?

Il y avait quelque chose... Ce n'était pas tout à fait l'ancien regard de Martin, mais ce n'était plus celui, absent ou fuyant, de l'homme qu'elle côtoyait depuis sa sortie de l'hôpital.

Elle se colla contre lui et l'embrassa à pleine bouche.

— Il était temps, murmura-t-elle en reculant. Il était salement temps.

Dès qu'elle fut partie — Isa dormait encore — il s'habilla d'un pantalon propre et d'une chemise repassée, prépara son sac de sport, enfila veste et manteau, et se rendit pour la première fois depuis l'été à la salle de gym où il s'entraînait.

En retrouvant l'odeur déplaisante et familière de sueur et de désinfectant, les coups sourds des haltères cognant le sol de béton, les grincements de poulies, il se demanda s'il avait bien fait.

Il salua de loin quelques personnes de connaissance et partit se changer.

Dans les vestiaires, il faillit faire demi-tour, à l'idée de la torture qu'il allait s'imposer. Ses muscles saturés d'acide lactique pendant les trois ou quatre jours qui suivraient. Cela en valait-il vraiment la peine ? Pourquoi était-il revenu ici ? Pour punir ce corps vieillissant qui avait failli le lâcher ?

Il commença par dix minutes de rameur, à une cadence mesurée, enchaîna avec le vélo électronique. C'était moins pénible qu'il ne s'y attendait, et au bout des vingt minutes, toujours pas de point de côté. Premier effet bénéfique de son régime involontaire.

Il était temps de passer à l'épreuve de vérité. À cette heure de la matinée, la partie de la salle réservée aux bancs de musculation et aux haltères était presque déserte.

Il choisit son banc et sa barre. À vide, la barre lui parut déjà lourde et déséquilibrée.

À quarante kilos, il crut que les muscles de ses bras et de ses épaules allaient se déchirer. Il doubla ses temps de repos, mais ne réussit même pas à soulever soixante-dix kilos plus de six fois d'affilée à la première série, et quatre fois à la seconde...

En se relevant, il eut l'impression que son torse venait de passer sous un rouleau compresseur. Il fut pris d'un début d'étourdissement et dut se rasseoir lourdement. Il jeta un regard inquiet autour de lui, mais les rares autres clients semblaient ne rien avoir remarqué.

Après trois minutes de repos, il tenta quelques mouvements, de bras, d'épaules et de jambes, mais arrêta bientôt, de peur de tomber en syncope.

En quelques mois, je suis devenu un vieillard, se dit-il. Pas étonnant que je sois déprimé.

Il alla se rhabiller sans même se doucher et regarda l'heure. Il s'était entraîné – si on pouvait appeler ça de l'entraînement – moins de cinquante minutes. Ses muscles avaient la consistance et la résistance d'un carton détrempé. Au moindre souffle, ses membres allaient se disloquer.

Il rentra chez lui à petits pas, ressentant chaque geste comme une agression.

Il s'arrêta à un kiosque et acheta *le Monde* et *le Parisien*.

Cela faisait des mois qu'il n'avait pas ouvert un quotidien.

Arrivé chez lui, il parcourut les titres et lut la rubrique société du *Monde*. Puis celle du *Parisien*. Peu de place était consacrée à la découverte du cadavre sur les berges de la Seine. Aucun élément nouveau n'était signalé. L'homme n'avait toujours pas été identifié.

Deux gendarmes avaient égaré à l'aéroport de Roissy quelques grammes de plastic qu'ils avaient fourrés dans une valise anonyme à l'occasion d'un exercice antiterroriste. Les barons de la drogue colombiens remplaçaient leurs plants de cocaïne traditionnelle par d'autres plants génétiquement modifiés, capables de produire jusqu'à huit fois plus de coke. Les champions d'athlétisme américains se dopaient avec des produits sophistiqués depuis des années, avec la complicité des autorités sportives et des sponsors.

Et en bonne place, les sempiternelles batailles internes au sein des principaux partis politiques de la majorité et de l'opposition. On parlait beaucoup de l'UPP. Son président mythique s'accrochait au pouvoir de toutes ses griffes.

Martin jeta les deux journaux, dégoûté.

La politique l'ennuyait. C'était pour lui un monde aux règles incompréhensibles. Il n'était pas assez naïf pour ne pas se rendre compte qu'il appartenait à ce monde, qu'il en était même un rouage.

Mais il marquait une frontière entre les « politiques » — dans la police, c'était les directeurs de services, contrôleurs, syndicalistes de haut niveau, chefs de cabinet, qu'il méprisait intensément — et les « professionnels » qui faisaient leur travail plus ou moins bien, mais qui faisaient un vrai travail. Cette frontière était floue, mouvante, et de mauvais professionnels pouvaient volontiers devenir des politiques. Les bons professionnels, beaucoup moins. Les politiques ne devenaient jamais des professionnels.

Trois ans auparavant, Martin avait refusé une promotion aux Renseignements Généraux. Pour rien au monde il n'aurait voulu faire partie de la police d'« ordre ». Il se sentait au service du public, pas de l'État (pour lui la différence était fondamentale). Il était un des fleurons de la police criminelle et entendait le rester. Il savait que ce refus allait faire tache dans son dossier, mais il savait aussi que les politiques ne peuvent se passer des bons professionnels.

Malgré les concessions, les compromis inévitables, malgré son talent pour manipuler les politiques — ses chefs — il s'était toujours considéré comme appartenant à la catégorie des artisans faisant un travail utile pour le bien commun. Jusqu'au jour où il avait croisé le chemin du tueur à l'arbalète. Et où toutes ses certitudes avaient basculé.

Il ôta sa chemise et alla se regarder dans la glace de la salle de bains. Il n'avait pas perdu que du gras. Ses muscles aussi avaient fondu. Quelques mois d'entraînement suffiraient sans doute à lui redonner une forme acceptable, s'il prenait garde à ne pas se blesser. Il savait que sa récupération morale passait par cette astreinte physique. Il était ainsi fait.

« Je suis moi à nouveau », dit-il devant la glace, sans bien savoir s'il s'agissait d'une constatation ou de l'expression d'un désir.

Ce soir, c'est lui qui ferait le dîner pour les filles.

Il irait chercher Marion au journal et la ramènerait à la maison. Ils parleraient sur le chemin.

Il ne voulait pas exclure Isa de son retour à la vie.

Dans le bureau de Martin qu'elle avait squatté sans vergogne, le préférant au réduit que son grade l'autorisait à occuper, Jeannette réfléchissait. Elle retournait dans ses mains, sans se rendre compte de ce qu'elle faisait, un cube en verre sous les surfaces duquel étaient glissées des photos de sa fille à divers âges sur cinq des faces, et son mari. Il y avait le même cube chez elle, dans son pavillon de la banlieue est.

Son mari n'avait pas supporté ce qui lui était arrivé. Le tueur à l'arbalète avait eu raison de leur couple. Ils vivaient séparés, en instance de divorce. Les hommes sont si fragiles, songea-t-elle en regardant le visage fin et un peu buté de son ex compagnon. Même Martin s'était révélé moins résistant qu'elle ne l'aurait cru.

C'était l'heure du déjeuner, les bureaux étaient silencieux. Sur la table, devant elle, il y avait un sandwich entamé qu'elle ne finirait pas, et un fond de café froid. Elle n'avait pas connu l'époque où les flics ne tenaient pas compte de l'heure du déjeuner. Les plus vieux en parlaient en rigolant. Il n'y avait plus de vrais flics. Ils étaient tous devenus des ronds-de-cuir, soumis à l'horaire comme un fonctionnaire de la Poste ou de la Sécurité sociale.

Sa promotion datait d'un mois, mais à bien y réfléchir, elle n'avait rien d'étonnant, et elle ne se faisait aucune illusion. Même si elle n'avait pas trouvé le tueur à l'arbalète — et failli se faire tuer par lui — elle aurait bénéficié d'un avancement. De plus en plus rares étaient les fonctionnaires de police qui n'essayaient pas désespérément de quitter la capitale dès que leur statut le leur permettait, pour rejoindre leur région d'origine, et ceux qui restaient étaient plus rapidement promus.

À Paris, il est beaucoup plus facile qu'ailleurs — même pour une femme — de faire carrière dans l'administration.

Pourtant, ce n'était pas par carriérisme que Jeannette, originaire de Cherbourg, restait à Paris. Elle y restait parce qu'elle s'y sentait bien. Elle aimait la capitale, et ici, avec ou sans Martin, les affaires à traiter s'avéraient plus nombreuses, plus complexes, plus passionnantes qu'ailleurs. Pour rien au monde elle ne serait retournée travailler dans sa Manche natale.

Elle avala la dernière gorgée de café, presque froid. Elle avait fait scanner et retoucher les photos du mort, son visage en gros plan, de face, de trois quarts face, et ses deux profils. Les traces de sang et le trou béant de l'arrière du crâne avaient été effacés, et ses yeux avaient retrouvé la couleur de la vie.

Les tirages punaisés sur un tableau de liège face à son bureau ne lui étaient pas d'un grand secours.

Un appel à témoin avait été lancé, mais personne ne s'était encore manifesté.

Si la victime était un flic, ce qui lui paraissait toujours probable, elle n'imaginait aucun moyen d'obtenir des résultats plus rapidement. La police nationale compte un peu plus de 115 000 agents — sans parler des gendarmes. Elle allait évidemment envoyer les photos par Internet à tous les services de la sécurité publique, de la DRPJ, des RG, aux commissariats de banlieue, à l'administration centrale... Et pourquoi pas à la DST, et même à la DGSE, (même si les quelques milliers de fonctionnaires de ce service ne dépendaient pas du ministère de l'Intérieur mais de celui de la Défense).

Au pire, on la prendrait pour une folle. Mais si c'était bien un flic, quelqu'un finirait par le reconnaître, même si l'absentéisme est tel dans la police qu'un vrai disparu au milieu des milliers de flics absents volontaires pour des raisons plus ou moins légitimes n'apparaîtrait pas immédiatement.

Quelque chose s'agitait à la lisière de sa conscience... Un souvenir ? Une semi-déduction avortée ? Si le tueur était bien une femme, si la victime était bien en train de la suivre, si...

Le téléphone sonna. Elle décrocha machinalement. C'était Bélier.

— On a 50 pour cent de chances d'obtenir une séquence d'ADN complète de votre tueur, annonça-t-elle.

— Bravo. Qu'est-ce que vous avez trouvé ?

— Ce n'est pas moi, dit Bélier. Ça vient de l'IML. Une tache claire suspecte sur le cou de la victime. De la salive séchée. Cette salive n'appartient pas à la victime.

— Son assassin aurait bavé sur lui ?

— Involontairement sans doute, en extirpant la balle avec des pinces spéciales. Un assassin qui prévoit tout, qui fait tout pour qu'on ne puisse pas l'identifier, et qui laisse une trace de salive sur sa victime. Les petites ironies de la vie — et de la mort.

— L'ADN permettra de savoir si cette salive appartient à un homme ou à une femme.

— Oui.

À moins que l'ADN ne soit déjà fiché, ce dont doutait Jeannette, cela ne pourrait servir de preuve que si on arrêtait un suspect.

Elle pensa aux pinces qui avaient servi à extirper la balle du corps. Elle avait oublié d'en parler à Martin.

Peut-être ces balles avaient-elles quelque chose de très particulier... Des balles en or ? Elle ricana. Et se souvint de l'idée qu'elle n'était pas arrivée à formuler.

Un privé ! La victime était peut-être un détective privé. Il suivait la tueuse, et ce sont les privés qui suivent seuls leur cible la plupart du temps. Les flics, eux, s'organisent à plusieurs, au moins à deux.

Un privé. Cela ouvrait un immense champ de spéculations. Pourquoi un privé suit-il quelqu'un ? Adultère, escroquerie... Rarement pour quelque chose de très grave, sinon le client fait plutôt appel à la police — il en a même l'obligation. Adultère, escroquerie... Rarement un enjeu de meurtre, aujourd'hui. Et à sa connaissance, aucun privé ne suivrait quelqu'un qu'il soupçonnerait de vouloir le tuer. *La victime ne savait pas qu'il suivait un tueur*. Mais alors pour quelle raison le suivait-il ?

Quelque chose ne collait pas. C'était pourtant une base de départ.

Elle appela Olivier.

— Je voudrais que tu me cherches — s'il existe — un fichier des détectives privés.

— Ça presse ?

— Oui.

— Et quand je t'ai trouvé ça, qu'est-ce qu'on en fait ?

— Tu reviens et on en parle.

Olivier n'appréciait pas d'être commandé par une femme. Il obéissait aux ordres, mais avec une certaine dose de mauvaise volonté. Pas au point de s'attirer une remarque, mais ça devenait tout de même agaçant. Si l'absence de Martin se prolongeait, elle finirait par demander qu'on l'affecte à un autre groupe.

À mesure que les heures passaient, il n'y avait toujours aucun signe d'un quelconque service de police au sujet de la victime. La thèse du privé prenait de plus en plus de consistance.

Le commissariat du 7ᵉ arrondissement appela la brigade criminelle à dix-huit heures.

Madame Évelyne Grossard, avait découvert son mari mort dans leur appartement du 227, rue de l'Université, situé à quelques mètres de la Tour Eiffel.

Le mort était dans la cuisine, ficelé sur un fauteuil en aluminium modèle « Navy chair ». Pour tous vêtements, il portait un caleçon, une chemise blanche et des chaussettes semi-montantes. Son poignet droit était lié au bras du fauteuil par du fil de fer, son bras gauche était lié au niveau du coude à l'autre bras. Il avait les chevilles attachées aux pieds de la chaise, il était bâillonné et garrotté par une corde à piano qui disparaissait dans les chairs de son cou. Il s'était souillé avant de mourir, ce qui était la règle plutôt que l'exception. Le mélange des odeurs, sang, excréments et cuisine, était difficilement soutenable, même pour des flics aguerris.

Évelyne Grossard avait fait un malaise cardiaque. Elle était aux urgences, en réanimation.

Ce n'était pas elle qui avait prévenu la police, mais une voisine, qui avait entendu son cri puis sa chute.

La scène du crime évoquait vaguement une expérience sexuelle qui aurait mal tourné, mais Bélier n'était pas femme à tirer des conclusions hâtives.

La corde à piano mesurait une cinquantaine de centimètres, elle était fixée aux deux extrémités à de solides poignées en bois. Son propriétaire n'avait pas jugé utile de l'emporter, une fois son travail effectué.

Sauvagerie et froideur, songea Bélier. Une combinaison rare dans l'assassinat. Et pourtant, c'était la deuxième fois en deux jours que cela se produisait, à quelques kilomètres de distance. À part ce sentiment de parenté, il n'y avait rien de commun entre les deux crimes. À commencer par le fait que dans le premier cas, le tueur s'était donné la peine d'extirper une des balles du corps de sa victime, alors que dans le second cas, il avait laissé son outil sur place.

Elle retira délicatement le bâillon fait d'un torchon étroitement torsadé et examina l'intérieur de la bouche. Les dents du mort étaient plantées dans une balle de caoutchouc qui emplissait la cavité buccale. Elle retira la balle couverte de glaires et de sang, et les joues se dégonflèrent avec un son mouillé.

Elle souleva les paupières. La profusion des pétéchies sur le pourtour de la cornée prouvait que l'assassin avait serré graduellement la corde autour du cou de la victime avant de la tuer par compression puis section des artères et veines alimentant le cerveau. L'agonie avait duré longtemps. Les stries sur la peau indiquaient que l'assassin s'y était repris à plusieurs fois. Quelle crime avait commis la victime pour s'attirer une telle haine ? Ou bien s'agissait-il de la rage aveugle et sans mobile explicable d'un criminel narcisso-sexuel — pour employer la terminologie récente ?

Il était bien trop tôt pour répondre, et de toutes façons, la psychologie criminelle n'était pas du ressort de Bélier. Son univers était celui des faits tangibles, démontrables et reproductibles.

— Emportez le corps, dit-elle, avant de les arrêter d'un geste.

Elle venait de remarquer une tache sombre sur le médius gauche du mort. Elle se pencha et examina longuement la tache. C'était de l'encre.

— Enveloppez-lui soigneusement les mains, dit-elle.

Elle chercha du regard le stylo à plume qui avait fait cette tache au doigt de l'homme.

Avant de mourir, il n'avait pu parler. Mais il avait écrit.

9

Mardi fin de journée

Martin était un piètre cuisinier, mais il connaissait les bons traiteurs de son quartier. Tout son talent culinaire se résumait à une unique recette de gâteau au chocolat, une galette compacte de cacao noir, de sucre, d'œufs, de beurre, et de poudre d'amande absolument indigeste qu'il confectionnait en un tour de main.

Il descendit acheter une salade de crevettes et pamplemousse, des tranches de rôti froid (bœuf et porc), plusieurs sortes de moutardes diversement parfumées, des fromages variés, et une glace à la vanille pour accompagner son gâteau.

Il acheta aussi de la bière – de la blanche légère et de la rousse –, deux bouteilles de bon vin et une bouteille de champagne rosé millésimé pour les filles. Elles n'étaient pas censées boire d'alcool, mais il avait lu quelque part que le champagne à doses modérées n'est pas contre-indiqué pour les femmes enceintes.

Il se surprit à chantonner en rangeant les courses dans le frigo, but deux bières, et partit chercher Marion comme promis, avec une bonne demi-heure d'avance.

En sortant du métro, à quelques pas du journal, il l'aperçut de l'autre côté de la rue. Elle ne sortait pas du journal, elle y entrait, et elle était en compagnie d'un beau garçon de son âge. Elle le tenait par le bras et riait de quelque chose qu'il venait de lui dire. Ils formaient un si joli couple que Martin se dit qu'il n'avait rien à faire là.

Le garçon s'arrêta au seuil de l'immeuble. Marion grimpa une marche et l'embrassa légèrement sur les lèvres.

En relevant la tête elle vit Martin. Elle agita joyeusement la main vers lui, sans manifester le moindre embarras.

Il traversa la rue et les rejoignit.

Il reconnut l'homme à cet instant. C'était un artiste, sculpteur, ami de toujours de Marion, « son frère de cœur », avec lequel elle affirmait n'avoir jamais couché. « C'est impensable, ça serait comme de l'inceste. » En cas de crise, c'est toujours chez lui qu'elle se réfugiait, depuis son adolescence. Et réciproquement. Une relation symbiotique qui ne rendait pas Martin jaloux, ou alors assez superficiellement, quand il prenait le temps d'y penser.

Martin serra la main de l'homme — il s'appelait François — et s'aperçut que celui-ci le regardait avec une drôle d'expression. Il se demanda ce que Marion lui avait dit, mais François ne lui laissa pas le temps de s'appesantir sur la question.

— Vous avez maigri. Votre visage est devenu très intéressant, dit-il.

— Merci du compliment.

— J'aimerais faire une tête ou un buste de vous, un jour, quand vous aurez le temps.

Le premier mouvement de Martin fut de l'envoyer paître, mais il n'avait rien de particulier à faire, et passer quelques heures avec le frère de cœur de Marion n'était pas nécessairement du temps perdu.

— Très bien, dit-il. Quand ?

Marion le dévisagea les yeux ronds, pas un instant elle n'avait imaginé qu'il accepterait — et Martin comprit qu'elle n'en éprouvait pas une joie immodérée.

— Pourquoi vous ne viendriez pas dîner à la maison ce soir ? dit-il. Il y en a assez pour quatre.

Il venait de déstabiliser Marion pour la deuxième fois en moins d'une minute.

— François a probablement des choses à faire, dit-elle.

— Non, je devais voir ma copine mais elle s'est décommandée.

— Il est en train de la quitter, lui dit Marion quelques instants plus tard. C'est drôle que tu l'aies invité à dîner. Je pensais que tu ne l'aimais pas.

— Comme on peut se tromper, dit Martin.

Mardi début de soirée

Olivier revint au bureau tenant à la main une page de carnet arrachée.

— J'ai trouvé quelques trucs qui peuvent t'intéresser, annonça-t-il à Jeannette. Des endroits où il doit y avoir des listings de détectives : le CNSP-ARP, un syndicat de détectives privés. France-Détectives, une association internationale de détectives francophones. L'ODF, ordre conventionnel des détectives. Je sais pas ce que ça veut dire. Il y a aussi sur le net le guide « Voilà » des détectives, et puis le CNDEP, c'est la confédération nationale des détectives et enquêteurs...

— Tu as commencé à les appeler ?

— Oui, mais on n'obtiendra rien au téléphone, on ne connaît pas le nom de la victime. Il faut se déplacer et leur montrer les photos.

Jeannette avait horreur de cette manière qu'il avait de lui expliquer des évidences. Une façon de la rabaisser sans qu'elle puisse le lui reprocher.

— Eh bien on commence maintenant.

Il la regarda, effaré.

— On devrait peut-être demander des renforts.

— Le temps qu'on obtienne un stagiaire, on aura déjà visité la moitié des adresses. Montre-moi la liste.

Olivier lui tendit la page. Jeannette la plia en deux parties égales, la coupa et tendit une des moitiés à Olivier.

— Je t'appelle dans deux heures.

Elle glissa son arme de service dans son étui de hanche, enfila son blouson, son imper par-dessus, et entoura son cou et ses épaules d'une grosse écharpe en laine et cachemire rose (elle était devenue plus frileuse depuis son agression). Elle prit le reste des photos, sa moitié de liste, et sortit.

Il était recommandé de procéder en tandem, mais elle n'était pas d'humeur à supporter Olivier trois heures d'affilée, d'autant qu'il ne pouvait s'empêcher de fumer en voiture.

En se mettant au volant, elle se surprit à dire à haute voix « Martin me manque ». Bon dieu, je deviens folle, se dit-elle. C'était pourtant la vérité. Il lui manquait et pas seulement parce que son absence l'obligeait à être en première ligne, à naviguer seule dans le brouillard. Mais il lui manquait parce qu'il n'était pas là.

Je ne suis quand même pas amoureuse de mon patron, se dit-elle en s'engageant dans le trafic, et il est un peu trop jeune comme père de substitution. Mais Martin était un modèle. Elle ne pouvait prendre une seule décision professionnelle — et parfois personnelle — sans lui demander son avis, dans un dialogue imaginaire où elle en profitait pour régler ses comptes avec lui, alors que dans la réalité, leurs échanges se limitaient souvent au minimum.

Elle tenta d'expliquer ce manque en le réduisant à une simple carence affective — mon mec est parti depuis un mois — et sexuelle — je n'ai pas baisé depuis l'été —, mais elle savait bien que c'était plus que ça. Qu'est-ce qui lui arrivait ? Elle n'avait jamais eu envie de coucher avec Martin. Rien que l'idée lui paraissait incongrue. Et inconvenante. Et complètement irréaliste. Et merde.

Le dîner, du point de vue de Martin, était beaucoup plus intéressant que prévu. Isa, Martin connaissait suffisamment sa fille pour s'en rendre compte, n'était pas indifférente à François, et c'était réciproque. Qui a dit que les femmes enceintes ne veulent plus séduire, ou être séduites ? se dit Martin. Un mec, probablement.

Marion paraissait un peu tendue, la situation ne semblait pas lui convenir. Frère de cœur ou non, elle était jalouse.

François était intelligent et agréable à écouter. Pendant qu'il racontait des expériences professionnelles plutôt amusantes, Marion le regardait avec une expression boudeuse que Martin lui connaissait bien. Il en faisait un peu trop. Elle était agacée et s'efforçait de ne pas le montrer.

Pour la première fois depuis bien longtemps, Martin se sentait en paix.

Il avança la main et caressa discrètement le ventre de sa compagne. Elle tourna les yeux vers lui, lui prit la main et la porta à ses lèvres.

Une bouffée de bonheur lui emplit la poitrine, un sentiment qu'il pensait avoir oublié.

François tournait fréquemment la tête vers lui, comme s'il sollicitait son avis ou requérait sa caution morale, il comprit vaguement qu'il s'agissait des rapports entre hommes et femmes, et se sentit incapable d'apporter son grain de sel. Marion paraissait de plus en plus énervée, alors que François continuait à pérorer, et qu'Isa l'écoutait avec une expression de sphynx. Cette expression-là, Martin la connaissait aussi, et il faillit dire à François de se méfier.

Mais après tout, à chaque âge ses expériences, et le coup de la misogynie pour draguer, je l'ai fait avant toi, mon bonhomme, songea Martin avant de laisser son esprit dériver. Il se mit à penser au meurtre des berges de la Seine. Pourquoi avait-il songé à un flic ? Quelque chose que Jeannette lui aurait dit ? Ou une intuition venue de plus loin, un souvenir parallèle emprunté à sa vaste expérience professionnelle ?

Et cette sauvagerie. S'attarder pour extirper les balles du corps. Jamais il n'avait vu ça. C'était mille fois moins dangereux d'utiliser une arme anonyme et de s'en débarrasser. Il repensa à la classification du criminologue Laurent Montet.

Le tueur — la tueuse ? — avait entraîné sa victime d'une zone de risque fort à une zone de risque faible. Si c'était une femme, la situation entière était à risque fort, et même extrêmement fort. Cela indiquait chez la tueuse une dose de détermination et d'organisation extrêmes, à quoi on pouvait ajouter une touche de désinvolture, voire d'humour. Laisser visibles les traces de ses chaussures de sport à l'intention des flics, c'était de la provocation, pas un oubli. Quelqu'un qui ôte les balles du corps de sa victime n'oublie pas d'effacer les traces de ses pas.

Elle n'en était pas à son coup d'essai. Et ce n'était pas la dernière fois qu'elle tuerait. Ce qui ne donnait d'ailleurs aucune indication sur le mobile.

Je suis prêt, réalisa subitement Martin.

— Je reprends le boulot demain, annonça-t-il à la cantonade.

Accaparées par François, les filles ne prêtèrent aucune attention à ce qu'il disait.

Il se leva et commença à débarrasser les assiettes avant d'apporter le dessert.

Il se sentait épuisé.

— Ne faites pas attention à moi. Je vais me coucher.

Marion se leva aussitôt.

— Moi aussi dit-elle.

Elle regarda François et Isa, attendant qu'ils se lèvent, mais Isa se contenta de la dévisager de son regard de Sphinx, tandis que François lui prit la main et lui embrassa le bout des doigts.

— Bonne nuit, dit-il.

Marion sourit, les embrassa et rejoignit Martin.

— Je ne sais pas si ça me plaît, dit-elle.

Martin attendit la suite.

— Tu n'es pas jaloux que je sois jalouse ?

— Si, un peu, bien sûr.

— Je t'aime, dit-elle.

Une fois couchés, il la prit dans ses bras. Son gros ventre faisait obstacle. Il lui caressa les seins. Elle se cambra un peu, et posa les mains sur ses épaules.

— Arrête tout de suite ou va jusqu'au bout, dit-elle en fermant les yeux.

— On va tâcher, dit-il.

10

Mercredi matin

C'est un flash qui le tira du sommeil avant la sonnerie du réveil : il avait encore revu sa première femme avant l'accident. Elle le regardait, juste avant de monter en voiture. Il savait ce qui allait arriver et ne bougeait pas.

Il se redressa, le cœur battant, la bouche asséchée. Il comprit que le flash était une question. Comment protéger ceux qu'on aime contre les hasards de la vie ?

Réponse, tirée de la leçon de Myriam : on fait ce qu'on peut, et on peut très peu. Le fardeau de la vie est à partager entre tous, et celui qui le refuse ne mérite aucune considération. Ce qu'il avait fait, ces derniers mois.

La place à côté de lui était à peine tiède. Marion était levée depuis un moment.

Avec une bouffée de tendresse, il se rappela leur étreinte. La douceur de ses baisers. Il avait eu peur de lui faire mal et elle avait ri de ses craintes.

— Je suis enceinte, je ne suis pas malade.

Il avait embrassé son nombril distendu et était descendu plus bas, enfouissant son visage dans sa toison. Elle avait noué les jambes autour de son cou.

Quand il était remonté, elle lui avait pressé le visage entre les mains.

— J'ai tellement eu peur, murmura-t-elle.

— C'est fini. Je suis guéri.

Elle gloussa.

— Je ne parle pas de ta blessure, les types comme toi s'en tirent toujours. J'ai eu si peur que tu ne m'aimes plus.

Comme prévu, il avait mal partout, des épaules aux chevilles, et le lendemain ce serait encore pire. Mais il sentait son corps revivre. La force était enfouie, quelque part, mais elle était là.

Il ouvrit son placard et s'habilla en vêtements de ville.

Il se regarda dans la glace une fois vêtu de pied en cap. Les épaules de sa veste à présent trop large tombaient de façon disgracieuse. Il ôta la veste et enfila un col roulé pour épaissir sa carrure. C'était mieux, mais s'il ne reprenait pas du poids rapidement, il allait devoir renouveler sa garde-robe — assez peu fournie il est vrai.

Isa et Marion le regardèrent avancer dans la cuisine avec une expression de stupéfaction comique. François n'était pas là, il n'arrivait pas à deviner à l'expression de sa fille s'il avait passé ou non la nuit avec elle. Il aurait quand même parié que non. S'il s'était passé quelque chose, c'est Isa qui serait allée chez François.

— Où tu vas comme ça ? demanda Marion. Tu as un rendez-vous ?

— Tu vas pas travailler, quand même ? fit Isa avec un peu plus d'à-propos.

— Eh si.

— On aurait pu en parler, dit Marion, vexée.

— Je vous l'ai dit hier soir, mais vous étiez bien trop occupées à écouter François.

— Ça c'est un coup bas, dit Marion.

Isa se contenta de rougir.

— Tu es sûr que tu te sens bien ? insista Marion.

— Non, dit-il, je ne suis sûr de rien, mais si je n'y vais pas maintenant, je peux aussi bien rester ici jusqu'à ma mort.

Un petit silence accueillit sa déclaration.

Il s'assit entre elles deux et se servit de café, qu'il but d'une traite.

Il piqua la tartine de Marion en se levant.

— À ce soir les filles.

Il embrassa Isa sur le bout du nez, une vieille tradition, et Marion sur les lèvres. Marion courut après lui.

Elle le serra dans ses bras.

— Je t'aime, dit-elle.

Elle l'embrassa sur la bouche et dans le cou.

Puis approcha sa bouche de son oreille.

— Ils n'ont pas couché ensemble, dit-elle.

— Je sais, dit-il. C'est ce que Myriam a appris à Isa. Jamais la première nuit. Et jamais dans la maison des parents.

Il lui assena une claque sur les fesses et sortit.

Avant de retrouver le bureau, il avait quelque chose d'important à faire.

Il s'arrêta chez un fleuriste et envoya deux bouquets à ses « filles ». Trente et une roses rouges pour Isa, et autant pour Marion. Avec « je t'aime, je ne pense qu'à toi » pour Marion, et « je t'aime, ma fille » pour Isa.

Il fit envoyer les deux bouquets, et en acheta un troisième, tout aussi rouge, qu'il emporta. Il fit un chèque conséquent, mais cela ne modifia en rien le regard de mépris que la fleuriste porta sur lui.

Son bouquet dans les bras, il entra dans l'agence de Myriam et se fit annoncer. Par chance, elle était là.

Elle était assise sur son bureau en palissandre, les jambes ballantes, faisant claquer ses mules contre ses talons, le regard fixé sur un épais dossier photographique.

— Pose-moi les dossiers à côté, dit-elle sans relever la tête.

Martin ne répondit pas, mais prit le temps de l'admirer. Sur sa jupe droite et courte, elle portait un petit haut en soie gris foncé, largement échancré, qui dévoilait sa nuque et les méplats de son dos musclé. Myriam n'était pas grande, elle avait les épaules larges et la taille fine d'une athlète, mais cela n'empêchait ni la grâce ni la féminité. Si Marion était une gazelle, aux attaches et aux membres graciles (une gazelle fortement enceinte), Myriam était un condensé de grâce et de force ramassées, souvent prêtes à exploser. La quarantaine passée n'avait pas encore de prise sur elle, sauf à la commissure des yeux et des lèvres.

Prenant conscience du silence et de l'immobilité de l'intrus, Myriam leva la tête et se figea.

Elle resta à les regarder, lui et son bouquet de fleurs, le visage dépourvu d'expression. Ses jambes avaient cessé de ballotter, et si Martin avait pris son pouls, il aurait été surpris de le sentir battre si vite. Elle avait les yeux cernés. Elle travaillait trop. Il ne lui vint pas à l'idée que depuis sa dernière visite chez lui, elle n'avait pratiquement pas fermé l'œil.

C'était une des rares fois dans sa vie où Myriam ne savait plus que dire ni que faire. C'était le vrai Martin qui était devant elle, ni plus ni moins. Elle n'osa pas se lever, elle ne faisait pas confiance à ses jambes.

— Dis quelque chose, sinon je vais croire que tu ne me reconnais pas, dit-il en l'embrassant sur la joue.

— Pourquoi ces fleurs ?

C'est tout ce qu'elle trouva à dire.

— Je voulais t'envoyer un mot avec, et puis... Je me suis dit autant venir te dire ce que je voulais t'écrire. Bon, tu les acceptes, oui ou non ?

Elle les lui prit des mains et les posa sur son dossier. Elle le saisit par les revers de son manteau et le tira à elle, écartant les genoux.

Martin la serra dans ses bras et ils restèrent ainsi l'un contre l'autre sans bouger.

La porte du bureau s'ouvrit dans le dos de Martin, Myriam dégagea la tête juste pour dire « fichez-moi le camp » à l'intrus, qui battit précipitamment en retraite. Ce fut à nouveau le silence.

Martin finit par se dégager et l'embrassa sur le front.

Myriam se leva et se détourna, mais pas assez rapidement pour qu'il ne puisse voir les deux traînées noires sur ses joues. Elle sortit rapidement et referma la porte derrière elle. Il s'essuya les yeux et se moucha.

Elle revint deux minutes plus tard, les yeux maquillés de neuf et un grand vase plein d'eau dans les bras.

Elle ôta l'emballage des roses et les ficha dans le vase. Elle n'avait jamais été très douée pour les bouquets.

— Bon, je vais quand même te dire ce que je suis venu te dire, dit Martin.

— Ah, les roses, c'était pour faire passer la pilule.

— Exactement.

Il lui sourit à nouveau, plus largement.

— Ça t'ennuie si je commence ? dit-elle. J'ai quelque chose à te dire moi aussi.

Elle fit le tour de la pièce avant de se planter devant lui et de lever son visage vers le sien, le fixant droit dans les yeux pour ne rien perdre de l'effet de ses paroles.

— Quand je suis venue te voir, j'ai été nulle. Pire que nulle. Faible. Lâche. Et je ne t'ai pas fait confiance. J'ai cru que tu ne t'en sortirais jamais, et que j'étais incapable de t'aider à t'en sortir. Je n'ai pas eu confiance en moi, et surtout, je n'ai pas eu confiance en toi. C'est l'erreur la plus stupide que j'ai jamais commise.

Il y eut un petit silence.

— Tu as fini ?

— Oui, à ton tour.

— Depuis que je suis rentré de l'hosto, tout le monde a été gentil avec moi. Plus que gentil. Compréhensif, complaisant. Indulgent. Et je me suis enfoncé doucement, et de plus en plus profond, sans savoir où ça allait s'arrêter. Et si ça allait s'arrêter. Peut-être que je t'attendais pour que tu voies comme j'étais malheureux. Et puis tu es arrivée et tu m'as regardé d'une façon bizarre. Comme si je te dégoûtais... Je crois que c'est grâce à ça que je m'en suis sorti — enfin, que j'essaie sérieusement de m'en sortir.

Il fit un geste vague vers le bouquet.

— Je reconnais que les roses, c'est un peu banal pour dire tout ça...

Myriam avait une autre idée, quelque chose qui l'aurait beaucoup plus satisfaite que des roses. Elle n'eut rien besoin de dire pour que Martin comprenne aussitôt qu'il venait de gaffer. Son regard et sa moue étaient suffisamment éloquents. La compréhension fut totale et instantanée.

— Tu ferais mieux de t'en aller.

Il acquiesça, et resta planté, sans réussir à bouger.

— De t'en aller tout de suite. Sinon...

— Si on allait chez toi ?

Elle soupira, hocha la tête, jeta un coup d'œil à sa montre et appuya sur un bouton du téléphone.

— Jasmine, je pars en rendez-vous. Je reviens dans... je ne sais pas. Peut-être que je ne reviens pas, dit-elle en raccrochant.

Plus tard, en ressortant de l'immeuble de Myriam, avenue Rapp, il croisa sur le trottoir une femme extrêmement belle. Ce genre de rencontre n'est pas rare, surtout dans Paris, mais ce qui le frappa, plus que la beauté de la femme, c'était l'élasticité conquérante de sa démarche. Elle lui rappelait Myriam. Même si elles ne se ressemblaient pas, il y avait une ressemblance dans leur allure générale et elles dégageaient la même aura.

Il ne put s'empêcher de se retourner sur elle, avant de reprendre sa route. Malgré ses courbatures, il avait décidé de marcher jusqu'au siège de la PJ.

En tournant au coin de l'avenue, il jeta un coup d'œil derrière lui machinalement, un balayage instinctif de flic habitué à explorer son environnement, malgré le désordre mental dans lequel il se trouvait. En revoyant l'inconnue au loin, immobile et tournée vers lui, il ressentit à nouveau une curiosité fugitive.

Il l'oublia presque aussitôt pour repenser à Myriam. Myriam.

Cela ne s'était pas du tout passé comme il l'attendait.

Pendant le trajet dans la mini de Myriam, ils n'avaient quasiment pas parlé. Elle avait conduit comme à son habitude, vite et avec des à-coups. Elle l'avait regardé à plusieurs reprises, rapidement, à la dérobée. Quelque chose n'allait pas. Martin se demandait si cela venait de lui ou d'elle, avant de conclure que cela venait surtout de lui.

Dès la porte refermée, au lieu de se jeter dans ses bras, elle avait fait preuve d'une curieuse timidité. Elle n'avait même pas osé le toucher, et ils étaient restés plantés l'un devant l'autre comme deux adolescents pas très sûrs de ce qu'ils voulaient.

C'est Martin qui avait fait le premier pas. Il l'avait serrée contre lui et lui avait doucement baisé les lèvres. C'était un baiser tendre, presque fraternel. Au fond de lui il savait qu'il avait pris une décision, mais il ne savait encore comment lui en faire part.

Myriam avait répondu à son baiser, avidement, avant de se détacher de lui.

— C'est fini, hein ?

— Non. Rien ne sera jamais fini entre nous.

— Ne triche pas, Martin. Tu aimerais bien être encore amoureux de moi. Par loyauté, par fidélité, par tendresse... Mais tu ne m'aimes plus.

Il avait horreur d'être lu à livre ouvert, mais elle avait raison. Il voulut quand même protester, un peu lâchement.

Anticipant ce qu'il allait dire, elle lui colla la main sur la bouche.

— Non, réfléchis avant de répondre. Tu vas me dire que tu m'aimes encore pour me faire plaisir et je te jure que c'est la dernière chose dont j'ai envie.

— Dis-moi ce que tu veux que je te dise, alors, proposa-t-il, avec un soupçon de sarcasme qu'il regretta aussitôt.

Myriam secoua la tête, impatiente.

— Tu vas avoir un enfant de Marion. Ce n'est pas rien. Et tu n'as pas envie d'avoir des relations compliquées avec une autre femme, même ton ex. Je le sais, Martin, je te connais. Tu as failli mourir et ça remet les choses en perspective. Je crois que tu m'aimeras toujours, mais autrement.

— Je ne sais pas, dit-il. Tu vas trop vite pour moi.

— Non ! Tu sais que j'ai raison. Dis-moi que c'est fini, tout de suite, maintenant. Aide-moi à me délier de toi.

Martin ne répondit pas.

— Je t'en prie, mon amour, murmura Myriam, je t'en prie, laisse-moi une chance à moi aussi de pouvoir vivre. Avoue-toi et avoue-moi la vérité. Notre histoire... Elle n'a plus aucune raison d'être aujourd'hui. C'est fini.

Elle ferma les yeux, murmurant encore une fois : « je t'en prie ».

Martin la prit à nouveau dans ses bras et cette fois elle ne résista pas.

— Oh Myriam... murmura-t-il. Comment peux-tu être si forte ?

— Je ne suis pas forte, dit-elle, le visage enfoncé dans la poitrine de Martin. Va-t'en maintenant. Va-t'en tout de suite. Va-t'en.

Elle le repoussait sans cesser de s'accrocher à lui.

Elle tâtonna dans son dos et il entendit le pêne de la porte jouer. Elle leva ses yeux pleins de larmes et l'embrassa une dernière fois. Elle le repoussa et claqua la porte sur lui.

Martin resta hébété devant la porte fermée.

C'était fini. Pour combien de temps ?

Elle lui avait laissé à tout moment la possibilité de protester, de récuser, de nier. Il n'avait pas protesté. Elle avait raison.

Marion... Le fait que Myriam n'ait jamais pu enfanter était une injustice de plus, qui ne changeait rien au fond du problème. C'était Marion sa compagne.

11

Mercredi matin

Ce fut sa femme de ménage qui découvrit Julie Rodez, 22, avenue Anatole-France, à Colombes, dans la proche banlieue nord-ouest de Paris.

Ce ne fut donc pas la brigade criminelle de la police judiciaire parisienne qui arriva sur les lieux, mais les officiers du SRPJ des Hauts-de-Seine.

Le service départemental de la PJ se trouvait rue Henri-Barbusse à Nanterre, une rue qui n'avait rien de commun avec la rue Henri-Barbusse de Colombes, toute proche de l'avenue Anatole-France (qui elle, n'avait rien à voir avec l'avenue du même nom à Nanterre).

La distance entre le SRPJ et l'adresse de la victime ne dépassait pas 6 kms, à condition d'emprunter les 3,5 kms de l'autoroute A86, mais avec ou sans gyrophare, la vitesse moyenne sur la voie rapide n'excédait pas les 6 kms/h, et les fonctionnaires de police mirent une bonne demi-heure avant d'arriver, ce qui d'ailleurs ne changeait pas grand-chose pour la victime.

Les techniciens de la police scientifique mirent, pour leur part, une heure et demie, et commencèrent leurs investigations dans une humeur massacrante, prêts à en découdre avec leurs collègues du SRPJ à la moindre remarque.

Mais l'électricité finit par retomber, et un silence très professionnel tomba sur la scène du crime. Ils avaient de quoi faire.

Julie Rodez avait été poignardée une bonne vingtaine de fois sur le torse, recto et verso, et sur les jambes. Aucune de ces plaies à elle seule n'aurait pu causer la mort, mais le cœur avait fini par lâcher. Ça ne ressemblait pas aux coups de couteau frénétiques d'un déséquilibré en pleine crise, mais à des coups savamment portés, dont aucun ne touchait une partie vitale ou une artère majeure.

Le corps était allongé sur le lit, nu, bras et jambes ligotés aux quatre pieds du lit. Des séries de photos furent prises sous tous les angles et à plusieurs focales et enregistrées sur CD-rom pour la banque de données. Malgré la position du corps et sa nudité, rien n'indiquait à première vue qu'elle ait subi une agression de type sexuel, ante ou post-mortem.

L'élément déterminant de l'enquête, ignorant encore tout de son statut, avançait sans se presser vers le lieu du crime, un sac de voyage sur l'épaule, avant de s'arrêter, effarée, sur le seuil du pavillon encerclé de véhicules et squatté par une armada de flics.

On lui refusa le passage, même quand elle déclina son identité. Un gradé finit par arriver pour lui demander ce qu'elle voulait.

Elle habitait là, elle était la locataire en titre des lieux, et exigea qu'on la laisse entrer. Elle présenta ses papiers, de plus en plus inquiète. Tout en y jetant un coup d'œil, le lieutenant de police se dit que la femme qui lui faisait face, maigre, et brune, lui rappelait étrangement celle qu'il avait vue là-haut.

— Venez par ici, dit-il.

Elle secoua la tête, furieuse.

— Je veux rentrer chez moi.

— Ce n'est pas possible, dit-il.

— Vous pourriez au moins m'expliquer pourquoi.

À cet instant, la femme de ménage sortit du pavillon en face où elle avait été prise en charge et gavée de calmants. Elle ouvrit des yeux énormes en apercevant la nouvelle venue, et s'évanouit, avant que l'agente en tenue qui l'accompagnait ait pu réagir.

C'est à ce moment que la femme accepta l'idée que quelque chose d'horrible venait de se produire chez elle.

— Ma sœur, dit-elle d'une voix soudain enrouée. Il est arrivé quelque chose à ma sœur.

— Vous êtes la sœur de Julie Rodez ?

— Je suis Julie Rodez ! C'est ce que j'essaie de vous dire depuis une heure, dit-elle, retrouvant un peu d'agressivité malgré la peur qui lui étreignait le ventre. Qu'est-ce qui est arrivé à ma sœur ?

— Je suis désolé, madame. Elle est décédée.

— Non ! Je veux la voir !

— Vous la verrez, mais pas tout de suite.

Elle tenta de passer outre, mais il la retint fermement, et l'entraîna vers le café du coin qui servait de QG de campagne.

Il la força à s'asseoir, le dos à la vitre, afin qu'elle ne voie rien de la manœuvre du fourgon mortuaire qui venait d'arriver et se positionnait l'arrière vers l'entrée.

Il lui commanda un cognac et s'assit face à elle.

— Que s'est-il passé ? dit-elle, un peu plus calme. Je vous en prie, je veux savoir.

— Votre sœur a été assassinée. Je ne peux pas vous en dire plus. Nous allons avoir besoin de votre témoignage.

— C'est moi qui étais visée ? dit la femme. C'est ma maison !

Le flic la regarda, étonné. Qui pouvait en vouloir au point de la larder de coups de couteau, à cette femme de quarante ans, anodine d'aspect, sans doute pas très fortunée ?

— Vous connaissez des gens qui vous en veulent au point de vous tuer ?

— Non, bien sûr que non. Mais ma sœur et moi on se ressemble beaucoup, même si elle avait six ans de plus que moi. Et hier après-midi elle a profité de mon déplacement en Corrèze — je suis représentante en produits de nettoyage industriel — pour venir habiter chez moi deux jours. Ils refont l'électricité chez elle.

— Elle est venue sans vous prévenir ?

— Non. Elle m'a appelée sur mon portable. Elle sait où je cache les clés, elle n'a eu qu'à entrer. Ils ont cru que c'était moi. Forcément.

Soudain, elle se tut, la respiration coupée. La réalité de ce qu'elle venait de dire l'avait frappée de plein fouet. Sa sœur était morte. À sa place à elle. La peur, la culpabilité, la honte — et l'intime et indigne joie d'être toujours en vie alors qu'elle aurait dû être morte, l'étouffèrent. De grosses larmes jaillirent de ses yeux.

Elle refusa le verre de cognac que lui tendait le flic. Elle hoqueta et enfonça son poing serré dans sa bouche, mordant ses jointures blanches.

Il laissa passer quelques instants, et elle finit par s'apaiser.

— Il va falloir que vous nous aidiez à trouver qui a fait ça.

— Ça fait des années qu'elle me conseille de déménager. Ça devient de plus en plus compliqué, ici, et je me suis déjà fait agresser deux fois en rentrant du travail, le soir.

— Vous avez porté plainte ?

— La première fois, pas la deuxième. Elle a souffert ?

Il hésita une seconde de trop, et elle comprit.

— On a essayé de la faire parler, c'est ça ? C'est ce qu'ils font pour vous faire dire où sont l'argent et les bijoux. Mais chez moi il n'y a ni argent ni bijoux. Les salauds, les salauds…

— À part ces agressions, vous ne vous connaissez pas d'ennemis ?

Elle secoua la tête.

— Je peux plus supporter mon chef de vente, mais je n'irais pas jusqu'à la tuer. Et elle non plus. Je ne vois rien d'autre.

Il vit à son regard qu'elle venait de penser à quelque chose. Il attendit, mais rien ne vint.

— Je ne vois rien d'autre, répéta-t-elle.

Cette fois il sut qu'elle mentait.

C'était un bon flic. Il savait quand il fallait foncer et quand il valait mieux contourner l'obstacle. Cette femme ne pouvait pas être complice du ou des assassins de sa sœur, il était même peu probable qu'elle dissimule sciemment une information qui pouvait avoir un rapport avec l'assassinat. Mais elle cachait quelque chose, c'était évident. Peut-être devait-il faire appel à une collègue pour la faire parler ? Le problème, c'est qu'il n'en avait pas sous la main.

— Vous savez, madame, dit-il doucement, je suis ici pour trouver celui ou ceux qui ont... tué votre sœur. Il est possible que vous sachiez quelque chose qui nous mettrait sur la piste des meurtriers, même si cela vous paraît sans rapport avec ce qui s'est produit. Si c'est le cas, je vous conjure de me le dire, même si c'est gênant pour vous.

— Si ça a un rapport avec... avec ce qui est arrivé, murmura-t-elle, je ne pourrai pas le supporter.

Il hocha la tête d'une façon entendue, comme s'il avait déjà une petite idée de ce qu'elle allait lui confier, ce qui était loin d'être le cas.

Julie Rodez avait eu un amour de jeunesse. Ses parents s'étaient opposés à cet amour et avaient tout fait pour la séparer de son ami. Depuis quelque temps, elle repensait souvent à lui. Elle avait eu des aventures, mais ne s'était pas mariée, et elle s'était peu à peu persuadée que ce garçon avait été le seul vrai amour de sa vie.

Elle avait voulu le revoir, avait consulté le minitel et Internet, mais sans résultat. Elle avait fini par engager un agent de recherche pour l'aider. Un certain Julien Duperrier.

— Et il a trouvé quelque chose ?

Elle hocha timidement la tête.

— J'ai un nom et une adresse. Il habite à Paris. Mais je n'ai pas encore eu le courage de l'appeler ou de lui écrire.

— Il me faut ses coordonnées.

— Pourquoi ?

Il ne répondit pas, mais haussa les sourcils légèrement.

— Ça ne peut pas avoir un rapport, ce n'est pas possible, dit-elle faiblement.

Il sortit son carnet et attendit.

— Il s'appelle Hervé Robic.

Hervé Robic fut interrogé par le même OPJ deux heures plus tard à son bureau. Il était cadre dans les assurances, deux fois divorcé, père de deux enfants. À l'heure du crime, il participait à un séminaire en compagnie de quatre-vingts collègues de sa boîte.

D'ailleurs il n'avait aucun mobile pour tuer la sœur d'une femme qu'il n'avait pas vue depuis plus de vingt ans. Impasse.

Restait la piste du détective privé.

Le flic tenta de le contacter — en vain — et se rendit à son bureau. Personne ne répondit à son coup de sonnette, et il se sentit autorisé à faire venir un serrurier.

Le bureau avait été saccagé avec une terrifiante minutie. Il n'y avait plus un élément intact.

La concierge, qui assistait comme témoin à la perquisition, en resta sans voix, tétanisée.

— Et personne n'a rien entendu, dit-elle. C'est pas dieu possible.

L'ordinateur, un Mac Powerbook G3 vieux de cinq ans, avait été dépecé et le disque dur manquait.

Le coffre était le seul élément intact. Il ne renfermait qu'un acte de propriété (concernant les lieux mêmes), trois cents euros en coupures de cinquante et de vingt, une arme de poing, un Glock neuf millimètres, une boîte en carton remplie de munitions neuf millimètres pour automatique, et un étui qui avait contenu un appareil photo numérique à haute résolution.

On ne trouva rien dans les papiers du détective en rapport avec Julie Rodez, mais le bureau saccagé donnait corps à ce début de piste.

La concierge n'avait pas vu Duperrier depuis la semaine dernière, jeudi ou vendredi matin.

Un avis de recherche fut immédiatement lancé, mais l'OPJ avait la conviction qu'on ne retrouverait jamais l'homme vivant. Pas après ce qu'on avait fait à son bureau et à la sœur de sa cliente.

12

Mercredi après-midi

Le hasard voulut que Martin arrive au bureau quelques minutes avant Jeannette. Ni elle ni Olivier encore en vadrouille n'avaient rien trouvé auprès des organisations professionnelles de détectives privés, leurs fichiers ne contenaient pas de photos, ce qui était d'ailleurs dans la logique des choses : aucun détective, à part quelques specimens devenus des personnages hautement médiatisés par une affaire, et en passe de changer de carrière, n'ont intérêt à voir leur physionomie s'étaler dans un fichier à peine confidentiel.

Quand elle entra — sans frapper, puisqu'elle ne s'attendait pas à le voir, elle fut à la fois surprise, heureuse, soulagée, et obscurément déçue.

Il avait l'air très différent de la dernière fois où elle l'avait vu.

Le dossier du meurtre des berges de la Seine était ouvert devant lui.

Reposé, le regard plus clair, Martin flottait dans ses vêtements de ville, cet amincissement lui donnait une silhouette presque élégante et affinait le bas de son visage. Elle s'étonna de ne pas l'avoir remarqué quand elle était allée lui rendre visite.

— Excuse-moi, dit-il en la rejoignant. J'aurais dû te prévenir. Je reprends le service.

— Tu as le droit ?

— Je suis passé à la direction du personnel. Ils vont régulariser s'ils y pensent.

— C'est moi qui m'excuse, dit-elle, j'ai squatté ton bureau... Il y a une fenêtre. Je déménage mes affaires tout de suite.

— Rien ne presse. Si ça te dérange qu'on bosse ensemble, pas de problème. Je me débrouille avec la hiérarchie.

— Ça va pas ? Pourquoi tu dis ça ?

— Tu as pris l'habitude de prendre des décisions sans moi. Et je suis sûr que ça te réussit. C'est dur de revenir ensuite à la situation initiale.

— J'ai suivi ton idée, dit-elle sans répondre directement à sa question. On a commencé avec les détectives privés.

— Les détectives privés... Oui, c'est pas con. Les flics, c'est comme les saucisses de Strasbourg, ça va souvent par deux, et lui, il était forcément seul. Et tu as trouvé quelque chose ?

— Non, pas pour le moment. Olivier n'est pas encore rentré. On épluche les fichiers des organisations professionnelles...

Il fit une grimace de douleur en posant ses fesses à l'angle du bureau.

— J'ai essayé la muscu hier. C'est l'horreur. Un détective privé... Ça ouvre énormément de perspectives. Le chantage...

— La vengeance, l'espionnage économique. On peut y aller...

— Tu as raison. Tant qu'on n'en sait pas plus, les perspectives sont bien trop larges. Et le mode opératoire est particulier. Qu'en dit Bélier ?

— Elle reste très réservée.

— Qu'est-ce qu'on fait ?

Elle haussa les épaules. À chaque fois qu'elle regardait Martin, elle n'arrivait pas à faire abstraction du bourrelet rouge qui lui barrait la gorge.

Le téléphone sonna.

Martin tâtonna sur la table à l'endroit où il avait l'habitude de poser le téléphone, et ne le trouva pas tout de suite. Elle l'avait changé de côté.

— Oui je suis rentré, dit-il. Oui ça va. Merci. À plus tard. Ça va être comme ça toute la journée, ajouta-t-il en raccrochant.

Le téléphone sonna à nouveau.

— Viens, on va marcher un peu.

Jeannette acquiesça.

La bruit et la rue l'étourdissaient à nouveau, mais ce n'était pas désagréable. Il avait l'impression de rejoindre la communauté des hommes, cet ensemble complexe et bordélique, malgré tout organisé, dont il était partie prenante.

Le temps était froid et sec. En voyant frissonner Jeannette, Martin l'entraîna dans un café.

Il la regarda, et elle se sentit rougir. Il ne l'avait jamais regardée comme ça. Non pas comme une collaboratrice, un appendice asexué plus ou moins utile et efficace, mais comme une femme.

— Qu'est-ce que j'ai ? dit-elle sur un ton plus agressif qu'elle ne l'aurait souhaité.

— Rien, excuse-moi. C'est juste que... Tu as changé.

— Toi aussi.

— Peut-être que je suis en train de devenir moi-même, dit-il. À ma place.

Elle attendit la suite, mais rien ne vint. C'était d'ailleurs déjà beaucoup venant de Martin. Plus qu'il n'en avait jamais dit. Il avait vraiment changé.

— Excuse-moi, on n'est pas là pour ça.

Ça, ça ressemblait plus à l'ancien Martin.

Un portable sonna. Celui de Jeannette. C'était Olivier.

Elle écouta sans rien dire, mais Martin vit ses yeux se plisser et entendit sa respiration s'accélérer. C'était important.

Elle raccrocha et le regarda, les yeux brillants.

— Suite à un meurtre particulièrement sauvage commis la nuit dernière en banlieue, le SRPJ des Hauts-de-Seine a découvert qu'un détective privé est mêlé de près à l'affaire. Ils se sont rendus à son bureau. Le bureau a été saccagée et le détective est introuvable. D'après le signalement, ça pourrait être la victime des berges de la Seine.

Martin hocha la tête.

— Un privé. Tu avais raison.

Elle sourit.

— C'est toi qui l'as dit. Les vrais flics suivent rarement quelqu'un en solo.

Le regard de Martin s'égara sur le côté, et Jeannette devina aussitôt quelle serait sa prochaine question.

— Je vais appeler Bélier, dit-elle, elle nous dira s'il y a une parenté entre les deux meurtres.

Martin la regarda attentivement.

— Je ne sais pas si ça va me plaire, dit-il.

— Quoi ?

— Que tu saches ce que je vais dire avant que je le dise.

— Excuse-moi, patron.

— Il n'y a certainement pas de ressemblances évidentes entre les deux meurtres, sinon Bélier nous les aurait déjà signalées. On ferait mieux d'y aller. Je veux voir son expression quand on lui demandera si les deux victimes ont pu être tuées par le même assassin.

Jeannette comprenait ce qu'il voulait dire. Bélier était trop cartésienne pour se fier à de pures intuitions, mais ils verraient tout de suite sur son visage si quelque chose de trop ténu pour figurer sur un rapport l'avait frappée, et il serait alors plus facile de lui faire exprimer de vive voix ce qu'elle avait ressenti.

Mercredi après-midi

Elle se sentait écrasée par l'énormité de sa tâche. Quelque chose lui disait qu'elle ne s'en tirerait jamais. Il y avait trop d'impondérables.

Elle revit son père, le fouet à la main.

Tu vas y arriver, lui disait-il. Tu vas y arriver.

Le fouet claquait, la bête hennissait, elle sentait l'urine couler le long de ses jambes grêles, mais elle avançait, elle avançait, sachant que si le fouet claquait une nouvelle fois, ce ne serait pas sur la croupe du cheval, mais sur son dos à elle, sur ses bras et sur ses jambes.

Elle était incapable de faire avancer le cheval, et il le savait. La bête n'obéissait qu'à son maître.

Elle barra le deuxième nom de la liste et commença à établir son plan pour le troisième.
~~Sébastien Grossard, 227, rue de l'Université, 75007Paris~~
~~Julie Rodez, 22, rue Anatole-France, 92 Colombes~~
Stéphane Holliez, 15, rue de Chaligny, 75012 Paris
Aymeric Tanguy-Frost, 21, rue Hallé, 75014 Paris
Georges Forrier, 8, impasse de la Gaîté, 75014 Paris
Alain Karief, 19, Villa Monet, 75019 Paris
Catherine Amard-Fusin, 82, rue de la Croix-Nivert, 75015 Paris
Eloi Wilkiewitz, 12, rue des Rosiers, 75004, Paris
Valdek Mirmans, 12, rue Raynouard, 75016 Paris
Stéphanie Mallory, 1, allée des Rois, 78 Saint-Germain-en-Laye
Jacques Faïglioli, 33, place de l'Horloge, 69000 Lyon

Si seulement cela pouvait être ce Stéphane Holliez qui avait engagé le détective pour elle. Elle le haïssait déjà avant de le connaître. Après l'avoir interrogé et tué, si c'était bien lui, elle pourrait enfin se reposer. Qui était-il ? En apparence au moins, un inconnu anodin, dont elle n'avait jamais croisé la route, et qui n'était rien pour elle.

Elle se prit la tête dans les mains, saisie de vertige. Où ? Quand ? Où et quand avait-elle commis la terrible erreur qu'elle s'efforçait d'effacer maintenant dans le sang ? Un gémissement profond monta de sa poitrine. Elle avait envie de hurler, mais ce n'était pas possible. Pas maintenant, pas ici.

Elle enfonça les pouces sur ses carotides, et ressentit aussitôt un léger vertige. Elle appuya un peu plus fort, et le monde devint cotonneux, sa respiration s'égalisa, ses paupières s'alourdirent, et battirent au ralenti, comme les ailes d'un papillon englué. Ses mains retombèrent et la pression cessa, mais le blanc cotonneux resta encore quelques secondes en suspension devant ses yeux, avant de refluer, aspiré par un vent invisible.

Elle resta immobile, en stase, pendant quelques minutes, puis se leva au ralenti, les membres lourds. Son cœur avait retrouvé un rythme normal.

Stéphane Holliez. C'était sa tâche du jour. Inutile de chercher plus loin.

Le fouet claqua. Allez ma fille, tu vas y arriver.

Mercredi après-midi

— Il n'y a aucune parenté, dit Bélier. Ni le mode opératoire, ni le contexte géographique. Pas plus que...

Elle se tut.

— Pas plus que ? dit Martin.

— Je ne sais pas... Vous m'emmerdez avec vos questions. Vous ne voulez pas aller voir un gourou ou un chaman ? Je suis une scientifique, moi.

— Personne ne dit le contraire. Qu'est-ce que tu allais dire ?

Bélier secoua la tête, en colère contre elle-même.

— Il y a eu un autre meurtre. Un type s'est fait pratiquement détacher la tête au fil à couper le beurre. Et je ne sais pas pourquoi...

Les mots avaient du mal à franchir ses lèvres, mais Martin et Jeannette se gardèrent bien de dire quoi que ce soit pour l'aider.

— C'est la même sauvagerie et la même violence glacée que pour le premier et le troisième. Et un mode opératoire complètement différent.

— C'est bizarre, dit Jeannette.

— Quoi ? dit Bélier, presque agressivement.

Jeannette lança un regard vers Martin, une demande d'assistance. Il avait déjà compris ce qu'elle voulait dire.

— Tu parles de mode opératoire complètement différent comme si c'était une ressemblance de plus, dit-il.

— Exactement. Je dois être folle. Sauvagerie, minutie et manque absolu d'indices, voilà les trois points communs.

— On a le résultat de l'analyse de la tache de salive ? demanda Jeannette.

— Il n'y a pas de tache de salive. C'est un technicien qui a bavé. Désolée.

Jeannette tenta de faire bonne figure.

— Ce sont des choses qui arrivent, dit Martin.

— Pas chez moi, dit Bélier. Je vais demander sa mutation.

Elle se tut un instant, cherchant manifestement la façon la plus précise d'exprimer ce qu'elle avait en tête.

— C'est comme si on avait un assassin qui se compliquerait la tâche au maximum en commettant chaque crime de la manière la plus différente possible, dit-elle... Ça va à l'encontre de tout ce que j'ai appris.

— Ça peut se comprendre, dit Jeannette. Si c'est bien le même tueur, il opère ainsi justement pour qu'on ne fasse pas le rapprochement entre ses crimes.

— Possible, mais ça exige une dépense d'énergie énorme, et une prise de risque tout aussi énorme.

Bélier se mit à claudiquer à travers son labo encombré. Martin ne l'avait jamais vue aussi agitée. Elle écarta impatiemment une mèche rousse qui lui barrait le front.

— Les assassins multirécidivistes ne changent pas de méthode. De meurtre en meurtre, ils perfectionnent leur façon de faire, c'est le meilleur moyen d'éviter de se faire prendre. Votre tueur, lui, si c'est vraiment le même tueur, a pris l'option exactement inverse. Il n'hésite pas à multiplier les risques.

— Ça veut dire que le seul moyen de le coincer, dit Martin, c'est de trouver le mobile.

— Ça veut dire qu'on n'est qu'au début de la série, notre assassin tuera tant qu'il ou elle n'a pas obtenu ce qu'il veut. Et vu l'acharnement avec lequel il s'y est pris jusqu'à présent, il n'y a pas de raison pour qu'il se mette à faire des erreurs maintenant.

— Il y a quand même l'empreinte de pas, dit Jeannette.

— Oui, dit Bélier. Il ou elle porte des baskets neuves, qui doivent déjà être détruites. Super indice.

Cet aveu d'échec ne lui ressemblait pas. Jeannette fit la grimace. Elle n'aimait pas que quelqu'un d'aussi professionnel et talentueux que Bélier soit aussi défaitiste. Pour Martin aussi, le comportement du tueur était contraire à tout ce que son expérience lui avait appris. L'axiome de base de son métier était : Un tueur applique toujours la méthode qui lui a réussi. Toute modification autre que de circonstance le met en danger. Un étrangleur étrangle, un égorgeur égorge, un frappeur frappe... Imaginer un assassin capable de passer avec autant de maîtrise d'un mode opératoire complexe à un autre tout aussi complexe avait quelque chose de vertigineux. Même les tueurs en série se tenaient à leur façon de faire, accompagnant leurs meurtres de rituels de plus en plus perfectionnés — si on leur en laissait le temps.

Leur assassin était une aberration statistique autant qu'une aberration humaine. Une sorte de mutant.

C'est chez les victimes qu'on finit généralement par trouver les mobiles des assassins. Qu'avaient en commun le détective et les deux autres morts ?

Soudain, Martin comprit. C'était évident. Cela expliquait aussi la volonté acharnée du tueur de varier sa méthode le plus possible. Les deux derniers morts avaient été des clients du détective.

Un de ses clients détenait quelque chose — un trésor ? un secret ? — que l'assassin cherchait à récupérer à n'importe quel prix. Pour faire preuve d'une telle sauvagerie, il fallait que ce soit quelque chose de vital, un danger qui menaçait son existence même.

La priorité absolue était de mettre la main sur la liste de ces clients. Mais ce serait difficile, voire impossible. Le seul exemplaire restant de cette liste devait se trouver entre les mains du tueur. Cela expliquait la mise à sac du bureau et du domicile de Duperrier. Combien de personnes composaient cette liste ? Combien en restait-il à tuer ? Il croisa le regard de Jeannette. Elle en était au même point de réflexion.

— Il a quand même fait une énorme erreur, dit Martin. Pour son dernier meurtre, il s'est trompé de cible. Il a tué la sœur. Il ne faut pas que la presse l'apprenne. Et il faut accorder une protection 24 heures sur 24 à Julie Rodez.

13

Mercredi soir

Elle se souvenait, en marchant dans la rue à la rencontre de sa future victime.

Petite silhouette sombre, plastifiée et vaguement luisante dans la nuit. Totalement indéfinissable. Fille ? Garçon ? Rien pour accrocher le regard ou l'ombre d'une interrogation.

Elle se souvenait.

Elle redoutait par-dessus tout le moment où elle avait fini d'étriller l'étalon. Elle avait traîné autant qu'elle pouvait, mais elle savait ce qui allait se passer inéluctablement. La silhouette gigantesque de son père allait se découper en contre-jour à l'entrée de l'écurie, elle allait devoir s'arrêter et l'écouter. Car il avait toujours besoin de parler, en battant doucement son mollet avec le manche de son fouet tressé, avant de s'occuper d'elle.

Elle ne distinguait presque rien de son visage, à part un éclat furtif de ses dents ou du blanc de ses yeux. Il avait les épaules si larges qu'elles obstruaient presque l'ouverture. Il était immense, une sorte de lourde bâtisse faite homme, qui pouvait l'écraser à tout moment comme un insecte.

En sa présence, elle ne pouvait quasiment plus se mouvoir de sa propre volonté. Elle était petite, frêle et rapide. Et ses petits membres si légers ne la portaient presque plus. Elle aurait tant voulu être une petite punaise, ou une fourmi. Ce n'était pas juste.

Elle se secoua, la respiration hachée, tentant malgré elle d'empêcher le passé de remonter à la surface. Mais c'était dans son passé qu'elle puisait sa force. Il fallait que la lumière étincelante et froide de sa haine l'emplisse, jusqu'à ras bord, afin qu'elle ait la force d'accomplir ce qu'elle avait à faire.

Elle était une petite fille de huit ans. Et son calvaire quotidien allait commencer au moment où le soleil baissait sur l'horizon.

Il y avait un rituel, et chaque phase de ce rituel était imprimée en elle, à la fois sur sa peau et au plus profond de son corps d'enfant.

Elle devait approcher lentement avant qu'il l'appelle, pas trop longtemps avant. Ne pas approcher était l'équivalent d'une fuite. Et alors...

Elle devait aussi sourire. C'était cela le plus difficile dans son approche. Mais le pire restait à venir. Elle devait sourire mais garder les yeux baissés. Si elle oubliait, il lui appuyait ses larges pouces évasés sur les yeux ouverts. Elle n'oubliait pas.

Mercredi soir

En rentrant chez lui, Martin avait la sensation de commettre une faute, presque un crime. En ce moment même, le tueur était en train de préparer, ou d'exécuter un assassinat aussi sauvage que les précédents.

Quelque part quelqu'un allait payer le fait d'avoir engagé un détective privé pour suivre sa femme, espionner un collègue ou un concurrent... Punition démesurée pour un acte peut-être inavouable, mais relativement anodin.

Malgré sa quasi-improductivité, la journée avait été longue pour un revenant dans le monde du travail. Les tâches administratives mineures lui avaient pris des heures, beaucoup de collègues étaient passés le saluer. Martin n'avait jamais été un champion du bavardage de bureau, et les conversations ne s'étaient pas éternisées, mais les minutes s'étaient rajoutées aux minutes, renforçant encore le sentiment d'impuissance et de temps perdu.

Il y avait aussi la tristesse d'avoir perdu Myriam, et le sentiment de nullité devant l'immensité de sa tâche. Et pourtant travailler lui avait fait du bien. Il n'avait pas eu un seul flash de toute la journée. Il avait hâte de retrouver Marion et Isa.

Pour la première fois, il se demandait s'il ne serait pas préférable pour Marion et pour lui que sa fille aille habiter ailleurs. Quitte à lui trouver un appartement. Mais c'était sans doute utopique, à plus d'un titre. Le prix des loyers avait tellement augmenté, surtout les petites surfaces, qu'Isa aurait du mal à trouver plus spacieux qu'un studio de trente mètres carrés. Martin n'aurait pas le cœur d'imposer à sa fille un déménagement dans ces conditions. D'autant plus que son bébé allait naître bientôt.

Peut-être était-ce lui qui devrait trouver un studio afin de s'isoler de temps à autre. La nuit par exemple. Mais Marion accepterait-elle de rester pouponner avec Isa tandis qu'il irait passer ses nuits ailleurs ? Poser la question, c'était déjà y répondre.

C'était cela la vie. Une suite de complications sans fin, qui se résolvaient plus ou moins d'elles-mêmes. Ou qui ne se résolvaient pas. Mais il arrivait que des solutions surviennent au moment où on les attendait le moins. Myriam le guérissait d'un regard de sa déprime post-traumatique, et pour la remercier, il rompait avec elle. Définitivement ? Il avait horreur de cette idée.

Son portable sonna alors qu'il était déjà dans la rue.

— Martin ? Bélier. Je crois bien qu'il s'agit d'une femme, dit-elle.

— Pourquoi ?

Elle ne répondit pas tout de suite. Il la sentait embarrassée au bout du fil.

— J'ai repensé aux empreintes de pas, sur les lieux du premier meurtre. Petite pointure.

— On en a déjà parlé. C'est un leurre, non ?

— Peut-être. Peut-être pas. Mais ce n'est pas tout.

— Oui ?

— Il y a quelque chose d'ordonné, de précis, de rangé, sur les scènes de crime. Malgré l'horreur, quelque chose de féminin. Si je devais tuer des gens, je crois que je m'y prendrais à sa manière. J'essayerais de rendre folle la police scientifique.

Martin n'aimait pas les généralités sur les différences entre femmes et hommes et Bélier était la dernière personne qu'il aurait imaginée en train de se livrer à ce genre d'exercice. Les tueurs récidivistes étaient souvent des maniaques.

— Tu veux dire que parce que tu raisonnerais et agirais comme le tueur, tu en déduis que c'est nécessairement une femme ? Il ne t'arrive jamais de penser comme un homme ?

— Oui bien sûr, dit-elle. C'est possible. Excuse-moi, je ne sais pas pourquoi je t'ai dit ça, je me rends compte que ça peut paraître grotesque.

— Non, moi aussi ça m'obsède, mentit Martin. Et puis... J'ai appris à me fier à tes jugements. Même si tu n'arrives pas vraiment à trouver pourquoi tu penses que c'est une femme, il doit y avoir une raison. Je vais appeler quelqu'un de compétent et lui montrer tout ce qu'on a.

— De plus compétent que moi ?

— Tu sais très bien que ce n'est pas ce que je veux dire. Tu sens peut-être quelque chose que tu n'arrives pas bien à formuler.

— Peut-être, dit-elle. C'est ta psy de la police ?

— Oui.

— Ne lui parle pas de ce que je viens de te dire.

— Bien sûr que non. Je voudrais qu'elle arrive à ses propres conclusions. Bonne soirée.

— Non pas bonne soirée. Il ou elle va encore tuer cette nuit.

— Oui je sais, dit Martin. On n'y peut rien.

Et pourquoi pas maintenant ? se dit Martin. Il rebroussa chemin, et fit un détour par son bureau. La photocopieuse de la salle des archives était déjà éteinte, et il n'avait pas le code. Il composa quatre zéros, sans résultat, puis 1234, et la machine se mit à bourdonner.

Laurette Weizman, la psy avec laquelle il avait déjà travaillé, était fine et intelligente. Plutôt ronde, la cinquantaine, elle aimait beaucoup les hommes et savait le montrer. Martin avait eu une très brève aventure avec elle après des années de méfiance réciproque, ils avaient su rester bons amis, et surtout bons partenaires professionnels. Elle avait beaucoup aidé Martin au cours de l'affaire qui avait failli lui coûter la vie. Il avait confiance en elle. Aussi confiance en tout cas que ses capacités limitées d'ouverture aux autres le lui permettaient.

Le bureau de Laurette était situé sous les combles du vaste bâtiment, accessible uniquement par une enfilade de couloirs et d'escaliers tarabiscotés qu'il fallait bien connaître.

Il arriva au moment où elle refermait la porte sur elle, son trousseau de clés à la main. Elle ne l'avait pas entendu arriver, et Martin surprit sur son visage une expression de lassitude et de tristesse qu'il ne lui connaissait pas. Peut-être était-ce son expression quand elle ne se sentait pas observée. Peut-être était-elle beaucoup moins joviale qu'elle ne le paraissait. Ou peut-être que c'était lui, Martin, qui voyait les gens différemment depuis son accident.

Quand elle l'entendit, elle se tourna vers lui et son expression changea, d'abord presque apeurée, puis transfigurée par le beau sourire qu'il lui connaissait.

— Pardonnez-moi, je vous ai fait peur ?

Elle parut embarrassée.

— Je me suis fait agresser il y a un mois, et depuis je ne suis pas rassurée quand je me retrouve seule. Ça va passer.

— Agressée...

— Pas violée, si c'est ce à quoi vous pensez. Plutôt... malmenée.

— Ici ? Dans votre bureau ?

Elle hésita encore.

— Non, dans la rue.

Martin sut qu'elle mentait, mais il ne releva pas.

— Je suis contente de vous voir. Je croyais que vous étiez fâchée contre moi.

Il l'embrassa doucement sur la joue.

— Bien sûr que non. C'est juste que je craignais ce que vous pourriez lire en moi. J'avais honte de me montrer. Honte et peur.

Elle s'écarta de lui et le fixa de ses beaux yeux de myope.

— Honte de vous ? Et peur ? C'est vous qui parlez comme ça ? Vous avez changé.

— Peut-être. On me le dit souvent en ce moment.

Elle rouvrit sa porte.

— J'ai un dîner, mais vous pouvez entrer deux minutes.

Il entra derrière elle et s'assit face à la petite table encombrée de livres, d'objets hétéroclites et de dossiers qui faisait office de bureau.

Au lieu de s'asseoir face à lui, de façon informelle, Laurette s'installa derrière son bureau. Elle paraissait soucieuse. Elle tripotait machinalement quelque chose à l'intérieur de son sac qu'elle avait gardé sur les genoux.

— Je vous écoute, Martin, dit-elle, les yeux baissés.

Elle ne portait pas de décolleté aujourd'hui, mais un pull ras du cou. C'était inhabituel. Laurette était fière de sa poitrine. Et elle aimait montrer qu'elle était une femme séduisante.

Martin nota que le bras de son fauteuil était cassé, et mal réparé. Le bureau avait changé, depuis la dernière fois qu'il y avait mis les pieds. Avant sa rencontre avec le tueur à l'arbalète. D'où lui venait cette impression de changement ? Du bureau ou de lui-même ? Non. Cette fois ce n'était pas lui. La petite pièce était trop bien rangée. Une jolie nature morte avait disparu, laissant un rectangle plus sombre sur le mur. Le changement était plus profond qu'il n'y paraissait au premier abord. Il n'y avait plus de véritable intimité ici.

— Qu'est-ce qui s'est passé, Laurette ?

Elle le regarda étonnée, et ses yeux s'embuèrent.

— On vous a dit quelque chose ?

— Non, on ne m'a rien dit.

— Alors il faut arrêter votre boulot de flic et ouvrir un cabinet de voyant, dit-elle plus sèchement.

— C'est simplement que le lieu a changé d'atmosphère. J'ai tellement vu de scènes de crime. Quand il y a eu de la violence quelque part, je le sens... Il y en a eu ici. Pas besoin d'être voyant.

Il tapota le bras cassé du fauteuil.

— Si ça ne vous fait rien, je n'ai pas envie d'en parler, dit Laurette. Dites-moi plutôt ce qui vous amène. C'est personnel ou professionnel ?

Il posa sur la table les documents qu'il venait de photocopier.

— Je voudrais savoir ce que ça vous inspire, dit-il.

Laurette jeta un coup d'œil en diagonale sur les documents, et son visage se fronça de dégoût. Elle reprit la lecture plus attentivement en partant des premiers feuillets des rapports de la police scientifique.

— Il y a un lien entre ces meurtres ? dit-elle, surprise.

— À vous de me le dire.

— Pas maintenant.

— Bien sûr que non, dit-il. Mais pas trop tard. Il y a urgence.

— Assez d'urgence pour que je décommande mon dîner ?

— Quoi que vous découvriez, cela ne changera rien pour cette nuit, dit-il, mais j'aimerais bien avoir de vos nouvelles demain matin. Si vous avez quelque chose à me dire.

— Quelqu'un va mourir cette nuit ?

— Des millions de gens vont mourir cette nuit. On n'y peut rien.

Laurette rougit.

— Vous savez très bien ce que je veux dire. Quelqu'un risque de mourir cette nuit parce qu'il y a un tueur en liberté.

— C'est probable, mais ni vous ni moi nous ne pouvons l'empêcher de courir et de tuer. En tout cas pas cette nuit. Allez à votre dîner, dit-il en se levant.

Il l'attendit pendant qu'elle fermait son bureau à clé. Un silence presque absolu régnait dans cette partie du bâtiment, à cette heure. Bureaux et couloirs étaient déserts. Une femme agressée aurait beau s'user la voix à crier, personne ne lui viendrait en aide.

— Je vous appelle demain matin, dit-elle quand ils furent dans la rue. Vous aurez le fruit de mes réflexions. Bonne soirée.

Il la regarda s'éloigner, ronde et féminine, vers une station de taxis.

Devant la station, Laurette hésita. Elle n'aurait pas dû partir comme ça. N'importe qui muni d'un passe pouvait entrer dans son bureau et prendre ce qu'elle y avait caché. C'était trop dangereux. Elle décida de remonter. Tant pis, elle serait en retard à son rendez-vous. Il était gentil, il comprendrait. Elle était amoureuse à nouveau, pour la première fois depuis longtemps. Elle avait pensé que les sentiments c'était fini pour elle, et que bientôt, elle perdrait même son appétit pour le sexe. Elle s'était trompée. Elle l'avait rencontré à une exposition. Il était psychiatre. Elle n'aimait pas les psychiatres, mais il lui avait tout de suite plu.

En ouvrant la porte, elle pensait à la nuit qu'elle allait passer. Son cœur se mit à battre un peu plus vite. À cinquante-quatre ans, elle se trouvait l'âme et le tempérament d'une jeune fille. Chaque nouvelle aventure était une découverte. Mais cette fois, c'était encore plus et encore mieux. Un amant-compagnon.

Elle ne vit la silhouette noire sur le fond sombre de son bureau que bien trop tard.

— Mais qu'est-ce que vous faites là... ? eut-elle encore le temps de dire avant de recevoir le premier coup.

Après elle ne put plus parler, même pas gémir.

14

Mercredi soir

Martin débarqua chez lui en plein milieu d'une discussion passionnée entre les deux filles. Elles avaient dîné sans l'attendre, et les restes du repas traînaient sur la table.

Elles lui posèrent plein de questions sur sa journée. Il en esquiva la plupart et elles se lassèrent, dépitées – surtout Marion. Il n'aimait pas raconter ses journées, pas par goût du secret, mais il préférait réfléchir en silence aux points forts, ou aux détails de son enquête auxquels il n'avait pas prêté assez d'attention sur le moment.

Il se mit à grappiller, coupant court à une molle proposition de Marion de réchauffer les brocolis. Il s'en voulait de ne pas avoir su faire parler Laurette. Il le regretterait plus tard, beaucoup plus amèrement.

Il écoutait d'une oreille distraite la conversation des filles. Il se sentait flottant, avec la sensation bizarre de ne pas être là. Ou alors transparent, invisible. Il fut pris d'un violent vertige et se sentit osciller. C'est le retour de bâton, se dit-il. Il en avait trop fait. Il était au bord de la syncope, dans un état d'épuisement absolu, physique et mental. Et triste. Infiniment triste. Ses yeux se mirent à brûler.

Il parvint tant bien que mal à se relever et partit vers sa chambre avant que les filles ne voient les larmes dégouliner sur ses joues.

Il se déshabilla avec des gestes lourds, hésitants, les yeux transformés en fontaines inépuisables, et alla sous la douche. Il réussit à s'ébouillanter et à se geler plusieurs fois de suite avant de trouver le bon dosage entre chaud et froid, et resta de longues minutes à suffoquer sous le jet, le visage levé.

Il prit à peine le temps de se sécher et s'effondra sur le lit, ramenant tant bien que mal le drap sur lui.

Marion le trouva une heure plus tard, le corps en travers du lit. Elle tenta de le pousser pour se faire une place, sans y parvenir, avant de jeter une couverture sur son torse et de se lover contre lui. Elle tira la grosse main de Martin et la fit glisser sur sa poitrine et sur son ventre, avant de l'enfouir entre ses cuisses. Depuis quelque temps, elle avait peur parfois de ne plus l'aimer. Peur du vide que cela laisserait en elle, malgré le bébé. Mais pas cette nuit. Cette nuit, elle se sentait bien. Elle dit « je t'aime », en remuant les lèvres, sans le son. Elle répéta les trois syllabes plusieurs fois. À ce moment de sa vie et de la nuit, cela lui paraissait parfaitement juste.

Mercredi nuit

Sa tâche avait tourné court. L'homme lui avait claqué dans les doigts. Une défaillance vasculaire ou cardiaque. Plutôt cardiaque : ses lèvres étaient bleues, c'était une des manifestations de l'infarctus du myocarde.

Pourtant il était jeune et avait l'air en forme. Elle fouilla méthodiquement les 75 mètres carrés de l'appartement et ne trouva rien qui prouve un lien quelconque entre elle et lui. Il était architecte, divorcé, et il dissimulait des photos d'enfants nus dans le double-fond d'un tiroir.

Elle se mit à trembler et dut s'y prendre à plusieurs reprises pour ranger les photos dans leurs enveloppes. Il ne fallait pas qu'elle craque. Pas maintenant. Elle replaça les photos là où elle les avait trouvées.

Elle pouvait faire confiance aux flics français pour mettre la main sur les photos. Cela leur fournirait une excellente fausse piste.

Elle regretta a posteriori, même si elle s'était encore trompée de cible, que l'homme fût mort si vite.

Quand elle rentra, Francis dormait déjà, nu sur le ventre, une jambe à demi repliée, à peine recouvert d'un drap.

Elle resta quelques instants à contempler, le cœur battant, le dessin des muscles au repos, la ligne de son cou, la petite tache de naissance en virgule entre les omoplates.

Elle s'arracha à sa contemplation, se déshabilla et jeta toutes ses affaires dans deux sacs-poubelle. Elle passa un jean et un T-shirt et descendit les sacs au sous-sol, prenant le risque de croiser un autre occupant de l'immeuble. Elle ne rencontra personne.

Dès son retour à l'appartement, elle accomplit le rituel du bain brûlant, se sécha à peine et alla rejoindre son mari.

Il frémit sous ses premiers baisers mais ne se réveilla pas pour autant.

Elle continua à l'embrasser le long de la colonne vertébrale, sans le toucher autrement, obliqua sur le flanc et enfouit son visage à l'angle de la cuisse et du ventre. Il se retourna complaisamment. Il dormait toujours, mais un peu moins profondément. Elle lui baisa le nombril, le bas-ventre, et chercha son sexe. Il ne tarda pas à avoir une érection respectable. Elle enfonça le sexe palpitant dans sa bouche et commença à pomper doucement. Brusquement, il haleta, et gémit en arquant les reins. Elle continua à pomper en frottant les pointes de ses seins contre l'intérieur des cuisses de son amant, là où les poils frisés étaient plus courts et plus doux. Une vague de chair de poule la hérissa des pieds à la tête, et la seconde d'après, une chaleur torride la brûla de part en part. Pendant quelques minutes, elle oublia tout.

Jeudi matin

Martin fut réveillé par les coups frappés à la porte d'entrée. Il leva la tête avec l'impression qu'elle pesait une demi-tonne et chercha le réveil du regard. Il était six heures du matin. Il sortit du lit avec précaution pour ne pas réveiller Marion.

Il enfila son pantalon et sa chemise de la veille et se dirigea vers l'entrée en tentant d'enfouir les pans de chemise dans sa ceinture.

À la porte, deux flics attendaient. Des collègues. Martin les connaissait de vue. Le plus petit avait un drôle de nom... Toulemonde, c'était ça. Un nom du Nord. L'autre, impossible de se souvenir.

— Messieurs...

Il avait dû arriver quelque chose de grave ou de particulièrement important pour que deux flics de la criminelle prennent la peine de se déplacer plutôt que de lui téléphoner. Soudain, il eut une crainte terrible. Jeannette...

— Qu'est-ce qu'il se passe ?

Il sentit que les deux flics avaient été sensibles à la manière dont il avait posé sa question. C'est le genre de choses que les flics sentaient. Et interprétaient.

— On voudrait savoir où vous étiez hier soir entre dix-neuf heures et vingt heures, fit le collègue de Toulemonde.

Martin était étonné. Ce n'était pas du tout ce à quoi il s'était attendu.

— Avec Laurette Weizman, la psychologue, dit-il.

Les deux flics échangèrent un regard bref.

— Dans ce cas, nous vous demandons de nous suivre.

— Il est arrivé quelque chose à Laurette ? dit Martin, la bouche soudain sèche.

À nouveau, les deux flics échangèrent un regard.

— Ou il ne sait pas et ça prouve qu'il n'y est pour rien, ou il sait déjà, dit Toulemonde. Dans les deux cas...

— Laurette Weizman est dans le coma. Elle a été agressée hier soir dans son bureau.

Dans le coma. Laurette ! Une tentative de meurtre. Juste après leur entrevue. Comment ça dans son bureau ? Ils l'avaient quitté ensemble ! Ses réflexes de flic reprirent le dessus.

— Je vais m'habiller et je vous suis, dit-il.

On le conduisit dans un bureau semblable au sien, mais situé à l'autre bout du bâtiment.

Le patron de Toulemonde et de l'autre flic avait un grade équivalant à celui de Martin. Il s'appelait Fournier. Il avait assez bonne réputation, mais il n'avait jamais fait d'étincelles. Un flic terne, bosseur, de ceux qui arrivent au poste de sous-directeur s'ils ne rencontrent pas d'accident de parcours imprévisible.

Avant de s'asseoir, il serra mollement la main de Martin, et l'interrogatoire commença.

— Un planton vous a vus ensemble. On a retrouvé tes empreintes sur le bras d'un fauteuil et des documents dans son sac que tu es le seul à avoir pu lui fournir.

— J'ai vu Laurette Weizman hier soir entre sept et huit et nous sommes partis ensemble, dit Martin. Je l'ai quittée dans la rue. Je ne comprends pas...

Il allait dire : « Je ne comprends pas pourquoi vous l'avez retrouvée dans son bureau », mais il choisit de se taire, ne voulant pas mettre en cause les deux flics qui lui avaient livré un élément peut-être important de l'enquête.

— Tu ne comprends pas quoi ? dit Fournier.

— Ce qui a pu se passer.

— Nous non plus on ne comprend pas. C'est bien pour ça que tu es là. Est-ce qu'elle t'a dit quelque chose ?

Martin se souvint de l'expression de Laurette quand il était arrivé dans son dos.

— Elle m'a dit qu'elle avait été agressée quelque temps plus tôt. Il y a un mois. Le mot exact qu'elle a employé est « malmenée ». Elle a précisé qu'elle n'avait pas été violée. J'ai le sentiment qu'elle avait peur.

— Malmenée, répéta Fournier. Elle n'a rien dit d'autre ?

— Si. Qu'elle préférait ne pas en parler.

Fournier regarda Martin les yeux mi-clos. Un soupçon d'incrédulité pour obliger l'interlocuteur à ajouter quelque chose, et éventuellement à se compromettre. Martin lui retourna son regard.

— Bon, dit Fournier au bout de quinze secondes de lourd silence. De flic à flic, tu en penses quoi ?

— Pour en penser quelque chose, il faudrait que j'en sache un peu plus. Je ne sais rien.

Fournier ouvrit un dossier, le retourna et le fit glisser devant Martin. Martin sentit son cœur se soulever. C'était bien calculé de la part de Fournier, et le pire c'est que ça marchait. Fournier avait réussi à le déstabiliser. Le visage en gros plan de Laurette était presque méconnaissable. Il avait été martelé. Les pommettes étaient brisées, ainsi que la mâchoire inférieure et la plupart des dents de devant. La tempe droite était enfoncée. L'agresseur s'était probablement servi d'une matraque, ou même, d'après la disposition de certaines blessures, d'un poing américain. C'était un miracle qu'elle ne soit pas morte.

— C'est un gaucher qui a fait ça, dit Martin.

— Comme toi, non ?

Cette fois, on y était.

— Je n'ai rien à voir avec ça et tu le sais bien. J'estime énormément Laurette Weizman, j'ai besoin d'elle professionnellement, et je n'ai aucune animosité contre elle. Bien au contraire.

— Tu as subi un choc terrible, il n'y a pas longtemps. Tu as même failli en mourir. On fait parfois des choses bizarres quand on a connu ça.

— Comme battre à mort une amie ?

— C'était une amie ?

— Oui.

— Tu as couché avec elle ?

Martin hésita un instant. Fournier connaissait peut-être déjà la réponse. Il ne servait à rien de mentir.

— Une fois. Un peu avant mon accident.

— Et ton amie Marion était déjà enceinte ?

Martin sentit son cœur s'emballer. Involontairement, il serra les poings. Non, surtout pas. C'était ce que Fournier cherchait. Il se détendit.

— Il va te falloir trouver mieux que ça. Je te répète que je ne suis pour rien dans ce qui est arrivé à Laurette Weizman. Je suis prêt à te répéter notre entretien de A à Z. À te donner mes impressions. Je ne peux rien te dire de mieux.

— On va faire ça, dit Fournier.

Il se pencha vers le magnétophone et enclencha l'enregistrement.

Jeudi matin.

En partant de chez la nourrice à sept heures, Jeannette se dit que le portable n'allait pas tarder à sonner. Elle le sortit de sa poche et le regarda avec un mélange de fascination et de dégoût. Elle devinait ce que la sonnerie lui annoncerait. Un nouveau meurtre. Elle se trompait.

Elle avait passé une nuit pleine de cauchemars, mais aucun ne l'avait préparée à ce qu'Olivier allait lui apprendre : Martin suspecté de tentative d'assassinat.

À son arrivée, elle se plongea dans des rapports qu'elle avait fait venir, mais elle était incapable de se concentrer, incapable d'écouter le bavardage excité d'Olivier.

Martin la rejoignit en fin de matinée, après un détour chez le sous-directeur et le chef de la Brigade. Il lui annonça à son tour brièvement la nouvelle.

Il ne paraissait pas particulièrement atteint, ni furieux. Plutôt songeur. Et triste. Pour le moment, il avait été confirmé dans ses fonctions. Mais ça pouvait changer d'une seconde à l'autre, et sans préavis.

— Ils ne pensent pas qu'elle va s'en tirer. Et peut-être que ça vaut mieux pour elle, vu les dégâts.

— Qu'est-ce que tu vas faire ?

— Rien. On a une enquête à mener. Difficile. Je n'ai pas le droit de me laisser distraire.

— Et s'ils t'arrêtent ?

— On verra. Ils n'ont rien contre moi pour le moment, à part le fait que je suis la dernière personne à l'avoir vue vivante — avec l'assassin.

— Mais qui a pu faire ça ?

Martin avança la main vers elle et lui tapota légèrement l'avant-bras, comme pour l'apaiser. Ça aussi, c'était nouveau. Elle ne savait pas si elle aimait.

— Probablement un flic.

— Tu es sérieux ?

— Évidemment. Laurette n'avait que des flics pour patients. C'était dans son contrat avec le ministère. Et pour la plupart, des gradés. On n'a rien volé dans son sac ni apparemment dans son bureau. Je ne connaissais pas grand-chose à sa vie privée, mais je ne crois pas que son agresseur vienne de là. C'est un patient ou un ancien patient qui s'est acharné sur elle. Quelqu'un qui connaissait parfaitement les lieux et dont la présence dans les couloirs ne pouvait étonner personne.

— Et ses enquêtes ?

— Elle n'enquêtait pas. C'était une conseillère pour quelques types comme moi, c'est tout. Elle n'allait jamais sur le terrain. Parmi ses clients, il y a un homme ou une femme un peu plus dérangé que les autres et qui a pété les plombs. Il suffit de reprendre l'intégralité de son fichier et d'interroger tout le monde. Fournier n'est pas une lumière, mais il finira par trouver — sauf si la hiérarchie le lui interdit.

— Ça promet, dit Jeannette. Ça va foutre une merde incroyable. Personne n'est à l'abri.

— Exact. Personne.

Le silence retomba.

— Il n'y a pas eu d'autre assassinat cette nuit, dit Jeannette.

Martin sourit brièvement.

— Je sais.

— Il y a quand même eu quelque chose...

— Quoi ?

— J'ai épluché les derniers rapports faisant état de morts accidentelles non expliquées dans Paris intra-muros et le pourtour... Il y en a eu six cette nuit. Deux crises cardiaques, une mort subite de nourrisson, trois accidents de circulation.

Martin la regarda attentivement, ressentant soudain une bouffée d'admiration mêlée d'envie. Alors que lui avait perdu cette capacité de ne jamais se satisfaire d'un rapport ou d'une information apparemment sûre, surtout si elle favorisait sa paresse naturelle, Jeannette ne se contentait pas des apparences..

— Chez un des deux morts par crise cardiaque, l'appartement a été dévasté par un cambrioleur. Il s'agit d'un certain Stéphane Holliez.

— Dévasté ?

— C'est le terme même du rapport.

— Qu'est-ce qu'on attend pour y aller ?

Jeannette se leva d'un bond, rosissante.

— Alors tu ne trouves pas que c'est tiré par les cheveux ?

— Tu t'es déjà renseignée sur ce Holliez ?

— Imprimeur. Quarante-cinq ans. Divorcé. Pas d'enfant. C'est tout ce que je sais.

Il n'y avait même plus de présence policière au 15, rue de Chaligny. Jeannette se gara devant un arrêt de bus et alluma ses feux de détresse.

Un agent venu de l'hôtel de police de Daumesnil sortit de sa voiture banalisée et se présenta à eux, un jeu de clés à la main.

Martin lui demanda de rester sur le palier.

À peine entrés dans l'appartement, Jeannette sentit le fin duvet de ses avant-bras se dresser, avant de comprendre la raison de cette réaction.

L'odeur. Quelque chose d'indéfinissable qu'elle avait déjà ressenti sur des scènes de crimes, en intérieur, même quand il n'y avait pas de fluides corporels ou d'excréments répandus.

Le corps avait déjà été enlevé, mais sa marque en creux était encore perceptible sur le drap froissé du lit à deux places. Une large tache d'urine presque sèche occupait le centre du matelas poussé en travers du sommier et largement fendu sur les quatre côtés à coups de cutter ou de rasoir.

Martin éprouva lui aussi une impression bizarre, si fugitive qu'il ne réussit pas à déterminer ce qui l'avait causée.

Couvertures de livres arrachées, tiroirs éparpillés, vêtements retournés et déchiquetés, produits alimentaires vidés dans l'évier ou sur le carrelage de la cuisine... Tout avait été systématiquement saccagé, mis en pièces, avec un soin maniaque. Il était presque impossible d'imaginer l'allure originelle de l'appartement. Ce n'était pas un ou des cambrioleurs qui étaient intervenus, mais quelqu'un qui recherchait avec une frénésie à peine contrôlée quelque chose de précis qu'il n'avait pu obtenir de la bouche du mort.

— Mort accidentelle mon cul, dit doucement Martin en prenant son portable. J'appelle Bélier.

— Je demande l'accord du parquet pour une autopsie, dit-elle.

Martin hocha la tête. L'autopsie ne leur apprendrait probablement rien, mais il aurait été impensable de ne pas la faire.

Par acquit de conscience, ils entreprirent d'examiner à leur tour l'appartement, en ne touchant à rien.

— Tu ne trouves pas qu'il y a quelque chose de curieux dans la chambre ? demanda soudain Martin à Jeannette alors qu'ils allaient sortir.

Elle réfléchit, visualisa la pièce, et secoua la tête.

— On y retourne, dit Martin.

Il s'arrêta sur le seuil.

Jeannette ne regardait pas la pièce, elle regardait Martin, intriguée et un peu inquiète. Qu'est-ce que le nouveau Martin allait lui sortir ?

— La commode, dit-il.

Elle comprit ce qu'il voulait dire.

Les tiroirs étaient à peine tirés, même si les affaires avaient été jetées par terre. Ça ne collait pas. C'était comme si on les avait remis en place.

Martin enfila ses gants en PVC et ôta les tiroirs. Il jeta un coup d'œil à Jeannette en découvrant l'enveloppe collée dans un double-fond du deuxième. Il l'ouvrit.

— Le tueur avait forcément trouvé la cachette. S'il a laissé ces photos ici, c'est pour nous, dit Jeannette. Sinon il les aurait gardées.

— Oui, dit Martin. Il nous fait cadeau d'une fausse piste. Girard enquête toujours sur les réseaux pédophiles ?

Jeannette hocha la tête.

— On va l'appeler et lui refiler tout ça.

— Il faudra quand même le prévenir que le meurtre n'a pas forcément de rapport.

L'imprimerie que dirigeait Holliez se trouvait à la plaine Saint-Denis, et à ce stade de la journée il fallut trois bons quarts d'heure pour rejoindre la porte de la Chapelle par le périphérique nord.

Martin restait silencieux, et Jeannette ne se crut pas non plus obligée de parler pendant les vingt premières minutes.

— Je suis séparée, dit-elle soudain.

Il émit un grognement.

— Tu arrives à t'en tirer financièrement ?

Ce n'était pas le commentaire qu'elle attendait, mais elle se sentit étrangement ragaillardie par une question aussi terre-à-terre.

— Pas vraiment. Je suis seule à payer les traites du pavillon, maintenant, sans parler de la garde. Et je ne veux rien demander à mon ex. À l'Éducation nationale, il gagne encore moins que moi.

— Alors comment fais-tu ?

— J'ai emprunté à mon père et j'ai cassé mon plan d'épargne-logement.

Le silence retomba, mais Martin la lorgna du coin de l'œil. Elle se doutait de ce qu'il pensait. Elle se sentit rougir.

— Je sais ce que tu crois, dit-elle. Pour être tout à fait claire, ce n'est pas moi qui l'ai quitté. Je n'ai personne. Lui si.

— Oui, je comprends. C'est logique.

— Logique ? dit-elle, vexée. C'est tout ce que tu trouves à dire ? Je ne suis pas si moche que ça.

— Bien sûr que non. Ce n'est pas ce que je voulais dire. Qui tu rencontres à longueur de journée ? Des flics et des suspects. Je ne te vois pas sortir avec un flic, et encore moins avec un suspect.

Il avait raison. Même si elle avait cherché les aventures, ce qui n'était pas le cas, elle n'aurait pas eu grande chance de trouver, à moins d'un improbable concours de circonstances.

— Je pense même que ça durait depuis un moment, dit-elle avec une petite trace d'amertume dans la voix.

— Une collègue, dit Martin.

— Comment tu sais ça ?

— Les profs, c'est très grégaire, remarqua-t-il, sans s'étendre sur cet aperçu sociologique.

Jeannette crut se rappeler que la première femme de Martin, celle qui était morte, avait été enseignante. Le silence retomba.

Elle se demanda si elle ne ferait pas mieux de mettre le gyro sur le toit. Elle renonça. Après tout, ils n'étaient pas si pressés, et les occasions de parler avec Martin d'autre chose que de travail n'étaient pas si fréquentes. Elle éprouvait une curieuse excitation intellectuelle, en sa compagnie, même quand il ne disait rien. D'autant qu'il avait vraiment changé. Une telle conversation aurait été impensable auparavant.

— Tu vas avoir du mal à trouver, reprit-il soudain.

— Quoi ?

— Ben... Quelqu'un.

Elle le regarda, se sentant à nouveau rougir.

— Pourquoi tu dis ça ? C'est vraiment pas gentil.

Il parut presque confus.

— Je ne veux pas dire que tu ne pourrais pas... Enfin, c'est juste que tu n'es pas disponible, et que tu es trop forte.

— Ça veut dire quoi « trop forte » ?

— Ça veut juste dire que tu es un peu trop maligne et bosseuse. Surtout depuis ce qui t'est arrivé. Tu t'investis à fond dans ton boulot et dans ton môme. Tu n'as pas le temps pour autre chose. Et la plupart des collègues sont quand même des gros cons machos. Ils n'apprécient pas.

— C'est flippant, ce que tu dis.

— Oui, mais c'est comme ça. Je suis sûr que tu fais peur à beaucoup de mecs.

— Je te fais peur, à toi ?

La question avait surgi avant même qu'elle y ait réfléchi. Elle secoua la main devant elle, comme si elle voulait l'annuler.

— Excuse-moi, je dis n'importe quoi.

— Non tu ne me fais pas peur. Mais tout à l'heure, j'ai eu un pincement de jalousie et d'envie. Le coup de la crise cardiaque, penser que ça pouvait avoir un rapport avec notre enquête, c'était assez malin. J'aurais dû y penser, et je ne l'ai pas fait.

Jeannette se sentit frissonner tant elle était flattée. Et aussi déçue que la conversation soit déjà revenue sur le terrain professionnel.

— Ce que j'essaie de te dire, c'est que tu mérites ce qu'il y a de mieux, mais c'est plus dur à trouver que le tout-venant. Je crois qu'on y est, ajouta-t-il sans transition.

L'imprimerie se trouvait au cœur d'un gigantesque quadrilatère ceint de hauts murs, quadrillé de longues avenues perpendiculaires, avec une profusion de parkings et de bâtisses hétéroclites, protégé par des vigiles, et cerné par les rues étroites et mal famées de la banlieue la plus défavorisée du pourtour parisien.

Jeannette mit une bonne dizaine de minutes avant de trouver l'imprimerie, dissimulée entre deux vastes hangars qui entreposaient des vêtements de marque. Elle était encore sous le coup de la dernière remarque de Martin : « Tu mérites ce qu'il y a de mieux... » Ça voulait dire quoi, ça ? C'était censé être très flatteur, mais ça l'exaspérait, sans qu'elle sache précisément pourquoi.

Une blonde d'une trentaine d'années les reçut. C'était une jeune femme solide, en jupe beige et blazer, avec des mollets ronds bronzés, des seins en obus et un torse de sportive engoncé dans un chemisier trop ajusté, qui menaçait de craquer au moindre de ses soupirs. Elle avait pleuré. Son rimmel avait coulé sans qu'elle ait réussi à réparer entièrement les dégâts. Elle se présenta en tendant une main aux longs ongles peints.

— Évelyne Dandier, directrice commerciale.

Elle les emmena dans un petit bureau surchargé. L'imprimerie, un bâtiment préfabriqué aux murs plastifiés bleu pâle, était visible par le mur vitré de l'autre côté d'une cour goudronnée emplie de véhicules de toutes sortes.

Elle indiqua son espace encombré de dossiers d'un geste maladroit.

— Je n'arrive pas à y croire, dit-elle. Je ne peux pas m'imaginer qu'il ne va pas arriver d'une minute à l'autre.

— Nous n'allons pas vous embêter longtemps, dit Jeannette. Je vais vous demander de répondre à une question. Votre patron a-t-il déjà fait appel à un détective privé ?

La jeune femme rougit violemment.

— Comment-comment savez-vous cela ? dit-elle.

— S'il vous plaît, répondez à la question, dit Martin, quittant des yeux la cour pour fixer la jeune femme.

— C'était... Je n'étais pas d'accord, dit-elle, mais alors il l'a fait !

— Il a fait quoi ? insista Martin.

— Il soupçonnait mon ex-compagnon de lui avoir crevé les pneus de sa voiture à plusieurs reprises...

— Pourquoi ? dit Jeannette, qui se doutait déjà de la réponse.

— Stéphane et moi... Nous étions ensemble, depuis quatre mois. Et mon ex était très jaloux. Stéphane a dû engager ce détective pour vérifier si c'était lui.

— Vous connaissez le nom du détective ?

— Non, il ne me l'a pas dit. Il ne m'a même pas dit qu'il en avait engagé un. Il savait que je n'étais pas d'accord.

— Nous devons vous demander le nom et les coordonnées de votre ex-compagnon, dit Jeannette.

La jeune femme secoua la tête, perdue.

— Pour quoi faire ? Ne me dites pas que Sébastien est pour quelque chose dans... dans ce qui est arrivé à Stéphane ?

— Nous devons tout vérifier, madame, dit Jeannette.

— Autre chose, dit Martin. Nous avons la preuve que votre patron collectionnait des photos d'enfants livrés à des adultes.

— Quoi ? Des photos de qui ?

— Des photos pédophiles... Est-ce que vous étiez au courant ?

Elle porta la main à la bouche avec un haut-le-cœur et sortit de la pièce en courant.

Dans un coffre-fort rudimentaire qui occupait un angle de la pièce, ils trouvèrent de grosses liasses de chéquiers de société vierges, un peu d'argent liquide dans une boîte en carton, des contrats professionnels, un passeport périmé au nom de Stéphane Holliez, une Carte Bleue, une carte de réduction Air France, plusieurs jeux de clés, et une enveloppe marron scellée de format 21 x 29,7.

Martin décacheta l'enveloppe. C'était le contrat d'engagement d'un agent de recherche.

Julien Duperrier. La victime des quais de Seine.

15

Jeudi après-midi.

Après avoir interrogé et mis hors de cause l'ex-petit ami creveur de pneus, Martin avait passé trois heures à lire avec Jeannette et Olivier les rapports sur les meurtres, à la recherche du détail significatif qui aurait pu ouvrir une nouvelle voie.

Olivier avait affiché les photos des victimes sur une plaque en liège, avec la date et l'heure estimée de leur décès. Trois hommes, une femme.

— Si j'ai bien compris, le seul point commun des deux hommes et de la femme est le premier mort, le détective, résuma Olivier en regardant son œuvre, la dernière punaise enfoncée.

— Pour Grossard, on n'a pas de preuve pour le moment qu'il fait partie du lot, dit Martin. On n'a pas encore trouvé le lien avec Duperrier.

— Au fond, on ne sait même pas si le détective est la première victime du tueur, dit Jeannette.

Les trois flics avaient la conviction que le tueur — ou la tueuse — n'en était pas à son coup d'essai. Il y avait trop de maîtrise dans sa manière de procéder. Il ou elle avait déjà tué ailleurs, et probablement souvent.

— En incluant Grossard, cela voudrait dire, lança Martin dans le silence, que ces quatre derniers crimes, commis à si peu d'intervalle, seraient destinés à cacher des crimes plus anciens que le détective privé allait peut-être mettre au jour.

— Et la personne qui connaît ou soupçonne l'assassin est un des clients survivants du détective.

— Survivant pour combien de temps ? dit Olivier.

Connaît ou soupçonne l'assassin ? C'était plus compliqué que ça, se dit Martin. La personne qui avait engagé le détective ne savait peut-être pas que celui qu'il voulait faire espionner était un assassin. Peut-être avait-elle engagé Duperrier pour enquêter sur une disparition, une escroquerie, ou toute autre chose, et cette enquête avait mené le détective à l'assassin. Même s'ils identifiaient le commanditaire de l'enquête avant que l'assassin ne l'ait exécuté, ils ne découvriraient pas forcément le fin mot de l'histoire.

Chez lui, Duperrier n'avait pris — ou conservé — aucune note au sujet de ses investigations. Ou alors l'assassin avait-il — elle — tout trouvé et tout détruit ?

Le téléphone sonna sur le bureau de Martin.

Fournier voulait le voir.

— Fournier veut me voir, annonça-t-il à la cantonade. Il faudrait rédiger une note et la passer aux journaux. Demander à toutes les personnes qui ont eu un contact avec Duperrier de se signaler à la police.

— Personne ne le fera, dit Jeannette. Tu n'engages pas un détective privé pour aller le crier sur les toits.

— Il faut essayer. Il faudra même préciser que ces personnes sont en danger de mort. Ça les fera bouger.

Fournier le laissa mariner un quart d'heure dans le couloir et ne s'excusa pas de son retard.

— Je voudrais que tu me racontes la manière dont s'est passée ta dernière rencontre avec Laurette Weizman, dit-il sans préambule.

Martin ne lui dit pas qu'il l'avait déjà écrit noir sur blanc devant son nez. Il s'assit et recommença au début.

Fournier l'interrompit presque tout de suite.

— On a vérifié pour la photocopieuse, elle a une horloge interne. Tu as fait tes photocopies à dix-neuf heures cinquante-quatre. Mais comme on ne sait pas exactement à quelle heure la victime a été agressée, ça ne nous avance pas à grand-chose.

— Comment va-t-elle ? demanda Martin.

Fournier mit plusieurs secondes à répondre, comme s'il s'agissait d'un secret d'État. Mais il faisait ça en toute circonstance.

— Stationnaire. Elle ne pourra pas parler avant longtemps. Peut-être plus jamais.

Bien sûr, c'était la seule chose qui intéressait Fournier.

— Continue, dit-il. On n'en était qu'au début. Donc tu ramasses tes photocopies et tu montes. Directement ?

— Oui.

— À ton avis, combien de temps tu mets pour rejoindre son bureau ?

— Deux-trois minutes peut-être, dit Martin.

— Donc, si tu rajoutes le temps des photocopies, ça nous amène vers huit heures cinq-six au plus tard.

— Peut-être, dit Martin, je n'ai pas regardé ma montre.

— Et elle était déjà dans le couloir ?

— Oui, elle refermait sa porte.

— C'est tout ce qu'elle faisait ?

— Oui. Elle ne m'a pas vu tout de suite.

— Est-ce qu'elle a fait quelque chose d'autre ?

Martin réfléchit. Quel genre de chose ? Où était le piège ?

— Non. Tout de suite après, elle m'a vu et je l'ai saluée.

— Ça ne colle pas.

— Comment ça, ça ne colle pas ?

— Elle a émis un sms à huit heures onze. Pour annoncer qu'elle se rendait à son rendez-vous. Elle avait donc son portable à la main.

Martin essaya de se rappeler. Peut-être avait-elle la main gauche dans sa poche au moment où il la rejoignait... Impossible d'être sûr.

— Je ne comprends pas bien l'importance de ce détail, dit-il. J'ai dû arriver à huit heures douze. Elle avait déjà rangé son portable.

— Si tu as terminé les photocopies à huit heures, et je compte large, ça voudrait dire que tu aurais mis douze minutes pour rejoindre son bureau. Ça te paraît possible ?

— Je ne sais pas, dit Martin. Je ne sais pas si l'horloge de la photocopieuse est à la même heure que l'horloge du portable.

— Oui, on a vérifié. On a refait les mêmes gestes que toi, y compris les photocopies. Il y en a eu en tout et pour tout pour cinq minutes et demie. Logiquement, tu aurais dû arriver devant son bureau à huit heures pile. Il y a onze minutes de battement que je ne m'explique pas si tu ne l'as pas vue toucher son portable.

— Moi non plus, dit Martin.

— À moins que..., dit Fournier.

— À moins que quoi ?

— Supposons un instant que c'est toi qui l'as frappée. Ça dure quelques minutes... Huit, dix... Y compris le moment d'affolement, puis de vérification que tu n'as pas laissé de traces. Et puis tu prends son portable et tu tapes le message avant de te tirer. Une sorte d'alibi.

— Très malin, dit Martin. Qu'est-ce qu'il disait, le message ?

— Peu importe, dit Fournier.

— Il aurait fallu que je sache quoi dire et à qui. Pourquoi j'aurais fait ça ? Tout ce que je gagne, c'est de me retrouver devant toi à essayer d'expliquer ces dix minutes de décalage.

— Onze.

— D'accord, onze. Je ne suis vraiment pas malin, hein ?

Martin n'avait pu s'empêcher de devenir sarcastique. Il le regrettait déjà.

— Il y a une explication beaucoup plus simple, ajouta-t-il.

— Eh bien tu vas me la dire, dit Fournier. Je demande qu'à croire.

Jeudi après-midi

Devant la glace du lavabo, elle s'épilait délicatement les sourcils, examinant sans complaisance son visage avant le maquillage. Elle était très belle, mais pour combien de temps encore ? Elle fixa son regard noir, replongeant dans son passé.

Jeudi matin premier mai 1986

Dix-huit ans plus tôt.

Elle avait seize ans.

À seize ans, elle était si belle que le cœur des hommes qui travaillaient dans le ranch se serrait quand ils l'apercevaient. Si belle qu'elle pouvait faire d'eux tous — à l'exception d'un seul — ce qu'elle voulait.

Elle avait seize ans, et dès qu'elle serait libre, elle savait exactement de quelle manière agir. Toutes les étapes de son plan se réaliseraient une à une, elle ne tolérerait pas le moindre accroc. Les prochaines années étaient toutes tracées. Et un jour, d'ici quelques années, elle serait libre, les plans n'auraient plus de raison d'être. Elle vivrait à sa fantaisie, sans accepter ou subir la moindre contrainte. Libre pour l'éternité.

Son projet était mûr depuis longtemps, mais il n'aurait servi à rien de le réaliser plus tôt. Elle n'aurait pu disposer d'elle-même, et son sort en définitive aurait peut-être été encore pire. Elle avait eu la patience d'attendre et de subir. Attendre et subir. Mais maintenant il fallait agir.

Elle avait répété tant de fois les gestes qu'elle les exécuta presque sans y penser.

Prendre le saindoux. Le malaxer jusqu'à en faire une petite boule. Y introduire la poudre rouge en prenant bien garde qu'aucune des particules ne se retrouve à la surface de la boule. La manière la plus sûre d'y arriver était de recouvrir la petite boule bien malaxée d'une couche d'un demi-centimètre de saindoux pur. L'épaisseur de cette couche était déterminante. Une erreur d'estimation pouvait changer son avenir à jamais. Et même lui ôter tout avenir.

Mettre la boule au réfrigérateur pendant une demi-heure. Seller Romain, l'étalon noir. Le sortir du box et l'amener devant la maison.

Il attendait, sa cravache à la main, battant le mollet, guettant la moindre faute de sa part. Il fallait qu'elle sourie, bien sûr, mais il fallait surtout que son sourire soit la reproduction exacte de tous les sourires passés, il ne fallait pas, pour rien au monde, qu'il perçoive la moindre différence. Il aurait été capable de tout deviner, de tout comprendre. Il fallait que tout — tout — soit exactement identique et conforme à son exigence. Elle s'y employa.

Il descendit les trois larges marches du perron, l'écarta d'une main impatiente, et vérifia rapidement l'état de la robe du cheval.

Il ne fit aucun commentaire, plaça sa botte gauche dans l'étrier et se hissa sur le dos de la bête.

Elle n'avait pas de montre, mais elle avait appris à compter dans sa tête avec la précision d'une horloge suisse. Elle avait introduit la boule de saindoux dans l'anus de Romain soixante-treize secondes plus tôt.

À une température comprise entre trente-sept degrés cinq et trente-huit degrés — température rectale du cheval — la surface extérieure de la boule mettait entre sept minutes et sept minutes quinze secondes à fondre, il fallait donc qu'elle compte 420 à 435 secondes, et à l'issue de ce compte à rebours, le piment rouge entrerait en contact avec la muqueuse intestinale.

Son père s'éloignait à travers la cour poussiéreuse, mais rien n'était gagné.

Il suffisait que le contremaître l'appelle, ou qu'il décide soudain de la corriger pour une faute imaginaire, que Romain renâcle et refuse de quitter la cour, que...

Le trop lent égrenage des secondes se poursuivait dans sa tête. Cent douze, cent treize...

L'étalon était déjà au milieu de la cour. L'homme et le cheval empruntaient toujours le même trajet. La promenade était longue. Le passage le plus dangereux se trouvait au début. Ils devaient longer un ravin profond de soixante-dix mètres trois cents secondes après avoir quitté la propriété.

Elle les suivit. Il lui sembla soudain que le cheval ralentissait son pas au moment de franchir le portail. Son cœur s'emballa.

L'étalon s'arrêta. Et fit demi-tour. L'homme avait oublié quelque chose. Ou avait changé d'idée. Il allait abuser d'elle avant de partir. Cela était déjà arrivé.

Le regard sombre se fixa au sien. Cent quatre-vingts secondes s'étaient déjà écoulées. Toute sa vie se jouait, alors que le temps fondait. C'était fini. Elle avait perdu. Le désespoir la submergea.

Mais elle le sentit soudain hésiter. Il ne revenait pas vers elle. Elle avait encore une chance, une toute petite chance. La vaste silhouette, homme et cheval, encadrée par le portail, n'était plus qu'une tache sombre, ses yeux lui brûlaient, elle faillit tout abandonner et lui hurler de venir l'achever. Mais non. Tant qu'il ne revenait pas vers elle, il y avait encore une trace d'espoir. Il la regardait. Il la fixait droit dans les yeux, à travers la distance. Avait-il pressenti quelque chose ?

Il fallait qu'elle agisse, son inertie allait devenir suspecte. Tout allait se jouer dans les secondes à venir. L'attitude juste... Très vite. Il fallait... Son cœur était en train de s'échapper de sa poitrine, ses jambes ne la portaient presque plus. Elle se força à rester droite sous le soleil de plomb. Comment ne voyait-il pas qu'elle oscillait, prête à s'effondrer ? Est-ce cela qu'il attendait ?

Il n'avançait toujours pas.

Elle sourit. Elle pencha la tête, et élargit son sourire. Une invite. Elle ne voyait pas grand-chose de lui, à contre-jour, elle sentit plutôt qu'elle ne vit le froncement de sourcil. Elle en avait trop fait. Elle s'était montrée trop servile. Il allait la punir maintenant. Il allait revenir vers elle et tout serait dit... Ou alors... Elle sentait, elle savait ce qu'il pensait. Ce sourire, cette invite, c'était comme un ordre qu'elle lui donnait de revenir. Il ne pouvait obéir... Il hésita encore... le destin balança. Le temps s'arrêta. La vie. La mort. Pour lui ? Pour elle ?

Il tira sur le rêne droit. L'étalon fit demi-tour en renâclant. Elle se rendit compte qu'elle n'avait plus respiré depuis qu'il s'était arrêté. Combien de temps avait-il hésité ? N'était-il pas déjà trop tard ?

L'homme et sa monture s'effacèrent de sa vue vingt secondes plus tard. Elle patienta cinq interminables secondes de plus. Ils ne reparurent pas. Tout était encore possible. Elle se mit à courir.

Jeudi après-midi 2004

Elle se secoua. C'était fini. Dix-huit ans s'étaient écoulés. Rien de ce qu'elle avait prévu ne s'était déroulé selon ses plans, même si elle avait survécu. Comme Sisyphe, elle devait éternellement recommencer sa tâche. Le repos ne serait jamais pour elle. La liberté était à ce prix.

Son portable vibra sur le rebord du lavabo. Elle interrompit ses soins et regarda qui l'appelait. Elle décrocha immédiatement.

— Tu n'as pas oublié ce soir ?

— Tu sais bien que je n'oublie jamais rien, très cher.

— Tu as fait quoi exactement cette nuit ?

Un instant, elle se demanda de quoi il parlait, et son cœur s'accéléra. Puis elle se souvint.

— Si tu poses cette question, c'est que tu le sais très bien. Alors pourquoi la poser ?

— Je ne sais pas si c'était vrai ou si j'ai rêvé.

— C'était un rêve agréable ?

Il rit.

— Très. Alors tu ne veux pas me dire si c'était vrai ou pas ?

— Si tu ne te souviens pas, c'est que ce n'était pas si bien que ça.

— J'essaie de rentrer un peu plus tôt, pour poursuivre cette conversation.

— Bonne idée.

— Ce ne sera pas simple, la réunion n'est pas encore terminée. Mais je fais mon possible.

Elle attendait toujours qu'il raccroche le premier. Ce soir elle verrait le président. Il était temps de prendre une décision à son égard. Le pouvoir de cet homme pouvait lui être très utile.

Une enquête — des enquêtes étaient menées sur les meurtres qu'elle avait commis. Qu'avaient découvert les policiers ? Avaient-ils fait le lien entre les meurtres, malgré ses précautions ? Rien dans la presse ne le laissait supposer, mais les policiers ne disent pas tout à la presse. Elle était peut-être encore plus en danger qu'elle ne le supposait.

Le président pouvait lui donner les moyens d'en savoir plus.

Elle gagna sa chambre et s'étendit sur le lit. Elle regarda le réveil. Elle avait le temps. Elle ferma les yeux et se massa doucement les paupières.

À mi-chemin entre son nombril et son pubis, la peau de son ventre picotait. Ce n'était que le début, le tout début. Peut-être qu'elle confondait avec une piqûre d'insecte, ou un petit bouton d'acné. Non, au fond d'elle-même, elle savait qu'elle avait à nouveau une poussée d'herpès. Les picotements étaient différents de ceux d'une simple piqûre, presque semblables à une brûlure.

Elle se leva et avala deux comprimés. Son ventre était lisse, vierge de toute trace. Elle l'examina longuement sans le toucher, puis s'enduisit de crème. En toute logique, la poussée serait enrayée.

Elle se recoucha. Elle pensa à Francis. Son amour. Il lui appartenait. Elle ferait tout pour lui. Son corps se détendit.

— C'est tout simple, dit Martin à Fournier.

Il se souvenait de la mine préoccupée de Laurette, alors qu'elle fourrageait dans son sac, assise derrière son bureau.

— Quand elle s'est assise derrière son bureau, ses mains ont disparu dans son sac. C'est là qu'elle a dû composer et envoyer son message à mon insu. Je pensais qu'elle réfléchissait, en fait elle tapotait sur les touches. Tu ne veux pas me dire ce qu'il y avait sur ce message et à qui il était adressé ?

Fournier hésita, et finit par lâcher.

— Le message disait « j'arrive ». Il était destiné à un monsieur qui a un alibi parfait : il attendait à une table de restaurant où il a été vu par au moins trente personnes. Tu n'as pas besoin de savoir son nom, il est hors de cause.

— Ok, dit Martin. La question est, pourquoi est-elle remontée dans son bureau après m'avoir quitté, si elle était si pressée de rejoindre son rendez-vous.

— Personne ne l'a jamais vue quitter son bureau à part toi.

— Elle a peut-être reçu un message elle aussi. Vous avez vérifié ?

— Pas d'autre message.

— Il a pu être effacé par l'agresseur.

— Tout est possible, dit Fournier. Mais il n'y a pas de preuve de l'existence de cet agresseur inconnu.

— Tous les bureaux sont vides à cette heure. Il a pu voir qu'elle n'était plus là, et l'appeler.

— Et elle serait remontée ? Alors que d'après toi, elle s'était déjà fait agresser dans son bureau quelque temps plus tôt ? Bizarre, non ?

Il avait raison. Si elle était remontée, il lui fallait une raison impérieuse. D'autant que son rendez-vous l'attendait et qu'elle était déjà en retard.

— Je ne cherche pas à t'enfoncer, Martin. Je cherche à comprendre. On est en train de passer son ordinateur et son carnet d'adresses au peigne fin. On a longuement interrogé sa famille. Personne n'a entendu parler d'une agression.

— Elle a très bien pu le leur cacher, pour ne pas les inquiéter. Dans ce cas on parle d'accident, de chute dans l'escalier.

Le regard de Fournier se voila une fraction de seconde. Martin sut qu'il avait fait mouche. Laurette avait bien évoqué quelque chose de ce genre auprès de son entourage.

Il était temps de poser la question de confiance.

— Qu'est-ce que tu décides ? dit-il. Tu veux m'arrêter, me déférer au parquet ?

— Pour l'instant, on ne bouge pas. Mais il n'est pas exclu que le juge d'instruction veuille bientôt t'entendre comme témoin assisté.

Témoin assisté, c'était un pas vers la mise en examen. Martin savait que Roussel ne lui ferait pas de cadeau. Il le mettrait immédiatement en disponibilité. Un démon lui souffla que cela n'avait pas d'importance, et qu'il pourrait de cette façon rentrer chez lui et reprendre sa déprime au point où il l'avait laissée. Avant de rejoindre le dépôt ? Non.

— Quoi non ?

Il se rendit compte qu'il avait parlé à haute voix.

— Je réfléchissais, dit-il. Laurette aurait répondu à un appel de détresse.

— Son agresseur l'aurait appelée au secours ?

Martin avait lancé cette idée sans y croire vraiment, mais soudain elle prenait corps. C'était une idée riche en potentialités. Il se sentit soudain excité.

— Il faut que je réfléchisse encore, dit-il.

— Martin, si tu me caches quelque chose...

— Non, je ne te cache rien. J'ai juste besoin de préciser ma pensée.

Fournier se leva. Son regard s'esquiva vers la fenêtre, puis vers la porte.

— Tu sais, Martin, il y a des gens qui ne t'aiment pas ici. Qui seraient ravis de te voir prendre un gadin. Je ne fais pas partie de ces gens, mais si je n'avance pas, la pression va devenir trop forte pour moi.

Martin le fixa dans les yeux.

— C'est ta responsabilité, dit-il. Tu sais que je n'ai pas agressé Laurette. Si tu m'arrêtes pour rien, ça ne fera de bien à personne, et ça ne résoudra pas tes problèmes.

— Ce truc-là, ça me dépasse, lâcha soudain Fournier.

Martin le regarda, étonné.

— Cette enquête, c'est le truc le plus important qui me soit arrivé depuis dix ans, poursuivit Fournier. Je suis à trois ans de la retraite. Je veux trouver qui a fait le coup, même si c'est le directeur de la PJ. Mais seul, je n'y arriverai pas. J'ai besoin que tu m'aides. De toute façon, t'es coincé. Si tu m'aides pas, tu plonges.

Martin le regarda, puis finit par hocher la tête. Fournier avait raison. Il n'avait pas le choix.

16

Martin ne repassa pas par son bureau. Si Jeannette avait quelque chose à lui dire, elle l'appellerait ou laisserait un message.

Il fallait qu'il réfléchisse. La donne avait changé. Il était coincé, mais il avait une porte de sortie. Une enquête officieuse en marge d'une enquête officielle, pour laquelle il n'avait pas l'ombre d'une autorisation.

Et si c'était un piège imaginé par Fournier ? Non, il en était incapable. Et sur le fond, cela ne changerait rien.

Ses pas le dirigèrent vers l'Hôtel-Dieu. Malgré la nuit tombée et le froid, les touristes étaient encore nombreux à arpenter le parvis de Notre-Dame.

Devant l'hôpital, il s'arrêta, les jambes en coton.

Il ne pouvait plus avancer. C'était aussi simple que ça. Il ne pouvait pas entrer dans l'hôpital où Laurette gisait, inconsciente, greffée de tuyauteries et de fils. Il ne pouvait se résoudre à aller la voir.

Il ferma les yeux et se força à respirer lentement. Il sentit qu'on lui prenait le bras.

— Ça va, monsieur ?

C'était un jeune pompier au visage clair.

— Oui, merci. Juste un éblouissement. Ça va aller.

Le jeune homme lui lâcha le bras. Son regard était presque amical.

Martin se sentit mieux. Il se crut obligé de donner une explication.

— Il y a quelqu'un que je connais là-dedans, dit-il. Une amie.

— Je comprends, dit le garçon en hochant la tête. Vous vous sentez mieux ?

— Ça va.

— Bonne journée, monsieur.

Martin entra dans la cour de l'hôpital et se dirigea vers l'unité de réanimation.

Il n'avait aucune raison d'être là, ça ne pouvait même pas aider Laurette, mais il fallait qu'il la voie pour admettre tout à fait ce qui lui était arrivé.

Quand il arriva chez lui, les filles n'étaient rentrées ni l'une ni l'autre.

Il ouvrit une bière, et but au goulot à petites gorgées en regardant la liste que Fournier lui avait donnée d'assez mauvais gré. Très vite, son esprit décrocha, et il alluma la télé.

Sur France 2, l'invité du jour était le président du parti majoritaire, l'Union pour le Progrès. Martin l'avait rencontré à deux reprises, il le trouva vieilli, ses cheveux artificiellement noirs paraissaient peints sur son crâne et sa carcasse avait perdu de sa stature, malgré son costume sombre bien coupé. Martin calcula approximativement l'âge de ce dinosaure de la politique. L'homme avait vingt-cinq ans de plus que lui. Je vais ressembler à ça un jour, se dit Martin. En moins bien habillé et rasé.

Ce n'était pas une idée plaisante.

Marion arriva à cet instant, les bras chargés de paquets qu'elle déversa sur le fauteuil à côté de lui.

— Je l'ai rencontré une fois, cette vieille ordure, dit-elle en s'asseyant sur le bras du fauteuil et en embrassant Martin sur le haut du crâne. J'accompagnais Georges Boulier, notre éditorialiste vedette. Le prétexte, c'est que je devais souffler les questions que Georges aurait pu oublier, mais en fait, c'était pour déconcentrer le président avec mon jeu de jambes et mes battements de cils. J'ai fait ce qu'il fallait, et il m'a proposé la botte, froidement, comme ça, alors que son assistant raccompagnait déjà Georges vers la sortie.

— Et tu as refusé ?

Elle le pinça.

— Aïe. Excuse-moi. Tu n'as même pas été tentée ?

Elle le repinça, mais avec moins de conviction.

— Tiens, dit Martin, tu as été tentée.

— Juste par curiosité, reconnut-elle. Mais pas plus de quelques secondes. Après ça, j'ai reçu un mot manuscrit. Il me demandait de rejoindre son staff d'attachées de presse. Il n'aime pas qu'on lui dise non.

— Ça t'étonne vraiment ?

— Un coup entre deux portes, ricana Marion, une ou deux fois par mois, ça devait être son idée du travail en commun. Tu as vu cette tête de vieux vautour ? Il faut vraiment être motivée pour coucher avec ça. Ou aimer le pouvoir à en crever.

— Maintenant peut-être, mais plus jeune il était joli garçon. Tu critiques sans savoir. Il y met peut-être les formes. Il a un appartement dans le premier arrondissement, au nom d'un de ses collaborateurs. Troisième étage sur cour d'un immeuble à trois entrées. Meublé aux frais de la République.

— Tu as l'adresse ?

— On me l'avait dite, mais je l'ai oubliée.

— Tous les flics savent ça ?

— Pas seulement les flics, les gendarmes, et pas mal de journalistes. Sans parler des invitées. Ce qu'on sait moins, c'est que les femmes sont photographiées par les RG, ou d'autres services moins officiels, à chacune de leurs visites, avec la date et l'heure. En tout cas c'est le bruit qui court.

Le vautour continuait à pérorer à l'écran.

— Sur son ordre à lui ? dit Marion.

— Pas forcément. Il n'est peut-être même pas au courant. Sur l'ordre du gouvernement. Ou de ses proches. Ou de ses ennemis. Ce n'est pas ça qui manque. Qui sait ?

— Tu ne veux pas arrêter la télé ?

Il appuya sur le bouton rouge de la télécommande.

Elle se laissa glisser du bras du fauteuil sur ses genoux et l'enlaça.

— Isa n'est pas là, dit-elle, on pourrait en profiter.

— Et si elle rentre maintenant ?

— Ça m'étonnerait. Elle est avec François.

— Tu es sûre ? C'est un peu rapide, non ?

— Je trouve aussi. Mais elle a un truc à prouver, je ne sais pas quoi.

— Par rapport à elle ou par rapport à toi ?

— Les deux peut-être.

— Tu es jalouse ?

— Non. Oui, un peu... Mais en fait, je m'en fous, dit-elle avec un haussement d'épaules.

Il enfouit son index épais entre ses côtes et elle gloussa.

— Attention, on ne brutalise pas une femme enceinte.

Il lui prit un sein dans la main, le caressa doucement. Elle posa la tête sur son épaule. Il l'embrassa dans le cou.

— On serait bien mieux au lit. Je me sens un peu fatiguée.

— Alors il faut dormir.

— Non, il faut que tu t'occupes de moi.

Le président, son interview terminée, serra la main au présentateur et aux gens présents sur le plateau, sauf à un grand jeune homme à l'expression un peu niaise qui lui ressemblait pourtant beaucoup. Son fils.

Le patron de la chaîne l'attendait avec un sourire servile, et le raccompagna jusqu'à la sortie. Sur le trajet, ils parlèrent du prix du pétrole qui flambait, et du temps. L'escorte du président était composée de son assistant et d'un garde du corps qui restèrent en retrait. Son fils partit de son côté, protocole oblige.

L'étape suivante était le dîner-entretien pour happy few à l'hôtel Meurice, suivi, il l'espérait — non, il en était certain —, d'une longue étape à l'appartement, en compagnie de la magnifique brune qui l'avait lorgné sans vergogne à leur première rencontre.

Depuis quelque temps, malgré sa réputation, il veillait à ne pas sauter les femmes de ses collaborateurs les plus proches, mais pour celle-ci, il ferait une exception. Elle était exceptionnelle. Piquante, mystérieuse. Avec un fond de provocation et peut-être même d'ironie dans le regard... Comme si elle le mettait au défi. Eh bien elle allait voir. Il n'était plus tout à fait ce qu'il avait été, mais elle ne serait pas déçue.

Il était tellement sûr qu'elle viendrait qu'il avala un comprimé de Viagra, puis, à la réflexion, un second. Cette femme était une panthère, il fallait qu'il l'impressionne. Son cardiologue aurait poussé de hauts cris, mais lui, il sentait bien que ses artères étaient encore capables de supporter le choc. À son dernier examen, il avait eu un 15-8 de tension tout à fait honorable pour son âge, et son coach sportif — un ancien international de judo et de jiu-jitsu — ne cessait de s'extasier sur ses performances gymniques.

Dans une trentaine de minutes, ses tempes se mettraient à battre sourdement, mais c'était un effet secondaire inévitable et tout à fait supportable du médicament. L'effet maximal serait atteint d'ici trois heures et se prolongerait jusqu'au matin ou même plus. Peut-être aurait-il dû attendre une heure ou deux pour prendre le second comprimé ?

Il savait qu'il y avait aujourd'hui des équivalents du Viagra plus performants et avec moins d'effets secondaires, mais il restait fidèle à son remède fétiche, qui ne lui avait jamais fait défaut.

Demain matin, alors que son assistant et sa secrétaire viendraient prendre leurs ordres et lui annoncer ses premiers rendez-vous, la migraine commencerait à se manifester, mais il connaissait un moyen infaillible d'y échapper. Dès les premiers symptômes, avant même que la nuque ne se raidisse, deux comprimés de 500 milligrammes d'aspirine, suivis d'un demi-gramme de cocaïne aspirée, fournie par son coach. Depuis quelque temps, il ne touchait plus à la drogue, sauf comme antidote à la migraine, et pas plus d'une fois tous les dix-quinze jours. Même son médecin, s'il avait été au courant, n'aurait pu qu'approuver.

Sous les ors de la grande salle à manger de l'hôtel Meurice refait à neuf, assis à la vaste table couverte de vaisselle dorée, le président pérorait face à un aréopage de journalistes étrangers. Francis, son assistant, assis de l'autre côté de la table, le regardait avec une expression d'admiration qui le satisfaisait et l'agaçait à la fois.

Comme de plus en plus souvent, il se mit en automatique et continua à parler des problèmes internationaux en laissant ses pensées vagabonder.

Il aimait bien Francis. Il aurait aimé que son fils Hervé, ce raté, lui ressemble. Francis était plein de qualités, issu d'une bonne famille, intelligent, même s'il lui manquait un peu d'imagination et de perversité. Mais avec le temps, il pourrait compenser ces manques par le travail et l'expérience. Comment avait-il fait pour dénicher une femme aussi splendide (bien que plus âgée que lui de quelques années) et qu'est-ce qu'elle lui trouvait ? Mystère. Il était beau comme un dieu, mais au lit, il devait manquer totalement d'initiative. Il se dit qu'elle devait avoir de l'expérience pour deux et cette pensée l'excita, alors qu'il était en train d'évoquer le Mercosur, les réticences du Brésil et du Mexique vis-à-vis des États-Unis et les liens encore trop distendus du marché sud-américain avec la CEE. Elle était assise à côté de son mari, dans une robe noire toute simple qui avait dû coûter une fortune. Francis était riche et son père un donateur généreux du parti du président.

Son fils était assis à l'autre bout de la table, entre deux femmes de diplomates. Ce crétin n'était même pas capable d'intéresser ces deux oies. Il regardait fréquemment vers son père, avec un air d'ennui mal maîtrisé, et ses deux voisines lui tournaient pratiquement le dos.

Il réprima un geste d'agacement, et revint à la femme de Francis.

Elle le regardait droit dans les yeux, avec un demi-sourire. Il sentit la fréquence de ses battements de cœur augmenter et son sexe s'appesantit entre ses jambes. Le vieux lion se réveille, se dit-il. Toi, ma poulette, je vais te gâter.

Elle s'amusait. Plaire aux hommes n'était pas une nouveauté pour elle. Est-ce qu'elle coucherait avec lui ce soir ?

Elle s'était retrouvée assise à côté de son mari par une erreur de protocole. Elle déplaça doucement sa cuisse sur le côté et sentit sans avoir besoin du contact la chaleur qui émanait de lui. Aussitôt un frisson la parcourut. Elle ferma les yeux quelques secondes, les rouvrit et sourit plus largement au roi des corbeaux.

Elle se pencha à l'oreille de Francis.

— Je ne me sens pas très bien, murmura-t-elle.

Il s'agita, mal à l'aise, arraché à sa conversation avec le directeur d'un journal télévisé.

— Tu veux que je te raccompagne ?

— Non. Je vais attendre un peu, et si ça ne va pas mieux, je prendrai un taxi.

Il lui caressa la main sous la table, et lui effleura brièvement la cuisse, avec une retenue qui l'amusait toujours.

Elle avala un demi-verre d'eau, et regarda son assiette pleine sans y toucher. Il y avait du rouge, du vert, une croûte fine dorée en arabesque, des éclats de sauce ocre au centre de la porcelaine. C'était peut-être bon, mais elle n'avait pas faim. Ce soir, elle ne tuerait pas, mais elle était quand même en chasse.

— Je rentrerai tôt, murmura-t-il.

— Ne fais pas ça pour moi, dit-elle sur le même ton, je vais prendre un cachet et dormir. Je sais que tu dois rencontrer des gens importants. Surtout ne t'inquiète pas. Je t'enverrai un sms pour te dire comment je me sens.

Elle le vit se détendre, soulagé. Il était adorable dans sa prévisibilité. Le rêve de Francis était de devenir ambassadeur à Washington, et il déployait une énergie considérable à créer les contacts nécessaires pour qu'on lui offre ce poste avant une dizaine d'années. S'il y parvenait, ce serait une façon de prouver à son père qu'il avait eu raison de s'orienter vers la politique plutôt que vers les affaires. Son arrière-grand-père avait dirigé l'ambassade de

Washington à une époque où être ambassadeur offrait encore pouvoir et notoriété.

Pour lui, c'était très important, et elle l'y aiderait du mieux qu'elle pourrait.

Après le dîner, il verrait ses contacts, français et étrangers, alors que le président serait parti depuis longtemps. Et elle aussi. Francis ne rentrerait pas avant une heure du matin, sinon deux. Elle serait là bien avant.

Jeannette était allongée sur son lit, tout habillée. Zoé dormait, et en se concentrant, Jeannette pouvait entendre la respiration de la petite à travers la fine cloison. Elles avaient dîné ensemble de vermicelles-lettres au beurre et d'une tranche de jambon.

Après avoir couché sa fille, Jeannette avait mis son linge à la machine, plié et rangé la lessive précédente sans la repasser, fait le ménage, réparé un robinet qui fuyait. Elle était lasse, elle se sentait seule et triste. C'était cela la vie à trente-quatre ans ? Encore son travail la satisfaisait-elle parfois, contrairement à beaucoup de femmes – et d'hommes – qu'elle connaissait.

Elle alla prendre sous l'évier une bouteille de vin, apportée des mois auparavant par des amis de son mari. Elle ouvrit la bouteille et se servit un verre, puis un autre. Elle n'aimait pas beaucoup le vin et buvait très peu, mais ce soir, la sensation de léger vertige et de chaleur dans le corps était agréable.

Elle prit un troisième verre. La tête lui tournait. Son mari lui manquait. En même temps, elle n'aurait pas voulu revivre avec lui. Mais ce soir, son absence était lourde. Elle aimait son rire quand il jouait avec la petite. Et aussi le sexe. Sa main glissa naturellement vers son entrecuisse. Elle pressa doucement. Cela faisait des années qu'elle ne s'était pas masturbée. Son jean la gênait. Elle l'ôta et se rallongea, les jambes à peine écartées. Elle insista avec son doigt, mais rien ne vint. Elle regarda ses cuisses et trouva qu'elles avaient épaissi. Il faudrait que je fasse du sport, songea-t-elle. Quand est-ce que j'aurais le temps ? Elle pressa la peau sur le côté des cuisses pour faire ressortir la cellulite. Ça allait encore, mais si elle voulait retrouver un corps de jeune fille, il allait falloir faire quelque chose. De la danse peut-être ? Il y avait un cours à deux cents mètres à peine du bureau, où des collègues s'étaient abonnées. Samba et capoeira. Le prof était un métisse magnifique, avec un cul à tomber, d'après les filles.

Elle recommença à se caresser en essayant d'évoquer ce professeur de danse qu'elle ne connaissait pas. Sans résultat. Si ça se trouve, il est pédé, avec son cul à tomber, se dit-elle. C'est de parler à quelqu'un et de tendresse que j'ai envie, pas seulement d'un petit cul, même sublime.

Les rêvasseries érotiques s'estompèrent, laissant la place à d'autres images, crues et violentes, qui s'imposèrent malgré elle et hérissèrent sa peau. Elle revoyait les scènes de crimes. Les images révoltantes, haïssables. Et l'odeur, cette odeur indéfinissable et atroce, et qui n'était peut-être pas tant une odeur, qu'une sensation née de l'horreur qu'elle éprouvait. Elle détestait la violence et l'injustice. Elle ne comprenait pas comment un être humain peut éprouver de la satisfaction en infligeant douleur et mort à un autre être humain. Quel qu'en soit le motif.

Mais ce n'est pas son dégoût qui allait l'aider à trouver quelle direction donner à l'enquête en cours. Elle tenta d'imaginer un plan, en vain. Et Martin ? Y arrivait-il mieux qu'elle ? Il avait changé, il s'intéressait d'avantage aux gens qu'avant, mais n'avait-il pas perdu en échange quelque chose d'irremplaçable, cette capacité d'arriver d'une façon fulgurante à la solution, sans passer par les étapes nécessaires aux autres, un talent que tout le monde lui enviait et prenait pour de la chance ?

Sa main avait à nouveau glissé vers son sexe, involontairement cette fois, et elle était à présent en éveil. Elle mit quelques instants à saisir que c'était Martin qui avait provoqué cette réaction.

Elle ricana. Jamais il n'y aurait quoi que ce soit entre elle et lui. Jamais. Même s'il le lui demandait à genoux, même s'il posait sa grosse tête sur son ventre et... Arrête ! dit-elle, à haute voix.

Elle sortit du lit d'un bond, les tempes battantes, renfila son jean et alluma la petite télé. Elle saisit vaguement de quoi parlaient le présentateur et les invités alignés face à lui. Une émission de Delarue sur les homosexuels qui font leur *outing*. Tout à fait ce qu'il lui fallait. Elle baissa le son, et se rallongea en regardant les images sans les voir avec en arrière-fond, la pensée lancinante, obsédante, que le tueur — la tueuse — allait encore frapper cette nuit.

La note aux journaux... Elle n'y croyait pas, c'était un aveu d'impuissance. Elle avait quand même rédigé un brouillon.

Martin, objet involontaire des discrets fantasmes de Jeannette, ne dormait pas. À côté de lui, Marion ronflait doucement. De temps à autre, elle émettait un petit gémissement et se touchait le ventre. Elle devait recevoir des coups de pied. Martin se demanda s'ils avaient fabriqué un petit insomniaque.

Il se leva en essayant de ne pas faire bouger le sommier, enfila un vieux peignoir, et alla dans la pièce commune. Il s'installa à table et se replongea dans la liste de Fournier.

Il avait rendu visite à Laurette sur son lit d'hôpital. Elle était encore en salle de réanimation. Elle disparaissait sous les bandages. D'elle, il ne vit qu'une poitrine siliconée qui pointait sous le drap, et une petite main blanche, parfaitement immobile.

Il y avait pas loin d'une centaine de noms sur la liste des patients de Laurette. Une majorité d'hommes. Uniquement des policiers, de tous grades. Martin était certain que le nom de l'agresseur figurait dans cette liste. La violence de l'acte désignait plutôt un homme, mais l'arme utilisée, un coup de poing américain ou quelque chose d'approchant, aurait permis à une femme d'infliger des blessures mortelles. Il suffisait de savoir où frapper, et les flics, mâles ou femelles, connaissent ce genre de détail.

Fournier avait placé Laurette sous protection, au cas où l'agresseur aurait voulu achever son travail. Si Fournier avait poussé son raisonnement jusqu'au bout, songea Martin, il aurait fait protéger Laurette par des gendarmes, étrangers à la hiérarchie policière, plutôt que par des policiers plus faciles à circonvenir, au cas où l'agresseur de Laurette serait un gradé de la police...

Il devait être facile de réduire la liste de deux bons tiers, en faisant le compte des mutations, des alibis... Fournier était en train de s'y employer, il devait agir avec précaution, et ne pas éveiller la méfiance. Il avait promis de fournir à Martin une liste simplifiée dans les quarante-huit ou soixante-douze heures. Pourquoi pas dans trois semaines ? avait demandé Martin.

— Tu ne te rends pas compte ! Ce ne sont pas des voyous qu'on interroge, mais des fonctionnaires avec des années et des années d'ancienneté, et la moitié de ces gars a un grade plus élevé que le mien.

Un nom attira l'attention de Martin : Roussel. Le prénom collait. Son supérieur hiérarchique direct, patron de la brigade criminelle, était client de Laurette. Martin méprisait Roussel, il aurait éprouvé une certaine jubilation à le menotter et à le déférer devant le Parquet, mais Roussel était bien trop fin politique, bien trop prudent et soucieux de sa carrière pour frapper sa psy dans les locaux de la police.

Toujours est-il qu'il l'avait consultée, et cela même paraissait étrange à Martin. Les Roussel de ce monde ne vont pas chez les psys. Chez les voyantes parfois, pas chez les psys. Il y avait deux dates en face du nom de Roussel. À un mois d'intervalle, et la dernière consultation datait de quinze mois plus tôt.

Une bonne partie des autres noms étaient familiers à Martin. Pour certains d'entre eux il savait même — ou devinait — les raisons pour lesquelles ils étaient venus consulter Laurette. Alcoolisme, divorce, dépression... Gérard Falquier par exemple avait perdu deux de ses hommes au cours d'une planque qui avait viré au drame. Il ne s'en était pas remis. Yvette Vauclair s'était vu retirer la garde de ses enfants par le juge, et elle avait disjoncté en plein palais de justice. Darmont, Francœur, Landowski, avaient de notoriété publique dépassé le stade de l'alcoolisme mondain.

Et Roussel ? Malgré lui, Martin revenait au nom de son chef. Après tout, Roussel aurait très bien pu consulter Laurette pour des raisons professionnelles, comme Martin le faisait fréquemment. Mais Roussel n'enquêtait pas. Il se contentait de superviser. Il ne mettait jamais la main à la pâte. Il transmettait les ordres d'en haut, s'assurait du suivi, établissait des statistiques. Professionnellement, il n'avait pas besoin de Laurette.

Il se rendit compte que l'agression de Laurette était en train d'occulter dans son esprit sa première enquête.

Martin posa la liste sur le bras du fauteuil et se laissa aller en arrière, les yeux fermés. Il sentit soudain une douce pression sur son front, suivie d'un baiser.

Une forme chaude vint se lover sur ses genoux. Il enlaça sa compagne sans ouvrir les yeux.

— Insomnie ? murmura-t-elle à son oreille.

Il l'embrassa dans le cou sans répondre et posa la main sur son ventre, puis la laissa glisser jusqu'au pubis sous le ventre à la peau tendue comme la membrane d'un tambour.

Elle emprisonna la main entre ses cuisses bouillantes.

— Viens te coucher, dit-elle. Si tu ne peux pas dormir, on trouvera autre chose.

Elle avait finalement décidé de rester jusqu'à la fin du dîner. Elle vit le président se diriger droit vers Francis et le prendre familièrement par le bras. Les deux hommes s'entretinrent à voix basse. Francis vint s'excuser auprès d'elle et rejoignit un groupe d'hommes plus âgés que lui. Elle l'observa. Il était magnifique, aucun autre garçon ne lui arrivait à la cheville, et il était à elle. Son charme opérait également sur les hommes. Il s'inséra avec aisance au milieu du cercle, des sourires complices accueillirent son arrivée.

Le roi des corbeaux allait de groupe en groupe, plaçant une remarque, un mot, reçus avec des sourires appuyés et des hochements de tête ravis.

De son côté, elle évitait soigneusement les groupes.

— Magdalena Petit ? Vous êtes la femme de notre délicieux Francis ?

Elle se débarrassa poliment de la femme de député qui avait jeté son dévolu sur elle et tenait à tout prix à lui raconter ses vacances au Mexique.

Pour qu'on la laisse tranquille, elle fit semblant de s'intéresser de près à des petits tableaux d'école représentant des scènes champêtres.

L'air de rien, elle observait le roi des corbeaux. Il était en train de parler à un grand garçon maigre qui lui ressemblait beaucoup, et dont la présence à ce dîner paraissait presque déplacée, tant il avait l'air désemparé. Son fils ? Ils étaient très différents dans leurs attitudes. Elle comprit que le jeune homme était homosexuel.

Le vieux macho avait un fils homosexuel. Intéressant.

Les deux hommes se séparèrent, et le père poursuivit son périple à travers la salle, donnant de petites tapes dans le dos, souriant, caressant du regard toutes les femmes. Elle en avait assez vu, elle se détourna.

Elle le sentit soudain dans son dos.

Elle se tourna vers lui. Il était tout contre elle, proche à la toucher. Elle portait des talons hauts, mais il la dominait de vingt bons centimètres, malgré le tassement de l'âge. Derrière les effluves de parfums, elle perçut d'autres odeurs, moins nobles. Tabac, médicament, nourriture. De près, le masque craquelait de partout. Les dents artificellement blanches tranchaient sur le bronzage trop prononcé. Le fond de teint, très discret, était visible au coin des narines et sous les lobes allongés des oreilles. Son minuscule appareil auditif était invisible mais elle savait qu'il en portait un.

— Je suis heureux de vous revoir, dit-il de sa voix travaillée.

Il indiqua Francis d'un coup de menton.

— Votre mari est un garçon remarquable, je ne sais pas ce que je ferais sans lui.

Elle savait par Francis qu'il avait suivi pendant des années les cours particuliers d'un sociétaire de la comédie Française et d'un professeur de chant lyrique pour améliorer sa diction. Francis trouvait cela admirable.

Le roi des corbeaux la fixait presque sans ciller. Elle reconnaissait ce regard, même si elle ne l'avait pas affronté depuis de très longues années, et sous d'autres climats, et ressentit un creux dans le ventre. Malgré la richesse et les honneurs, le roi des corbeaux avait toujours faim. Une faim irrépressible de prédateur que rien ne viendrait jamais assouvir.

— C'est votre fils là-bas ? dit-elle.

Le regard du président s'assombrit.

— Oui. J'aimerais qu'il ressemble à Francis. Vous savez, je ne sais pas ce que je ferais sans lui, se répéta-t-il.

— Vous engageriez quelqu'un d'autre. Il y en a deux cents qui se pressent au portillon, non ? Moins beaux et moins doués peut-être, mais vous trouveriez quand même.

— Seriez-vous cynique ?

— Réaliste, tout au plus.

— Il est fou amoureux de vous. Il m'a donné envie de mieux vous connaître.

Elle sourit sans répondre.

— Dans un quart d'heure, je vais m'éclipser. Nous pourrions nous retrouver vers onze heures. Cela vous conviendrait-il ?

— Pour mieux me connaître ?

Il s'efforça de masquer sa contrariété. Il n'aimait pas qu'on se moque de lui.

— C'est une excellente idée, ajouta-t-elle, et il se rasséréna aussitôt.

— Au 11, de la rue Frégoli. Le code est le 19-37. L'appartement est au troisième. Il n'y a qu'une porte. Je peux compter sur vous ?

Elle hocha la tête. Il lui tourna le dos et s'éloigna vers le groupe où se trouvait Francis. Elle le vit prendre familièrement son mari par l'épaule et l'entraîner à l'écart.

Ce soir, je vais baiser ta femme, mon ami, devait-il se dire, et éprouver une double jouissance à cette idée.

Elle s'arrêta devant un petit tableau représentant un paysage montagneux, avec un cavalier solitaire habillé de noir gravissant un chemin à flanc de montagne, une biche morte étalée à l'arrière de sa selle. Le cavalier noir... Elle frissonna. Elle croyait avoir purgé ses souvenirs dans la journée. C'était le regard du roi des corbeaux qui faisait tout remonter... Si semblable à celui du cavalier.

À dix heures, elle adressa un signe de tête à Francis, il lui répondit par un clin d'œil, et elle partit. Juste avant de quitter la salle, elle sentit un regard s'appesantir sur elle. Francis ? Non, il lui tournait le dos. Le président ? Il était invisible, dans une autre pièce. Cela pouvait être n'importe qui. Elle chassa la sensation de son esprit.

Elle rentra directement chez elle en taxi. La garçonnière du président était certainement surveillée. Il y avait un risque qu'elle soit photographiée ou filmée. Ou pas.

Elle se changea, enfonça dans son vagin une éponge anti-bactérienne, mit des lunettes et une houppelande noire en vigogne avec une capuche qui lui couvrait entièrement la tête.

Elle enfila des bottes en peau retournée et de longs gants de chevreau noir, ressortit par l'entrée de service et s'éloigna rapidement, à pied. Elle traversa le pont et prit un taxi à la station de l'Alma. Il était déjà onze heures. Le président ne devait pas être accoutumé à ce qu'on le fasse attendre.

Elle frappa à la petite porte laquée rouge du troisième étage à vingt-trois heures dix-huit. Si on avait tenté de la filmer, les preneurs d'image en seraient pour leurs frais.

La porte s'ouvrit presque immédiatement. Le roi des corbeaux avait troqué son veston sombre contre un gilet de cashmere bleu pâle, ôté sa cravate et ouvert le dernier bouton de sa chemise. Il s'était aspergé d'une eau de toilette entêtante et s'était lavé les dents.

Il lui sourit largement, trop largement. Il était contrarié par son retard.

Il l'aida à se débarrasser de sa houppelande. Elle vit ses yeux s'écarquiller. Elle avait troqué sa robe de soirée élégante mais conventionnelle contre une création arachnéenne d'un nouveau couturier londonien. Elle aurait pu aussi bien être nue.

— Pardonnez mon retard, dit-elle, il fallait que je repasse chez moi. Vous ne m'en voulez pas trop ?

Il secoua la tête. Les grandes mains veinées s'avancèrent sur elle, se placèrent sur ses hanches et la ramenèrent à lui d'une saccade. Elle se laissa faire. Il l'embrassa dans le cou, sur l'épaule, lui malaxa les deux seins. Elle s'attendait à éprouver du dégoût, mais elle ressentit une soudaine et inexplicable tension. Elle réagissait. Quelque chose remua dans son bas-ventre. C'était impossible. Il était répugnant.

Il lui prit les lèvres et elle frémit en répondant à son baiser. L'excitation persistait, s'amplifiait. Elle se raisonna. Cela ne pouvait pas arriver. Pas à elle. Pas avec lui. Elle aimait Francis, elle ne pouvait pas ressentir cela. La situation lui échappait.

Il lui caressa la nuque et la serra entre ses doigts. Puis il appuya vers le bas. Ce n'était plus une caresse, c'était un ordre. Ses jambes étaient cotonneuses. La pression s'intensifia. Elle se sentit glisser à genoux, ses mains défirent la ceinture et les deux boutons du pantalon et tirèrent sur le tissu. Son érection était considérable, il devait prendre des produits. Elle se rendit compte qu'il s'était placé de manière à la voir de profil dans la grande psyché située au coin de la pièce. Il voulait la regarder le sucer à genoux devant lui. Il prit son sexe dans son poing et caressa son visage et ses lèvres avec le gland. Elle gémit, ouvrit la bouche, et l'aspira en elle.

Il lui prit le visage entre ses mains, et lui fit exécuter un mouvement de va-et-vient, de plus en plus rapide. Elle se laissa aller, les yeux fermés. Au-dessus d'elle, le roi des corbeaux soufflait, gémissait, et l'encourageait d'une voix grinçante, aiguë, qui n'avait plus rien de commun avec celle qu'il utilisait en public. Salope... suce... Salope... Oui... Enfonce bien... Son sexe palpita violemment et il le poussa à fond. Elle lui agrippa les fesses, instinctivement, mais au lieu de jouir en elle, il la repoussa avec tant de force qu'elle tomba à la renverse.

— Tourne-toi, dit-il, tourne-toi, vite.

Il descendit sur elle. Il la reprit par le cou avec une telle violence qu'elle sentit presque ses vertèbres craquer. Il s'enfonça entre ses fesses et un voile blanc descendit sur ses yeux. Son dos s'arqua à se rompre, le monde explosa. Au loin, très loin, elle s'entendit crier, pleurer, supplier, hurler.

Jeudi premier mai 1986

Quand elle atteignit le chemin poussiéreux, sans cesser de compter les secondes, cavalier et monture avaient déjà disparu.

Elle ne put se retenir de courir, au risque qu'il la voie trop tôt... Mais il fallait qu'elle assiste à chaque instant du drame, qu'il ne meure pas avant de comprendre qu'elle était seule responsable de sa fin.

En arrivant près du ravin, elle ne vit rien. Elle crut d'abord qu'il était hors de danger, loin devant sur sa monture. Mais elle entendit un hennissement désespéré, et elle se rua vers le bord.

Le cheval et son cavalier étaient à dix mètres en contrebas.

L'étalon était couché sur le flanc et tentait de se redresser sans y parvenir, les membres cassés. Son père était aux trois quarts dissimulé par le cheval. Il paraissait inerte.

Elle descendit en s'accrochant aux pierres et aux touffes d'herbes coupantes, indifférente à la douleur.

Il avait les deux jambes coincées sous le corps de l'étalon. Sa chemise noire était luisante de sang. Yeux fermés, visage de bois, il paraissait respirer à peine. Elle avait réussi. Elle avait gagné. Plus jamais elle ne serait soumise à lui. Plus jamais il ne la réveillerait en pleine nuit. Plus jamais il ne la battrait. Plus jamais il ne la violerait. Plus jamais. Plus jamais. Elle restait à le fixer, sans être tout à fait certaine qu'elle ne rêvait pas.

Pour être sûre, il fallait qu'elle le touche. Elle se mit à genoux et se pencha. Les jambes de son tortionnaire étaient écrasées sous la tonne de chair mourante du cheval. Son bras gauche était retourné, coincé entre son dos et la terre sèche et caillouteuse. L'épaule saillait, à moitié arrachée. Il était hors d'état de nuire, et s'il n'était pas encore mort, il devait souffrir le martyre.

Elle tendit la main et frôla la cuisse. Il ne réagit pas. Elle ne l'entendait plus respirer. Elle se pencha sur sa poitrine pour écouter le cœur.

Le bras libre, vif comme un crotale, jaillit en avant et la grande main la saisit par les cheveux et la tira d'une violente saccade. Elle hurla.

Elle se trouva la tête plaquée contre les côtes de son père. Il tirait si fort qu'elle sentit son cou craquer. Il la fixait dans les yeux. En augmentant la torsion, il pouvait lui briser la nuque, et apparemment, c'était ce qu'il avait l'intention de faire. Mais d'abord, il fallait qu'il parle. Il voulait lui énoncer son châtiment. Cela faisait partie du rite. L'avertir de ce qu'il allait lui faire, observer la lueur de panique dans son regard, et faire ce qu'il avait dit. C'est toujours ainsi qu'il procédait.

Il ouvrit la bouche. Ses grandes dents blanches étaient rougies. Le sang engluait son palais et sa gorge. Il balbutia des mots incompréhensibles, une bulle se forma sur ses lèvres et éclata avec un son mouillé. Il toussa, projetant des gouttes de salive et de sang sur le visage de sa fille.

La pression de sa main se relâcha un peu. Elle se tortilla, tentant d'échapper à sa prise, mais il tordit le poing avec une force renouvelée et elle ne put à nouveau plus bouger.

Il essayait toujours de lui dire quelque chose, il n'avait pas abandonné. Elle comprit enfin.

— Tu vas mourir...

Elle tâtonnait derrière elle, à la recherche d'un bout de bois, d'une pierre, de quelque chose qui pourrait l'aider à le frapper, à s'échapper... Ses ongles accrochèrent les arêtes aiguës d'un gros caillou enchâssé dans la terre. Elle se retourna deux ongles, et sentit enfin la pierre remuer dans sa gangue. Elle poussa, tira, et soudain, la libéra.

L'homme s'était tu, il rassemblait ses forces pour lui assener le coup de grâce. La torsion devenait de plus en plus forte. Elle sentit les muscles et les ligaments de son cou se tendre, à la limite de la rupture. C'était maintenant ou jamais.

Elle leva le bras aussi loin qu'elle put vers l'arrière et rabattit son bras.

Le nez éclata avec un craquement sec. Il hurla. Elle releva l'arme et l'abattit encore, à trois reprises.

Il tentait d'esquiver les coups en bougeant la tête, elle sentit enfin qu'il lâchait ses cheveux.

Elle s'écarta d'un bond et tomba en arrière. Elle se redressa et s'accroupit juste au-delà de portée de la main.

Le visage de son père n'avait plus apparence humaine, ses dents avaient disparu, la bouche n'était plus qu'un gouffre rouge, le nez un magma, mais les yeux, grands ouverts, vivaient. Sa poitrine se gonflait spasmodiquement, de sa main libre il griffait son cou et sa gorge comme pour en arracher la chair. Il était en train de s'asphyxier. Il allait mourir, enfin, sans la quitter du regard.

Son cou lui faisait encore atrocement mal, elle était au bord de l'évanouissement, mais il fallait qu'elle tienne. Il fallait qu'il la voie savourer chaque seconde de sa victoire. Il fallait qu'il comprenne qu'il n'avait pas réussi à la détruire.

Elle essaya de rire, mais sa gorge se déchira, et elle se mit à sangloter. Elle s'accroupit sur ses talons en hoquetant, essuyant ses yeux à mesure que les larmes jaillissaient, ne quittant pas le regard de son tortionnaire pour ne rien perdre de l'agonie. Cela dura de longues minutes. La résistance de l'homme semblait infinie. Mais les soubresauts de poitrine finirent par s'atténuer, les mouvements spasmodiques devinrent presque imperceptibles. La main qui avait tenté de la tuer se leva et se tendit vers elle dans un simulacre de supplication ou une ultime tentative pour la tuer. Les doigts frémirent à quelques centimètres de son visage, puis se recroquevillèrent sur la paume, et la main retomba, inerte, sur le côté, comme une grosse araignée morte.

Les yeux, toujours écarquillés et fixés sur elle, changèrent d'expression. La rage fit place à quelque chose d'étrange, d'incompréhensible. Il la regardait comme s'il ne la reconnaissait pas, comme s'il ne comprenait pas ce qui lui arrivait ni qui elle était. Cela ne dura que quelques fractions de seconde, mais elle eut le sentiment aigu que pendant cette infime fraction de temps, ce n'était plus lui, mais un inconnu, totalement innocent, ignorant du mal, qui avait pris sa place. Elle espéra qu'il allait la supplier de lui pardonner. Mais les iris se figèrent et se ternirent presque immédiatement. Il n'y avait plus devant elle qu'un amas de chairs détruites, qui n'avait plus rien d'humain ni d'inhumain.

Elle ne pleurait plus, mais des hoquets secs la secouaient encore. Le sel se craquelait sur ses joues brûlantes. Elle ne quittait pas le mort des yeux. Elle avait gagné. Et il n'y avait que le vide pour récompense. Elle resta ainsi, accroupie, jusqu'à la nuit tombée, aussi immobile que le cadavre, l'esprit vide de toute émotion et de toute pensée.

Vendredi zéro heure

Son évanouissement n'avait pas duré plus de quelques secondes. Elle entendit couler un robinet au loin. Elle se rajusta, l'esprit encore embrumé. Machinalement, elle se mit à essuyer tout ce qu'elle avait touché, à chercher des signes invisibles de sa présence. Un cheveu, là, sur le tapis de haute laine...

Qu'est-ce qu'elle faisait ? Elle n'avait tué personne. Personne ne viendrait relever d'empreintes. Elle n'avait pas encore. Elle allait.

Pieds nus, elle fila vers la cuisine, se munit d'un long couteau à découper. Elle glissa en silence jusqu'à la salle de bains. La porte était restée grande ouverte.

Le pantalon sur les chevilles, il tournait son large dos à la porte. Les jambes trop maigres et boursouflées par les varices accusaient l'âge. Elle assura sa prise sur le manche du couteau, visualisant la place exacte où la lame allait pénétrer, une surface étroite comprise entre la pointe de l'omoplate et la côte, où elle s'enfoncerait jusqu'à l'artère pulmonaire sans résistance. Mort instantanée, hémorragie externe limitée.

Il poursuivait ses ablutions, insensible à ce qui se préparait derrière lui.

Elle replia le coude, collant la tête du manche contre sa poitrine et se plaça légèrement à droite, pour que la trajectoire de la lame soit parfaite. Elle bloqua sa respiration, prit appui sur le pied gauche.

Et soudain sa tête explosa. Ce n'est pas mon père.

Presque trop tard. Son bras se détendait déjà. Elle réussit à bloquer l'élan de son geste juste avant de toucher. Le roi des corbeaux sentit le déplacement d'air. Il amorça son retournement. Elle avait déjà disparu.

Elle s'était reprise à temps, juste à temps. Sa lucidité retrouvée, elle mesura avec un frisson de terreur l'étroite frontière qui la séparait de la folie. Elle avait failli tout perdre par manque de contrôle. Haine et mépris de soi. Elle n'avait aucune excuse.

Quand il regagna le salon, il n'y avait plus trace de la jeune femme. Il alla vérifier dans les chambres et la cuisine, ouvrit la porte des toilettes, avant de se rendre à l'évidence. Elle était partie.

Elle reviendrait. Comme elles le faisaient toutes.

— Je te reverrai, petite salope, murmura-t-il avec un sourire. Tu aimes trop ça.

17

Vendredi quatre heures du matin

Martin n'arrivait pas à dormir. Il n'avait pas assez d'éléments pour alimenter sa réflexion sur l'agression de Laurette. Ce n'était plus de la réflexion, c'était de la spéculation. Du temps perdu. Mais il ne pouvait pas dormir et il ne pouvait s'empêcher de penser.

Que savait-il de Laurette ? Qu'elle avait une vie sentimentale bien remplie. Qu'elle considérait le sexe avec pragmatisme. Qu'elle aimait les hommes. Mais aussi que c'était une remarquable psychologue. Elle connaissait son agresseur, c'était évident. Comment n'avait-elle pas prévu ce qui allait lui arriver ?

Combien d'amants avait-elle eus parmi les flics qu'elle côtoyait ? À part moi, se dit Martin. Et ça n'a duré qu'une soirée.

Il avait peine à croire qu'elle eût couché avec beaucoup d'autres flics, mais sur ce point il ne pouvait se fier à son jugement. Il manquait d'objectivité.

Si Laurette était remontée à son bureau, c'était soit parce que son agresseur l'avait appelée — mais il n'y avait pas trace de cet appel sur son portable. Soit parce qu'elle avait oublié quelque chose de suffisamment important pour remonter le chercher. Quelque chose que recherchait aussi l'agresseur ? Aurait-elle surpris son agresseur en train de la cambrioler ? Pure spéculation.

Il prit note de demander à Fournier l'autorisation de visiter le bureau de Laurette dès le lendemain matin.

Vendredi neuf heures moins le quart

Quand il arriva dans les locaux de la PJ, le panneau de liège avait disparu. Jeannette et Olivier étaient déjà à pied-d'œuvre, en train de scotcher au mur un tableau synoptique sur une double feuille de Canson beige format aigle. Ils avaient décalqué sur ces feuilles la carte de Paris-banlieue en délimitant au feutre noir les communes et les arrondissements. Un gros point rouge et une photo de la victime marquaient le lieu où on les avait trouvées. À côté de chaque photo, il y avait une étiquette avec la date de la découverte du mort, son nom et son adresse.

La distribution géographique des lieux du crime ne paraissait répondre à aucune logique géométrique, ce qui s'expliquait si le seul point commun était de figurer sur la liste des clients du détective.

À l'hôpital, Martin avait passé un examen de son champ visuel. Ce tableau des meurtres lui faisait penser à l'écran circulaire de la machine chargée de le tester, avec les petits points lumineux d'intensité variable qui apparaissaient à des endroits et à des fréquences aléatoires. Non, ce n'était qu'à demi vrai. Le lieu des meurtres était aléatoire, pas la fréquence. L'assassin tuait chaque nuit. Jusqu'à présent.

— Rien à signaler ce matin, dit Jeannette en faisant écho à sa pensée. Pour le moment, ajouta-t-elle. Je t'ai fait un projet de note pour les journaux. Tu as des nouvelles de Laurette ?

— État stationnaire.

Jeannette avait déjà demandé un rapport sur les agressions et les crimes perpétrés dans Paris intra-muros depuis vingt-quatre heures. La nuit avait été calme. Pour la banlieue, il allait falloir attendre encore un peu. Il n'y avait pas de service centralisé Paris-banlieue. Pour les cantons ruraux près de Paris, cela pouvait prendre encore plus de temps. Et pour le reste du pays ? Les premiers meurtres avaient eu lieu dans ou autour de Paris mais rien n'empêchait le tueur d'aller sévir ailleurs.

Martin eut le sentiment que Jeannette évitait son regard. Sans doute la conséquence de ce moment d'intimité de la veille, qu'elle devait déjà regretter. Elle le connaissait pourtant assez bien pour savoir qu'il n'en parlerait jamais à personne.

Il était en train de se demander si la note de Jeannette destinée aux journaux allait faire l'affaire, quand Roussel le convoqua.

— Les enfants, je crois que vous allez devoir vous débrouiller sans moi, dit Martin.

— Peut-être que c'est pour autre chose qu'il veut vous voir, dit Olivier.

— Peut-être, dit Martin en sortant du bureau. Tu envoies la note à la presse, dit-il à Jeannette avant de sortir.

Roussel n'était pas seul. Le remplaçant de Martin, Nathalie Landowski, un flic du même âge et du même grade que lui, était déjà dans la pièce. Normalement, il aurait dû avoir un entretien avec Roussel avant la passation de pouvoirs.

Son nom figurait sur la liste des clients de Laurette. C'était une alcoolique repentie. Elle ne buvait plus, mais l'alcool avait laissé des traces indélébiles sur son visage aux traits fins. Elle portait un tailleur gris strict et élégant de cadre supérieur.

Roussel n'avait pas choisi Landowski, il savait qu'elle n'était pas une de ses groupies. Elle devait avoir été imposée par le directeur. Martin la considérait comme un flic expérimenté, une bonne professionnelle.

Il était fréquent que des flics trop sensibles se mettent à picoler, Landowski n'était pas la seule à qui cela était arrivé... L'abus d'alcool peut être dû à une empathie exagérée, ce qui n'est pas a priori un défaut pour un enquêteur, même si cela peut se révéler handicapant à la longue.

Mais ce qui valait pour Martin ne valait pas nécessairement pour la direction de la police. La carrière de Landowski n'était pas sur une pente ascendante. Le directeur devait appliquer les consignes de relever le taux trop faible d'éléments féminins à la tête des différents groupes.

Landowski lui serra la main et le fixa de ses yeux gris pâle, sans sourire.

Martin connaissait des flics qui buvaient beaucoup plus qu'elle sans s'attirer les foudres de la hiérarchie, mais ils avaient l'avantage sur elle d'être des hommes. Il savait aussi qu'elle avait perdu pendant plusieurs mois son habilitation judiciaire à la suite d'un conflit avec un procureur. Elle était — ou avait été — mariée à un juge.

Roussel ne s'embarrassa pas de préliminaires.

— Martin, vous êtes sous le coup d'une enquête interne. Je sais que ce n'est qu'une pure formalité et que vous allez être rapidement blanchi, mais vous êtes également sous les feux de l'actualité, ou vous allez l'être bientôt, avec vos meurtres en série. J'ai pensé à Madame Landowski pour prendre le relais, au moins provisoirement. Vous voudrez bien la mettre au courant ?

Il acquiesça d'un signe de tête, tourna les talons et sortit sans saluer Roussel, suivi par Landowski, après une seconde d'hésitation.

Elle avança à sa hauteur dans le couloir.

— C'est l'amour, entre vous, dit-elle.

— Roussel et moi, on est forcé de se supporter, pas d'aimer ça. Si vous avez le temps maintenant, je vais vous faire un topo complet avec mon équipe.

— J'aimerais d'abord parler cinq minutes en tête à tête avec vous, si ça ne vous ennuie pas.

— Je ne vous cacherai pas que pour moi, c'est inespéré, dit Landowski en s'asseyant face à Martin au fond du bistrot de la rue Saint-Jacques. Ça fait deux ans que je végète dans un placard. Mais je n'ai rien fait pour vous piquer votre affaire.

— Je ne l'ai pas pensé.

— Roussel m'a choisie pour avoir la presse de son côté. Il sait que j'ai des amis à *Libé* et au *Monde*.

Ce n'était pas une raison suffisante. Martin vivait avec une journaliste et avait plutôt de bons rapports avec la presse écrite.

— De toute façon, il va me mettre en disponibilité d'une minute à l'autre, dit Martin. Je préfère que ce soit vous qui preniez le relais plutôt que... quelqu'un d'autre. J'ai décidé d'envoyer une note à la presse ce matin. Ma collaboratrice va vous la faire lire et vous expliquer le pourquoi de cette note.

— Entendu.

Elle hésita un instant, puis se lança.

— Je voudrais aussi vous remercier.

— De quoi ?

— Il y a trois ans, j'ai été suspendue... Je buvais. Et il y a eu cet incident avec un procureur, dont vous avez certainement entendu parler. Un collègue... Ce salaud de Vélard, a fait courir des bruits sur moi, des trucs dégueulasses, et vous êtes intervenu. C'est une secrétaire qui m'a raconté, dit-elle. Elle était assise derrière vous au restaurant quand ça s'est passé. Vous avez cueilli Vélard devant tout le monde. Elle m'a dit que vous l'avez cassé. Il n'a même pas compris ce qui lui arrivait.

Un vague souvenir remonta à la mémoire de Martin. Vélard... Un crétin. Il avait disparu de la circulation depuis au moins un an. Promu quelque part dans le centre de la France, d'où il était originaire. Le Creusot peut-être. Pauvre Creusot.

— ...Démissionné, dit-elle.

— Pardon ? dit Martin. Je n'ai pas bien entendu la fin...

Elle sourit.

— Vous ne vous souvenez pas. Pour vous, ce n'est rien. Mais c'est à cause de votre intervention que je me suis accrochée et que je n'ai pas démissionné. Et maintenant, en guise de remerciement, je vous pique votre affaire.

— Vous ne me piquez rien du tout. Allez, venez, je vais vous présenter mon équipe.

Pourvu que Jeannette et Olivier jouent le jeu, songea-t-il. Ils vont être furieux contre elle, alors qu'elle n'y est pour rien.

— Vous ne voulez pas leur parler d'abord ? dit Landowski.

— ...Oui. C'est peut-être mieux. Accordez-moi un quart d'heure.

— Landowski va prendre ma place, annonça-t-il sans autre préambule en entrant dans le bureau. Je vais probablement être suspendu dans les heures qui viennent. Je n'aurais pas choisi quelqu'un d'autre pour me remplacer. J'aimerais que vous fassiez un aussi bon boulot avec elle qu'avec moi.

Olivier et Jeannette échangèrent un bref regard. Ils avaient déjà dû échafauder pas mal de scénarios et celui-ci était le plus vraisemblable.

— Bon, ne faites pas la gueule. Vous savez aussi bien que moi que ça devait arriver. Ça aurait pu être bien pire. Landowski est un bon flic. Je ne connais pas sa méthode de travail, tout ce que je sais, c'est qu'il y a une vingtaine de violeurs récidivistes qui ont été bouclés grâce à elle. Je pense que si vous faites ce qu'il faut, elle est capable de donner le meilleur d'elle-même.

Jeannette hocha brièvement la tête.

— Tant que je suis pas obligé de la lécher, dit Olivier, en jetant un coup d'œil vers Jeannette, qui ne daigna même pas manifester son mépris.

Martin n'emporta qu'un cutter et une mini-trousse à outils de cambrioleur qu'il avait volée des années plus tôt à un voleur.

— Bon eh bien… Je vais la chercher, dit Martin. Essayez au moins d'être polis.

Ils le regardaient comme s'ils lui en voulaient de son éviction. C'était peut-être le cas. Il n'avait même pas tenté de se défendre.

— Quelle vacherie, dit Olivier, quand la porte se fut refermée sur Martin.

Une fois de plus, Jeannette ne répondit pas. Elle avait la gorge si serrée qu'elle n'aurait pu émettre le moindre son.

Elle replongea le nez dans son dossier et fit semblant de l'étudier.

18

Vendredi midi

~~Sébastien Grossard, 227, rue de l'Université, 75007Paris~~
~~Julie Rodez, 22, rue Anatole-France, 92 Colombes~~
~~Stéphane Holliez, 15, rue de Chaligny, 75012 Paris~~
Aymeric Tanguy-Frost, 21, rue Hallé, 75014 Paris ?
Georges Forrier, 8, impasse de la Gaîté, 75014 Paris
Alain Karief, 19, Villa Monet, 75019 Paris
Catherine Amard-Fusin, 82, rue de la Croix-Nivert, 75015 Paris
Eloi Wilkiewitz, 12, rue des Rosiers, 75004, Paris
Valdek Mirmans, 12, rue Raynouard, 75016 Paris
Stéphanie Mallory, 1, allée des Rois, 78 Saint-Germain-en-Laye
Jacques Faïglioli, 33, place de l'Horloge, 69000 Lyon

Elle fixait la liste. Aymeric Tanguy-Frost, la prochaine victime, était absent de Paris. C'était un homme d'affaires, affirmait une note du détective sur laquelle était inscrit un numéro de téléphone. Quelles affaires ? la note ne le précisait pas. Marié ? Célibataire ?

Elle avait appelé le numéro et il lui avait fallu des trésors d'imagination pour obtenir au compte-gouttes quelques informations égrenées par une secrétaire méfiante. En se faisant passer pour l'associée d'un cabinet international d'avocats d'affaires basé à Chicago, elle avait réussi à obtenir son numéro de portable professionnel, un tri-bandes. Il pouvait se trouver n'importe où, de la Sibérie au Monténégro. Le portable émettait toujours le même message électronique standard, et elle ne voulait pas laisser de message.

Ce genre de contretemps était inévitable. Jusqu'à présent elle avait eu de la chance. Elle tenta de se persuader que l'ordre de la liste n'avait aucune importance, mais au fond d'elle, elle savait que c'était faux. Elle était superstitieuse. Le fait que la prochaine victime désignée par la liste était pour le moment inatteignable devait signifier quelque chose.

Elle inscrivit un point d'interrogation en face du nom de la prochaine victime. C'est curieux, ce nom lui disait quelque chose. Elle l'avait déjà vu, entendu, ou lu. Où ? Quand ? Comment ? Impossible de se souvenir. Impossible même de savoir si c'était un souvenir authentique.

Georges Forrier, le suivant sur la liste, habitait dans le même arrondissement, à deux kilomètres à peine. Un autre signe ?

C'était un photographe. Un paparazzi. Elle n'eut aucune difficulté à obtenir ses deux numéros de portable et même son emploi du temps pour la semaine à venir.

Il était à Megève pour la journée. Elle lui parla au téléphone depuis le secrétariat déserté à l'heure du déjeuner, d'une agence de publicité des Champs-Elysées. Elle se présenta comme une journaliste canadienne en quête de scoop sur la famille princière de Monaco et lui donna rendez-vous à six heures à Paris dans le 14e arrondissement — à deux pas de chez lui. Il commença à la draguer au téléphone et ne fit pas allusion au fait que le lieu de rendez-vous était près de son appartement. Elle en déduisit qu'il avait déjà dans un coin de sa tête le projet de l'y emmener s'il la trouvait à son goût. Ce qui ne ferait que lui faciliter les choses.

Pourquoi un paparazzi avait-il engagé un détective privé ?

Pour l'aider à traquer des stars. C'était presque une certitude, mais il fallait quand même qu'elle s'en assure. Elle devait le faire parler et par conséquent, elle devrait le tuer ensuite.

Le roi des corbeaux l'avait appelée dès le matin pour lui faire part de sa déception. Il comptait bien la revoir au plus vite pour terminer leur « passionnante conversation ».

Elle refusa d'accepter un rendez-vous ferme, malgré la frustration rageuse qu'elle décela dans sa voix, et lui promit de le rappeler. Il était ferré.

En raccrochant, elle sentit son cœur battre. Elle n'était pas encore certaine qu'elle pouvait le revoir sans risque.

Comment avait-elle pu se laisser à ce point déborder par ses sentiments ? Sentiment n'était pas le bon mot. Ce n'était pas la première fois qu'elle couchait avec une ordure. Selon son amère expérience, la plupart des hommes étaient des ordures, et le roi des corbeaux n'était ni mieux ni pire que la moyenne des gens de pouvoir.

Qu'est-ce qui le différenciait de tous ceux avec lesquels elle s'était prostituée de bon ou de mauvais gré ? Cette ressemblance avec son père dans l'attitude, dans le regard… Il fallait qu'elle réagisse. Il n'était pas son père, et elle allait avoir besoin de lui. Ce n'est pas mon père, mon père est mort, se répéta-t-elle en faisant un exercice de respiration. Mon père est mort à jamais quand j'avais seize ans.

Vendredi après-midi

Martin marchait le long des quais, sous une pluie fine. Il ne savait pas s'il allait rentrer chez lui ou continuer à marcher indéfiniment pour trouver une raison à sa vie.

Il allait être père. On venait de lui retirer son enquête. On lui en avait attribué — officieusement — une autre…

Ce n'était pas l'exploration exhaustive et systématique des pistes et des indices qui amènerait la capture de l'assassin du détective, mais le hasard, le seul et tout-puissant hasard, il en avait la conviction. Comme pour Thierry Paulain, le tueur de vieilles, comme pour Guy Georges, le tueur de l'est parisien.

Pour l'agresseur de Laurette, c'était probablement la même chose. Demain ou dans dix ans, le hasard ouvrirait une nouvelle piste, sous les traits d'un codétenu, d'un indice oublié, à moins que l'agresseur finisse par se dénoncer, ce qui arrive plus souvent qu'on ne le croit.

Comment consacrer sa vie à un métier où la probabilité de réussite est aussi forte si on reste assis à ne rien faire que si on travaille sans relâche ? Deux tueurs en série avaient été récemment identifiés en France. Le premier était déjà en prison pour une infraction mineure et avait été dénoncé par sa femme. Le second venait de sortir de prison et n'avait rien eu de plus pressé à faire que de tuer une gamine et une femme en laissant des traces si évidentes que les enquêteurs n'en avaient pas cru leurs yeux.

La note pour les journaux ne paraîtrait pas avant demain matin. Trop tard pour la prochaine victime ? Il aurait dû en référer à Roussel avant de l'envoyer, mais Roussel aurait retardé la parution d'au moins vingt-quatre heures.

C'était un acte d'insubordination.

Il en avait averti Nathalie Landowski. Elle avait réfléchi posément avant d'approuver la démarche, qu'elle avait intelligemment complétée en se faisant attribuer un numéro vert par les Télécoms.

Martin traversa la chaussée et rentra à la Conciergerie par une porte qu'il n'utilisait jamais. Il dut montrer sa carte pour accéder à l'étage.

Les scellés barraient la porte de Laurette. Il déplia son canif et coupa la bande à la jointure de la porte et du chambranle, de façon à dissimuler son forfait à un regard peu attentif.

Il se servit d'un crochet assez semblable à un grattoir de dentiste pour faire tourner le pêne et pénétra dans le bureau qu'il connaissait bien, referma la porte et alluma le plafonnier.

La petite pièce froide sentait la poussière. Des traînées de poudre à empreintes maculaient les meubles et les murs. Le bureau de Laurette avait été tiré sans ménagement sur le côté, les tiroirs ouverts n'avaient pas été refermés. Ses rares bibelots, le téléphone, la lampe, avaient été également repoussés dans un coin de la pièce.

Le tapis avait été emporté pour examens complémentaires et le contour du corps était indiqué schématiquement par des bandes d'adhésif blanc et noir collées sur le parquet.

Martin replaça le bureau et les sièges comme dans son souvenir, remit les tiroirs, nettoya le siège et s'assit à la place qu'occupait Laurette, le point de vue symétrique de celui qu'il avait en tant que visiteur.

Le rapport du légiste indiquait qu'elle avait été frappée entre la porte et son bureau. On l'avait trouvée allongée sur le ventre, la tête vers le bureau et les jambes vers la porte. Cela signifiait qu'elle tournait le dos à son agresseur (pour lui échapper ? pour rejoindre son bureau ?) au moment où il la rejoignait et la frappait. Pourtant les coups avaient été portés de face. Le rapport concluait que sous la force du premier coup, elle avait fait un demi-tour avant de tomber. C'était logique.

À moins que son agresseur ne fût déjà *à l'intérieur du bureau*. Elle avait ouvert et s'était retrouvée face à lui ou elle. Elle ne l'avait pas tout de suite vu, venant d'une zone éclairée, mais pour l'inconnu(e), sa silhouette était parfaitement discernable, et il — ou elle — n'avait eu qu'à ajuster son coup et à frapper.

Dans ce cas, l'agresseur avait la clé. Ou un passe. Ou des outils de cambrioleur, comme Martin. Il venait d'apporter un élément de plus à la thèse de sa propre culpabilité.

Qui pouvait avoir la clé du bureau de Laurette ? Un intime ? Non. On donne à un intime la clé de son appartement, pas celle de son bureau. Il était beaucoup plus plausible d'imaginer que l'agresseur travaillait dans les murs. Un fonctionnaire de police ou un auxiliaire de justice, disposant d'un passe ou d'outils semblables à ceux de Martin. On en revenait toujours là.

Si l'agression s'était vraiment produite de la manière qu'il envisageait, cela changeait tout.

Il tenta de se rappeler le plus fidèlement possible la façon dont Laurette et lui étaient repartis ensemble. Non, il fallait remonter un peu plus loin. Il s'efforça de se souvenir des paroles exactes de Laurette, et pour mieux les ancrer, il les murmura dans le silence.

— Quelqu'un va mourir cette nuit ? avait dit Laurette encore assise à sa place.

— Des millions de gens vont mourir cette nuit. Et on n'y peut rien.

Laurette avait rougi.

— Vous savez très bien ce que je veux dire. Quelqu'un risque de mourir cette nuit parce qu'il y a un tueur qui court.

— Peut-être, mais ni vous ni moi nous ne l'empêcherons de courir et de tuer. En tout cas pas cette nuit. Allez à votre dîner.

Elle le suivit quelques instants plus tard. Quelques instants plus tard.

Il l'avait attendue sur le palier pendant qu'elle fermait la porte.

Qu'avait-elle fait pendant les secondes où il l'avait perdue de vue ? Rassemblé ses affaires ? Non, elles étaient déjà rassemblées, puisqu'elle était sur le point de partir quant il l'avait rejointe.

Deux minutes plus tard, ils se séparaient dans la rue. Au moment où il l'embrassait sur la joue, il avait senti une hésitation chez elle, comme si elle était sur le point de lui dire quelque chose.

Sur le moment, Martin avait cru que l'hésitation de Laurette avait un rapport avec lui. En fait elle était soucieuse parce qu'elle avait oublié quelque chose dans son bureau. Ou plutôt non, pas oublié. Quelque chose qu'elle avait préféré laisser là-haut, et maintenant, sur le point de se séparer de Martin, elle avait finalement décidé de remonter le chercher.

Et c'est là qu'elle était tombée sur son agresseur. Était-il là pour la même raison qu'elle ?

Dans ce cas, ce n'était pas une agression préméditée, mais la réaction affolée d'un voleur pris sur le fait. Il devait déjà être là, dissimulé quelque part dans un couloir, quand Laurette et Martin étaient partis. Il devait se sentir en sécurité et la surprise avait été de taille. Il s'était affolé. Il avait quand même pris la précaution d'emporter avec lui un coup de poing américain ou une matraque, il avait donc envisagé de se débarrasser de Laurette en cas de besoin.

Martin examina la pièce d'un autre œil. Si Laurette avait caché ici le mystérieux objet qu'elle était venue rechercher, il était fort possible qu'il y soit toujours.

Dans le bureau, il n'y avait pas d'autres traces de désordre que celles laissées par l'agression puis par les techniciens de la police scientifique. Aucun signe ne témoignait d'une fouille systématique. Avant l'arrivée de Laurette, l'agresseur n'avait pas eu le temps de fouiller, et après, il avait paniqué.

Qu'est-ce que Martin devait chercher ? Une lettre ? Un carnet ? Une cassette ? Quelque chose d'assez peu volumineux pour que personne ne l'ait découvert. Martin pensa à « la lettre volée » d'Edgar Allan Poe. La cachette la meilleure consiste à laisser l'objet en évidence, surtout s'il s'agit d'un objet usuel, totalement anodin.

Il examina le contenu des trois tiroirs, les ôta et les remit en place. Un seul était muni d'une clé, mais la serrure était cassée, et la clé tournait à vide.

Laurette n'avait pas de coffre. Il ouvrit et secoua tous les livres et toutes les revues, sonda les plinthes, les prises de courant.

Il y avait – il devait y avoir – quelque part quelque chose qui prouverait la justesse de sa théorie. Même si l'objet avait disparu, sa trace allait lui apparaître.

La trace d'un objet qui n'existait pour le moment que dans son imagination... Il était en train de franchir les bornes de la pensée rationnelle.

Son échafaudage théorique était peut-être juste, peut-être faux, ou seulement partiellement juste... Trop de si, trop de mais.

Cet objet, s'il existait, pouvait se trouver aussi bien chez Laurette qu'ici. Et si elle était remontée pour une tout autre raison ? Un rapport qu'elle voulait relire avant de s'endormir, la crainte de ne pas avoir fermé sa porte à clé... Ou autre chose. Une grande partie des actes quotidiens n'obéissent pas à la logique. Martin en savait quelque chose.

Il était fatigué. Il regarda sa montre. Il était déjà dix-neuf heures. Sa fouille l'avait mis en nage, malgré l'air immobile et glacé.

Il sortit et claqua la porte derrière lui.

C'est seulement à mi-chemin de chez lui qu'il comprit son omission. Il sourit. La lettre volée.

Cette fois, il eut plus de mal à forcer la serrure, faillit s'exaspérer avant d'y arriver.

Il se dirigea droit vers le bureau, ôta la clé du tiroir et l'examina. Une clé dorée, trop longue et trop fine pour la serrure rudimentaire du tiroir. Pas étonnant qu'elle tourne à vide. L'extrémité de la clé était finement striée, et un long numéro de série était gravé sur la tige. C'était la clé d'un coffre bancaire.

Cette clé ouvrait des perspectives très intéressantes. Que contenait le coffre qu'elle ouvrait ? Le problème avait simplement été déplacé. Avant d'aller plus loin, Martin décida de prendre certaines précautions.

19

Vendredi début de soirée

Le paparazzi mourut beaucoup trop vite et dans un état d'incompréhension totale.

Comme elle l'avait prévu, il avait proposé à Magdalena de monter chez lui, et lui avait offert un café. Dans la cuisine étroite, ils s'étaient frôlés, et elle n'avait rien fait pour éviter le contact. Elle l'accentua même et il lui posa les mains sur les hanches pendant que la bouilloire électrique chauffait.

Elle se retourna, l'embrassa sur la bouche, sur la gorge et se mit à genoux devant lui. Elle lui baissa rapidement le pantalon et le caleçon sur les genoux, serra le sexe qui commençait à s'ériger, tâta fermement l'aine droite et enfonça l'aiguille de sa mini-seringue dans la veine saphène, le plus près possible de la jonction saphéno-fémorale.

Il la repoussa instinctivement, mais la drogue faisait déjà effet. Il tenta de crier, mais les mots moururent dans sa gorge. Il titubait, cherchant à se maintenir debout en s'agrippant à un placard. Le placard s'effondra sur eux deux, et elle eut à peine le temps de courber la tête sous la pluie de boîtes de conserve. Sur le sol, sa victime tremblait de tous ses membres, les yeux mi-clos. Elle remonta le pantalon, referma la braguette et boucla la ceinture. Elle disposait d'un délai de quelques minutes à peine pour l'attacher, l'effet du thiopental étant aussi bref que fulgurant.

Mais rien ne se passa comme prévu. Au moment où elle le hissa sur le lit, le corps de l'homme inconscient fut secoué de convulsions et lui échappa. Elle le laissa tomber par terre et le retourna sur le ventre pour lui éviter de s'étouffer dans ses vomissures. Il s'apaisa soudain, et sa respiration s'arrêta. Elle écouta son cœur. Les battements cessèrent quelques secondes plus tard. Pourtant le dosage était parfait, peut-être même insuffisant pour sa corpulence. Un collapsus. Elle jura. Elle pouvait tout anticiper, sauf une allergie aux barbituriques. Deuxième échec consécutif. Le sort s'acharnait contre elle.

Elle entreprit de fouiller à fond le petit appartement. Un logement crasseux de célibataire, encombré d'objets laids et inutiles. Une collection de figurines féminines en sous-vêtements sur une étagère branlante, des revues de moto et des blousons de cuir usés entassés à même le sol, des monceaux de vêtements sales. Comment pouvait-on se complaire dans un environnement aussi répugnant ? Seul le matériel photographique entassé dans deux gros sacs échappait à la saleté ambiante. Elle trouva le contrat du détective au milieu d'un amoncellement de paperasses inutiles. Une enveloppe brune était attachée par un trombone aux deux feuillets chiffonnés. Dans l'enveloppe, plusieurs photos représentant une jeune femme blonde dont elle avait déjà vu le visage, comédienne ou animatrice de télévision, et un homme d'âge mûr, à l'allure avantageuse, qu'elle avait déjà croisé avec Francis. Un député ou un ministre peut-être. Elle prit les photos et le contrat pour les détruire. Encore un coup pour rien.

Elle avait mémorisé tous les endroits qu'elle avait pu toucher et les frotta avec un T-shirt sale prélevé dans la pile avant de le remettre où elle l'avait trouvé.

Le découragement l'envahit. Ce n'était pas simplement la manifestation de la dépression passagère qui la submergeait après chaque meurtre, mais la conviction soudaine qu'elle n'y arriverait jamais, que trop d'impondérables finiraient par l'empêcher de mener sa tâche à bien. Elle ferait mieux de tout abandonner. Elle avait de l'argent. Beaucoup d'argent, dans des comptes pour la plupart hors de France. Mais partir, cela voulait dire quitter Francis. Il ne la suivrait pas, sa vie était ici. L'idée seule était insoutenable.

Vendredi soir

Jeannette était vidée. Elle avait confié Zoé à sa mère pour la nuit, afin de se reposer un peu.

Elle décida de prendre un long bain chaud et de s'endormir dedans.

La réunion avec Landowski avait duré près de quatre heures. La commissaire voulait tout savoir, elle était entrée dans les moindres détails, revenant sans cesse sur des acquis. Jeannette s'était presque sentie comme un suspect sur la sellette.

Ce soir, Jeannette en voulait au monde entier. À Olivier, qui n'avait pas tardé à faire les yeux doux à la nouvelle patronne malgré son discours machiste, à Landowski qu'elle trouvait exaspérante, à la hiérarchie policière dans son ensemble, et surtout à Martin, par qui elle se sentait trahie. Avec quelle désinvolture il avait quitté l'enquête ! Comme si cela n'avait aucune importance. Comme si la traque de ce tueur invisible et pervers lui importait peu. Comme si le travail qu'ils faisaient ensemble comptait pour rien.

C'était cela surtout. Elle aimait avancer avec Martin, lui prouver sa valeur, le devancer parfois, surprendre son regard quand elle l'étonnait par sa pertinence. Avec le meurtre de Stéphane Holliez, elle n'aurait pas poussé son investigation si loin si elle n'avait autant désiré forcer l'admiration de Martin.

Jamais elle ne s'était aussi clairement avoué la vérité. Espèce de conne, murmura-t-elle, pauvre, pauvre conne en train de tomber amoureuse de son patron.

On sonna à la porte. C'était sa voisine, une emmerdeuse qui venait régulièrement lui emprunter des pâtes, du sel, du lait, comme si elle ne pouvait pas faire ses courses elle-même au Shopi distant d'à peine deux cents mètres.

Elle décida de ne pas répondre. La voisine insistait.

— Merde, la voiture, murmura Jeannette. Elle sait que je suis là.

Elle avait eu la flemme de la ranger dans le garage. Et en plus elle commençait à parler toute seule.

Exaspérée, elle se hissa hors du bain, enfila le vieux peignoir de son ex et alla ouvrir en laissant une traînée d'eau sur le carrelage.

C'était Martin.

Elle enragea intérieurement. Elle se maquillait à peine, mais le peu de mascara qu'elle mettait sur ses cils avait dû couler sur ses joues, sa peau devait ressembler à la carapace d'un beau rouge uni et luisant d'un homard à peine sorti de la casserole, sans même parler de son allure dans ce peignoir pourri qu'elle aurait dû jeter depuis longtemps… Et depuis combien de temps ne s'était-elle pas rasé les jambes ?

— Je peux entrer ? demanda Martin.

Elle tenta désespérément d'imaginer une bonne raison pour s'y opposer, mais son esprit refusait de fonctionner.

— Désolé de te déranger, dit-il sans paraître le moins du monde désolé, il faut qu'on parle.

— Si ça ne te fait rien, je vais d'abord m'habiller.

Martin fit un vague signe d'assentiment, alors que Jeannette filait déjà vers la salle de bains.

Elle essuya le miroir embué du lavabo et étouffa un cri. C'était encore pire que ce qu'elle avait imaginé. Ses yeux étaient cerclés de noir, ce que sa fille appelait ses yeux de sorcière, et un bouton d'acné avait traîtreusement poussé sur son menton entre le moment où elle était rentrée et maintenant. Le carmin luisant de ses joues commençait à s'estomper, mais le bouton n'en ressortait que plus glorieusement.

Elle enfila string, jean et T-shirt sans prendre la peine de mettre un soutien-gorge (elle aurait dû retraverser la maison jusqu'à sa chambre), vérifia d'un coup d'œil que ses seins ne pointaient pas trop à travers le tissu, et fit disparaître les traînées de mascara sur ses paupières et ses joues.

Quand elle revint à la pièce principale, Martin était debout, il faisait tourner dans sa main le cube de verre avec les photos de Jeannette, de sa fille et de son ex, qu'il examinait d'un air dubitatif.

Jeannette lui ôta le cube des mains et le posa sur l'étagère où il l'avait trouvé.

— Tu veux boire quelque chose ? demanda-t-elle.

— Non, merci.

Il sortir un paquet cadeau de forme allongée de son pardessus.

— Pour ta fille.

La colère de Jeannette s'évanouit aussitôt. Un cadeau à sa petite et elle baissait les armes.

— C'est une poupée, précisa Martin.

— Merci. Zoé n'est pas là. Je la lui donnerai à son retour.

— Tu n'allais pas sortir, j'espère ?

Pourquoi n'y ai-je pas pensé ? C'était ça l'excuse ! songea Jeannette. Trop tard.

— Bon tant mieux. Parce que ce que j'ai à te raconter peut prendre un peu de temps. Mais je pense que ce n'est pas prudent de le garder pour moi tout seul.

Il posa la clé trouvée dans le bureau de Laurette sur la table.

— On ne sait jamais ce qui peut arriver.

Vendredi soir

Francis était en mission en Belgique. Il dormait à Bruxelles.

Elle retrouva le roi des corbeaux dans son appartement de la rue Frégoli. En sonnant à la porte, elle avait le cœur battant. Un mélange de peur et d'attente. Elle redoutait ce moment depuis leur dernière rencontre. Quand il ouvrit, elle se sentit vulnérable sous le regard noir et froid. Elle aurait voulu se révolter contre cette sensation si inhabituelle, mais elle se laissa aller, curieuse de savoir jusqu'où elle allait se laisser emporter.

Elle se sentit chanceler quand il la prit dans ses bras mais elle réussit à se contrôler, et puis, malgré elle, les digues s'écroulèrent. Elle s'entendit crier et pleurer, au loin, et tout disparut. Elle se réveilla seule, les jambes écartées, trempée de sueur. En revenant peu à peu à elle, elle l'entendit s'activer dans la pièce voisine, procéder à des ablutions, appeler quelqu'un au téléphone.

Était-elle devenue épileptique ? Était-ce une manifestation hystérique ? Était-il possible... Rien que l'idée était odieuse, insupportable, mais elle n'avait pas survécu en refusant d'affronter l'insupportable. Était-il possible qu'il soit pour elle une réincarnation de son père ? Était-il possible qu'elle soit invinciblement attirée par cet homme, simplement parce qu'il lui rappelait le tortionnaire immonde qui l'avait avilie et détruite ?

Le roi des corbeaux était à nouveau en train de la baiser. Il s'activait vigoureusement, les bras tendus tremblant sous l'effort. Son visage congestionné la surplombait, des gouttes de sueur perlaient sur son front plissé. Cette fois elle n'éprouvait rien, même pas du dégoût, et cela la soulageait infiniment. Elle sentit qu'il approchait de l'éjaculation et émit des bruits de circonstance en resserrant les cuisses sur lui. Il jouit en hurlant et en postillonnant, les veines temporales si enflées qu'elles semblaient prêtes à exploser.

Il se dégagea d'une secousse, roula sur le flanc et repartit vers la salle de bains. Il n'usait pas de préservatif, mais procédait à une toilette intime immédiate après l'amour, totalement inutile en cas de MST. Un rite de purification ?

Quand il revint, elle était déjà habillée.

— J'aurais aimé que vous restiez un peu, dit-il.

— Quelle vigueur ! Une troisième fois si vite ?

— Je ne pensais pas à ça, dit-il. Enfin pas tout de suite. J'avais envie de converser avec vous.

De monologuer, rectifia-t-elle intérieurement. Elle se rassit sur le bord du lit.

— Et de quoi allons-nous parler ? dit-elle sur un ton délibérément provocateur.

Il parut désarçonné. Il est fragile, se dit-elle, le méprisant soudain. Pas comme mon père. Sa force est artificielle. Sans ses assistants, sans son Viagra, sans le regard des autres, il n'est rien. Elle lui caressa la main, puis le sexe. Il s'assit à côté d'elle.

— J'aurais aimé connaître quelqu'un comme vous quand j'étais jeune, dit-il. Je vous aurais épousée et nous aurions fait de grandes choses ensemble.

— Vous avez fait de grandes choses tout seul, dit-elle.

— Non, je n'ai rien fait au fond qui vaille la peine d'être mentionné dans un livre d'histoire. Au moins je suis lucide, c'est peut-être ma seule vraie qualité.

Petite séance d'autoflagellation, se dit-elle. Il est ridicule et il ne s'en rend pas compte. Il a perdu la mesure de toute chose, mais il a une idée en tête. Où veut-il en venir ?

— J'aimerais parfois comprendre les aspirations de la jeune génération, dit-il. Des garçons de talent et d'enthousiasme comme votre mari, et d'autres...

Et c'est pour ça que tu baises leurs femmes ? se dit-elle. Quelle immonde hypocrisie.

— Vous avez un fils, dit-elle.

— J'ai un fils, répéta-t-il. Mais il ne s'intéresse pas à la politique.

— Que fait-il ?

— Chargé de mission au Sénat, pour le parti. Une sinécure. Mais assez parlé de lui. Vous êtes une jeune personne remarquable. Votre regard m'intéresse. Que penseriez-vous de me faire un mémo sur les quadras du parti, sur ce qu'ils pensent des nouvelles orientations... ?

— Sur ce qu'ils pensent de vous ?

Il sourit.

— Pas seulement, bien que cela soit important bien sûr.

— Jusqu'où devrais-je aller pour savoir ce qu'ils pensent de vous et de votre politique ? dit-elle en s'écartant et en le fixant dans les yeux.

— Vous êtes trop intelligente pour qu'on vous fixe des limites, fit-il en lui caressant les lèvres de l'index.

— Et je devrais vous faire des rapports bi-hebdomadaires, hebdomadaires... ?

— Pourquoi pas quotidiens ?

Il poursuivit sa caresse en remplaçant son doigt par son sexe. Il me demande d'espionner ses plus proches collaborateurs ! Vieille ordure paranoïaque. Il ne perd jamais le nord. Il ressemblait quand même beaucoup à son père. Avec combien d'autres femmes a-t-il formulé les mêmes exigences ? Que dirait Francis si elle lui apprenait ce que lui demandait son patron idolâtré — et dans quelles circonstances il le lui demandait... Que ferait-il ? Il était naïf, crédule, amoureux, mais non dépourvu d'intelligence. Comment pouvait-on arriver au poste qui était le sien et être aussi étranger à la turpitude ordinaire de l'humanité ?

Elle n'avait pas idée de ce que pouvait provoquer en lui une trahison de cette ampleur. Hébétude ? Folie meurtrière ? Ou autodestructrice ? Elle frémit. Tout plutôt que le suicide, car c'est la seule issue sans espoir de réparation, et qui la détruirait à jamais. Non pas avant d'avoir fait payer le prix fort à l'homme qu'elle était en train de sucer consciencieusement.

20

Samedi matin

Francis était déjà parti en lui laissant les journaux du matin.

Elle finissait de boire son café, juchée sur un des hauts tabourets cuir et acier de la cuisine américaine, quand un entrefilet encadré, imprimé en caractères gras, en tête des petites annonces du *Figaro* attira son attention.

« **Toute personne ayant eu des relations professionnelles ou privées avec un agent de recherche nommé Julien Duperrier est priée instamment d'appeler le numéro vert suivant. Cela peut être extrêmement important et même vital.** »

Elle s'étrangla et se mit à tousser. Sa tête tournait. Elle courut aux toilettes et vomit son café mêlé de bile.

Elle relut l'entrefilet du *Figaro*, et parcourut nerveusement les autres journaux pour voir si l'annonce avait paru ailleurs. Dans *France-soir* et *le Parisien*. Ses pensées tourbillonnaient, incapables de se fixer et de s'organiser. Comment... Une peur incontrôlable l'empêchait de raisonner. Il fallait qu'elle se reprenne. Elle tâtonna sur le comptoir, et attrapa une fourchette qu'elle appuya sur la face interne de sa cuisse, jusqu'à ce que le sang perle. La douleur était presque insoutenable, mais elle maintint la pression pendant près d'une minute. Quand elle jeta la fourchette dans l'évier, elle avait retrouvé son calme.

Toute sa stratégie était fondée sur l'impossibilité de faire le lien entre les cinq assassinats. Pourtant quelqu'un l'avait fait, ce lien. Comment ? Depuis quand ? Elle était certaine de ne pas avoir commis la moindre erreur. Elle s'était débrouillée pour que rien de tangible ne relie le détective à ses onze derniers clients. Où avait-elle commis la faute ?

Sans y penser, elle tendit la main vers le téléphone. Elle s'injuria et jeta le portable à travers la pièce. Elle était à nouveau en train de perdre les pédales. Il ne manquait plus que ça.

Elle revêtit un jogging, s'équipa et sortit.

Jeannette était arrivée tôt au bureau, pour s'assurer que le numéro vert fonctionnait. Ils ne pouvaient pas se permettre de manquer un appel. La permanence devrait être assurée tout le week-end et vingt-quatre heures sur vingt-quatre. Elle-même, Olivier, Landowski et d'autres enquêteurs recrutés pour la circonstance se relaieraient. Assise devant son bureau, les journaux du matin étalés devant elle à la page de l'annonce, elle buvait son café tiède à petites gorgées. Elle n'espérait pas de coup de fil avant la fin de matinée, mais sait-on jamais ? Elle venait d'avoir sa mère au téléphone et elle avait entendu les cris de Zoé en arrière-plan. Elle faisait une colère et sa grand-mère l'avait punie. Jamais auparavant la petite ne se mettait dans de tels états. Jeannette se sentait coupable. La vie avec son mari n'avait rien d'horrible après tout, c'était routinier, sans perspective, un compagnonnage sans plus beaucoup de moments heureux ni de complicité, mais sans drame non plus. Si chacun y mettait du sien, cela pouvait peut-être changer... Ne feraient-ils pas mieux de renouer, pour Zoé ? Devait-elle faire le premier pas ?

Qu'importe l'humiliation, si c'était le prix à payer pour que Zoé soit heureuse. L'histoire qu'il vivait actuellement avec une collègue était-elle sérieuse, ou bien s'agissait-il d'une simple passade ? Elle n'était pas jalouse, pas jalouse du tout, et cela l'étonnait un peu ce manque de sentiment. Ça devait vouloir dire quelque chose. L'amour entre eux était bien fini. Mais l'amour était-il vraiment nécessaire ? N'était-ce pas parfois un souci plus qu'autre chose ?

Elle rappela sa mère. Zoé s'était calmée. Elle jouait. Jeannette se sentit soulagée, au point qu'elle ne réagit pas quand sa mère en profita pour lui assener quelques principes d'éducation bien sentis. Quand les conseils devinrent un peu trop répétitifs, Jeannette coupa court.

— Excuse-moi, maman, on m'appelle sur le portable. Je te rappelle plus tard.

Elle raccrocha et souffla bruyamment. Ça aussi ça faisait partie du bilan négatif de la séparation. En fait non. Sa mère avait toujours été prodigue en conseils. Mais maintenant, Jeannette était obligée de l'écouter beaucoup plus souvent qu'elle ne l'aurait souhaité.

Magdalena fit un crochet par une boutique de jouets et acheta pour 9 euros un « voice scrambler », jouet électronique qui modifiait les voix. Elle parcourut cinq kilomètres, marchant vite, avant de s'arrêter dans une cabine téléphonique.

Une femme décrocha, se présenta comme policier et lui demanda ce qu'elle voulait.

— Je vous appelle au sujet de l'annonce du *Figaro*, dit-elle à travers son voice scrambler.

— Merci de votre appel. Verriez-vous un inconvénient à me donner votre nom ? Mais ce n'est pas une obligation.

— Éliane Rosier, dit-elle rapidement. Pouvez-vous m'expliquer de quoi il s'agit ?

— Madame Rosier, avez-vous eu affaire à M. Duperrier ?

— Euh... Oui.

— Madame Rosier, ce que j'ai à vous dire est de la plus grande importance. Nous pensons que vous pouvez être en danger.

— En danger ? mais pourquoi ?

— Il faudrait que nous nous voyions, madame Rosier. Pouvons-nous nous rencontrer ? Ce que j'ai à vous dire est confidentiel... M. Duperrier est décédé.

— Quoi ? Qu'est-ce qui s'est passé ?

— C'est ce que nous cherchons à savoir. Nous travaillons sur l'enquête. Mais nous n'avons pas l'intention d'empiéter sur votre vie privée. Ce que nous voulons avant tout, c'est vous protéger.

— Très bien, je serai là dans une demi-heure, dit-elle.

— Madame, attendez...

Elle avait déjà raccroché et s'éloignait rapidement mais sans courir de la cabine téléphonique. Les flics. Les flics savaient. L'annonce aurait déjà dû le lui faire soupçonner, mais l'entendre dire par un flic, c'était tout autre chose. Vous êtes en danger. Mots et pensée s'entrechoquaient dans sa tête. Ils savaient. Comment était-ce possible ? À l'évidence, ils ne savaient pas qui était sur la liste, sinon ils n'auraient pas passé l'annonce. En fait ils ne savaient pas grand-chose, mais ils avaient fait un recoupement entre Duperrier et un des quatre morts suivants. Comment ? Elle revoyait ce qu'elle avait fait sans comprendre où elle avait commis l'erreur fatale.

Et pourquoi ce nom, « Éliane Rosier » ? D'où était-il sorti ? De quel puits de mémoire incontrôlé ? Elle n'aimait pas que quelque chose d'incontrôlé sorte d'elle. C'était une faille par où un ennemi pouvait s'engouffrer. Trop tard. Le mal était fait. Elle parlait à mi-voix en secouant la tête.

Elle se rendit compte qu'on la dévisageait quand on découvrait qu'elle n'avait ni portable ni oreillette. Elle se recomposa une attitude et s'éloigna au petit trot.

Jeannette hésita à raccrocher, comme si elle pouvait prolonger le contact avec l'inconnue.

Elle avait senti un début de panique dans la voix de la femme. Elle allait peut-être rappeler. Une voix un peu nasillarde, avec une trace d'intonation ou d'accent étranger, indéfinissable.

Elle réécouta la conversation, les yeux fermés. Non, ce n'était pas cela, c'était autre chose... Quoi ? Elle n'arrivait pas à mettre le doigt dessus. Elle ouvrit le bottin électronique. Éliane Rosier. Il n'y avait pas d'Éliane Rosier ni à Paris ni dans les départements limitrophes. Un numéro rouge ? Un faux nom ?

Olivier entra. Elle lui fit écouter le message.

— Il parle à travers un déphaseur acoustique, fit-il, péremptoire. Un appareil électronique qui modifie les sons. Ça sert à changer la voix. Ça joue sur les fréquences intermédiaires.

Jeannette frémit.

— Pourquoi tu dis « il » ? Moi j'ai plutôt pensé à une femme. D'ailleurs elle a donné un nom de femme.

— Il ou elle, c'est pas possible de dire avec ce truc. Pourquoi tu me regardes comme ça ?

— Pourquoi cette personne utiliserait ce truc ?

— Oh merde. Tu comprends pas ? C'est le tueur.

Jeannette sentit ses poils se hérisser sur ses bras. Olivier avait raison. Elle identifia le numéro d'appel. Une cabine téléphonique dans le cinquième arrondissement, au coin du boulevard Saint-Germain et de la rue Monge.

Landowski arriva et Jeannette la mit au courant.

Olivier fit isoler la cabine téléphonique par le commissariat du quartier. Une équipe de l'IJ partit aussitôt faire des relevés, mais c'était pure routine.

Landowski écouta et réécouta la conversation.

— Je penche moi aussi pour une femme, dit-elle.

— Peut-être que c'est ce qu'il veut qu'on croie, dit Olivier. « Éliane Rosier ». Si c'était vraiment une femme, elle aurait pris un nom de mec.

— Ou alors, elle pense qu'on pense que c'est ce qu'elle veut qu'on croie, dit Landowski. On peut aller loin comme ça.

— De toute façon il faut faire analyser la bande par l'IJ, dit Jeannette.

Landowski passa l'enregistrement une nouvelle fois.

— En tout cas, il ou elle sait maintenant qu'on a fait le lien entre les meurtres, dit-elle.

— C'était le risque, mais ça en valait la peine, dit Jeannette. Ça peut la faire réfléchir. Et si ça peut sauver une vie...

Samedi matin.

Martin avait mal dormi. Il s'était disputé avec Marion, mais ne se souvenait pas de l'origine de la dispute. Si. La veille, il ne l'avait pas prévenue qu'il rentrerait tard et elle s'était inquiétée. « Le pire, c'est que tu me fais passer pour tout ce que je déteste, une bobonne qui attend le retour de son jules. »

Elle avait raison, et il s'était platement excusé. « Ne crois pas que tu vas t'en tirer avec des excuses. Les gens s'excusent tout le temps aujourd'hui, comme si ça pouvait suffire pour qu'on leur pardonne. Et après ils recommencent comme si de rien n'était. Tes excuses, tu peux te les mettre où je pense. »

Elle lui avait tourné le dos. Il s'était collé contre elle et l'avait entourée de ses bras. Il l'avait embrassée dans le cou jusqu'à ce qu'il la sente réagir. Mais ce matin, elle lui en voulait encore. Il n'était pas assez attentionné, il le reconnaissait. Sa dépression s'estompait, mais il s'enfonçait dans la solitude égoïste de l'homme mûr. Peut-être que les hommes de plus de quarante ans, déprimés ou pas, ne sont plus faits pour vivre en couple ? Tomber amoureux, vivre de belles aventures, pourquoi pas ? Mais vivre une nouvelle relation dans l'intimité répétitive du quotidien... Pourtant il aimait Marion.

Il ne comprenait pas bien ce qu'elle lui trouvait. Ce n'était pas de la fausse modestie. Elle rencontrait quotidiennement des hommes plus jeunes, plus beaux, plus riches que lui. Il était intelligent mais sa conversation était loin d'être brillante. Son métier... Marion était journaliste, elle ne s'était jamais fait beaucoup d'illusions sur le romantisme du métier de flic.

Mais quand il s'en donnait la peine, il savait aimer les femmes. C'était cela peut-être qu'elles appréciaient en lui. Après toutes ces années, il était aussi intrigué qu'au premier jour par les réactions de ses amies, de ses collaboratrices, par leurs façons de penser, si différentes de la sienne. Il ne s'ennuyait jamais avec elles. En tout cas beaucoup moins qu'avec les hommes. Pourtant, elles adoraient se plaindre, et c'était souvent fatigant.

Contrairement à beaucoup d'hommes, il n'avait pas de « type » préféré de femme.

Marion était l'antithèse de Myriam. Ce qui l'avait toujours attiré, c'était la diversité. À part son métier, il n'avait pas de passion, pas de hobby. Il ne pêchait pas, il ne peignait pas le dimanche. Il pouvait consacrer à l'observation des femmes tout son temps libre. Il aimait la façon dont elles se laissaient aller à leurs émotions quand il le fallait, même s'il en faisait souvent les frais. Pourtant il n'avait pas su garder Myriam. Et un jour comme aujourd'hui il se demandait combien de temps il réussirait à garder Marion.

Il appela l'hôpital. Laurette était toujours en réanimation. État stationnaire.

Martin connaissait un spécialiste des clés sur lequel il fondait de grands espoirs. C'était lui ou passer par le LIPS et Bélier, et s'il avait une grande estime pour les compétences de Bélier, il n'avait pas intention de la mêler plus que nécessaire à son enquête clandestine.

Jeannette, c'était autre chose, ce qu'il y avait entre eux dépassait de loin la simple entente professionnelle. Il la considérait comme une amie. Quelqu'un sur qui il pouvait compter en toute circonstance. Et réciproquement. Surtout depuis la fin de l'été dernier, où elle avait failli être la dernière victime du tueur à l'arbalète. Même s'ils ne se voyaient pratiquement jamais en dehors du travail, c'était la seule à qui il pouvait se confier en toute liberté. Elle lui faisait la tête en ce moment, ou bien était-ce juste une impression née de son était postdépressif ?

Le spécialiste des clés était un banquier à la retraite. Martin l'avait rencontré une quinzaine d'années auparavant. Il vivait seul dans un vaste appartement labyrinthique du 9e arrondissement, encombré de livres, et d'une collection effarante de clés et de serrures de l'antiquité à nos jours. Il ressemblait lui-même à une clé. Plus grand que Martin d'une bonne demi-tête, le corps longiligne, la tête ronde et grise juchée sur des épaules étroites.

Il offrit un café à Martin et se plongea immédiatement dans l'examen de la clé.

— C'est une clé de coffre de banque, affirma le spécialiste au premier coup d'œil. Modèle standard vieux d'une bonne dizaine d'années si je ne m'abuse. Celle-ci n'a pas été fabriquée en France.

Martin vit ses espoirs sombrer. Un coffre étranger. Il ne manquait plus que ça.

Le banquier consulta un épais répertoire, puis alla glaner quelques informations complémentaires sur internet. Ses investigations durèrent une bonne quinzaine de minutes pendant lesquelles Martin sirotait patiemment son café en examinant le grand salon. Clés et serrures. Il y en avait partout. Dans les armoires vitrées. Sur les murs. Sur les commodes aux tiroirs fermés (probablement pleins de clés). Pas le moindre signe de présence féminine. Drôle de sublimation, songeait-il, cette obsession pour les clés et les serrures. Laurette aurait adoré ça. Il ne fallait pas qu'il pense à elle au passé. Elle n'était pas morte.

— On appelle ça un coffre, dit enfin le banquier, mais en fait, c'est une simple boîte en acier avec une serrure sans combinaison.

— Dans quel pays se trouverait ce coffre ? demanda Martin.

— Dans quel pays ? En France, probablement, pourquoi ?

— Mais vous ne m'avez pas dit... ?

— ...Que la clé avait été fabriquée à l'étranger. Bien sûr, mais cela ne signifie rien. Les Allemands et les Italiens ont d'excellents constructeurs de coffres et de clés. Ça va nous rendre la recherche plus facile. Imaginez que notre clé fasse partie d'un lot de douze mille clés Fichet commandées pour deux cents succursales de la Société Générale, on ne serait pas sorti de l'auberge.

— Je comprends, dit Martin. Tandis que là... ?

— C'est ce que j'ai cherché à apprendre par le net, dit le banquier. Je crois que votre clé ouvre un coffre d'une banque d'affaires italienne. Une banque qui a cinq succursales. Une à Paris, avenue Paul-Doumer, et les trois autres à Lyon, Marseille, Toulouse et Menton.

Martin se souvint qu'un des ex-maris de Laurette était d'origine italienne. D'une façon générale, elle adorait tout ce qui était italien. Peut-être avait-elle gardé des liens particuliers avec l'Italie.

— Je vous remercie, dit-il. Je vais me débrouiller maintenant.

Il tendit la main pour récupérer la clé, mais le banquier la retint dans la sienne avec un sourire froid.

— Et vous imaginez que vous allez accéder à ce coffre sans autre difficulté ?

— Pourquoi pas ? Je suis flic et je mène une enquête.

— Ce que j'ai découvert, votre labo l'aurait trouvé en à peine plus de temps. Si vous avez fait appel à moi, c'est qu'il s'agit d'une enquête non officielle.

— C'est vrai. Je ne peux pas produire de commission rogatoire. Mais je pourrais louer un coffre dans la même banque, et là je pourrais avoir accès....

— Ne vous faites pas plus naïf que vous l'êtes. D'abord, une banque d'affaires, et surtout une banque d'affaires étrangère, n'accepte de louer des coffres qu'à ses propres clients. Ensuite, à supposer même qu'ils vous en louent un, que ferez-vous si un employé de la banque reste avec vous dans la salle des coffres ? Et s'il faut une clé complémentaire ou une combinaison ?

Il avait raison. C'est foutu d'avance.

— Par contre, si vous me racontez votre histoire et qu'elle me paraît légitime, il y a une petite chance pour que je réussisse à convaincre le fondé de pouvoir de la Banca Ambrosiana de vous donner accès aux coffres.

— Comme ça, sans aucun document officiel ? s'étonna Martin.

— Les banquiers sont les derniers grands romantiques. Toujours tentés par l'aventure avec un grand A. On a envie de croire aux belles histoires. C'est pour ça qu'on se fait si facilement escroquer.

Samedi fin de matinée

Le fondé de pouvoir de la banque italienne n'avait pas l'air romantique et encore moins tenté par l'aventure. Ou alors il le cachait bien. Il transpirait à grosses gouttes dans son jogging Hermès, et ses mèches peignées en travers de son crâne bronzé rebiquaient sur les côtés comme des pointes de pinceaux.

Mais il était là, avec Martin, dans la salle des coffres qu'il avait ouverte spécialement pour Martin, et Martin se demandait quelle sorte d'argument l'ex-banquier spécialiste des clés avait employé pour obtenir ce résultat. Il ne le saurait probablement jamais.

En pénétrant dans la banque, Martin avait éprouvé une sensation bizarre, qui provoqua l'émergence d'un lointain souvenir. Il avait onze ans. Sa mère venait de mourir. Sa tante était là, dans sa maison, à s'occuper de tout, à tout régenter, comme si elle pouvait remplacer sa mère. Mais elle ne savait pas tout. Elle ne savait pas que Martin n'avait pas le droit d'entrer dans la pièce interdite, le bureau de son père. Elle ne savait pas non plus que Martin connaissait l'endroit où était cachée la clé de la pièce interdite. Et alors que les amis, parents, connaissances et voisins défilaient dans la chambre de sa mère, Martin avait pris la clé et était entré dans le bureau. Une pièce qui sentait la poussière, encombrée de vieux livres de comptes, de meubles en bois sombre et de bibelots étranges qu'il identifia plus tard dans sa mémoire comme des objets africains. Il se souvenait comme si c'était hier de la sensation exaltante entremêlée de remords et de culpabilité, d'avoir bravé l'interdit de sa mère qui ne pouvait plus rien lui interdire.

Était-il à ce point conditionné par le respect de la loi que cette transgression le ramène à ce souvenir d'enfance ?

La petite salle dallée de marbre beige résonnait comme une grotte. Sur un des quatre murs du parallélépipède de quatre mètres sur six, les coffres étaient disposés en cinq rangées de douze, numérotés de 1 à 60, et percés d'un minuscule trou sur le côté gauche. Ils ressemblaient beaucoup aux anciennes consignes de gare, qui avaient disparu depuis les attentats des années quatre-vingt, mais construites avec des matériaux plus nobles et beaucoup plus solides.

Suivant les indications du banquier, Martin introduisit la clé dans la serrure 55, tourna une fois dans le sens inverse des aiguilles d'une montre et tira la porte vers lui.

Le coffre contenait une longue boîte métallique avec un couvercle à glissière muni d'une serrure électronique. Il prit la boîte et la posa sur une table prévue à cet effet.

Martin se tourna vers le banquier, qui le regarda sans comprendre.

— Peut-être ne devriez-vous pas assister à l'ouverture. Je dis ça dans votre propre intérêt, pour dégager votre responsabilité.

Le banquier parut comprendre ce que Martin voulait dire — bien que Martin n'en fût pas très sûr lui-même — et recula jusqu'au pied de l'escalier.

Martin s'attendait à tout sauf à ça. Le coffre était plein à ras bord de liasses d'euros. Des billets de deux cents, de cent, et de cinquante. Martin sortit les liasses et les transvasa dans un sac de voyage, refusant de se laisser distraire par l'aura lointaine du banquier qui diffusait des ondes de plus en plus négatives.

À vue de nez, il y en avait pour plusieurs centaines de milliers d'euros. Il aurait dû prévoir un sac beaucoup plus grand. Où et comment Laurette avait-elle pu se procurer cette somme ?

Les questions viendraient plus tard. Il fallait sortir de cette banque.

Le banquier ne pouvait s'empêcher de loucher sur le sac bourré à craquer.

— Vous voulez un reçu ? lui demanda aimablement Martin.

L'homme fit un geste de dénégation affolée.

— Je ne vous connais pas et je ne vous ai jamais vu. Si jamais vous prétendez le contraire, je vous traiterai de menteur.

— Ne vous faites pas de souci, dit Martin. Je suis du côté de la loi. Vous n'aurez aucun ennui.

— Partez vite. Il faut que je referme. Partez. C'est tout ce que je vous demande.

21

Samedi après-midi.

~~Sébastien Grossard, 227, rue de l'Université, 75007 Paris~~
~~Julie Rodez, 22, rue Anatole-France, 92 Colombes~~
~~Stéphane Holliez, 15, rue de Chaligny, 75012 Paris~~
Aymeric Tanguy-Frost, 21, rue Hallé, 75014 Paris ?
~~Georges Forrier, 8, impasse de la Gaîté, 75014 Paris~~
Alain Karief, 19, Villa Monet, 75019 Paris
Catherine Amard-Fusin, 82, rue de la Croix-Nivert, 75015 Paris
Eloi Wilkiewitz, 12, rue des Rosiers, 75004, Paris
Valdek Mirmans, 12, rue Raynouard, 75016 Paris
Stéphanie Mallory, 1, allée des Rois, 78 Saint-Germain-en-Laye
Jacques Faïglioli, 33, place de l'Horloge, 69000 Lyon

Elle fixait la liste, au comble de la frustration. Si les flics avaient compris le dénominateur commun des éliminations dès le troisième meurtre, rien n'excluait qu'ils aient d'autres informations. Il y avait une seule chose de sûre. Ils ne disposaient pas de la liste, et n'avaient trouvé aucun moyen de se la procurer, sinon ils n'auraient pas eu besoin de faire cet appel à témoin.

Par contre... Un des huit survivants de la liste pouvait très bien appeler la police, et dans ce cas, le piège se refermerait sur elle. Il fallait qu'elle réfléchisse, mais tout était si confus. Et si celui qui appelait la police était celui ou celle qui avait commandité l'enquête la concernant... Elle maîtrisa la nausée qui l'envahissait.

Elle ne pouvait détacher ses yeux de la liste. Le troisième nom... Cette vague impression de déjà vu...

Il fallait réfléchir vite. Trouver une solution. Ou tout quitter. Quitter Francis ? Abandonner sa confortable respectabilité ? Elle était assez riche pour pouvoir se perdre à jamais en Australie, ou au Brésil, ou ailleurs, même si l'Argentine et les États-Unis lui étaient interdits. Mais elle n'en avait nulle envie. L'argent n'est pas tout. Ici, à Paris, elle avait trouvé un havre.

Elle aimait cette ville. Ici, elle existait, elle n'était pas uniquement un jeu de cartes bancaires, de papiers plus ou moins faux. Elle vivait avec un homme qui l'aimait et qu'elle aimait, ce qu'elle aurait cru à jamais impossible il n'y avait pas si longtemps, et elle se trouvait aujourd'hui à la lisière du vrai pouvoir. Elle ne voulait pas partir.

Elle n'avait pas le choix. Il fallait qu'elle trouve une issue. Et pour ça, il fallait d'abord qu'elle en sache plus.

— Qu'est-ce que tu fais cet après-midi ? lui demanda Francis en finissant de boutonner sa chemise blanche impeccablement repassée.

Elle ne sentit aucune suspicion dans la manière dont il posait cette question. La simple interrogation d'un époux s'intéressant à la femme qu'il aime.

— Des courses. Un peu de sport. Une ou deux expositions. Cinéma peut-être.

— Veinarde.

Il suivait son patron à Bruxelles, pour un rendez-vous au sommet avec des chefs de partis européens, dont trois chefs d'État.

Elle l'aida à nouer sa cravate. Elle choisissait toutes ses cravates et prenait un plaisir secret à le voir les porter. Elle avait lu qu'au Moyen Âge, en Europe, les chevaliers accrochaient à leur lance ou sur leurs heaumes des foulards aux couleurs de jeunes femmes nobles à qui ils avaient donné leur foi. Francis était son chevalier, même si elle n'avait que peu de points communs avec une gente et chaste demoiselle.

— Pourquoi tu souris ? lui demanda-t-il.

Elle l'embrassa doucement sur la bouche, laissant fondre ses lèvres.

— Parce que je t'aime. Et ça me rend joyeuse.

La réponse parut lui suffire.

— Tu rentres quand ? lui demanda-t-elle.

— Ce soir, pas trop tard. Le président n'a plus vingt ans, et avec la vie qu'il mène...

Elle hocha la tête sans autre commentaire. Elle savait ce qu'elle voulait savoir. Elle recevrait un appel du roi des corbeaux en début de soirée.

— Ne te presse pas pour moi, mon amie Lucy vient d'arriver de New York. Je dîne avec elle ce soir, c'est son anniversaire.

Une Lucy avait bien existé dans son passé. C'était une maquerelle, et elle avait fini la gorge tranchée.

— Bien, j'irai au club. Cela fait longtemps que je ne me suis pas entraîné.

Francis avait été champion de tir. Issu d'un milieu moins favorisé, il aurait pu devenir THP (tireur haute précision) pour la police ou la gendarmerie — ou tueur à gages. Mais dans son milieu, son talent ne pouvait rien être de plus qu'un hobby.

Elle l'admirait. Elle inventait cette Lucy venue de New York, et pas l'ombre d'un doute ne l'effleurait, sans même parler de soupçon. Il respectait totalement sa liberté. Parfois, c'était presque frustrant, ce manque absolu de jalousie. Jamais elle n'avait rencontré un homme aussi peu macho. Ou alors aussi sûr de lui ?

Comment un être aussi droit et pur pouvait-il estimer, admirer, servir, un personnage comme le roi des corbeaux ?

— Tu tiens à moi ? dit-elle en se serrant contre lui.

— Je t'aime, dit-il en l'embrassant.

— Tu n'aimeras jamais que moi ?

— Je n'aimerai jamais que toi.

Si jamais il s'avisait d'aimer une autre femme... Elle sentit un frémissement la parcourir de haut en bas. Rage et désir. Désir de faire souffrir et de tuer cette créature hypothétique.

Il la regarda dans les yeux.

— Parfois... Parfois tu me fais presque peur, dit-il. Ton regard...

— Quoi mon regard ?

— Il devient... étrange.

— C'est parce que je pense que si tu ne m'aimais plus, je serais capable de tout. Je tuerais celle qui me remplacerait dans ton cœur.

— Ne dis pas des choses comme ça, mon amour, même pour rire.

— Tu as raison, ce n'est pas drôle. Et ça ne se produira jamais.

— Jamais, dit-il en détournant le regard.

C'est la première fois qu'elle le voyait détourner les yeux de cette façon. Un doute terrible lui glaça le sang.

De retour chez lui, Martin ouvrit son sac et se mit à étaler l'argent en piles sur son bureau.

Marion le surprit en pleine activité. Elle écarquilla les yeux, mais son esprit caustique reprit vite le dessus.

— Je savais bien que tu finirais par t'y mettre un jour, dit-elle.

— Les flics font les meilleurs criminels, rétorqua Martin. Ils connaissent tous les pièges.

Marion effleura les billets du doigt.

— Il y en a pour combien ?

— C'est justement ce que je voudrais savoir. Et ça serait bien de ne pas laisser tes empreintes dessus, ajouta-t-il.

— Tu veux dire que tu les as vraiment volés ?

— Je veux dire qu'à l'IJ, quand ils commenceront leurs analyses, je ne tiens pas à ce qu'ils se demandent pourquoi tes empreintes figurent sur ce fric.

— Tu n'es pas drôle, soupira Marion. On aurait pu s'acheter un château en bord de mer.

Isa arriva à cet instant, et son salut se transforma en gargouillis. Derrière elle, suivait François, son nouvel amant. Il portait deux sacs de courses qui lui échappèrent des mains et tombèrent avec un bruit sourd et divers tintements de mauvais augure.

Martin soupira. Il ne manquait plus que la concierge et un ou deux voisins. Il montra le sachet de gants en pvc.

— Bon, puisque vous êtes là, enfilez ces gants et aidez-moi à compter, dit-il.

— Est-ce qu'on pourra en garder un tout petit peu ? dit Isa.

Contrairement à Marion, elle ne plaisantait pas.

— Non, dit Martin. Pas question. De toute façon, ou c'est des faux billets, ou ils sont répertoriés quelque part comme butin d'un casse avec tous les numéros enregistrés. Ou alors marqués à l'encre invisible. Alors arrêtez de rêver. Dites-vous que ce n'est pas de l'argent, c'est du papier coloré.

— Raconte au moins d'où ça vient ? dit Marion.

— C'est une longue histoire, dit Martin. D'abord on compte. Après je raconte.

Jeannette espéra toute la journée qu'un autre client — ou plutôt qu'un vrai client du détective assassiné allait se manifester sur la ligne verte. La ligne resta obstinément muette. L'annonce allait paraître toute la semaine, mais Jeannette doutait déjà de son efficacité. Personne n'avoue de gaieté de cœur qu'il fait suivre sa femme, soupçonne son gendre de le voler, sa maîtresse de le trahir...

Peut-être faudrait-il modifier l'annonce, la rendre plus explicite. Avec le risque de recevoir des dizaines, voire des centaines de coups de fil de cinglés et rendre ainsi la tâche presque impossible.

Olivier, Landowski et elle épluchèrent minutieusement les rapports sur les morts de la veille et de la nuit, particulièrement attentifs aux accidents vasculaires.

Ils donnèrent des coups de fil aux hôpitaux, s'entretinrent plus ou moins longuement avec des médecins débordés et exaspérés qui ne comprenaient rien à leurs demandes.

Rien ne leur parut suspect. Ou bien le tueur était à court d'inspiration, ou bien son dernier meurtre restait à découvrir.

Ils durent réorganiser la permanence autour du téléphone. La mère de Jeannette ne pouvait pas garder Zoé pendant tout le week-end. C'était toujours comme ça. Les services qu'elle rendait à Jeannette allaient rarement jusqu'au bout. Et l'autre grand-mère — la mère de son ex — vivait à Provins, un peu loin pour faire de la garde spontanée. De toute façon, Jeannette n'avait pas vraiment confiance en elle, elle pouvait se l'avouer aujourd'hui.

Dans quelle affaire était en train de s'embringuer Martin ? D'un côté, elle comprenait qu'il y soit obligé par le chantage de Fournier... Mais il avait l'air d'y trouver son compte. Elle avait senti chez lui une jubilation cachée. Que cherchait-il vraiment en acceptant cette enquête officieuse qui allait nécessairement mettre d'autres flics en cause ? Simplement à se protéger ? Ou bien était-il en train de découvrir le goût de la manipulation et du pouvoir, qui jusqu'alors lui avait fait défaut ? Une fois de plus, elle ne pouvait que s'interroger sur l'étendue des changements qu'elle découvrait en lui.

Samedi début de soirée

Martin et Fournier avaient rendez-vous dans la salle du fond d'un bar de la place de la Bastille, du côté du boulevard Henri-IV. Un bar confortable, spacieux et — ô miracle ! — pas trop bruyant. Toutes les places de la terrasse couverte étaient occupées par une population très jeune et habillée à la dernière mode, mais là où ils se trouvaient, à l'abri d'une grosse colonne carrée, régnaient la pénombre et un silence ouaté. Martin était déjà là depuis dix minutes, mais personne n'était encore venu s'enquérir de sa commande. Les serveurs se concentraient sur la terrasse.

Martin vit arriver Fournier de loin. Il s'amusa à regarder le flic le chercher en toisant avec mépris les jeunes gens attablés.

Il s'assit face à lui en soufflant et regarda ostensiblement sa grosse montre métallique pleine de cadrans.

— Le samedi, je fais les courses avec ma femme, je vais voir ma fille et ma petite-fille, et après ça je rentre chez moi, je me confectionne un whisky avec un peu d'eau minérale et j'enchaîne sur le Maillon Faible et les séries américaines à la con de M6, dit-il. Et j'aime ça. Ça change de la merde qu'on se coltine toute la semaine à la boîte. Qu'est-ce que je fous là, tu peux me le dire ?

— C'est toi qui m'as demandé d'enquêter sur l'agression de Laurette Weizman. Tu te rappelles ?

— Pas le samedi.

Martin n'avait pas l'intention de prolonger la polémique. Il plaqua la liste des patients de Laurette sur la petite table ronde.

— Je veux savoir qui parmi ces gars a participé à une enquête sur un casse. Un gros casse. Pas loin du million d'euros.

Fournier examina la liste d'un air dégoûté.

Une alarme mentale sonna chez Martin. Quelque chose clochait.

— On peut savoir pourquoi ?

— Pas tout de suite, dit Martin. Laisse-moi du temps.

— Avant tout, dit Fournier, incapable de répondre directement à la question, je peux savoir pourquoi tu es entré ce matin dans une banque italienne avec un sac vide pour en ressortir dix minutes plus tard avec un sac plein ?

— Tu m'as fait suivre ?

— À ton avis ? Ne fais pas l'innocent. Tu sais comment ça marche, je suis obligé de me couvrir.

Il avait raison. Il se souvint de la sensation bizarre qu'il avait éprouvée avant d'entrer dans la banque. Mais même s'il avait eu vraiment conscience d'être suivi, il n'aurait sans doute pas jugé utile d'échapper à la filature.

— Si j'avais eu quelque chose à me reprocher, la première chose que j'aurais faite aurait été de semer ton gars, dit-il.

— Tu vois comment tu es ? Tu retournes toujours tout à ton avantage. Comment veux-tu que je ne me méfie pas ?

Martin tapota la liste.

— Alors, tu veux bien faire ce que je te demande ?

— Ça pouvait pas se régler par téléphone ?

— Non, dit Martin. Toi, tu me fais suivre. Qui sait qui écoute ma ligne ou la tienne ?

Il lui sembla que Fournier pâlissait. À moins que ce ne fût un jeu de lumière.

— Oh merde, dit-il. Tu es sérieux ?

Martin hocha la tête.

Fournier regarda autour de lui, l'air vraiment inquiet à présent. Il se demandait si quelqu'un le suivait. Le chasseur chassé. Tout le monde peut jouer à ce jeu-là. Fournier avait mis le doigt dans un engrenage que redoutent tous les policiers : une enquête interne. Une chasse à l'homme où la proie est aussi retorse et compétente que le chasseur. Flic contre flic. Et il ne se sentait pas de taille. Il était fragile, et Martin eut peur qu'il craque et aille tout raconter à Roussel ou à quelqu'un d'autre. Il fallait le rassurer, pour quelques jours encore. Après, Martin espérait que ça n'aurait plus d'importance.

— Je suis de ton côté, Fournier. Moi aussi je te protège en agissant dans mon coin. Et je protège notre enquête. Trouve la réponse à la question que je t'ai posée et on aura fait un grand pas. Tu devrais te casser maintenant, le Maillon Faible va commencer. Moi je reste un peu. J'aime pas la télé.

— Si je te demande ce qu'il y avait dans le sac... ?

— Pourquoi tu demandes des choses que tu ne tiens pas à savoir ?

Fournier hocha brièvement la tête et s'en fut.

Martin se laissa aller contre le dossier de son fauteuil club. Il était bien, il n'avait pas envie de rentrer.

Il prit son portable et appela chez lui.

C'est Marion qui répondit.

— Je suis dans un bar plutôt sympathique, dit-il. Ils ont l'air de faire de bonnes salades et des raviolis aux quatre fromages. Ça te dit ?

Il y eut un bref silence.

— J'arrive. C'est où ?

— À la Bastille. Appelle un taxi.

— Je pourrai boire une coupe de champagne, tu crois ?

— Deux si tu veux.

— Non, il ne faut pas exagérer. Pour le bébé, ça fait trop. D'ailleurs il faut que je te parle de sa chambre, du bébé. J'ai vu des trucs... Ça t'ennuie si je viens avec le catalogue Habitat ?

— Pas du tout, mentit Martin.

— Bien. Donne-moi une demi-heure.

— Je t'embrasse, dit Martin.

— Je t'embrasse, dit-elle, et elle raccrocha.

Martin soupira. Le catalogue Habitat... Une journaliste intelligente, forte et indépendante en pleine période de nidification.

22

Samedi soir

Le roi des corbeaux était effectivement fatigué. Sa peau était grise, bleutée sous les yeux, et son regard presque flou. C'était un homme usé que la vieillesse commençait à ronger.

Les veines de ses mains étaient proéminentes et son pouls battait lourdement à sa gorge. Il avait certainement pris du Viagra, se dit-elle. Que les hommes sont cons.

Il lui caressa le visage du bout des doigts et elle s'agenouilla docilement, mais il la releva et s'assit à côté d'elle dans le canapé.

— J'admire votre mari, dit-il avec un soupir.

Il se répétait.

— J'étais comme lui autrefois. Aussi frais le soir que le matin. Vous savez que toutes les femmes sont folles de lui ?

Elle l'aurait frappé avec joie. Elle lui sourit.

— Je sais. Il est intelligent, beau, riche, jeune et gentil. La combinaison est imparable.

Elle le vit se renfrogner.

— Moi je suis vieux, fatigué, pas du tout gentil, et tu le trompes avec moi, dit-il, passant au tutoiement. Pourquoi ? À cause du pouvoir ? Qu'est-ce que tu trouves en moi ?

— Quelque chose que personne d'autre ne m'a jamais donné, dit-elle avec sincérité.

Cela le fit réfléchir.

Il se mit à marcher de long en large.

— Tu es la veuve d'un industriel californien de la chaussure, mais à part ça personne ne sait d'où tu viens.

— Tu as fait enquêter sur moi.

Elle savait que c'était inévitable, avait pesé le pour et le contre, et jugé que le jeu en valait la chandelle. Son passé échapperait sans difficulté à une enquête de routine. Pour la confondre, il faudrait envoyer des enquêteurs en Amérique du Nord et du Sud, faire des recoupements et croiser des informations que personne au monde n'avait eu jusqu'alors l'idée de relier entre elles. Sauf peut-être celui qui avait engagé le détective...

Était-ce le président, par homme de paille interposé, qui était, à l'origine de la filature de Duperrier. Non. Il avait des agences gouvernementales et para-gouvernementales à sa disposition.

Il avait tiqué sur la réciprocité du tutoiement, mais il ne répondait pas à sa question, perdu dans ses pensées.

— Je sais que tu es bien autre chose que la jolie femme écervelée d'un apprenti politicien. Je sens ces choses-là. Mais ce que je n'arrive pas à deviner, c'est si tu es un danger pour moi. Ce ne sont pas mes ennemis qui t'ont placée auprès de moi ?

Elle ne répondit pas.

— Non, dit-il. Je ne pense pas. Tu es née quand ? Je veux dire le jour, pas l'année.

S'il avait fait enquêter sur elle, il devait le savoir. Ou alors il ne faisait même pas confiance aux informations qu'on lui avait communiquées à son sujet. C'était peut-être vrai qu'il sentait certaines choses.

— Le 15 novembre.

— Scorpion. Et l'ascendant ?

— Scorpion.

— Je me suis toujours bien entendu avec les Scorpions. Mais les doubles Scorpions se piquent eux-mêmes, tu sais ça ?

— Je ne crois pas aux signes, dit-elle. C'est bon pour les faibles et les imbéciles.

Il sourit.

— Je ne suis ni faible ni imbécile, et j'y crois. Avant d'engager qui que ce soit dans mon entourage, je fais faire son thème astral complet par mon astrologue.

— Et si ça se savait ?

— Tout le monde le sait. En France, les journalistes accrédités sont très polis avec les hommes politiques. Ils n'ébruitent pas ce genre de choses. Sinon ils ne seraient plus accrédités, et alors finis les meilleurs restaurants aux frais du contribuable et le sentiment d'appartenir à l'élite. D'ailleurs je ne suis pas le seul à aller voir des voyantes et des astrologues. C'est la règle plutôt que l'exception. Qu'est-ce que tu sais faire, à part sucer divinement ?

— Pas mal de choses, dit-elle. J'ai dû apprendre toute seule et je suis douée.

Il revint à côté d'elle et lui prit le visage dans ses mains. Elle se sentit frémir. Elle céda à son envie et posa la tête sur sa cuisse en fermant les yeux.

C'étaient les mains. Il avait les mêmes mains. Ces mains terribles qui punissaient et caressaient. Elle n'était plus tendre, jeune et victime. Elle n'aurait dû avoir qu'une envie : couper ces mains et les brûler dans de la chaux vive, au lieu de gémir sous leur pression de plus en plus brutale. Les larmes lui montaient aux yeux. Elle se laissa aller.

— J'ai une passion, dit-elle plus tard. Et vous pourriez m'aider à l'assouvir.

— Une passion ? dit-il. Quel genre de passion ?

Comment une femme pouvait-elle avoir une passion — si ce n'était une passion amoureuse ? C'était le sens de la question. Une telle idée lui paraissait incongrue. Elle comprit soudain qu'il était vraiment d'un autre âge. Un dinosaure. Libéral ou pas, il avait raison de s'inquiéter des réactions des quadras de son parti.

— Mon premier mari avait des intérêts dans le cinéma. J'ai gardé de très bonnes connexions avec des producteurs indépendants de Hollywood. J'ai de l'argent que j'aimerais investir dans un scénario policier. Un scénario policier bien documenté qui se passerait à Paris pour le côté glamour.

Il ricana.

— Les Américains adorent les films qui se passent à Paris quand un Américain en est le héros. Un Paris de pacotille qui se limite au cinq premiers arrondissements.

— Exactement. Mais on est au XXIe siècle. Je tiens à ce que ce soit crédible. Je voudrais qu'on fasse ce film sur la base d'une enquête réelle menée par la police française, qui est paraît-il une des meilleures polices du monde.

Il avait été ministre de l'Intérieur à deux reprises, et un peu de flatterie ne pouvait nuire.

— Vous désirez que je vous mette en contact avec des flics ?

— Oui. Ou en tout cas avec un dirigeant de la police qui pourra me guider…

— Drôle d'idée. Mais je pense que j'ai ce qu'il vous faut. Le préfet de police en activité a été mon directeur de cabinet. Il aura des histoires amusantes à vous raconter. Je vais vous donner ses coordonnées. Je l'appellerai demain et lui demanderai de se mettre à votre disposition.

Martin avait caché l'argent dans la cave d'une voisine. Il n'avait pas confiance en Fournier. La peur est mauvaise conseillère. Il pouvait faire arrêter Martin et perquisitionner ici à n'importe quel moment pour se couvrir.

Il regarda le réveil. Trois heures trente du matin. Au pire, les hommes de Fournier ne débarqueraient pas avant six heures, code de procédure pénale oblige.

Il avait prévenu Marion de l'intrusion possible. Cela l'avait plutôt amusée qu'inquiétée et elle dormait profondément, les bras en croix, le ventre saillant.

Isa était repartie avec François, peu soucieuse de se faire tirer du lit par un bataillon de flics. Ils ne se quittent plus, songea Martin.

Marion cessa un instant de respirer, hoqueta, puis expira doucement. L'enfant avait dû se manifester, d'une manière ou d'une autre. Martin caressa le ventre par-dessous le drap, sentant les vagues, à travers la peau tendue.

Dimanche matin

Il se leva tôt, sans faire de bruit, prit son petit déjeuner dans le silence, avant d'allumer la radio.

Finalement, la perquisition n'avait pas eu lieu.

Les nouvelles sportives l'agacèrent et il passa sur FIP en sourdine. La station diffusait une chanson de William Sheller.

« Lentement, doucement, je coule comme un bateau... Je suis qu'un mauvais capitaine, qu'un mec qui traîne... »

C'était lui, ça. Son portrait tout craché. Non. Il n'était pas tout seul. Il était peut-être mauvais, mais prétendre qu'on lui tournait le dos... L'apitoiement sur soi-même avait des limites.

Il fit sa toilette, ramassa ses affaires de sport et les fourra dans son vieux sac à dos. Ses courbatures avaient fini par disparaître. Il était temps de faire une nouvelle tentative avant de sombrer dans la décrépitude, songeait-il en se rendant à la salle de gym sous le soleil froid de ce matin d'hiver.

En chargeant sa barre, il se dit qu'il ne pourrait pas cacher éternellement l'argent qu'il avait trouvé. Il fallait mettre tôt ou tard Fournier dans la confidence.

Mais pas avant d'avoir une bonne explication à lui fournir. Pas avant que Fournier lui procure les renseignements qu'il lui avait demandés.

La salle était glaciale et ses muscles étaient froids. Un temps à se claquer les fibres musculaires. Pourtant, la barre de vingt kilos lui parut légère comme une plume. C'était de bon augure.

Il insista sur l'échauffement pour prévenir tout accident, se reposa, chargea la barre, entama ses séries, continua à charger, jusqu'à ce que ses bras et ses épaules commencent à trembler.

Une fois son entraînement de force terminé, il aurait dû enchaîner sur des étirements avec des haltères individuels, mais il était trop fatigué. Il n'avait qu'une envie. Quitter cette salle — et retrouver Marion qui devait encore dormir.

Il y avait une demi-heure à peine qu'il travaillait sous sa barre. Il ne devait pas s'arrêter maintenant. Cela aurait été pire encore que s'il n'était pas venu.

Laurette lui avait dit un jour qu'il fonctionnait sur l'autocontrainte. Des obligations se rajoutant à des obligations, l'empêchant à jamais d'être en paix avec lui-même. C'était son armature, ce qui lui permettait d'avancer dans la vie, et probablement ce qui causerait sa fin.

Le sport lui permettait aussi de prendre du recul, à cause de ce décor de machines, si étranger à la vie réelle, et de l'intensité de l'effort, à la limite de la rupture. Était-ce un état de conscience provoqué par les endorphines, ou juste un conditionnement né de l'entraînement, difficile de savoir, mais dans cette salle, ses états d'âme perdaient un peu de leur importance.

Il ne pouvait pas partir sans faire travailler ses jambes. D'ailleurs, il aurait dû commencer par là, c'est toujours comme cela qu'il faut procéder, et continuer la séance en remontant vers les muscles supérieurs. Il se comportait comme un amateur.

Martin fixa la cage à squat avec un mélange de haine et de résignation. Après ces longs mois d'arrêt, la vraie souffrance allait commencer.

Son portable bourdonna, et sa première réaction, avant de s'interroger sur l'origine de l'appel, fut un lâche soulagement.

Dimanche matin.

Jeannette faisait la grasse matinée. La première depuis son retour de la clinique, presque trois mois plus tôt. Elle avait perdu l'habitude de paresser, elle se sentait inutile et avait mauvaise conscience quand elle ne travaillait pas ou n'était pas en train de s'occuper de Zoé. Elle s'était levée pour se préparer du thé et deux biscottes beurrées qu'elle avait ramenés au lit. Elle buvait à petites gorgées, ses pensées dérivant entre le néant de sa vie personnelle et les insatisfactions de sa vie professionnelle. À cela s'ajoutaient, par petites touches, des visions de Martin, qui n'appartenait ni à l'une ni à l'autre, malgré l'intrusion de la veille.

Elle se secoua. Pas question de recommencer à jouer à ce petit jeu. Martin n'était pas pour elle. Et c'était bien comme ça. Ce qu'elle recherchait, c'était la tranquillité et la satisfaction du devoir accompli. Rien d'autre.

Elle se concentra sur l'histoire que lui avait racontée Martin. Une clé de coffre, cela voulait dire probablement de l'argent. Ou des bijoux. Ou des documents secrets. En tout cas, quelque chose de précieux. Et qu'il fallait cacher. C'était ça ! Laurette avait eu un trésor caché. Et c'est ce trésor que le tueur était venu chercher. Car c'est lui qui le lui avait confié. Qui était-il ? Un flic corrompu ? C'était la plus grande probabilité. Elle hésita, la main sur le téléphone. Était-ce une raison suffisante pour l'appeler ? Tout cela, il avait dû se le dire. Il n'avait pas besoin d'elle. Il avait même déjà dû procéder à des vérifications.

En se redressant, elle fit tomber sa tasse dont le contenu imbiba le drap et le matelas. Les seules taches qu'elle était capable de faire dans son lit, c'étaient des taches de thé. C'est son ex qui rirait s'il savait.

Elle posa la tasse vide sur la table de chevet et prit son téléphone.

Il décrocha dès la première sonnerie et elle identifia aussitôt le fond sonore de musique rythmée.

— Bonjour Jeannette, dit-il d'une voix essoufflée.

— Je te dérange ?

— Non, bien sûr que non. Tu me sauves la vie. Je suis à la gym, et je n'ai qu'une envie, me tirer d'ici.

— J'ai repensé à cette histoire de clé.

— Ah oui, la clé de chez moi. C'est rien, Marion l'avait perdue, elle l'a retrouvée.

— Ah… Ah, parfait.

Elle se sentit rougir. Elle aurait pu y penser. Martin pensait qu'il était sur écoute. Et il avait sans doute raison. Il était peut-être même suivi.

— À part ça, tout va bien ? enchaîna-t-elle niaisement.

— Très bien. Je rentre chez moi, on se rappelle bientôt ?

— Oui bien sûr. Bon dimanche.

Elle raccrocha, le feu aux joues. Qu'allait-il penser d'elle ?

Elle n'eut pas le temps de s'appesantir sur la question. Le téléphone sonna deux minutes plus tard.

— Je t'appelle d'une cabine, dit Martin. Désolé pour tout à l'heure.

— Non, c'est moi. Ce n'est pas dangereux de rappeler ? S'ils m'écoutent, moi aussi ?

— Ça m'étonnerait.

Souvent, les procédures d'enquête n'allaient pas jusqu'à leur terme par manque de moyens. Même si Fournier faisait suivre et écouter Martin, il n'avait certainement pas les crédits pour espionner l'ensemble de sa famille et de ses collaborateurs. Martin n'était tout de même pas l'ennemi public numéro 1.

Il lui raconta sa visite à la banque avec la découverte de l'argent. Jeannette en eut le souffle coupé. Sept cent mille euros ! Elle convertit la somme en francs, comme elle le faisait chaque fois que le montant était trop élevé. Quatre millions et demi de francs à peu près. C'était beaucoup. Quinze ans de salaire, au moins.

— La liste de clients de Laurette a donné quelque chose ?

— J'ai demandé des renseignements à Fournier. J'attends les résultats.

— Tu lui as parlé du blé ?

— Non, ni de l'argent, ni de la clé, ni de rien. Je lui ai juste demandé qui parmi les clients de Laurette avait enquêté sur un gros casse.

— Il risque de se douter de quelque chose.

— Tant pis. Tu avais autre chose à me dire ?

— Non, dit-elle. Passe un bon dimanche.

— Toi aussi.

Il raccrocha.

— Merde, je suis accro, se dit-elle en reposant le combiné. Il faut que je me le sorte de la tête. Tout de suite.

Elle appela sa mère. Elles parlèrent longuement de Zoé et de son ex. Sa mère l'attaquait de façon tellement virulente qu'elle se sentait obligée de le défendre. Elle l'abreuva également de conseils. Jeannette se força à les écouter sans discuter, et au bout d'un moment, elle était tellement énervée qu'elle en oublia Martin.

Dimanche après-midi

Le roi des corbeaux lui avait donné un numéro fixe et un portable du préfet de police. Elle essaya le portable et tomba sur une messagerie électronique. Elle raccrocha sans laisser de message, et composa le numéro du téléphone fixe. Peut-être trouverait-il déplacée cette insistance à le joindre. Les Français sont très formalistes, et appeler un préfet de police le dimanche chez lui n'est pas nécessairement la meilleure façon de s'en faire un allié. Mais avec la recommandation du président, cela n'avait pas grande importance, et elle avait besoin de renseignements au plus vite.

Il répondit à la première sonnerie. Elle se présenta et s'excusa.

— Le président m'a prévenu, dit-il. Je suis à votre disposition.

Il avait une voix plutôt jeune et bien timbrée.

— Que cherchez-vous précisément ?

— Une affaire qui sorte de l'ordinaire. Quelque chose de spécial et dont la presse n'aurait pas encore trop parlé...

— Je vois. Une affaire de meurtre ?

— Oui, cela serait préférable. Qu'il y ait du sang, mais surtout beaucoup de mystère, ajouta-t-elle. Des meurtres multiples reliés entre eux on ne sait trop pourquoi ni comment...

Elle pouvait difficilement donner plus de précisions. N'en avait-elle pas trop dit ? Non, c'était juste ce qu'il fallait.

— Je comprends. Je vais me renseigner et je vous rappelle.

Francis rentrait d'une visite chez ses parents. Elle lui ouvrit les bras, pressant son corps contre lui. Elle crut sentir une infime réticence dans la façon dont il accueillit son étreinte, et ses soupçons de la veille flambèrent. Elle s'efforça de lui sourire, malgré la crispation involontaire des muscles de son visage.

— Tes parents vont bien ?

— Comme ça. Ils ne rajeunissent pas.

— Ils étaient contents de te voir ?

— Bien sûr.

— De quoi avez-vous parlé ?

— Oh, tu sais, toujours de la même chose. Leurs problèmes de santé, les impôts fonciers, les histoires de famille... Ça devient de plus en plus limité. Depuis la retraite, mon père a beaucoup baissé. Heureusement que tu n'es pas venue, tu te serais horriblement embêtée.

Il avait dit les mêmes mots en rentrant de sa dernière visite.

— On aurait pu jouer à se caresser sous la table, ou faire l'amour dans les toilettes... ou dans le kiosque au bout du parc.

Il rougit.

— C'est vrai... Mais avec les enfants de mes cousins qui couraient partout, ça aurait été compliqué.

— Quels cousins ? Du côté de ton père, ou du côté de ta mère ?

Il hésita une fraction de seconde. Elle sut qu'il ne faisait que mentir depuis le début, et elle sentit que l'enfer était en train de s'ouvrir sous ses pas.

Le préfet la rappela plus tard dans l'après-midi.

Il l'invita à déjeuner dès le lendemain dans un restaurant proche de la préfecture et la prévint sur un ton de léger flirt qu'il lui réservait une surprise.

Elle se retint de lui dire qu'elle détestait les surprises. Elle le remercia avec juste ce qu'il fallait dans le ton de chaleur légèrement condescendante. Après tout, n'était-elle pas la maîtresse du tout-puissant roi des corbeaux ?

23

Dimanche soir

Fournier appela Martin alors qu'il était en train de laver la salade, son unique contribution à la confection des repas.

— Tu te souviens de l'endroit où tu as serré Ruggiero ?

— Oui, très bien.

— Dans une demi-heure, dit Fournier.

Martin posa sa salade, et enfila son manteau.

— J'ai une petite course à faire.

— J'ai horreur de te demander ça, mais tu reviens pour le dîner ? lui demanda Marion.

— Si tu veux bien m'attendre une heure.

Fournier l'attendait au Rendez-vous des Auteurs, rue Ledru-Rollin. Martin n'y était pas revenu depuis l'arrestation de Ruggiero, un malfrat réputé pour sa violence, huit ans plus tôt. Les flics savaient avec certitude que Ruggiero et ses complices devaient se retrouver rue de Charonne. Ruggiero avait sa planque dans un petit immeuble de trois étages avec sa compagne et son fils de neuf mois. L'arrestation avait été minutieusement préparée, les rues bloquées au dernier moment. Mais quelque chose avait dérapé, Ruggiero avait réussi à s'enfuir par le toit du petit immeuble et s'était fait identifier en regagnant la rue. Il s'était réfugié au Rendez-vous des Auteurs au carrefour des rues de Charonne et Ledru-Rollin. C'était un bistrot tout en façade, sans arrière-salle, il ne pouvait pas choisir pire. Il s'était caché derrière l'imposant bar semi-circulaire qui faisait toute la largeur du bistrot, avec trois consommateurs et le barman, face à la rue et aux dizaines de flics planqués derrière leurs voitures.

Martin parlementait pendant que Fournier faisait le lien avec le Parquet. Les négociations avaient duré une bonne douzaine d'heures avant que Ruggiero finisse par se rendre.

— J'ai ton homme, dit Fournier en s'asseyant devant lui. Un convoyage de fonds qui a mal tourné en mai 2002 à La Ciotat. On a toujours soupçonné un des convoyeurs ou un employé de la banque sans pouvoir le prouver. Ils sont partis avec sept cent cinquante mille euros.

Il manquait cinquante mille euros dans la somme que Martin avait retrouvée. Si l'argent venait bien du casse, cela voulait dire que quelqu'un s'était servi au passage.

— Il y a eu deux tués, un convoyeur et un truand, et deux blessés graves, des gendarmes. Un truand a réussi à disparaître et n'a pas été identifié.

— Et le fric, on l'a retrouvé ?

— C'est drôle que tu poses cette question. Non, on ne l'a pas retrouvé. Tout le SRPJ de Marseille était sur le coup. L'adjoint du chef du groupe chargé de l'enquête a fait une dépression après ce carnage. Il a demandé sa mutation et il a suivi une psychothérapie avec Laurette Weizman.

— Son nom ?

Fournier avança un papier avec un nom écrit en capitales. Martin hocha la tête. Il reprit la liste et compara. Le nom y était bien. Il ne connaissait pas cet homme.

— Sa femme l'a quitté peu de temps après le drame.

— Il n'y a pas eu d'enquête interne ?

Fournier hésita.

— Non.

— Sept cent cinquante mille euros envolés, et pas d'enquête interne ? Les assurances et la banque se sont écrasées, comme ça... ?

— Ça se passait à Marseille, dit Fournier, comme si cela expliquait tout.

— Dis plutôt que la hiérarchie se doutait qu'un flic était mouillé et que tout le monde a préféré écraser le coup.

— C'était avant les élections législatives de juin 2002, les euros venaient d'être mis en circulation...

Cet argent était probablement destiné à quelqu'un que personne ne voulait désigner. Mieux valait passer les sept cent cinquante mille euros par profits et pertes. Comment les malfrats étaient-ils au courant de ce transport de fonds ? L'argent était-il destiné à la campagne électorale ?

Ni lui ni Fournier ne le sauraient jamais. Fournier lui avait donné un nom. C'était déjà beaucoup. Beaucoup plus qu'il ne l'aurait espéré à peine vingt-quatre heures plus tôt.

— Qu'est-ce que tu vas faire ? dit Fournier.

Son ton était presque servile. Il se rendait compte que la situation lui avait complètement échappé.

Martin le fixa dans les yeux.

— Si tu veux, je te refile le bébé dès maintenant. Avec tous les éléments. Ou bien tu me laisses encore un peu de mou. C'est toi qui choisis.

Il sentit que Fournier hésitait, pesant les avantages et les dangers.

— Continue, dit-il enfin, ce qui ne surprit nullement Martin. Je te donne cinq jours... Après la pression deviendra trop forte, je serai obligé de rendre des comptes.

— Tu n'as qu'à leur donner un os à ronger. Dis que tu es sur la piste d'un cambriolage qui a mal tourné. Des voyous qui voulaient récupérer de la drogue chez la psy... Cite des noms.

Fournier sourit. Il acquiesça.

— Une rumeur, ça pourrait marcher. Ça aurait l'avantage de tranquilliser notre homme. Si c'est lui qui a fait le coup... Mais je n'y crois pas. Je connais le gars. J'ai du mal à croire qu'il soit capable de faire un truc pareil.

— On a toujours du mal à y croire quand ça vient de chez nous, dit Martin sèchement.

Suivit un long silence. Martin laissa Fournier ruminer. À présent, il devait être convaincu que Martin avait retrouvé l'argent du casse à la banque, et il se demandait s'il devait en parler ouvertement ou non. Il finit par secouer la tête, comme s'il voulait se débarrasser d'un fardeau trop lourd pour lui. Il se leva et tendit une main molle à Martin.

— Je te fais confiance, dit-il. Il est chez lui. En congé de longue durée. J'attends de tes nouvelles.

Il partit sans se retourner.

Finalement, Fournier agissait avec plus de courage qu'il n'en aurait attendu de lui. Martin baissa les yeux sur le papier et relut le nom qui y était inscrit.

Il n'arrivait pas encore à éprouver de véritable colère contre l'agresseur de Laurette. Il voulait d'abord comprendre.

Il regarda l'heure. Pourquoi ne pas aller maintenant rendre visite à ce flic ? Il appela Marion et lui dit qu'il ne pourrait pas rentrer dîner. Elle lui raccrocha au nez.

Assise en tailleur à ses pieds, Magdalena regardait Francis allongé sur le canapé, les bras ramenés derrière la tête et les jambes croisées, le visage éclairé par la lumière de la télévision. Il gardait les yeux mi-clos. Il avait l'air heureux et détendu. Un sourire flottait sur ses lèvres. À qui était destiné ce sourire ? Jamais il n'avait été aussi beau. Sublime. Et il l'avait trahie. À la seule évocation d'une autre peau que la sienne contre celle de son amant, elle avait l'impression qu'un faisceau de fils de fer barbelé lui fouaillait le cœur et le ventre.

— Qu'est-ce que tu as ? dit-il à mi-voix, comme si parler normalement lui aurait demandé un trop gros effort. Tu es bien silencieuse, ce soir.

— Je te regarde, dit-elle. Tu as l'air fatigué.

Elle lui caressa les chevilles et remonta le long de ses jambes nues sous le peignoir. Il abaissa le bras droit et lui caressa doucement les cheveux. Elle ferma les yeux. Elle aurait voulu hurler, le déchirer de ses ongles. L'étouffer entre ses bras. S'asseoir à califourchon sur sa poitrine et lui enfoncer lentement une lame sous le sein gauche en lui murmurant des mots d'amour à l'oreille. La chienne qui tentait de le lui voler allait souffrir, ô combien elle allait souffrir !

24

Dimanche vingt heures trente

L'approche directe est la meilleure, se répétait Martin, mais c'était plus un mantra qu'une véritable réflexion.

Il sonna à la porte d'un appartement proche des Buttes-Chaumont, au treizième étage d'un immeuble au modernisme déjà daté des années soixante-dix.

Il entendit des pas traînants approcher. Il s'écarta de la porte et se plaqua contre le mur, côté gonds. Les gens qui ont mauvaise conscience réagissent parfois brutalement à une visite tardive et imprévue.

La porte s'entrouvrit et resta bloquée par une chaîne d'acier, beaucoup plus épaisse que celle qu'on trouve dans le rayon « serrurerie » des bazars. Un visage plissé, gris et fatigué apparut dans l'interstice.

— Monsieur Perron ?

L'homme acquiesça.

— Commissaire Martin. Je voudrais vous parler.

La porte se referma aussitôt et se rouvrit, en grand.

L'homme qui lui faisait face portait un peignoir usé à motifs écossais, des mules sur ses pieds nus, il avait une barbe de dix jours, ses yeux clairs étaient injectés de sang, il sentait la cigarette et l'alcool. Il paraissait très fatigué, et pourtant, il y avait quelque chose de profondément doux, de presque enfantin dans son expression.

L'appartement était poussiéreux, mais sans excès. Un four à micro-ondes et un petit frigo trônaient dans le salon plein de dossiers, de livres et de revues entassés au petit bonheur. Le regard de Martin se fixa tout de suite sur le pistolet noir à barillet, à crosse de bois marron, posé sur une rame de papier, devant un ordinateur portable allumé. C'était un Smith & Wesson .38 à canon court, l'arme classique des policiers américains.

Le regard de Perron suivit celui de Martin.

— Il ne bouge pas de là pour le moment. Je sens que ça mûrit peu à peu, mais ce n'est pas encore pour ce soir. Fin de semaine prochaine peut-être.

Martin resta coi. Vantardise ou simple constat ? Il n'arrivait pas encore à se faire une opinion.

— Si vous venez à cette heure-ci, ce n'est pas pour m'arrêter.

— Non, dit Martin. En tout cas pas tout de suite.

L'écran de l'ordinateur venait de passer au noir, avant de s'éclairer à nouveau. Un visage de femme en train de dormir apparut, puis le même visage vu sous un autre angle. Il approcha de l'écran et regarda les photos défiler. Toujours la même femme, toujours endormie. Une belle femme d'une quarantaine d'années, aux traits un peu forts, avec de longs cils et des lèvres charnues, et des cheveux blond roux ramenés en queue de cheval sur la nuque. Les plus infimes détails de ce visage offert étaient perceptibles, comme la minuscule fente dans le lobe de son oreille, la trace de mascara qui avait coulé sur sa paupière close, le fin duvet des joues.

L'homme le regardait avec un sourire.

— Elle est belle, hein ? dit-il. C'est ma femme. Elle s'est tirée avec un truand. C'est elle qui a tout organisé. Le seul truc qu'elle n'avait pas prévu, c'est que je trouverai le pognon avant eux. Mais peut-être que finalement elle l'a récupéré ?

— Non.

— C'est elle ou Jankelevic qui a agressé le docteur Weizman. Ils ont dû me suivre et ils ont fini par se douter que je lui avais confié le blé.

— Josic Jankelevic ?

Perron acquiesça.

— Vous le connaissez ?

— J'ai eu affaire à lui, dit Martin. Indirectement. Il y a longtemps. Il vous aurait donc suivi chez votre psychothérapeute.

— C'est probable, dit Perron. Je ne vois pas d'autre explication.

— J'aimerais que vous me racontiez tout ça plus en détail.

— J'ai tout le temps, dit l'homme.

Il montra l'ordinateur.

— Sauf si vous préférez lire toute l'histoire noir sur blanc. Depuis le début. C'est mieux qu'un roman. Tous les jours, je rajoute un petit truc... Bientôt je n'aurai plus rien à rajouter.

Il montra le pistolet qui servait provisoirement de presse-papiers.

— Mais je n'arrive pas encore à écrire le mot « fin ».

Dimanche minuit

Quand Martin rentra chez lui, Marion dormait profondément. Il regarda dans le four, mais elle n'avait rien laissé pour lui.

Il mangea une pomme et un yaourt, et se déshabilla dans son bureau pour ne pas la réveiller.

Quand il se coucha, elle ne se réveilla pas. Il s'étendit à ses côtés, mit le réveil à sept heures, pensa quelques instants à l'homme qu'il venait de quitter. Il regarda le profil de Marion endormie. Il aurait aimé lui parler de sa soirée. Il ferma les yeux et sombra.

Lundi huit heures

Jeannette, au volant de sa voiture dans les embouteillages du matin, songeait à sa petite Zoé qui allait partir pour l'école sans elle. Ce week-end seule devant un téléphone muet n'avait pas été bien exaltant, mais pour une fois elle avait pris le temps de penser à elle-même, même si cela ne lui avait pas permis de prendre de grandes décisions.

Son portable sonna et elle s'enfonça l'écouteur dans l'oreille. Landowski était déjà à pied d'œuvre.

Elle lui apprit qu'elle avait exigé un nouvel examen minutieux de tous les éléments concernant le meurtre du détective Duperrier, ses appels, par portable ou fixe, toutes ses dépenses, les chèques, les virements, à la recherche du moindre indice.

Jeannette l'avertit que malheureusement, le détective avait une comptabilité plus qu'approximative. Il devait tarder à aller poser les chèques de ses clients sur son compte, car sa banque n'avait pas trouvé de trace d'argent encaissé depuis plus de deux mois. Le tueur avait tout fait disparaître.

— J'ai pensé aussi à autre chose, dit Landowski. Un détective, on ne le trouve pas forcément par petites annonces. Le bouche à oreille doit fonctionner.

— C'est possible, dit Jeannette, alors qu'un automobiliste klaxonnait pour la faire avancer de trois mètres dans sa file.

— C'est même certain. J'ai obtenu une liste des anciens clients de Duperrier, des clients antérieurs à deux mois — ceux dont les chèques sont parvenus à la banque. Je me suis dit qu'il serait logique que certains d'entre eux aient parlé du détective autour d'eux, et il ne serait pas impossible qu'un ou deux de ces clients puisse nous conduire à quelqu'un qui figure sur la liste du tueur. Qu'en pensez-vous ?

— C'est malin, reconnut Jeannette, même s'il y a beaucoup de si.

— Je sais, dit Landowski, mais on n'a rien d'autre.

C'était même très malin, se dit Jeannette. Martin avait raison. Landowski était un bon flic. Elle savait se glisser dans les failles encore inexplorées d'une enquête difficile.

— Eh bien on n'a plus qu'à se mettre au travail, dit Landowski sur un ton joyeux. Il y a une trentaine de personnes à interviewer, si on ne remonte pas trop loin.

— Qui va assurer la permanence du téléphone vert ? demanda Jeannette.

— Je vais recruter deux stagiaires. J'ai l'accord de Roussel.

Elle était toujours ponctuelle.

Lundi à treize heures pile elle entrait dans le restaurant retenu par le préfet de police.

Une employée la débarrassa de son manteau et un maître d'hôtel empressé la mena au fond de la salle longue et étroite jusqu'à un recoin en alcôve. L'espace était sombre, la majorité des clients étaient des hommes en costume-cravate sombre, qui parlaient à voix basse, la tête penchée en avant. Une atmosphère de pouvoir et de conciliabules. La plupart des hommes lui prêtèrent peu d'attention, mais les quelques femmes présentes l'avaient remarquée.

Le préfet se matérialisa devant elle, précédé du maître d'hôtel.

Il se confondit en excuses pour son retard de cinq minutes.

Il avait environ dix ans de plus que Francis, il était plus brun de cheveux et de peau, plus petit et moins beau, mais sa mâchoire, le dessin de ses lèvres, avaient une fermeté qui faisait défaut à son mari. De fines rides encerclaient sa bouche comme des parenthèses, il avait dû beaucoup fumer, mais ses dents étaient blanches. Il portait des lunettes aux montures de titane gris presque invisibles, n'avait pas d'alliance, juste une Rolex en acier au poignet droit. Un gaucher probablement. Elle se méfiait des gauchers. Cet homme était par principe très bien disposé à son égard, mais il n'avait pas l'allure d'un pantin aux ordres.

— Le président m'a un peu expliqué ce que vous cherchiez, dit-il d'une voix feutrée d'homme de cabinet. Et j'ai déjà travaillé pour vous.

— Un préfet de police qui travaille pour moi... Je n'en reviens pas. Que vous a dit exactement le roi des corbeaux ?

Le préfet éclata de rire. Un rire bref, mais franc, de surprise et d'amusement.

— Le roi des corbeaux ! répéta-t-il.

Elle ne savait pas pourquoi elle avait dit ça, et le regretta aussitôt. C'était hors de propos. Et pourtant. Il la regardait différemment, avec plus de curiosité et de sympathie, comme si l'impression qu'il s'était forgée par avance était en train de changer.

— Ça lui va bien, dit-il. Savez-vous que les corbeaux vivent dans une société extrêmement autoritaire et hiérarchisée avec des castes et des prérogatives ? Certains sont même considérés comme des parias et personne ne leur parle ni ne les approche. J'étais passionné de zoologie quand j'étais gosse. Si je n'avais pas été contraint de faire l'ENA par mes parents, je serais probablement aujourd'hui dans une forêt subtropicale en train de collecter des insectes.

Ils échangèrent un sourire.

— Assez parlé de moi. Je connais votre mari, même si nos promotions ont huit ans d'écart. C'est un garçon brillant. Il tire toujours aussi bien au pistolet ?

— Il paraît, oui.

Elle fronça délicatement le nez.

— Je dois vous avouer que je ne m'intéresse pas trop aux armes à feu. Elles me font peur et me dégoûtent un peu.

— Et pourtant, vous produisez des films policiers.

— Eh oui, dit-elle. En tout cas j'essaie. Mais ce qui m'intéresse, c'est plus les ressorts psychologiques et humains que les cascades dans des voitures en feu et les explosions répétées. Je suis à la recherche de sujets modernes, avec des rebondissements imprévisibles, des meurtres incompréhensibles, des tueurs pervers...

— Ah, la perversité... Ça fascine tout le monde, n'est-ce pas ?

Suivit un échange de regards. Simple flirt ? Elle garda un visage de bois.

— Il y a plusieurs affaires qui ont défrayé la chronique, ces dernières années.

— Ce que j'aimerais, c'est une affaire nouvelle, dont personne n'aurait encore parlé ou presque.

— Une affaire en cours ? J'ai peut-être ce qu'il vous faut. La PJ traite en ce moment un dossier encore secret, mais qui risque d'exploser d'un jour à l'autre. Une affaire passionnante.

— Je pourrais consulter des éléments de ce dossier ?

— Pour une affaire en cours, je ne sais pas si je peux... C'est délicat.

— Vous avez peur que j'en fasse mauvais usage ?

— Bien sûr que non ! Mais cela fait partie des règles de base de la police.

— Bien sûr, je comprends, dit-elle sèchement.

— Écoutez, je vais voir ce que je peux faire... Je vais en parler à mon chef de cabinet... Et d'ici demain ou après-demain...

Elle fit contre mauvaise fortune bon cœur. Et entreprit de le séduire – en tout bien tout honneur. Elle lui raconta des histoires sur son prétendu pays d'origine, qu'elle connaissait mieux que le vrai, et réussit à lui faire oublier le poids de son insistance.

Le maître d'hôtel vint prendre la commande, et elle prit le premier plat venu. Elle n'était pas là pour manger.

25

Lundi matin

Quand Martin se réveilla, Marion n'était plus dans le lit. Elle n'était ni dans la cuisine, ni dans la salle de bains. Martin chercha un signe, un mot. Cette nuit, elle ne s'était pas approchée et ne l'avait pas touché.

Un rendez-vous à la maternité ? Non. Elle avait emporté une valise et des vêtements.

Apparemment, elle était vraiment fâchée.

Il l'appela, mais le portable le renvoya à la messagerie. Il s'excusa pour la veille, il lui expliqua que son enquête prenait un tournant décisif, et qu'il était désolé de ne pas avoir été plus disponible. Il raccrocha avec la sensation pénible de ne pas savoir quoi faire pour rattraper le coup.

Elle l'avait supporté, avachi et déprimé. Elle ne le supportait plus de retour dans sa peau de flic. Il avait besoin d'elle. Il fit taire la petite voix qui lui disait que c'était faux.

Elle était peut-être partie chez sa mère.

Il hésita, puis composa le numéro.

Martin n'avait rencontré la mère de Marion que deux fois. Il lui demanda si Marion se trouvait chez elle. Elle lui dit que non, Marion n'était pas chez elle, et Martin la crut. Il la remercia, avoua qu'il y avait eu un « malentendu entièrement de sa faute à lui » sans s'étendre sur la nature du malentendu, et raccrocha en la priant d'avoir la bonté de le prévenir si elle avait des nouvelles.

Il appela le gynécologue de Marion. Il était parti pour un accouchement, mais son assistante lui répondit qu'à sa connaissance, Marion n'était pas à la clinique.

Il appela Isabelle. Elle ne répondit pas. Il laissa un message, et rappela un quart d'heure plus tard. Elle finit cette fois par décrocher.

Il lui dit qu'il cherchait Marion.

— Vous vous êtes disputés ? demanda-t-elle.

Martin soupira.

— Oui. Elle est avec toi ?

— Je ne sais pas, je l'entends parler, attends, je vais la chercher, dit-elle, soudain pleinement réveillée.

Martin entendit divers bruits bizarres, puis plus rien pendant un long moment.

— Elle est ici, dit enfin Isa. Je ne sais pas ce que tu lui as fait, mais elle n'est vraiment pas contente.

— À part ça, elle a l'air d'aller bien ? dit Martin.

— J'en sais rien, je suis pas son toubib, dit Isa, peu soucieuse de le rassurer. En tout cas, elle a l'air plutôt furieuse que malade. Pourquoi tu ne l'appelles pas ?

— Elle a éteint son portable.

— Tu veux que je te la passe sur le mien, ou tu as un message pour elle, genre « je t'aime mon amour » ?

— Ça va, dit Martin. Dis-lui juste que... Oh et puis non. Ne lui dis rien. J'arrive dès que je peux. Ça non plus ne lui dis pas.

— Ok. Tu peux me ramener ma robe rouge pendant que tu y es ? demanda Isa. La longue à bretelles. Je n'ai plus rien à me mettre. Et quelques sous-vêtements aussi. Je t'embrasse, mon papa chéri.

Lundi après-midi

La commissaire Landowski avait vu juste.

Elle avait le triomphe modeste, mais ses yeux brillaient de satisfaction, un sentiment parfaitement justifié. Jeannette ne pouvait que le reconnaître.

Un des anciens clients du détective avait en effet recommandé Duperrier à une personne assassinée : Stéphane Holliez, le patron de l'imprimerie aux tendances pédophiles. Malheureusement, Holliez avait déjà reçu la visite du tueur. Mais celui qui lui avait recommandé le détective et avait sans le faire exprès provoqué sa mort, avait également recommandé Duperrier à une dizaine d'autres personnes au moins. Il avait établi la liste sans rechigner et l'avait fournie aux flics.

La pêche avait été moins riche avec les autres clients, mais à la fin de la journée, Olivier, Jeannette et Landowski se retrouvaient avec une quarantaine de noms de personnes possibles.

Ce n'était que le début de l'arborescence, songea Jeannnette.

Ces quarante personnes avaient pu vanter à leur tour les talents du détective à d'autres personnes, qu'il faudrait retrouver et auditionner.

Il n'y avait plus qu'à se mettre à la tâche. Et rencontrer ces personnes une à une, pour s'assurer que l'une d'entre elles avait utilisé Duperrier, et si c'était le cas, les faire surveiller et protéger. Et aussi découvrir les raisons qui les avaient poussées à employer le détective.

On en revenait toujours là. Un des derniers clients de Duperrier était très probablement celui qui avait commandité l'enquête sur l'assassin.

C'était une belle avancée — en théorie sinon en pratique. Jeannette n'en contemplait pas moins la liste avec mélancolie. Elle prit son téléphone et commença par le premier nom. Elle devrait rentrer tôt pour récupérer sa fille, mais elle continuerait à appeler de chez elle dans la soirée, avec sans doute de meilleurs résultats qu'en pleine journée.

Un coup de fil venu dans la matinée de la direction de la police — au-dessus de Roussel — avait demandé (et une demande à ce niveau était un ordre) qu'on lui fournisse dans les meilleurs délais des copies de tous les éléments relatifs à l'affaire. Rapports, PV d'interrogatoires, conclusions des légistes, et même les simples notes prises par les enquêteurs.

Landowski avait paru assez chagrine à cette idée.

— Ils sont en train de monter une structure parallèle, dit-elle amèrement. Avant de nous virer de l'enquête.

Jeannette n'en était pas si sûre. La direction avait parfois des lubies inexplicables. Peut-être s'agissait-il de fournir du matériel à un psychologue ou à un service de police étrangère confronté à une série de meurtres identiques...

Landowski parut un peu rassérénée.

Mais à son tour Jeannette se posait des questions. Elle n'aimait pas cette intrusion sans justification. D'une manière générale elle n'aimait pas les ordres sans raisons explicites. Martin aurait essayé de savoir où allaient ces copies avant de les envoyer. Landowski n'avait pas osé. Elle se sentait trop fragile.

Lundi soir

En roulant vers Rambouillet, au milieu du flot de banlieusards rentrant au bercail, Martin songeait à sa rencontre avec Perron. Un mot résumait la vie de Perron : malchance. Il n'avait pas épousé la femme qu'il fallait, il ne s'était pas trouvé au bon endroit au bon moment, et la liste de ses malheurs n'était pas près de s'interrompre. À moins qu'il avale une des balles du .38 Special Police posé devant son ordinateur.

Martin n'avait aucune autorité pour lui confisquer son arme, mais il lui avait conseillé d'attendre la suite des événements avant de passer à l'acte. La curiosité peut être un bon antidote au suicide, et le regard de Perron lui disait que celui-ci attendait encore quelque chose de la vie, malgré tous ses déboires.

L'amant de Jocelyne Perron était un voyou notoire, un certain Josic Jankelevic. Martin connaissait bien ce nom, même s'il n'avait jamais affronté l'individu.

Jocelyne était restée avec son mari jusqu'au moment du casse, de façon à pouvoir livrer à son amant toutes les informations qui permettaient d'attaquer le fourgon blindé, et d'échapper à la justice.

À l'époque, Perron soupçonnait déjà sa femme de lui être infidèle, mais pas à ce point-là.

Malheureusement pour les amants délictueux, les compétences planificatrices et tactiques de Jankelevic ne s'étaient pas révélées à la hauteur de ses talents amoureux. L'attaque avait dégénéré en catastrophe et Perron, qui était un bon flic, avait compris trop tôt de quoi il retournait.

Il avait retrouvé le premier les deux sacs pleins d'euros, que les truands avaient juste eu le temps de fourrer dans une bouche d'égout.

Ne sachant que faire de cet argent et ne voulant pas le restituer, afin d'éviter les questions qu'on ne manquerait pas de lui poser, sans parler d'une accusation de complicité, il l'avait confié à sa thérapeute, Laurette Weizman. C'était son plus amer regret.

— Non seulement j'ai la scoumoune, répéta-t-il à plusieurs reprises à Martin, utilisant un mot passé de mode depuis deux générations, mais je la refile aux autres. À madame Weizman, et même... à ce connard de Jankelevic et à Jocelyne. Faites gaffe, vous approchez pas trop de moi.

Martin avait dans sa poche sa confession tirée sur l'imprimante de l'ordinateur et signée de la main de Perron. Il n'avait pas l'intention de la donner à Fournier, mais c'était une bonne assurance en cas d'événement imprévu. Il la ferait lire à Marion, en offrande de réconciliation, et à condition qu'elle ne l'utilise pas contre le gré de son auteur. Mais il n'était pas certain que ce cadeau suffirait à l'apaiser.

Restait à mettre la main sur Jocelyne et Josic. Seul, il ne pouvait pas faire grand-chose. Il était temps de remettre Fournier et la machine administrative en selle. Il avait encore une petite chance de coincer Josic.

Josic Jankelevic était un mac. Et un mac en fuite reste un mac. Pour se procurer de l'argent, il allait s'en remettre à une méthode éprouvée. Faire travailler les filles. Et les filles parlent. Aux indics et aux flics.

Martin se demanda si Josic allait faire travailler Mme Perron. Et comment elle prendrait cette initiative. À moins qu'il ne se fût déjà débarrassé d'elle ?

Martin avait passé le plus clair de sa journée à rechercher une connaissance commune à Jankelevic et lui. L'adresse qu'il avait fini par obtenir était valable à soixante pour cent, d'après son dernier informateur, le patron d'un bar gay. Il fallait attendre le lendemain matin pour en avoir la certitude, car son client travaillait la nuit. Ce qui donnait juste le temps à Martin de se réconcilier avec Marion.

Le préfet appela Magdalena en fin de journée.

Ils se retrouvèrent dans un bar d'hôtel, rue du Bac. Il portait une mallette.

— Je vous ai apporté du matériel, rapports d'interrogatoire, rapports d'enquête, conclusions préliminaires, etc. J'ai dû effacer tous les noms propres, aussi bien ceux des personnes interrogées que ceux des victimes et des enquêteurs. C'est une obligation de l'enquête. Je vous demanderai quand même de garder tout cela pour vous.

Elle ouvrit le dossier et commença à le feuilleter. Tous les noms avaient été recouverts au marker noir.

— Votre confiance m'honore. Me donnez-vous l'autorisation de faire lire ce dossier à mes scénaristes ?

— Bien entendu. Qu'ils s'en servent comme matériau de base. Mais que cela reste confidentiel.

— N'ayez crainte. Si l'histoire est prometteuse, nous avons autant intérêt que vous à ne rien divulguer. Vous pouvez m'en dire un peu plus avant que je me plonge là-dedans ?

— Il s'agit apparemment d'une des affaires de meurtres les plus sanglantes et incompréhensibles de ces dix dernières années.

— Un nouveau serial killer ?

Il sourit.

— D'après un des enquêteurs, il s'agirait d'un tueur en série un peu particulier... Ce ne sont pas les crimes gratuits d'un psychopathe. Et certains pensent que le tueur est une femme.

Elle sentit des doigts de glace lui étreindre le cœur. Comment avaient-ils deviné ? Le coup de fil qu'elle avait passé ? Mais sa voix était déformée, asexuée, impossible à identifier. Elle tenta de dissimuler son trouble.

— Je vois bien que cela vous choque. On a beaucoup de mal à imaginer une femme en train de commettre des actes aussi monstrueux... Il vaudrait peut-être mieux que vous vous absteniez de lire certains comptes rendus de médecine légale... Et encore, je me suis bien gardé de vous joindre les photos. Même moi j'ai eu du mal à les regarder. Si vous le désirez, je vous mettrai en contact avec un garçon remarquable qui enseigne la criminologie et participe à des enquêtes. Il a écrit un livre sur les tueuses en série...

— C'est intéressant, dit-elle. Mais je ne crois pas aux théories.

Elle atténua la sécheresse de sa remarque par un sourire. Ses genoux frottèrent légèrement ceux de son vis-à-vis. Il lui sourit à son tour, mais son regard n'était pas celui d'un homme séduit. Elle se rendit compte que pas une fois, même involontairement, il n'avait baissé les yeux sur son décolleté discret. Il n'était pas attiré. Cela arrivait. Rarement, mais cela arrivait. Le discret courant de sympathie qu'elle avait senti quand elle avait parlé du roi des corbeaux s'était évanoui. Qu'avait-elle dit qui l'avait fait rentrer dans sa coquille ? Était-il homosexuel ? Difficile de se faire une idée. Il était surtout méfiant. Elle venait de la part du roi des corbeaux, c'était une recommandation à double tranchant. Cherchait-elle vraiment ce qu'elle prétendait chercher ? Le cerveau du haut fonctionnaire devait classer à une vitesse vertigineuse tout un champ d'hypothèses. Il était entraîné à cet exercice. On ne devient pas préfet de police par hasard. Mais tant qu'il pensait à une machination politique dont il pourrait faire les frais, elle pouvait dormir sur ses deux oreilles.

— Désirez-vous rencontrer les enquêteurs ? Je crois beaucoup au contact humain. C'est souvent plus enrichissant qu'un rapport, aussi complet soit-il.

— Cela me semble une très bonne idée. Je m'en remets entièrement à vous.

Le regard d'un noir profond resta aussi froid et circonspect. Puis l'homme lui sourit en levant son verre.

— À votre santé. À votre film. Au roi des corbeaux.

Elle avait perdu le contrôle d'elle-même en insistant. Elle avait agi sous le coup d'une impulsion irraisonnée, presque suicidaire. Son vis-à-vis n'allait pas en rester là. Il allait diligenter une enquête approfondie sur elle, trouver peut-être... Quoi ? Il n'y avait rien à trouver, sauf qu'on mourait souvent autour d'elle, même s'il s'agissait de morts accidentelles.

Elle était en possession d'une information précieuse, qui valait presque à elle toute seule la peine qu'elle s'était donnée et le risque qu'elle avait pris : la police recherchait une femme.

Elle pouvait encore corriger le tir. Sa prochaine victime devrait indubitablement avoir été tuée par un homme.

Aussitôt rentrée chez elle, elle s'assit devant l'écran de son ordinateur, et examina sa liste avec un sentiment d'écœurement sans fond.

~~Sébastien Grossard, 227, rue de l'Université, 75007 Paris~~
~~Julie Rodez, 22, rue Anatole-France, 92 Colombes~~
~~Stéphane Holliez, 15, rue de Chaligny, 75012 Paris~~
Aymeric Tanguy-Frost, 21, rue Hallé, 75014 Paris ?
~~Georges Forrier, 8, impasse de la Gaîté, 75014 Paris~~
Alain Karief, 19, Villa Monet, 75019 Paris
Catherine Amard-Fusin, 82, rue de la Croix-Nivert, 75015 Paris
Eloi Wilkiewitz, 12, rue des Rosiers, 75004, Paris
Valdek Mirmans, 12, rue Raynouard, 75016 Paris
Stéphanie Mallory, 1, allée des Rois, 78 Saint-Germain-en-Laye

Jacques Faïglioli, 33, place de l'Horloge, 69000 Lyon

Le rapport de police qu'elle venait de lire la glaça à nouveau. Les mots dansaient encore devant ses yeux. Cette trace de semelle de pointure 38 dans le sable... Comment avait-elle pu laisser passer ça ? C'était inconcevable, elle se souvenait d'avoir scruté chaque centimètre de sol.

Ce n'était pas tout. Dès le deuxième meurtre, tout était allé de travers : elle s'était trompée de victime !

Cela n'aurait aucune conséquence néfaste pour elle : le rapport du flic qui avait interrogé Julie Rodez expliquait pourquoi celle-ci avait engagé un détective, et il s'agissait d'une stupide histoire de vieille fille amoureuse sans rapport aucun avec elle. Que sa sœur ait écopé à sa place n'y changeait rien.

Mais sur le fond, sa quête avait été dès le début une véritable catastrophe. Elle avait pris des risques énormes, pour pas grand-chose. Et elle ne voyait pas de raisons pour que cette déveine persistante ne se prolonge pas. Il lui semblait qu'un démon invisible était en train de se jouer d'elle. Pour l'amener à sa perte ?

Il valait mieux oublier Julie Rodez, la miraculée. La tuer maintenant ne présentait plus aucun intérêt. Mais il devenait impérieux, même si c'était encore plus risqué qu'auparavant, de se débarrasser des sept autres. Avant que ces maudits flics ne les retrouvent et ne les interrogent avant elle.

Parce qu'aussi tatillonnes et stupides qu'étaient toutes les polices du monde, l'accumulation d'indices, même peu significatifs individuellement, allait finir par porter ses fruits. Elle s'était piégée elle-même.

Déjà, cette bizarre conviction d'une enquêtrice et d'une chef de laboratoire scientifique que l'assassin était une femme... Il y avait bien sûr la trace de semelle. Mais ça ne suffisait pas. Les hommes qui chaussent du 38 ne sont pas si rares.

Leurs notes ne disaient pas quel autre indice pouvait étayer leur intuition, et cela avait sur elle un effet dérangeant et angoissant. Cela signifiait qu'elle commettait des actes dont la signification profonde lui échappait, alors que de parfaits étrangers avaient su les décoder. Elle se trahissait elle-même. Elle pensa à ses évanouissements quand le roi des corbeaux la prenait. Là aussi elle perdait tout contrôle. Pourtant cela n'avait aucun rapport. Ou alors... ? Elle sentit son cœur s'emballer... Son père. Était-il en train de se venger en utilisant le roi des corbeaux ?

Non. Il fallait qu'elle arrête. Son père était mort. Le roi des corbeaux n'était qu'un politicien vieillissant.

Elle alla dans la salle de bains, prit une lime et se l'enfonça dans l'aine, lentement, jusqu'à ce qu'elle retrouve le sens commun.

À nouveau en possession d'elle-même, elle regarda les noms barrés des signataires des rapports de police. Ils avaient été effacés. Elle devait peut-être penser à les retrouver et à les liquider. Pas maintenant peut-être. Mais plus tard.

Sur sa propre liste, elle entoura au crayon, sans même s'en rendre compte, le nom d'Aymeric Tanguy-Frost.

Il était peut-être revenu de l'étranger. Il était important — non, essentiel — de respecter l'ordre de la liste. Elle avait failli à ce principe, et ça risquait de lui coûter cher. C'était la seule manière de braver le destin qui s'acharnait sur elle, la seule manière de reprendre la haute main sur sa vie. Si elle réussissait à connaître le secret de cet homme et à le tuer, tout reprendrait sa place. Non, rien ne serait plus jamais à sa place, tant qu'elle ne saurait pas avec qui son mari la trahissait.

Le poids sur son cœur était là, en permanence, mais elle devait mettre de côté sa tristesse, refouler l'impression d'étouffement qui la saisissait chaque fois que son imagination la poussait à évoquer des scènes trop précises. Elle devait tracer une ligne de partage entre la trahison de Francis, qui ne mettait ni sa vie ni son avenir en danger, et sa quête, garantie de sa liberté.

C'était ce que la raison lui dictait. Pourtant elle ne pouvait pas résister à son besoin de savoir. Elle ne pouvait pas attendre. C'était trop demander.

Francis était au Sénat avec son patron. Elle avait tout le temps de procéder à une fouille de ses affaires. Les poches de ses costumes, les tiroirs de son bureau. Ses dossiers. Le disque dur de son ordinateur, dont elle connaissait depuis longtemps le code d'accès. Contrairement à la façon dont elle procédait chez ses victimes, cette fois, ici, elle ne devait pas laisser de traces. Chaque objet devait reprendre exactement sa place.

La fouille lui prit deux bonnes heures. Elle ne négligea rien. Il ne manquait que son agenda électronique, mais il ne s'en séparait jamais.

Elle ne trouva rien de suspect. S'il y avait quelque chose à trouver, cela devait être à son bureau du Parti, ou au Sénat, ou chez ses parents. Ou ailleurs. Les cachettes ne manquaient pas. Elle qui se félicitait d'avoir réussi à ce que les trois quarts de sa vie échappent à tout contrôle, y compris à celui de son mari, se rendait compte que la réciproque était tout aussi vraie : les trois quarts de la vie de son mari lui échappaient.

26

Lundi soir

Martin ne savait pas très bien à quel moment il s'était mal comporté avec Marion. Il acceptait d'avoir tort *a priori*, en attendant qu'elle lui explique ce qu'il avait vraiment fait de si déplaisant. C'était cela, mûrir, se dit-il. Quand Myriam, bien des années plus tôt, avait donné les premiers signes de lassitude, il s'était muré dans le silence et le refus, incapable même de s'ouvrir à la discussion.

Peut-être était-il déjà trop tard, peut-être que Marion en avait assez de lui. Dans ce cas, il n'y avait pas grand-chose à faire.

François, l'ami de Marion, habitait une vaste maison, au milieu d'un grand parc. Le parc et la maison, fruits d'un héritage, étaient laissés à l'abandon, comme souvent les choses, même précieuses et belles, qui n'ont rien coûté à leur possesseur. L'immense rez-de-chaussée de la maison était son atelier de sculpture, les pièces à vivre qui n'offraient d'ailleurs qu'un confort rudimentaire étaient situées aux second et troisième étages.

Le portail était ouvert, et en remontant l'allée cabossée qui menait à la maison, Martin se demanda pour la centième fois s'il avait bien fait de venir.

Il se gara à côté d'un break Volvo décrépit. En sortant de voiture, il leva la tête vers la haute structure de la maison.

Seules les fenêtres du dernier étage étaient éclairées, les grandes vitres au rez-de-chaussée étaient noires.

Il ne se donna pas la peine de frapper, d'en haut personne ne l'aurait entendu. La porte d'entrée n'était pas fermée à clé.

La maison isolée au fond de son parc... Portail béant, porte d'entrée ouverte, à la merci d'un rôdeur. N'importe qui pouvait passer par là et s'introduire comme il venait de le faire. Et se retrouver devant deux femmes enceintes sans défense et un garçon sympathique mais probablement incapable de les protéger en cas d'agression. Martin se dit qu'il avait l'esprit déformé par le métier, mais il n'aimait quand même pas ça.

Il avisa sur un portemanteau une grosse veste de mouton qui appartenait à Isa et jeta un coup d'œil à l'espace qui s'ouvrait autour de lui. Dans l'obscurité, les formes sculptées par François prenaient des allures vaguement inquiétantes, plus intéressantes, se dit-il, qu'en plein jour. L'air était glacé.

Il gravit les marches en silence, s'arrêta un instant au premier étage désert. L'intérieur n'avait pas été restauré, les murs de l'escalier, à la lumière des ampoules nues suspendues à des fils torsadés, étaient crevassés et couverts de taches grisâtres d'humidité. Les ébauches de sculptures et de modelages éparpillés un peu partout sur le sol ou sur des étagères de fortune accentuaient l'atmosphère d'abandon, presque de désolation, qui émanait du décor.

Au deuxième, il enfila le long couloir et s'arrêta devant une première porte entrouverte, d'où filtrait un rai de lumière.

Marion, Isa, et François étaient installés dans la pièce surchauffée, vautrés sur des coussins, en train de siroter du thé à la menthe, en écoutant de la musique indienne. Ils ne fumaient pas, mais une forte odeur de haschisch flottait dans la pièce. Ils levèrent tous les trois la tête vers lui sans manifester d'étonnement particulier. Isa fut la seule à lui sourire.

Il ne manquait que les robes à fleurs pour les filles, et une barbe à François, songea Martin. Les années soixante revenaient en force. Du hasch pour des femmes enceintes. Il trouvait ça nul, mais ce n'était peut-être pas le moment d'en faire la remarque.

François le salua d'une inclinaison de tête et lui montra un tas de coussins libres, Marion ne dit rien et ne fit aucun geste.

Isa eut pitié de lui. Elle se leva en souplesse malgré son gros ventre, lui ôtant des mains le sac contenant sa robe et ses sous-vêtements.

— Merci, tu y as pensé, dit-elle en l'embrassant.

Il se sentait gauche et emprunté. Un vieil oncle en visite.

— Je crois pas que tu sois venu pour me voir moi, ajouta-t-elle avec un clin d'œil. Je vais me coucher. Qui m'aime me suive.

François comprit le message. Il se leva à son tour en lançant un « bonne nuit » à la cantonade et tira la porte sans la fermer tout à fait.

— Il fait une chaleur d'enfer dans cette pièce, dit Martin.

— C'est pour me dire ça que tu as fait soixante-dix kilomètres dans les bouchons ?

— Je suis venu pour que tu me dises de quoi je suis coupable, dit Martin.

— Je pourrais dire plein de choses, mais ça se résume à une seule. Je pense que tu n'y peux rien. C'est comme ça. Tu es comme ça. Dommage seulement que je ne m'en aperçoive que maintenant.

— Que tu t'aperçoives de quoi ?

— Que tu ne m'aimes plus. Et que tu ne m'as probablement jamais aimée. Que tu as fait semblant. Pourquoi ? Pour me séduire, pour ne pas me décevoir... Peu importe. Que tu m'aies menti, ce n'est finalement pas si grave. Tant pis pour moi. Mais arrête de te mentir à toi-même. C'est dur, Martin, j'aurais préféré presque... Presque... Ne pas m'en apercevoir et continuer à vivre comme ça, au moins pendant quelques années. Beaucoup de femmes se contentent de ça. Tu n'es pas si difficile à vivre. Tu fais bien l'amour quand tu y penses. Tu t'intéresses même à moi. Quand tu y penses. Mais je ne peux pas vivre comme ça. Je ne suis pas faite comme ça. Je ne peux pas vivre avec quelqu'un qui ne m'aime pas vraiment. J'ai besoin qu'on m'aime autant que j'aime.

Il se rapprocha d'elle et la prit dans ses bras. Elle se laissa faire sans réagir, mais détourna la tête. Une larme coulait sur sa joue.

— Nous allons avoir un enfant, dit-il en essuyant la larme du doigt.

— Je vais avoir un enfant, coupa-t-elle. Je ne t'empêcherai pas de le reconnaître si c'est ce que tu veux, mais je ne l'élèverai pas avec un homme qui ne m'aime pas. Peut-être que tu m'aimes autant que tu peux aimer quelqu'un, c'est-à-dire très peu. Pour moi ça ne suffit pas. Ça revient au même que si tu ne m'aimais pas. J'ai attendu... Et j'en ai marre d'attendre. J'ai besoin d'autre chose. De beaucoup plus. C'est égoïste peut-être, mais c'est comme ça.

— Je t'aime.

Il la reprit dans ses bras, et cette fois elle appuya la tête contre lui. Puis elle le repoussa doucement mais fermement.

— Je suis désolée que tu aies fait tous ces kilomètres pour rien, dit-elle, mais tu aurais dû m'appeler et je t'aurais dit que ce n'était pas la peine. Je voudrais que tu t'en ailles. On reparlera plus tard si tu veux, mais maintenant, j'ai besoin d'être seule.

— Comme tu veux. Je t'appelle demain.

Elle haussa les épaules.

— Si tu veux.

Il l'embrassa sur le front. Elle lui adressa un sourire mécanique, impersonnel, plus blessant qu'une gifle.

27

Mardi matin

Elle se leva avant Francis et examina son agenda électronique. Il n'y avait pas de trou dans le programme de sa journée. Elle remonta en arrière. Aucun signe suspect, aucun rendez-vous inexplicable. Puis elle scruta l'avenir. Ses prochains rendez-vous s'étalaient sur les deux prochains mois, avec beaucoup de points d'interrogation. L'agenda de Francis était avant tout soumis à celui de son patron, et les obligations d'un homme politique peuvent varier en fonction de l'actualité.

Tout paraissait en règle. Elle avait entendu parler au moins une fois de toutes les personnes avec qui il avait rendez-vous, quand elle ne les avait pas rencontrées au cours d'une soirée. Ce n'était pratiquement que des hommes. Cela ne voulait évidemment rien dire. N'importe lequel de ces hommes pouvait servir d'alibi à Francis.

Le roi des corbeaux connaissait la vérité, elle en était sûre, il le lui avait presque laissé entendre. Francis était la coqueluche des femmes. Jeune, beau, riche et charmant. Quoi d'étonnant ? Cela devait beaucoup amuser le président. Il jouait avec elle. Elle sentit la rage l'envahir. Surtout ne pas y céder. Elle avait besoin de lui. Il était son passeport pour l'impunité.

Elle se rendit dans la chambre et regarda Francis dormir. Il était presque entièrement découvert, et dormait dans une pose abandonnée, un bras allongé le long de son corps, l'autre à demi ployé au-dessus de sa tête, les doigts repliés.

Elle l'examina longuement, le cœur cognant dans sa poitrine, à la recherche d'une trace, aussi ténue fut-elle, qu'aurait pu laisser une femme sur ce corps proche de la perfection. Elle renifla la peau de son cou, de sa poitrine glabre, de ses flancs étroits, avant de descendre plus bas. Il n'y avait rien. Et pourtant si. Elle sentit une odeur qu'elle ne reconnut pas... Ce n'était pas une odeur corporelle... Ce n'était pas non plus un parfum ni une eau de toilette... Non, un savon plutôt, aux lointains relents d'amande ou d'acide prussique. Il n'y avait rien de la sorte dans aucune des deux salles de bains. Il s'était lavé *ailleurs*. Où ?

Elle lui baisa le flanc, et poursuivit ses baisers en suivant la ligne courbe à double inflexion entre le ventre plat et l'aine. Le sexe de son amant se mit à bouger et à enfler, comme mû d'une vie propre, et roula vers le haut en se déployant. Une veine battait tout du long. Elle l'embrassa en partant de la racine, suivit le trajet de la veine, puis le prit dans sa bouche. Il grogna, gémit, lui caressa la tête maladroitement. Elle s'interrompit et le regarda. Il dormait toujours. Il ne faisait pas semblant. Elle reprit sa caresse. Juste avant qu'il éjacule, elle fit ce qu'elle avait prévu de faire, et repartit discrètement. Le réveil sonna à peine une minute plus tard.

Mardi matin

Le syndic de l'immeuble du 8, impasse de la Gaîté était exaspéré par ses locataires. Une bande de pseudo-artistes incapables de respecter le bien commun. Le pire de tous était Georges Forrier, un paparazzo (ou i ?, mais ce n'était pas le problème), bruyant, grossier, et qui balançait ses bouteilles de whisky et de bière dans la poubelle commune sans aucun respect pour le tri sélectif que tout bon citoyen soucieux de l'avenir de la planète est censé pratiquer.

Le syndic était un des copropriétaires élu par ses pairs, et pour son malheur il habitait juste au-dessous de Forrier.

Forrier ramenait presque chaque semaine des filles souvent belles, en tout cas jeunes. Ces filles sans pudeur manifestaient bruyamment leur enthousiasme pendant qu'elles s'accouplaient avec le photographe juste au-dessus du chaste lit de Letel, que sa femme avait quitté depuis quinze ans. Comment un type aussi répugnant que Forrier réussissait-il à attirer ces créatures ? Où les trouvait-il ?

Le calme inhabituel qui régnait au-dessus de sa tête depuis vendredi dernier n'était pas pour déplaire au syndic. Forrier était probablement en train de traquer une de ses vedettes à deux sous à l'autre bout de la France ou de l'Europe, et le syndic ne souhaitait qu'une chose, qu'il ne revienne pas.

Mais il changea d'avis en découvrant une fuite d'eau d'origine inconnue dans sa cuisine. L'écoulement venu d'en haut était en train de gâter la laque couleur saumon frais avec laquelle il venait de la repeindre. Il se rua à l'étage au-dessus et frappa à la porte de Forrier. Sans résultat.

C'était tout à fait le genre de Forrier de partir en laissant les robinets ouverts. Le syndic n'avait pas de clé de secours. Il frappa encore, toujours sans réponse. C'est en collant son oreille contre la porte — c'était également le genre de Forrier de le laisser frapper sans se donner la peine de répondre — que Letel sentit une odeur douceâtre, nauséabonde. Pour ajouter à toutes ses qualités, Forrier était sale. Son appartement devait être une porcherie. Avant de partir, il n'avait probablement pas pris le temps de vider les poubelles.

Il se racla la gorge.

— Monsieur Forrier, dit-il en ayant le sentiment de se comporter comme un imbécile, c'est monsieur Letel, votre syndic. Nous avons un problème de fuite d'eau. Un problème très important. Si vous êtes là, je vous serai obligé d'ouvrir. Monsieur Forrier ? Vous êtes là ?

Il fit encore quelques tentatives du même genre, puis abandonna.

Il n'avait pas le choix. Il feuilleta son cahier des adresses utiles et appela un serrurier. Le règlement de la copropriété et le bail l'y autorisaient.

En attendant le serrurier, il descendit au rez-de-chaussée. Dans le couloir de l'entrée, des imprimés débordaient de la boîte aux lettres de Forrier. C'est ce qu'il aurait dû vérifier en premier. Forrier était vraiment absent.

Sur le trottoir devant l'immeuble, le scooter gris Yamaha du photographe était attaché à sa place habituelle. D'habitude, quand Forrier partait plusieurs jours, il allait mettre son véhicule au garage. Il y avait quand même quelque chose de bizarre et de contradictoire. Letel leva la tête vers les fenêtres du deuxième étage. D'ici une demi-heure, j'en aurai le cœur net, se dit-il, sans se douter un seul instant du spectacle qui l'attendait et qui le hanterait jusqu'à la fin de ses jours.

Mardi matin

Martin était en planque dans une petite rue du 10e arrondissement, et il ne sentait plus ses mains ni ses pieds tant il faisait froid dans sa voiture.

Il avait passé une mauvaise nuit. Il se reprochait d'avoir abandonné trop vite avec Marion. Il avait trop facilement accepté de partir. Était-ce la preuve que Marion avait raison ? Qu'il ne l'aimait plus ? Ce matin, son malaise ne faisait que grandir. Il fit un récapitulatif de cette dernière semaine. En plus de son état dépressif, déjà déstabilisant pour Marion, il avait repris le travail, retrouvant ses habitudes de silence et d'indépendance, sans égard pour elle.

Un dicton ressassé par sa tante remonta soudain à la surface. On aime les hommes pour ce qu'ils font, les femmes pour ce qu'elles sont.

Il s'était installé dans une vie de vieux couple, où sa compagne n'occupait qu'une place mineure, alors qu'elle avait changé de vie pour lui. Marion n'était pas une personne à prendre à la légère. Il comprenait qu'elle ne le supporte plus. Mais lui, l'aimait-il assez pour changer radicalement de manière de vivre et lui donner la place qu'elle exigeait ? C'était la question qu'elle lui avait posée et qu'il devait se poser à son tour.

Est-ce qu'il ne lui en voulait pas de lui imposer à nouveau une famille et un enfant à élever à plus de quarante-cinq ans ? Un enfant qui aurait quinze ans quand il en aurait soixante et quelques... Vingt-cinq ans quand il en aurait plus de soixante-dix.

Son téléphone sonna, il décrocha, heureux d'échapper à ce calcul mental déprimant.

C'était Landowski.

Elle lui demandait un service. Elle l'informait qu'une productrice de cinéma envoyée par la direction de la police voulait les rencontrer pour avoir, en vue d'un film, des éclaircissements sur leur enquête.

Elle s'était dit que Martin, connaissant aussi bien l'affaire qu'elle ou Jeannette, pouvait parler avec cette personne. Cela aurait le double avantage de leur permettre de ne pas perdre leur temps, et de ne pas mécontenter la direction.

— C'est la première fois que j'entends un truc pareil, dit Martin. Depuis quand parle-t-on des dossiers en cours à n'importe qui ?

— Elle est arrivée précédée d'un coup de fil du préfet de police et d'un autre de Roussel. D'après lui, on a intérêt à être poli. Ça vient de plus haut, de très haut.

— Et si on retrouve tout ce qu'on lui a dit dans la presse demain et que ça aide un assassin multirécidiviste à échapper à la justice ?

— Vous croyez que je ne me suis pas déjà dit tout ça ? répliqua Landowski. Justement, vous pourriez nous débarrasser d'elle et noyer le poisson. En plus, il paraît qu'elle est très jolie.

— C'est juste le genre d'argument qui peut convaincre un gros con de flic dans mon genre.

— Ce n'est pas ce que je voulais dire, s'excusa Landowski. C'était pour vous faire avaler la pilule. Ça pourrait vraiment m'aider de ne pas l'avoir dans les pattes.

— Ok, dit Martin.

Il raccrocha. Poubelle de la police, c'était son nouveau métier. Enquêter clandestinement sur des collègues. Promener de mystérieux envoyés des hautes sphères. Et pendant ce temps, sa compagne était en train de le quitter.

Pour la première fois depuis son accident, Martin envisagea sérieusement de démissionner. Pourtant, ce n'était pas le moment. Sa demi-retraite ne serait pas suffisante pour vivre. Et il n'avait pas du tout envie de finir chef de la sécurité dans une PME ou de monter une agence de détective privé.

Il connaissait des ex-flics qui faisaient carrière dans l'écriture de scénarios policiers et qui s'en tiraient plutôt bien, mais il n'avait aucun talent particulier pour écrire. Quand il était gosse, il rêvait de devenir fondeur. Il aimait le bronze. C'était une matière noble et antique. Certaines sculptures en bronze le fascinaient, mais il n'avait jamais gagné assez d'argent pour s'en acheter. Et de toute façon, il n'avait pas un instinct de collectionneur. Ce qu'il aurait voulu, c'est en fabriquer. Myriam lui avait offert des années plus tôt une petite femme au corps vert sombre encore rugueux par endroits, attribuée à une élève de Maillol. Sa collection s'était arrêtée là. Était-il trop tard pour suivre des stages ? Il avait entendu dire qu'il y avait de moins en moins de fondeurs, qu'un bon artisan pouvait avoir tout le travail qu'il voulait. Mais pouvait-on entamer une nouvelle carrière à plus de quarante-cinq ans ?

Tout en rêvassant à son orientation professionnelle, à ses rapports difficiles avec Marion, et en se demandant qui était cette femme venue des hautes sphères pour enquêter sur l'enquête, il surveillait une étroite porte d'entrée métallique entre la vitrine d'une laverie automatique et l'échoppe d'un cordonnier.

Huit heures et quart. Les boutiques étaient encore fermées, le jour n'était pas levé. Au bout de la rue, un camion de livraison obstruait la chaussée devant une supérette au rideau levé. Il ne s'était même pas donné la peine d'arrêter son diesel, et les volutes empoisonnées grimpaient dans l'air froid. Éclats blancs des néons qui s'allument. Klaxons rageurs des automobilistes. Gyrophares jaunes des camions poubelles. Sur les trottoirs et les passages piétons, enfants et ados emmitouflés dans leurs doudounes aux couleurs vives se pressaient déjà vers leurs collèges.

Il reconnut aussitôt la silhouette longiligne quand elle tourna au coin de la rue, venant vers lui à grands pas. Il se tassa dans son siège, la laissa ouvrir la porte métallique avec une clé et disparaître dans l'immeuble. Il jaillit de sa voiture et atteignit la porte juste avant qu'elle ne se referme.

Le long couloir de l'immeuble était déjà vide. Il entendit les hauts talons claquer au loin sur des marches en pierre.

Il courut silencieusement à sa suite, et grimpa les marches quatre à quatre jusqu'au troisième étage. Il la rattrapa au moment où elle franchissait le seuil de son appartement, et avant qu'elle ait eu le temps de se retourner, la catapulta en avant d'une poussée entre les épaules, et entra derrière elle en claquant la porte sur lui.

L'homme avait failli tomber. Encore chancelant, il se tenait au chambranle, le visage blême et effrayé sous l'épaisse perruque rousse. Il porta sa longue main manucurée à sa poitrine.

— Vous êtes fou, dit-il, vous m'avez fait la peur de ma vie.

— Désolé, Julien, dit Martin, mais je pense que si j'avais sonné, tu ne m'aurais pas ouvert.

— Ça c'est sûr, dit l'homme en ôtant sa perruque et en entrant dans le salon exigu et surchargé de bibelots.

Il alluma d'une pichenette la rangée d'ampoules disposées autour d'un miroir, avant de s'asseoir avec un soupir de lassitude. Il essayait de se donner une contenance en agissant comme si Martin n'était pas là.

Il enleva sa perruque — il y en avait trois autres posées sur des formes en polystyrène —, brancha un gros radiateur électrique à huile, et se passa les mains sur la figure, laissant des traces sur l'épais fond de teint.

Il avait les cheveux très courts, de grands yeux trop maquillés, une bouche large et sinueuse. Curieusement, ses traits paraissaient plus féminins quand il ne portait pas de perruque, observa Martin. Il imbiba un coton de lotion démaquillante et entreprit de se nettoyer le visage.

— Vous voulez pas nous faire un café ? Sinon je vais m'endormir sur place. C'était dur, ce soir. En plus, en sortant de la boîte, il y a un type qui m'a sauté dessus. J'ai dû le taper avec ma chaussure pour m'en débarrasser. Le con.

Il se pencha et ôta ses talons. Si le reste pouvait faire illusion, les pieds étaient incontestablement masculins, malgré les ongles vernis.

Il jeta les chaussures à l'autre bout de la pièce, dans un panier déjà plein à ras bord de souliers fantaisie.

Martin prépara deux cafés pendant que Julien finissait sa toilette.

Pour finir, il ôta son chemisier puis son soutien-gorge. Ses seins étaient aussi pleins et beaux que ceux d'une streap-teaseuse — ce qu'il était.

— Je ne suis pas intéressé, dit Martin. Couvre-toi, tu vas attraper la mort.

Avec un petit soupir, Julien enfila un peignoir japonais et le noua négligemment. Il fit pivoter son siège tournant et croisa lentement les jambes face à Martin.

— Je me suis fait opérer cet été, dit-il. Vous voulez voir ? C'est très joli.

— Julien, dit Martin en lui tendant son café, on n'est pas au cinéma. On a toujours eu de bonnes relations et je t'ai sauvé la mise au moins deux fois. Ne me prends pas pour un de tes pigeons ou ça va mal aller.

— C'est bon, soupira Julien en adoptant soudain une posture moins étudiée. Qu'est-ce que vous me voulez ?

— Josic.

— Ne me parlez pas de cet enfoiré. Ça fait dix ans que j'essaie de l'oublier.

— Ce n'est pas pour lui faire une fleur que je le recherche, dit Martin.

— Je m'en fous. Je ne sais pas où il est, je ne sais pas ce qu'il fait, et je ne veux pas le savoir.

Martin pouvait comprendre. À dix-huit ans, Julien avait partagé pendant près de deux ans la même cellule que Josic. Le mac, non content de le baiser quotidiennement, louait ses services à d'autres caïds. Julien avait fait deux tentatives de suicide, et à sa sortie de l'infirmerie, on l'avait replacé dans la même cellule. Il n'avait jamais dénoncé Josic.

Martin qui faisait à l'époque partie d'une commission d'application des peines, avait appris les faits par un autre détenu, sous le couvert de l'anonymat. Il avait insisté pour qu'on change Julien d'établissement, menaçant de balancer ce scandale malheureusement banal à la presse, si sa demande n'était pas prise en compte. Il avait été entendu, mais débarqué de la commission peu après.

— Josic est en cavale, dit Martin. Il est soupçonné d'avoir tué plusieurs personnes, dont un flic, pendant un casse. Il a aussi agressé une amie à moi qui est entre la vie et la mort.

— C'est triste, dit Julien, mais qu'est-ce que j'y peux ?

— Il a besoin de fric, dit Martin. Il n'est pas seul. Il est avec une femme, belle, quarante ans. Une femme de flic, poursuivit Martin. C'est avec elle qu'il a fait le coup.

— Je ne vois pas pourquoi vous me racontez tout ça, dit Julien en bâillant. J'ai bossé toute la nuit. Je suis mort. Je vais me coucher.

Aussi bizarre que cela pût paraître, même quand il avait été changé de prison, Julien avait continué à se taire et à protéger Josic. Martin avait fini par comprendre qu'il était amoureux fou de son tortionnaire.

Julien se leva et se dirigea vers le lit à une place qui occupait le fond de la pièce. Il ôta l'édredon, et se glissa dans le lit. Il posa la tête sur l'oreiller, et tourna le dos à Martin.

— S'il vous plaît, éteignez et tirez bien la porte en partant, dit-il d'une voix lasse.

— Écoute-moi bien, Julien, dit Martin. Je veux cette ordure et je ferai tout pour l'avoir. Pour l'instant, c'est officieux. Mais si tu ne coopères pas, ça deviendra tout ce qu'il y a de plus officiel. Je serai obligé de parler de toi. Et la danse va commencer.

— Je ne fais rien d'illégal. Personne ne peut m'emmerder, dit Julien sans rouvrir les yeux. Laissez-moi tranquille. Et d'abord je ne m'appelle plus Julien, mais Julie. J'aurai bientôt mes papiers officiels.

— Non, tu ne les auras pas. Et la prison où tu vas te retrouver, ça ne sera pas une prison de femmes. T'as besoin que je t'en dise plus ?

— Vous ne pouvez pas faire ça.

— Pas moi. Ceux qui me succéderont. Ils connaissent tous tes petits trafics, ils laissent courir, ils savent que je te protège, mais si je regarde ailleurs, ils ont largement de quoi t'envoyer à l'ombre pour plusieurs mois. Un flic est mort, Julien, on ne te fera pas de cadeau.

— Vous ne pouvez pas faire ça, répéta-t-il en se retournant brusquement vers Martin. Vous n'avez pas le droit.

Deux larmes coulèrent le long de ses cils et dévalèrent les joues trop maigres.

— Si c'est moi qui arrête Josic, il a une chance de rester en vie. Tu lui rends service. Et il arrêtera d'être une nuisance pour tout le monde.

Cette idée parut faire son chemin.

— Il y a une fille. Cristelle.

— Une de ses filles ?

— Oui. Enfin, une ancienne. Elle a quitté le trottoir. Elle travaillait au « Fil », ces derniers temps. Au bar où je travaille. On a sympathisé. J'ai compris qu'elle avait travaillé pour Josic. À des allusions. Fallait comprendre, mais moi j'ai compris.

— Ce soir elle y sera ?

— Non. Justement. On ne l'a pas revue depuis deux semaines.

— Elle est partie sans prévenir personne ?

— Elle est pas revenue, c'est tout.

— Tu penses qu'elle a replongé ?

— Si Josic a besoin de thunes, il a pu venir la chercher, pour la remettre sur le trottoir. Ou alors elle s'est enfuie.

Martin regarda Julien. Le garçon paraissait épuisé et terrorisé.

— Si tu sais quelque chose d'autre, je te conseille de me le dire maintenant, dit Martin. Après, il sera trop tard.

— Je ne sais rien d'autre, dit Julien, les yeux écarquillés comme pour prouver sa bonne foi. Je vous le jure.

En sortant, Martin leva la tête vers le ciel plombé. C'est ce qui le sauva. La matraque plombée aurait dû lui briser la nuque, mais elle glissa sur son crâne à un endroit où les cheveux étaient épais, perdant une fraction non négligeable de son énergie cinétique.

Il tomba en avant, et s'écrasa contre la portière de sa voiture, avant de glisser sur le sol, dans le caniveau, entre le bas de caisse et le trottoir, hors de vue des passants.

Au moment même où, au coin de la rue, un employé municipal ouvrait un robinet. L'eau glacée jaillit, noyant le caniveau et emportant avec elle les déchets, elle arriva sur Martin, déferla sur sa tête, couvrant sa nuque et son visage avant d'imbiber ses vêtements, les sacs en plastique, les crottes de chiens, les canettes de bière vides, et bien d'autres immondices s'accumulant sur lui.

28

Mardi 13 heures

Sa première pensée, en se réveillant, fut qu'il n'avait pas quitté l'hôpital depuis la fin de l'été. Tout le reste, sa sortie, son installation avec Marion, l'affaire du tueur, sa mise à pied, tout ce qu'il avait vécu depuis l'été, n'était qu'un rêve — un rêve mâtiné de cauchemars. Il ouvrit les yeux.

Trois saucisses roses en bouquet s'agitaient devant son visage. Et des sons lancinants revenaient sans cesse. Com-bien-de-doigts. Com-bien-de-doigts. En arrière-plan, des formes ovales et rosâtres flottaient dans la pénombre. Des tranches de mortadelle ?

Pour se débarrasser de ce cauchemar charcutier, Martin referma les yeux. Mais les sons continuaient. Com-bien-de-doigts ? On lui demandait quelque chose ! Il murmura « trois ».

Le mantra disparut aussitôt, et il en éprouva un tel soulagement que ses yeux s'embuèrent. Mais voilà que ça recommençait. « Comment vous appelez-vous ? Comment vous appelez-vous ?...

Il dut faire à nouveau appel à toute son énergie.

— Martin, murmura-t-il.

La voix se tut, les ovales roses cessèrent de flotter dans l'air pour se rattacher à des choses plus ou moins colorées — des vêtements, c'étaient des vêtements — et se transformèrent en visages. Un visage inconnu... Et puis un autre, reconnaissable. Celui de Fournier.

Martin prit conscience qu'il avait atrocement mal à l'arrière de la tête. Il tenta de lever la main pour toucher sa nuque, mais la douleur lui arracha un gémissement. Quelqu'un s'affaira à ses côtés et injecta quelque chose dans la poche d'eau distillée qui pendouillait au-dessus de lui.

La douleur reflua, sans disparaître tout à fait. Quelque chose de sonore se produisait devant lui. Il ne comprenait pas le sens, mais ressentait les vibrations d'un conflit. Il finit par comprendre que Fournier voulait lui parler. Le médecin s'y opposait. Classique.

Il leva la main gauche. Les sons s'atténuèrent. Les visages se penchèrent vers lui.

— Je ne sais pas qui, murmura Martin.

— Comment ? fit Fournier.

Martin se demanda ce qui n'allait pas. Il avait pourtant été clair. Il rassembla à nouveau ses forces.

— Je ne sais pas qui a fait ça, répéta-t-il.

Le médecin parla, et cette fois Martin comprit.

— Laissez-le maintenant, il faut qu'il se repose. Il faut qu'il se repose.

Martin ferma les yeux et se laissa dériver. Quelques instants plus tard, il les rouvrit. Les vitres étaient noires. Il faisait nuit. il souffrait à nouveau, mais la douleur était supportable. Il pourrait même s'y habituer. Il leva le bras gauche avec précaution et le replia vers l'arrière pour tâter son crâne. Il avait un bandage autour de la tête. Il inspecta un peu plus loin, et fut surpris par le contact de sa peau, lisse comme du marbre. Il avait été rasé.

Sa vision s'éclaircit d'un coup. Il y avait un téléphone à sa droite. Il tendit le bras et réussit à attraper le combiné et à le ramener vers lui.

Mais le combiné lui échappa et se fracassa par terre, perdant ses piles.

Martin repéra parmi les fils entortillés le bouton d'appel et réussit à l'actionner.

Une blouse blanche entra, jeta un coup d'œil aux moniteurs et suivant le regard de Martin, se baissa et ramassa les morceaux du combiné téléphonique.

— Il faut que je prévienne ma famille, dit Martin.

— Je pense qu'ils sont prévenus, dit l'homme, mais je vais vérifier si vous voulez. En attendant, il ne faut pas bouger.

— Qu'est-ce que j'ai ? dit Martin.

— Un début d'hémorragie intra-cérébrale. Il y a eu une hémostase. On a quand même été obligé de vous faire une dérivation ventriculaire pour éviter les risques d'hypertension intracrânienne et de compression du tronc cérébral avec pour conséquence un trouble probable de la commande centrale de respiration.

Martin tenta de se raccrocher aux mots qui dansaient dans sa tête. Compression... Commande centrale... ventriculaire...

— C'est pour ça que j'ai mal à la tête ?

— Probablement, dit l'homme. Mais ça va s'atténuer. Grâce à la dérivation.

— C'est quoi une dérivation ?

— Un trou.

— On m'a fait un trou dans le crâne ? dit Martin.

— Non, dit l'homme. Deux. Mais très petits. Ils vont se refermer très vite. Vous avez eu beaucoup de chance.

— Ah, dit Martin. Parce qu'on m'a fait deux trous ?

— Non, dit l'homme. Parce que l'eau glacée vous a probablement sauvé la vie.

— Quelle eau glacée ? dit Martin.

L'homme haussa les épaules.

— L'eau du caniveau dans lequel les pompiers vous ont ramassé.

Tout lui revint d'un bloc. Julien. Il sortait de chez Julien. Il était venu l'interroger. Il cherchait Josic. Et en toute probabilité, c'était Josic qui l'avait trouvé le premier. Non... Josic ne le cherchait pas. Josic était venu pour Julien.

— Il faut que je prévienne la police, dit Martin. Le commissaire Fournier. Il était là tout à l'heure.

— Il faut vous reposer, dit l'homme. Vous avez subi une intervention.

— Il faut que je parle à Fournier. Question de vie ou de mort.

Le médecin soupira.

— Je vais me renseigner, dit-il. Ne vous agitez pas.

Mardi soir

C'est Olivier qui apprit à Jeannette et à Landowski que Martin était à l'hôpital. Il parla d'une fracture du crâne, mais il n'avait pas encore eu le temps de vérifier l'information.

Heureusement, Jeannette était assise, sinon elle serait tombée de saisissement.

Elle prit son sac à dos, dévala l'escalier et courut jusqu'à sa voiture.

Elle démarra en faisant hurler les pneus, se débattant simultanément avec son levier de vitesse, l'ouverture électrique de la vitre, et le gyrophare magnétique.

— Ça va aller, se disait-elle en accélérant sur la voie de bus de la rue de Rivoli, des gens qualifiés prennent soin de lui. Il va s'en tirer, comme d'habitude.

Elle faillit renverser un vélo à l'angle de la rue Rambuteau, frôla un taxi et passa entre deux camions en frottant la peinture de son rétroviseur contre le flanc du poids lourd.

Martin n'était plus aux urgences. Il avait été transféré dans le service de « neurochirurgie générale, pathologie de la base du crâne et vasculaire ». On pouvait lui rendre visite.

Elle n'eut pas la patience d'attendre l'ascenseur et monta les marches quatre à quatre. S'arrêta devant la porte, essoufflée.

Elle frappa doucement et entra.

Elle mit quelques instants à le reconnaître. Les yeux étaient tellement injectés de sang que le blanc paraissait rouge. Son front, son crâne rasé et ses oreilles badigeonnées de Bétadine avaient une belle teinte ocre qui tranchait avec la pâleur de ses joues. L'arrière de sa tête était couvert d'une gaze épaisse scotchée sur ses tempes.

Il était perfusé et branché à des fils électriques ventousés à diverses parties de son anatomie.

Ses lèvres craquelées s'écartèrent dans un sourire de bienvenue. Et Jeannette fit ce qu'elle s'était juré de ne pas faire. Elle fondit en larmes.

Martin lui fit signe de s'asseoir dans le fauteuil placé près du lit et lui indiqua une boîte de Kleenex. Elle se moucha et s'essuya les yeux, exaspérée par sa faiblesse.

— Excuse-moi, dit-elle. Excuse-moi.

— Pourquoi ? dit-il. C'est pas tous les jours qu'une femme pleure en me regardant.

Ce n'était pas drôle, mais elle sourit à travers ses larmes.

— J'aimerais bien voir ce qui t'a fait cet effet. Tu n'as pas un miroir dans ton sac ?

— Je ne sais pas si c'est une très bonne idée, dit-elle.

Il tendit la main. Sans plus discuter, elle sortit une petite glace ronde de la poche ventrale, l'ouvrit et la lui plaça dans la main. Martin se regarda sous divers angles et soupira.

— Moi aussi ça me donne envie de pleurer, dit-il avec une grimace. La coupe à la Barthès, ça ne me va pas trop. Surtout en couleur. Je crois que je vais me mettre au bonnet marin, le temps que ça repousse.

— Je vais t'en offrir un. Qu'est-ce qui s'est passé ?

— Je sortais de chez un cousin. Je me suis fait sonner par-derrière. Je n'ai rien vu venir.

— Tu as une idée de qui a fait le coup ?

— Oui. Mais ce n'est pas une certitude. Un mac. Josic Jankelevic. C'est probablement lui qui a agressé Laurette Weizman.

— C'est ton indic qui t'a balancé à Jankelevic ?

— Non, il n'en a pas eu le temps. Et je ne crois pas qu'il l'aurait fait. Oh merde... dit-il. Je crois que j'ai vraiment morflé. Tu peux me rendre un service ?

— Quoi ?

— Appelle tout de suite le commissariat du 10e. Demande où ils en sont au 27, rue de Lancry. Troisième étage gauche.

— Tu penses que ton indic s'est fait descendre, c'est ça ?

— Si c'est Josic qui m'a assommé, il y a toutes les chances. Il n'était pas venu pour moi, mais pour lui. Et s'il m'a vu sortir de chez Julien, ça n'a pas dû lui faire plaisir...

Jeannette leva la main, pour lui indiquer que l'OPJ était en ligne. Elle se présenta à nouveau.

— ...Troisième étage gauche.

— Attends, dit Martin, ne me dis pas qu'ils n'y sont pas allés !

— Il n'y a eu aucun appel concernant cette adresse, dit-elle après quelques minutes d'écoute silencieuse.

— Putain de merde ! J'ai tout donné au toubib ! il était censé prévenir Fournier...

— Ne t'énerve pas, dit Jeannette.

— Dis-leur de foncer ! Il n'y a qu'une porte, précisa Martin.

— Il n'y a qu'une porte, répéta-t-elle à l'intention de son interlocuteur... Très bien, j'attends de vos nouvelles.

Elle raccrocha.

— Ils envoient une équipe, dit-elle. On aura des nouvelles bientôt. Tu as prévenu ta famille ?

— Le portable ne passe pas, dit Martin. C'est peut-être aussi bien comme ça. Inutile d'alarmer deux femmes enceintes. Après tout, je m'en suis bien sorti. Il paraît même que j'ai eu de la chance.

Jeannette partit d'un fou rire.

— C'est exactement ce qu'ils ont dit quand tu m'as récupérée à moitié morte, il y a trois mois, dit-elle. Je me demande quand ça commence, la malchance.

— Quand on est mort, dit Martin.

29

Mardi soir

~~Sébastien Grossard, 227, rue de l'Université, 75007 Paris~~
~~Julie Rodez, 22, rue Anatole-France, 92 Colombes~~
~~Stéphane Holliez, 15, rue de Chaligny, 75012 Paris~~
Aymeric Tanguy-Frost, 21, rue Hallé, 75014 Paris ?
~~Georges Forrier, 8, impasse de la Gaîté, 75014 Paris~~
Alain Karief, 19, Villa Monet, 75019 Paris
Catherine Amard-Fusin, 82, rue de la Croix-Nivert, 75015 Paris
Eloi Wilkiewitz, 12, rue des Rosiers, 75004, Paris
Valdek Mirmans, 12, rue Raynouard, 75016 Paris
Stéphanie Mallory, 1, allée des Rois, 78 Saint-Germain-en-Laye
Jacques Faïglioli, 33, place de l'Horloge, 69000 Lyon

Elle regardait sa liste avec un sentiment de rage et de frustration croissantes. Le quatrième nom de la liste, Aymeric Tanguy-Frost, n'était toujours pas barré. Elle avait tenté de le joindre mais personne ne savait exactement où il était ni quand il rentrerait de voyage. Cet homme était un mystère, et il lui semblait que ce mystère était lié au sien — ou plutôt à celui de l'inconnu qui avait lancé le détective sur ses traces. Sentiment irrationnel et probablement absurde. En même temps, elle avait appris à se fier à ses intuitions.

Il fallait qu'elle prenne une décision. Tant pis si l'homme était absent. Elle irait visiter son domicile, et fouiller jusqu'à ce qu'elle trouve qui il était et s'il y avait une chance qu'il soit celui qu'elle recherchait. Elle appuya sur une touche, effaçant la liste de l'écran de son ordinateur.

À ce moment précis, elle sentit une brûlure presque insoutenable sur la peau du bas-ventre.

Elle dénuda son ventre devant la glace. Les vésicules étaient là, bien visibles entre les poils sombres de son pubis. Une grappe de dix petits boutons rougeoyants. Jamais une poussée ne s'était manifestée si peu de temps après une guérison. Une heure plus tôt, il n'y avait rien, elle en était absolument certaine.

Comment son corps pouvait-il la trahir de façon aussi indigne ?

Elle avala aussitôt deux comprimés, puis se passa de la crème sur les boutons. Elle haïssait sa maladie. C'était une marque de fragilité, et le symbole de tout ce qu'elle ne maîtrisait pas. Elle n'aurait pas hésité à arracher ces vésicules une à une, à la pointe d'un couteau, quelle que soit la douleur, si un tel traitement avait pu la guérir. On avait déjà fait pire avec son corps. Bien pire.

Aymeric Tanguy-Frost. 21, rue Hallé, Paris 14e.

Le 21, rue Hallé était un immeuble étroit et tout en hauteur.

Elle leva les yeux jusqu'au sixième étage. D'après sa disposition générale et ses ouvertures, l'immeuble ne devait compter qu'un appartement par étage. Cela en faisait tout de même six. Elle ne pouvait les visiter tous.

Il n'y avait aucun Tanguy-Frost dans la liste des occupants de l'immeuble, découvrit-elle en visitant le hall étroit du rez-de-chaussée, après avoir attendu que quelqu'un ouvre la porte.

Ce personnage devenait de plus en plus mystérieux. Elle se reprocha de ne pas avoir eu l'idée de se rendre à cette adresse plus tôt. Malgré la crème antivirale, elle ressentit à nouveau une brûlure cuisante sur son ventre, et jura doucement.

Il devait partager ou sous-louer un appartement. Mais lequel ?

Elle releva les noms inscrits sur les boîtes aux lettres.

Elle rechercha les numéros de téléphone des six occupants sur Internet, attendit sept heures et demie, l'heure à laquelle la plupart des gens sont rentrés chez eux, et les appela l'un après l'autre d'un téléphone public.

Cinq personnes répondirent et aucun d'entre eux n'avait jamais entendu parler d'Aymeric Tanguy- Frost. Le sixième était sur liste rouge et elle n'avait pas réussi à obtenir le numéro. Elle songea un instant à se servir de ses nouvelles accointances policières. Non, trop dangereux.

Tant pis. Elle mit son déphaseur sur le micro et rappela le numéro professionnel de Tanguy-Frost, pour tomber sur la même secrétaire réticente. Non, Monsieur Tanguy-Frost n'était toujours pas rentré de voyage. Non, elle ne savait pas quand il rentrerait. Il y eut un petit silence, et alors qu'elle s'attendait à ce que la secrétaire lui raccroche au nez, celle-ci lui demanda si elle était bien la même personne qui avait tenté de joindre M. Tanguy-Frost cinq jours plus tôt. Une alarme se déclencha aussitôt dans son esprit. Mais le danger était minime. Elle ne pouvait être pour le moment ni repérée, ni identifiée.

— Pourquoi ? demanda-t-elle.

— Si vous êtes la même personne, j'ai pour consigne de vous donner un numéro de téléphone où vous pourrez le joindre.

— C'est bien moi, dit-elle. Je suis avocate. Je travaille dans un cabinet d'affaires international...

— Effectivement, je me souviens, dit la secrétaire. Vous avez de quoi écrire ?

Elle nota le numéro sur son agenda électronique, et s'éloigna le plus vite possible de la cabine sans courir. La secrétaire n'avait pas tenté de la retenir plus que nécessaire, et la conversation n'avait pas duré plus de vingt-cinq secondes, mais c'était à ce genre de précautions qu'elle devait d'être encore libre et en vie.

C'était un numéro de téléphone fixe, commençant par le radical 01 suivi d'un 4. Un numéro parisien ou de très proche banlieue.

De retour chez elle, elle chercha dans l'annuaire inversé. Le numéro était protégé. Elle s'abstint de le composer directement.

Elle composa les huit premiers chiffres, mais termina le numéro par 00. Dans beaucoup d'entreprises, publiques ou privées, c'est ainsi que se termine le numéro du standard. Ainsi, elle saurait peut-être où elle appelait. Une voix enregistrée lui annonça que le numéro qu'elle avait composé n'avait pas d'abonné.

Elle raccrocha et rappela en remplaçant les quatre derniers chiffres par 1234 — autre suffixe possible pour un standard. Cette fois, la sonnerie d'appel retentit, et on décrocha à l'autre bout de la ligne.

— Standard de l'Union Pour le Progrès, bonjour, dit une voix féminine. Qui demandez-vous ?

Le parti du roi des corbeaux... Quelque chose lui échappait. Elle sentit la tête lui tourner.

— Qui demandez-vous ? répéta la voix.

— Monsieur Aymeric Tanguy-Frost.

— Vous avez un numéro de poste, madame ?

Elle hésita un instant, puis donna les deux derniers chiffres du numéro que la secrétaire lui avait fourni.

Aussitôt, une sonnerie retentit, longuement. Elle allait raccrocher, quand elle entendit un déclic, suivi par une autre sonnerie d'une sonorité différente. L'appel avait dû être transféré sur un autre numéro. Cette fois, on décrocha rapidement.

— Allô oui ? fit une voix de baryton, douce et éduquée.

Elle raccrocha aussitôt, le cœur au bord des lèvres. Cette voix, elle la connaissait. Elle la connaissait mieux que tout au monde. C'était la voix de Francis.

30

Mardi soir

Le policier qui avait découvert le corps de Julien vint rendre visite à Martin dans sa chambre. Il était jeune, portait le grade de commandant et avait déjà le regard dur des flics chevronnés.

Il avait trouvé Julien gisant sur son lit, la tête écrasée comme une coquille d'œuf, des filaments et des morceaux de cervelle mêlés de sang et de fluide méningé éparpillés sur le drap et le mur à l'arrière du lit.

Les coups avaient été assenés avec une violence inouïe, précisa le flic. Portés par un instrument contondant extrêmement lourd et dense, comme une matraque en plomb. Le laboratoire aurait certainement des précisions à fournir.

Martin lui conseilla d'aller voir le chirurgien qui l'avait opéré pour obtenir des prélèvements faits sur son propre crâne. Il y avait une forte probabilité que l'arme soit la même.

Quand le policier eut quitté la chambre, Martin n'était pas loin de partager le point de vue du médecin hospitalier. Il avait eu de la chance. Il vivait.

Josic continuait à semer la mort derrière lui. Cette fois, il ne s'était pas servi de son coup de poing américain, mais le crime était signé. Pourquoi tuer Julien ? Qu'est-ce que Josic allait faire chez lui ? Le rançonner ? Il devait vraiment être à court de fric, alors. Il aurait vu Martin sortir, et se douter que Julien avait parlé ? Mais Julien ne savait rien !

Après le départ de l'OPJ, une infirmière entra et introduisit dans la perfusion le contenu d'une seringue.

Martin sombra dans le néant.

Mardi soir.

Aymeric Tanguy-Frost. Francis.

Elle savait à présent. Elle se souvenait pourquoi ce nom lui était familier. L'impression de déjà vu. Ce n'était pas un souvenir fantôme.

Les archives personnelles de Francis étaient rangées sur la plus haute étagère d'un placard, dans une douzaine de cartons rouges étiquetés. Albums, diplômes, médailles de tir, carnet de santé, feuilles d'impôts, le fatras de documents administratifs qu'on traîne avec soi de la naissance à la mort.

Elle avait passé des heures en compagnie de Francis à contempler les photos de famille. Elle voulait tout savoir de lui. Elle était fascinée par cette enfance de privilégié, par ces visages toujours souriants, sur fond de villas luxueuses, de parc arborés, ou de montagnes enneigées.

Elle avait aussi regardé chacune des pages des gros volumes verts en cuir relié fournis par le prestigieux établissement normand où Francis avait fait ses études secondaires.

Francis de onze à dix-sept ans, vêtu d'un blazer bleu nuit et d'un pantalon gris, le cou serré dans la cravate rayée, les cheveux soigneusement peignés sur le côté. Francis en tenue de sport. Hockey sur gazon, aviron, cheval, tir à l'arc. Francis avec ses condisciples, une quinzaine de garçons, souvent les mêmes, rejetons de familles aussi privilégiées que la sienne, connues dans le monde de la politique, de l'industrie et de la finance. Des enfants à la fois trop gâtés, et laissés à l'abandon par des parents très occupés ou indifférents.

Tanguy-Frost, un garçon pâle et bouffi, était une exception. Il n'avait fait qu'un passage éclair à l'institution, quelques mois à peine. Timide et arrogant, la voix aiguë, il bégayait, et dès son arrivée, il s'était fait détester de tous ses camarades. Il était plus riche que la plupart d'entre eux, mais pour ces adolescents, la richesse était d'une grande banalité.

Tout était prétexte à moquerie et à vexations, et le garçon s'était de plus en plus recroquevillé dans sa solitude. On lui inventait les pires défauts, les tares les plus grotesques. Des histoires scabreuses circulaient sur son compte. Sa mère était venue une fois le chercher. Personne ne l'avait vue, mais tous prétendaient qu'elle était incroyablement belle. Que c'était une pute étrangère. Les vêtements du jeune garçon, toutes ses affaires, étaient volés, ou détruits. Personne n'acceptait de s'asseoir à côté de lui, ni en classe ni à la cantine. Même les professeurs et les surveillants ne pouvaient s'empêcher de manifester leur agacement à son égard. Pourtant, il ne s'était jamais plaint. Après les congés de Pâques, il n'était pas revenu. Plus tard, Francis apprit qu'il s'était pendu dans une maison de Royan où ses parents l'avaient envoyé pour les vacances.

Tanguy-Frost. Les questions se bousculaient dans sa tête. Pourquoi ce pseudonyme ? Ce nom usurpé correspondait-il à une fonction particulière de Francis dont elle ignorait tout ? Comment ce nom avait-il pu se retrouver sur la liste du détective ?

Pourquoi Francis l'avait-il fait suivre ?

Que cherchait-il ? Que savait-il ? L'ironie de la situation la fit presque sourire. C'était pour ne pas avoir à le quitter qu'elle avait commis ces meurtres ! Au lieu de disparaître une fois de plus et de changer de pays et d'identité, elle avait pris des risques insensés. Pour lui.

Elle se sentit frissonner. Son amour. Elle le haïssait comme elle n'avait jamais haï. Francis s'était joué d'elle, et elle n'avait rien vu venir. Rien ne pouvait compenser une pareille trahison.

Mercredi matin

Quand Martin se réveilla il faisait déjà jour. Il avait l'esprit beaucoup plus clair, mais il avait encore mal à la tête.

Il étouffait dans sa chambre. Il ne supportait plus de rester couché. Il se leva en chancelant et prit ses affaires dans son placard.

Il espérait passer inaperçu, mais une infirmière surgit à cet instant.

Elle voulut le prendre de haut, mais pour Martin, son départ n'était pas négociable, même s'il sentait ses jambes trembler.

L'infirmière et le médecin de garde appelé à la rescousse allèrent presque jusqu'à le menacer pour le dissuader de partir, mais il ne céda pas.

Il refusa qu'on prévienne sa famille et qu'une ambulance le ramène chez lui. Il signa une décharge qui dégageait la responsabilité de l'hôpital, et finit par quitter les lieux, muni d'une ordonnance et d'un sac plein de médicaments.

Dans la rue, le visage fouetté par l'air glacé, il se sentit revivre. Les passants faisaient un écart en le voyant, mais il ne s'en formalisait pas. Il était seul, et libre. Et vivant.

Il passa devant un magasin de fripes et entra s'acheter un bonnet. Il laissa la monnaie sur vingt euros et enfila le bonnet jusqu'aux yeux, sans prendre garde à l'étiquette qui lui battait la nuque, le code-barres en évidence.

Il avait un ennemi à abattre, un ennemi qui avait maintenant un visage et un nom. Josic Jankelevic, mac et assassin.

Sa voiture était restée devant chez Julien. Malgré ses vingt-quatre heures et quelques de stationnement, il n'avait pas de PV. La vie était belle.

En remontant chez lui, il sifflotait dans l'escalier. Il avait un but.

Il ouvrit la porte, sans remarquer qu'il n'avait pas eu besoin de tourner deux fois sa clé. Le verrou n'était pas mis.

En entrant dans la pièce principale, il entendit des voix féminines. Les deux filles étaient rentrées.

Des valises et des cartons encombraient l'entrée et le salon. Marion allait vraiment le quitter. Il cessa de siffloter, mais son problème du moment, c'était l'ennemi à abattre. Marion, c'était autre chose. Un problème du passé et du futur, mais pas du présent.

Elle arriva de la cuisine, un plat à la main. En apercevant Martin, elle ouvrit la bouche sans proférer de son et lâcha le plat qui éclata sur le sol.

Isa la suivait de près. Elle n'arrivait pas à détacher les yeux de son père.

— Désolé les filles, l'hôpital a essayé de vous prévenir, mais il paraît que ça ne passait pas.

— Qu'est-ce qui... qu'est-ce qui t'est arrivé ? réussit à balbutier Isa.

— Rien de grave, un accident de travail si on peut dire.

Il vit deux larmes rouler sur les joues de Marion.

Il voulut la rassurer en élargissant son sourire.

— Ça va très bien, dit-il. C'est fini. Ne vous inquiétez pas. De toute façon je ne fais que passer. Je reviens.

Les deux filles se regardèrent. Elles avaient une expression bizarre.

Il se dirigea vers sa chambre, les plantant là. Il ôta sa veste, enfila un vieux holster d'épaule au cuir noirci dans lequel il glissa son colt 45 modèle 1911, après avoir vérifié le chargeur et le fonctionnement de la culasse. Il prit un petit automatique .22 qu'il avait confisqué un jour à un dealer, vérifia aussi son fonctionnement et le plaça dans un étui de hanche fixé à sa ceinture, dans le creux du dos.

Il emporta deux autres chargeurs pour le Colt.

Il était paré.

Les deux filles lui barraient la porte.

— Papa, dit Isa. Tu ne peux pas sortir. Il faut te reposer.

— Je vais très bien, répéta-t-il, et il écarta Isa d'un revers de main.

Marion le retint par la manche.

— Il faut qu'on parle, tous les deux. C'est important.

— Plus tard, dit-il.

Il ouvrit la porte et sortit. Dans l'escalier, il enfila son bonnet.

Il descendit au sous-sol, passa par les caves pour se retrouver dans la cour d'un immeuble voisin dont la construction avait été interrompue un an plus tôt, et extirpa le sac bourré d'euros du tas de sacs de ciment durci où il l'avait dissimulé.

Perron lui ouvrit au premier coup de sonnette. Il parut à peine étonné par l'allure de Martin.

— Vous avez rencontré Jankelevic ? dit-il.

— C'est lui qui m'a rencontré, précisa Martin. Moi je n'ai pas eu le temps de le voir.

— Vous avez une sale gueule, dit Perron. Vous seriez mieux à l'hosto.

Martin ne répondit pas. Il posa le sac sur la table et l'ouvrit.

— Tout ça pour ça..., dit Perron en prenant une liasse. Comment avez-vous fait pour le récupérer ?

— C'est une longue histoire, répondit Martin.

— Qu'est-ce que vous allez en faire ?

— L'utiliser pour coincer Jankelevic.

— En vous en servant comme appât ?

— Plutôt comme récompense pour celui ou celle qui le balance.

Perron sourit.

— C'est vicieux. Mais ça ne marchera pas. Vous feriez mieux de porter ce fric à vos chefs. Si jamais on vous trouve avec...

— Jankelevic a tué mon indic cette nuit. Un garçon de vingt-huit ans qui n'a jamais fait de mal à une mouche. Vous devez bien connaître des amis de Josic qui parleraient pour cent mille euros.

— Pas ici. À part ma femme.

Il sourit, mais son sourire s'effaça devant le regard de Martin.

— À Marseille je trouverais des gens sans problème, pour ce prix-là. Ici non. Je me demande d'ailleurs...

— Quoi ? l'encouragea Martin.

— Ce qu'il fout ici. C'est à Marseille qu'il devrait être. Pour lui, ici, c'est l'étranger. Là-bas il connaît tout le monde.

— Et tout le monde le connaît. C'est peut-être ce qu'il veut éviter.

— Oui mais quand même... Les voyous sont cons et grégaires. Il se sentirait bien plus en sécurité chez lui.

— Votre femme peut l'aider.

— Ouais. Mais elle ne connaît pas très bien les environs de Paris elle non plus.

— Combien de temps avez-vous été mariés ? demanda Martin.

— Quatorze ans.

— En quatorze ans, vous avez appris beaucoup de choses sur elle. Vous ne voyez pas un endroit où ils pourraient se cacher ?

— Vous croyez que je n'y ai pas pensé ? Que je n'ai pas retourné ça dans tous les sens ? dit Perron, manifestant pour la première fois des signes d'agacement.

La couperose et les poches sous ses yeux étaient éloquentes. Perron avait commencé à boire bien avant que sa femme le quitte.

— Eh oui, dit Perron. Moi je bossais et je buvais, elle s'envoyait en l'air de son côté. Ça favorise pas la complicité conjugale.

Il jeta un coup d'œil à Martin, comme s'il attendait un commentaire, mais Martin ne dit rien.

— Jocelyne n'a pas d'attaches — à part le dernier type dont elle partage le lit. Ils peuvent être n'importe où... Dans un petit hôtel probablement, en banlieue...

Martin bâilla. L'exaltation qu'il avait éprouvée en sortant de l'hôpital était en train de se dissoudre dans son malaise physique. Les douleurs crâniennes revenaient en force. Il tenait à peine debout. Il regarda ses médicaments. Il y avait les antibiotiques et aussi des calmants et des antidouleur. Dormir... Ce n'était pas ce dont il avait besoin pour le moment.

— Vous auriez pas quelque chose pour m'aider à tenir ? demanda-t-il.

Perron alla dans sa salle de bains et revint avec un tube de Guronsan.

— J'ai rien de mieux, dit-il. Pas plus de deux comprimés à la fois. Ça devrait vous donner un petit coup de fouet. Mais ça remplace pas une cure de sommeil et quinze jours à la montagne.

Martin regarda les comprimés dragéifiés avec méfiance. Il en avala quand même quatre et fourra le reste dans sa poche, avec les balles.

— Votre femme n'a pas un point de chute, quelque part, une vieille mère, ou une petite sœur chez qui elle aurait pu se réfugier...

— Elle n'a pas d'attaches, je vous dis. Sa mère est morte et elle était enfant unique de parents divorcés. À ma connaissance elle n'a pas vu son père depuis l'âge de deux ans. De toute façon, elle n'irait pas quelque part où elle peut penser que j'irais la chercher.

— Vous ne voulez pas essayer d'être un peu positif de temps en temps ?

Perron secoua la tête.

— J'aimerais bien mais je peux pas.

Les deux hommes restèrent un moment silencieux. Martin chercha un siège des yeux, mais il se ravisa. S'il s'asseyait maintenant, il ne se relèverait pas.

— Elle n'irait pas quelque part où vous iriez la chercher, d'accord. Mais quel serait le dernier endroit où vous iriez la chercher ?

Perron le fixa d'un œil vide, se demandant probablement s'il faisait de l'humour, mais soudain son regard s'éclaira.

— Putain, murmura-t-il. Putain... Elle aurait quand même pas fait ça.

Martin aurait aimé secouer Perron de toutes les forces qui lui restaient, mais il attendit, sans manifester son impatience.

— Elle n'aurait pas osé.

— Osé quoi ?

— Aller chez ma mère, dit Perron.

— Votre mère vit seule ?

— Oui. À cent kilomètres à l'ouest de Paris. Elle a quatre-vingt-deux ans. Sa maison est à l'écart. Rien de plus facile que de la séquestrer.

— Vous allez souvent lui rendre visite ?

— ...Pas plus d'une fois tous les deux-trois mois. Et encore. Je m'entendais mieux avec mon père, lâcha-t-il, comme pour se justifier.

— Vous y êtes allé quand la dernière fois ?

— Il y a quinze jours à peu près...

— Votre femme connaît la fréquence de vos visites.

— Oui.

Perron alla vérifier dans son agenda.

— Donc pas de nouvelle visite avant un bon mois et demi.

Il posa la dernière question par acquit de conscience, anticipant déjà la réponse.

— Comment votre mère s'entend-elle avec votre femme ?

— Elles se détestent.

31

Mercredi midi

C'est en appelant l'hôpital pour prendre des nouvelles de Martin que Jeannette apprit son départ. L'interne agacé ne lui avait pas caché que le retour rapide de Martin dans sa chambre d'hôpital était vivement recommandé, ce que Jeannette avait traduit par : Martin errant dans les rues avec ses deux trous dans la tête était en danger de mort.

Jeannette partageait l'exaspération du médecin. Qu'est-ce qui lui avait pris ? Elle faillit appeler chez lui, avant de se dire que s'il avait voulu sortir de l'hôpital, ce n'était pas pour se réfugier dans son appartement.

Landowski et Olivier étaient également d'humeur morose. Passé le premier enthousiasme, ils avaient pris conscience qu'il y avait peu de chances de compléter la liste de clients de Duperrier, en dépit de la brillante idée que la commissaire avait eue.

— Je n'arrête pas de penser à un truc horrible, dit Landowski. J'ai presque envie qu'il y ait un autre meurtre. Je ne supporte pas cette attente.

— C'est inévitable de penser ça, dit Jeannette. Ça n'a rien d'horrible. On sait qu'il va y avoir un autre meurtre. Alors, autant qu'il ait lieu le plus tôt possible, qu'on puisse enfin agir.

Olivier hochait la tête, pensif.

— Ou le tueur a fini sa tournée, mais on ne saura pas avant longtemps. Et de toute façon, on ne l'aura jamais.

— Bon, au travail, assez de spéculations, dit Landowski.

Elle tendit la main vers le téléphone, qui sonna à cet instant précis.

Elle échangea un regard avec Jeannette avant de décrocher. C'était presque un regard de détresse.

Jeannette et Olivier la virent hocher la tête à plusieurs reprises et prendre des notes d'une écriture précipitée, mais elle n'émit pratiquement aucun son.

Elle raccrocha enfin et ferma les yeux quelques instants.

— Voilà, dit-elle d'une voix plate en jetant un coup d'œil sur ses notes. Ça a recommencé. Un photographe. Un paparazzi. Le corps a été découvert hier, mais il est mort depuis près d'une semaine, et l'autopsie vient d'être faite.

— Mort comment ? demanda Olivier.

— Empoisonné.

— Empoisonné ? dit Jeannette, étonnée. C'est bizarre, non ?

— Bélier a le sentiment que c'est le même assassin, vu l'état de l'appartement et la manière de procéder. L'hypothèse d'un tueur de sexe féminin se confirme un peu plus.

— Comment s'y est-elle pris, cette fois ? demanda Olivier.

— Elle lui a fait une injection de barbiturique dans l'aine.

— Dans l'aine ? s'étonna Jeannette.

— Bélier a une théorie, dit Landowski. Pour bien viser la veine, il fallait qu'il soit dénudé. Elle a fait mine de lui tailler une pipe, il a baissé son froc, et elle l'a piqué.

— Malin, dit Olivier. Mais ça prouve pas que le tueur est une femme. Qu'est-ce qui dit qu'il était pas pédé, ce type ?

— Son voisin du dessous. La victime ne ramenait chez lui que des femmes.

— Un barbiturique, ça n'est pas fait pour tuer, dit Jeannette.

— D'après les examens sanguins, et s'il ne suivait pas par ailleurs un traitement ou ne se droguait pas aux barbituriques, elle lui a fait une injection de penthotal ou de phéno-barbital. Mais il était allergique. Bélier pense qu'il est mort très vite, avant qu'elle ait pu le faire parler.

— Elle a essayé de le faire parler avec du sérum de vérité, comme dans les romans, dit Jeannette.

— Oui, mais il a fait un choc anaphylactique et son cœur s'est arrêté.

— Je me souviens d'un film où ça marchait super, le sérum de vérité, dit Olivier.

Landowski ne fit pas de commentaire. Jeannette non plus.

— Eh, je rigole ! précisa-t-il, vexé. Pourquoi pas la bonne vieille torture, cette fois ? D'habitude ça ne lui fait pas peur, à notre copine.

— Peut-être qu'elle craignait le bruit, dit Jeannette. Apparemment, ça s'est passé dans la journée. Il faudrait voir la configuration de l'immeuble.

— On a du boulot, dit Landowski en se levant. On va commencer par l'appartement de la victime. Enquête de personnalité. De voisinage. Quelqu'un a pu la voir. Les dernières enquêtes du paparazzi. Ses employeurs. Tout ce qu'on peut découvrir sur le bonhomme. Allez-y, commencez sans moi, je fais un détour par l'IML. Le légiste aura sans doute des choses à nous dire, lui aussi.

Mercredi midi

Perron connaissait bien le chemin. Il proposa de conduire.

Il paraissait plus calme et concentré. La perspective de l'action lui faisait du bien.

Le flic avait déposé son Smith & Wesson et un fusil à pompe roulés dans une couverture sur le siège arrière, ainsi qu'une boîte de chevrotine.

La fine équipe, se dit Martin alors que la voiture s'engageait dans le trafic. Un flic en arrêt de longue durée, dépressif et alcoolique, et un autre flic presque aussi dépressif, suspendu, et avec deux trous dans la tête.

— Si nos chefs nous voyaient, dit Perron.

— Roussel aurait une crise cardiaque, renchérit Martin.

Le silence retomba. Martin alluma la radio, et l'éteignit presque aussitôt. L'atmosphère était au recueillement. Tout paraissait insipide, à côté de ce qui les attendait. Leur équipée solitaire relevait de la faute professionnelle, et pouvait mettre fin à leur carrière, voire, au cas où les choses tourneraient vraiment mal, provoquer des poursuites judiciaires. L'argent était dans le coffre de la voiture. S'ils se faisaient arrêter, l'Inspection Générale des Services aurait de quoi faire.

Ils auraient dû remettre leurs conclusions à Fournier et le laisser agir. Perron avait des excuses, sa femme et peut-être aussi sa mère étaient dans le coup. Martin, lui, n'en avait aucune.

Son statut d'enquêteur officieux était tellement flou que personne ne pourrait dire quelle serait l'issue d'une enquête de la police des polices. Si Fournier, qui avait cru judicieux de faire travailler Martin dans la clandestinité, l'avait vu à cet instant, il serait tombé en syncope.

— Mettons-nous bien d'accord, dit Martin. Il ne s'agit pas d'une vendetta privée. On fait notre possible pour prendre Jankelevic vivant.

— C'est comme ça que je l'entends, dit Perron. Je veux voir cette ordure de Jankelevic crever en prison. Mourir d'une balle, ce serait trop facile.

— Pareil pour votre femme, dit Martin.

— La prison, ça lui fera le plus grand bien à elle aussi. J'irai lui apporter des oranges.

Perron s'arrêta devant une droguerie juste avant d'atteindre les boulevards extérieurs. Il en ressortit avec un sac en plastique plein.

Il le jeta à Martin qui en examina le contenu, alors que la voiture réintégrait le trafic, et rejoignait rapidement le périphérique intérieur.

Une lampe maglite, des piles, deux gros rouleaux de scotch brun, une pelote de corde de nylon, et une burette d'huile trois en un.

L'autoroute fit place à une nationale dégagée, puis à une départementale quasi déserte. Pourtant, Paris n'était qu'à une quarantaine de kilomètres. Perron conduisait vite et avec précision.

— Si je vous disais que j'aime encore ma femme ? dit Perron, brisant le silence.

Martin ne trouva rien à répondre.

— Vous savez ce que c'est qu'aimer ?

— Je crois, oui, dit Martin. Mais ma compagne est en train de me quitter.

— Elle a trouvé mieux qu'un flic ?

Tiens, ça ne m'était même pas venu à l'idée, se dit Martin.

— Vous ne pouvez pas essayer de changer ?

— De quoi, de vie, de métier ? C'est trop tard.

— Comme ça, ça vous évite d'avoir à essayer, dit Perron.

— Allez vous faire foutre.

Le silence s'installa pendant une dizaine de minutes. C'est Perron qui le rompit, d'une voix sourde, sans quitter la route du regard.

— Si elle revenait, je la reprendrais malgré tout ce qu'elle m'a fait.

Martin ne dit rien. Mais une bouffée d'amour et de nostalgie lui emplit la poitrine.

— On n'est plus très loin, dit Perron en désignant un village planté en lisière de forêt.

Il engagea la voiture dans un chemin de terre qui s'enfonçait au milieu des arbres. Herbes et branchages frottaient le bas de caisse. Au bout de quelques mètres, il s'arrêta devant une vieille boîte aux lettres clouée à un arbre. Il en sortit une grosse poignée de lettres et de prospectus gonflés par l'humidité.

Il tria rapidement le courrier, examinant les tampons de la poste.

— Ça fait quinze jours qu'elle ne l'a pas relevé. Normalement, elle y va au moins deux fois par semaine. Ce n'est pas bon signe. Ils sont tellement cons qu'ils n'ont pas pensé au courrier.

Il sortit le fusil à pompe et le chargea, puis fourra le pistolet dans sa ceinture. Martin prit le sac plein d'euros. Perron ne fit aucun commentaire.

— La maison est à cinq cents mètres. Ce n'est pas prudent de venir plus près. Si vous avez une lampe de poche dans votre boîte à gants, prenez-la. J'ai oublié de vous en acheter une.

Il y avait beaucoup de choses inutiles dans la boîte à gants de Martin, y compris une lampe de poche aux piles mortes.

Ils descendirent de voiture et refermèrent leurs portières sans les claquer.

— C'est bon ? dit-il. On est parés ?

Martin acquiesça.

Perron s'engagea dans le chemin, et Martin le suivit. Très vite, ils eurent leurs chaussures de ville et le bas de leurs pantalons trempés. La futaie s'étendait des deux côtés du chemin. Une odeur acide montait du sous-bois, et on entendait une rumeur sourde au loin.

— À vol d'oiseau, on est à moins de deux kilomètres de l'A6, dit Perron. C'est ça qu'on entend.

Pas trace de promeneur.

— C'est une ancienne maison de garde-chasse, ajouta-t-il à mi-voix. La maison de mon grand-père.

— Personne ne vient jamais rendre visite à votre mère ?

— Personne. Elle a un caractère de cochon. Elle est fâchée avec tout le village et elle va faire ses courses au Carrefour à dix kilomètres d'ici dans sa vieille 4L pourrie. Si elle disparaît, personne ne se posera de questions avant six mois.

Martin se frotta le nez pour enrayer l'éternuement qu'il sentait venir. Le Guronsan, à moins que ce ne fût l'adrénaline, le rendait léger. Il ne sentait pas son crâne.

Ils arrivèrent devant une haie vive, haute d'environ deux mètres et si épaisse qu'on ne voyait rien à travers.

— La maison est de l'autre côté, chuchota Perron.

À cet instant, Martin identifia ce qui le gênait depuis quelques secondes.

— Ça sent, chuchota-t-il.

— Oh merde, répondit Perron. J'avais oublié... Le chien. Un vieux labrador. Ils ont dû le tuer et le mettre dehors à cause de l'odeur.

Ils contournèrent la haie et se retrouvèrent à l'arrière de la maison. Le mur était aveugle.

Perron délimita avec le canon du fusil une zone herbeuse au pied du mur.

— Il faut creuser, dit-il en s'agenouillant.

Martin l'imita sans comprendre. Ils se mirent à arracher les mottes de terre humide à mains nues et grattèrent jusqu'à ce qu'ils sentent sous leurs doigts la surface visqueuse d'une planche de bois. Au bout de quelques minutes, ils eurent dégagé une trappe à deux battants.

Perron se servit du canon comme levier pour soulever un des battants. Un trou noir apparut et une odeur de moisi et de poussière de charbon leur monta aux narines. Une trappe de charbonnier. Une chaîne était passée dans les deux poignées mangées de rouille, du côté intérieur, mais ils eurent à peine à forcer pour la faire sauter.

Un escalier de pierre moussue descendait dans le noir.

— Après vous, dit Martin.

Il maintint le battant tandis que Perron s'enfonçait sous le sol, le dos courbé. Il le suivit en rabattant la trappe sur lui. La lampe de Perron éclairait une cave voûtée aux murs de pierre salpêtrée, des cageots, des bouteilles, pour la plupart vides et poussiéreuses, entassées dans les coins. Le tas de charbon alimenté par la trappe avait disparu depuis longtemps.

— Ils ne l'ont pas enfermée dans la cave, c'est déjà ça, dit Perron. Ils ont dû se dire qu'ils pouvaient avoir besoin d'elle si jamais quelqu'un passait.

Perron dirigea son faisceau vers le fond de la cave, éclairant un escalier qui conduisait à une porte en bois. La serrure était un simple loquet.

Perron se mit à parler presque normalement.

— On est en dessous de la pièce principale. Ne vous en faites pas, la porte fait cinq centimètres d'épaisseur. On pourrait jouer de la trompette, ils ne nous entendraient pas, ajouta-t-il, sentant Martin inquiet. En plus, ce sont des oiseaux de nuit. À cette heure-ci, je vous parie n'importe quoi qu'ils dorment à poings fermés.

Il grimpa les huit marches et injecta l'huile de la burette dans les gonds et le loquet.

Puis il s'assit sur les marches et s'essuya les mains en attendant que l'huile pénètre les interstices.

Martin tendit l'oreille. Le silence était absolu.

Perron se releva avec un petit soupir.

— Je crois que c'est bon, dit-il.

Il souleva le loquet avec précaution et tira la porte doucement.

Ils débouchèrent dans une étroite entrée carrelée au bout de laquelle un escalier grimpait vers l'étage. Deux portes ouvraient de chaque côté donnant sur deux pièces de taille à peu près égale, dont les volets étaient clos. Une cuisine à gauche, un petit salon-salle à manger à droite.

Ça sentait le tabac froid, la saleté, la nourriture avariée. Des meubles anciens mais sans style encombraient le petit salon. Un gros sac-poubelle plein de détritus occupait le centre de la cuisine. La vaisselle sale encombrait l'évier et la table. Des cannettes de bière vides jonchaient le sol crasseux.

Par terre, malgré la pénombre, Martin remarqua une longue traînée brune et la montra à Perron. Le chien ?

Dans le salon, la table était recouverte d'assiettes sales et de cendriers pleins de mégots. Des vêtements masculins et féminins jonchaient le sol.

Perron s'arrêta, songeur, devant un string rose chiffonné au pied d'un fauteuil.

— On ne peut pas monter à l'étage, chuchota-t-il, l'escalier craque très fort, ils seront forcés de nous entendre et ils nous tireront comme des lapins. À mon avis, ils ont pris la pièce de droite, la chambre de ma mère, c'est la plus grande et la plus confortable.

— C'est quoi l'idée ? dit Martin.

— On attend tranquillement ici qu'ils se réveillent, murmura Perron. Il faudra procéder en douceur. Ma mère doit être ligotée là-haut, dans l'autre chambre.

Ils s'installèrent dans les deux fauteuils du salon et entamèrent leur attente.

32

Mercredi midi

Même si Francis ne s'intéressait pas aux faits divers — mais en ce qui le concernait elle ne devait plus rien tenir pour acquis — il savait obligatoirement que le détective Duperrier avait été assassiné. Est-ce qu'il la soupçonnait ? Est-ce lui qui l'avait fait suivre ? et pourquoi ? Par jalousie ? Par simple curiosité ? Et cet espionnage s'était-il arrêté à la mort du détective, ou en avait-il engagé un autre qu'elle n'avait pas pu repérer ?

Depuis que Duperrier était mort, elle n'avait plus jamais eu le sentiment d'être épiée, mais après tout, son instinct avait déjà manifesté des défaillances, et elle n'en était plus à une erreur près.

Peut-être qu'elle devait tout quitter maintenant, tout de suite, sans chercher à comprendre ou à se venger. L'idée seule de fuir ainsi était insupportable, mais elle n'avait sans doute plus le choix.

Peut-être qu'en ce moment même un juge était en train de signer un mandat d'amener à son nom.

Non. Si Francis l'avait vraiment soupçonnée d'être... ce qu'elle était, il n'aurait pu dormir en paix à côté d'elle. Jamais elle n'avait senti de peur ni même d'inquiétude dans la façon dont il se comportait avec elle. Était-il capable d'autant de dissimulation ? Non. Aucun homme ne l'était.

Cela ne servait à rien de spéculer. Elle avait bien trop peu d'éléments. Elle pouvait encore obliger Francis à tout lui avouer, mais ensuite... Elle devrait fuir plus vite qu'elle n'avait jamais fui.

Et le roi des corbeaux ? Elle ne pouvait pas partir sans savoir, sans le revoir... Sinon, tôt ou tard, elle devrait revenir.

Elle s'était relâchée ces deux dernières années, profitant d'un sentiment de sécurité trompeur. Elle avait cru au bonheur, à la tranquillité. Elle avait pris ses désirs pour la réalité.

La vraie vie était en train de la rattraper. Mais peut-être s'inventait-elle des dangers imaginaires ? Non, quelqu'un avait bel et bien engagé un détective pour la pister, elle, et ce quelqu'un, c'était son mari. Par-dessus le marché, il couchait avec quelqu'un d'autre. Le Francis qu'elle connaissait était une fiction, un leurre. Elle se répéta qu'elle ne pouvait rien tenir pour acquis. Elle ne le connaissait pas.

Elle entendit la porte d'entrée s'ouvrir. À cette heure-ci, ce n'était pas la femme de ménage. Elle sentit soudain son cœur s'affoler et la peau de son bas-ventre se tendre.

C'était lui. Il ne rentrait jamais en milieu de journée.

Il l'embrassa comme à l'accoutumée, prenant le temps de lui caresser doucement le dos et les reins, avec une tendresse amoureuse qui n'avait rien de feint. Il paraissait préoccupé. Il se servit un whisky avant de s'asseoir à côté d'elle. Jamais il ne prenait de whisky à cette heure de la journée — du moins quand ils étaient ensemble.

Elle lui passa la main dans les cheveux.

— Tu fais une drôle de tête, lui dit-elle. Des problèmes dans ton travail ?

— Je suis en train de découvrir que le parti est un nœud de vipères, dit-il.

C'est seulement maintenant que tu t'en rends compte, songea-t-elle. Bientôt, tu risques de t'apercevoir que ton président chéri est une ordure... Et tu te prends pour un homme politique ?

— Un parti politique, aussi démocratique soit-il, est toujours un nœud de vipères, non ? C'est toi qui es trop honnête, c'est tout.

— Honnête peut-être, mais pas complètement stupide. Bien sûr, ambition, rivalités, tout peut arriver... Mais là, on nage en plein bolchevisme. Espionnage, délation... Si par malheur ça se savait...

— Qu'est-ce qu'il se passe au juste ? dit-elle doucement. Tu veux m'en parler ?

Il revint sur le canapé. Elle se lova contre lui et passa doucement la main sur sa poitrine. En cet instant béni, il était à elle, il n'y avait pas de tricherie. Elle était prête à tout oublier… Pour peu qu'elle ne perçoive pas le mensonge dans sa voix.

— On a découvert qu'il y a à l'intérieur du parti une sorte de service de sécurité… On y espionne tous les collaborateurs, dès qu'on accède à un poste de responsabilité… Ce que je te dis ne doit jamais sortir de cette pièce.

— Tu veux me vexer ?

— Pardon, mon amour.

Elle se demanda fugitivement, alors qu'il l'embrassait sur les lèvres et le front, si ces abus de « chérie » et de « mon amour » n'étaient pas un moyen pratique de ne pas faire d'erreur sur les prénoms.

Elle venait encore de se tromper, aveuglée par son amour pour lui. Elle ne pouvait rien oublier. Tout ce qu'il dirait désormais serait sujet à caution. La confiance était morte.

— … Et on n'espionne pas seulement les membres du parti, mais aussi leurs femmes, leurs maîtresses, leurs enfants. Il y a des fiches, des listings, des dossiers, tout cela est fait dans la plus grande illégalité.

Il regardait dans le vide, les sourcils froncés.

— Qu'est-ce que vous comptez faire ?

— Mettre un terme à tout ça, dit-il. Mais c'est très difficile. Un agent de recherche, un certain Duperrier, employé de temps à autre par ce service occulte s'est fait tuer récemment. Tu l'as peut-être lu dans la presse. Même s'il s'agit d'un crime de pur hasard, la presse n'en restera jamais là si elle l'apprend. On imaginera tout de suite le pire. Qu'il a été assassiné par un membre du parti… Tu imagines le scandale ?

— Et qu'en pense ton cher président ?

Il la regarda avec une expression de reproche à peine voilée.

— Je n'aime pas que tu parles de lui sur ce ton. C'est un homme remarquable. Je lui dois énormément.

— Excuse-moi, ça m'a échappé, dit-elle avec une expression contrite.

Je n'oublierai jamais de penser combien tu le respectes quand je sucerai sa grosse bite, ajouta-t-elle dans sa tête.

— Tu te souviens peut-être du nom d'Aymeric Tanguy-Frost, un camarade de classe dont je t'ai parlé un jour... celui qui s'est suicidé à treize ans.

— Oui, ça me dit vaguement quelque chose. Mais quel rapport avec votre problème ?

— C'est sous ce nom que l'organisateur de la cellule d'espionnage interne collectait les informations. Ses informateurs ne le connaissaient que par ce nom. On a fini par découvrir qui était ce salaud, on l'a contraint à démissionner. Bien sûr il est parti avec une grosse compensation financière. La morale n'y trouve pas son compte, mais c'était la seule manière de s'en sortir sans vague.

— Comment l'avez-vous démasqué ?

— C'est ça qui est extraordinaire ! Ce nom ne signifiait rien pour les gens que le président avait chargés de démasquer ce type. Je n'avais même pas été mis dans la confidence, l'affaire était évidemment tenue secrète. Et puis, je ne sais pas comment, la rumeur a commencé à circuler qu'un certain Tanguy-Frost semait la pagaille au sein même du parti. J'étais le seul à qui ce nom disait quelque chose. J'ai fait des recherches de mon côté. Celui qui s'était servi du nom de ce garçon devait l'avoir côtoyé à peu près à la même époque que moi. Tanguy-Frost avait fréquenté d'autres écoles que la mienne. J'ai consulté les archives de ces établissements. J'ai fait quelques recoupements et je l'ai rapidement identifié.

— Bravo. Un vrai travail de flic.

— C'était un coup de chance.

— Cette personne ne savait pas que tu avais été en classe avec Aymeric Tanguy-Frost ?

— Non. Mon nom est tellement banal...

— Mais pourquoi choisir ce nom de Tanguy-Frost ?

— Je ne sais pas... Peut-être parce qu'il avait été frappé, comme tous les ados qui l'ont connu, par le destin tragique de ce garçon.

— Et maintenant ? Qu'est-ce qui va se passer ?

— Maintenant, tout arrive sur mon bureau, sur la ligne privée. On a décidé de la laisser ouverte, pour savoir jusqu'où s'étend ce cancer... Quand quelqu'un appelle, j'essaie d'en savoir plus, mais généralement on me raccroche au nez.

— Tu as des progrès à faire pour devenir un bon espion.

— J'ai horreur de ça.

— Pourquoi le fais-tu alors ?

— Le président me l'a demandé. Comme c'est moi qui ai découvert le pot aux roses, il s'imagine que j'ai un talent pour l'intrigue. Et puis... C'est terrible à dire, mais je crois qu'il n'a véritablement confiance qu'en moi.

— Et toutes les infos qui ont été collectées jusqu'à présent, où sont-elles ? Tu dois les récupérer.

— C'est malheureusement impossible.

— Pourquoi impossible ?

— Il les a cachées, hors d'atteinte.

— On peut toujours trouver des gens pour faire ce genre de travail. Il suffit de leur donner carte blanche.

— Nous sommes en France, ma chérie. En démocratie.

— Pourquoi m'as-tu raconté tout ça ?

— J'ai hésité... Mais j'avais envie de partager ce fardeau avec toi... Et puis... Le président m'a autorisé à t'en parler. Je ne sais pas ce que vous vous êtes dit, l'autre soir au Meurice, mais il a l'air d'avoir beaucoup de considération pour ton jugement et ta discrétion.

C'était donc cela. Francis était téléguidé par le roi des corbeaux. Après la dernière conversation qu'elle avait eue avec le président, cela n'avait rien d'étonnant. Cette conversation avait été une sorte d'entrée en matière.

— Dis-moi le nom de cet homme qui pourrait vous faire tellement de mal, dit-elle.

— Je n'ai pas le droit de divulguer...

— Donne-moi le nom de cet homme immédiatement, répéta-t-elle sèchement. DONNE-MOI-CE-PUTAIN-DE-NOM. Tu ne comprends pas que c'est ce que veut ton président ?

— Dupuis... Gérard Dupuis.

Les mots étaient sortis malgré lui, contre sa volonté. Il avait l'air offusqué, presque indigné de s'être fait avoir de cette façon.

Elle lui colla un baiser sur la bouche. Il ne réagit pas.

— Tu vois, ce n'était pas si difficile, dit-elle.

Il la regarda comme s'il la découvrait pour la première fois. Elle lui tapota la joue.

— Eh oui, je peux être comme ça. Et je peux aussi faire des choses que tu n'as même pas imaginé dans tes pires cauchemars, *mon amour.*

Il recula, comme si elle s'était transmuée en insecte venimeux.

— Quelle femme es-tu ? dit-il enfin, ce qui était une manière de biaiser.

— Mais je suis ta femme, mon trésor. Ta femme qui t'aime. Rien de plus rien de moins.

33

Mercredi deux heures

Martin regardait Perron. Une idée se faisait lentement jour en lui. Ce ne fut d'abord qu'une lueur, et puis soudain, il comprit que c'était la vérité.

— Ce n'est pas ta femme ni Jankelevic qui ont agressé Laurette Weizman, murmura-t-il. C'est toi.

Perron le regarda et hocha la tête au bout de quelques instants.

— Je ne voulais pas lui faire du mal, dit-il. Je voulais juste récupérer l'argent.

— Et en faire quoi ?

— Je ne sais pas. Partir. Loin d'ici. Le plus loin possible. Avec Jocelyne. Elle m'aurait peut-être suivi si j'avais eu l'argent. En tout cas c'est ce que je me suis dit.

— Tu avais déjà agressé le docteur Weizman auparavant ?

— Non.

Martin le crut. La première agression de Laurette, celle où elle s'était fait « malmener », n'avait rien à voir avec l'agression de Perron.

— Je regrette, murmura Perron. Je regrette. J'ai pété les plombs.

— Le docteur Weizman n'avait pas voulu te donner l'argent, c'est ça ?

— Oui. Elle disait que je ne m'en sortirais jamais si je devenais ripou. Le seul truc qui me faisait tenir debout, c'était mon honnêteté. Elle me disait aussi que Jocelyne ne reviendrait jamais.

Ou qu'elle partirait dès que le fric serait dépensé. Je savais qu'elle avait raison. Mais je n'ai pas supporté. Je suis revenu, ce soir-là... La suite, tu connais.

Martin le regardait sans réussir à éprouver ni haine ni pitié.

— Dès qu'on les a tous les deux, dit Perron en montrant le plafond, je suis à toi. Parole d'homme. Laisse-moi les arrêter avec toi. C'est tout ce que je demande.

Le silence retomba.

Plus tard, quand la cacophonie d'une émission de radio éclata dans le silence, Martin sursauta.

Perron n'avait pas bougé.

— Le radio-réveil que j'ai offert à ma mère Noël dernier, murmura-t-il. Ils l'ont réglé sur quatorze heures. Je me demande bien pourquoi.

Au-dessus d'eux, un lit craqua et des pas lourds martelèrent le plafond. La cacophonie cessa aussi brusquement qu'elle avait commencé.

Un gémissement sourd. La mère de Perron ? Avec un peu de chance, Perron avait raison, ils ne l'avaient pas tuée.

Les deux flics se levèrent, prenant mille précautions, et se placèrent contre le mur le plus proche de l'escalier.

Perron risqua un œil, franchit l'entrée en deux pas et se dissimula dans la cuisine. Les deux hommes se faisaient face, chacun occupant une position symétrique, hors de vue de l'escalier, leur arme à la main. Martin se demandait s'il pouvait faire confiance à son équipier. Une balle perdue pourrait s'expliquer si facilement. Perron sourit.

— Je t'ai donné ma parole, murmura-t-il.

De toute façon, il était trop tard pour toute autre option.

Les premières marches de l'escalier craquèrent. La personne qui descendait bâilla bruyamment et soupira. Un soupir indiscutablement féminin.

Perron posa son pistolet entre deux boîtes de conserve et fit le geste de bâillonner quelqu'un.

Martin rangea son arme dans sa poche et écarta les bras, prêt à ceinturer l'adversaire.

Elle apparut subitement, la tête baissée, vêtue en tout et pour tout d'un T-shirt trop court.

Martin la ceintura tandis que Perron lui écrasait la bouche. Elle secouait désespérément la tête, ses mèches blondes cinglant les visages des deux hommes.

Martin sentit qu'il allait tomber, il tenta d'amortir sa chute sans lacher la femme, mais y réussit mal. Il s'écrasa au sol, sous Perron et Jocelyne qu'il entraîna avec lui. Il y eut un brusque crescendo, un cri étouffé de Perron, un bruit mat, et le corps de Jocelyne devint tout mou.

Martin se dégagea tant bien que mal, alors que Perron se tenait la main droite, marquée d'une morsure sanglante.

Martin examina leur prise. Jocelyne avait tourné de l'œil, et l'hématome sur son menton commençait déjà à se voir. Il lui souleva la paupière. L'œil roula. La pupille rétrécit à la lumière. Son inconscience n'allait pas se prolonger plus de quelques minutes.

C'était une femme d'une quarantaine d'années, joliment proportionnée bien qu'un peu grasse au niveau du bassin et des hanches, nota Martin machinalement. Son apparence était négligée, elle n'avait pas épilé ses jambes depuis longtemps, et le rouge de ses ongles de mains et de pieds était écaillé. La cavale est peu propice aux soins esthétiques. Le visage était bien celui qu'il avait vu sur l'écran de l'ordinateur, mais il paraissait plus bouffi et plus fatigué.

L'échauffourée n'avait pas provoqué de réaction à l'étage. Avec un peu de chance, Jankelevic dormait encore. Martin resta quand même sur le qui-vive, son arme sortie, pendant que Perron s'activait derrière lui.

Avec son rouleau de Scotch, il attacha les poignets de sa femme dans le dos, puis ses chevilles, avant de lui replier les jambes en arrière et de lier les poignets aux chevilles avec la corde en nylon.

Elle grogna en achevant de se réveiller. Perron plaqua sa main intacte sur la bouche.

— Si tu cries ou si tu mords, je t'assomme à nouveau, murmura-t-il. Il est là-haut ?

Elle le fixa sans bouger, les yeux écarquillés de rage impuissante, tirant machinalement sur ses liens.

— D'accord, il est là-haut, dit Perron. Merci ma chérie. Ne te fatigue pas, tu vas te faire mal, c'est tout.

— Ça me serre trop, murmura-t-elle.

Il lui tapota la joue.

— C'est fait pour. Ouvre la bouche s'il te plaît.

Elle se raidit en serrant les dents.

— Tant pis, dit Perron en fouillant dans sa poche, j'aurais préféré éviter ça.

Martin regarda avec inquiétude Perron sortir une seringue de sa poche.

— Non, je t'en prie, murmura Jocelyne, pas ça.

Il attendit. Elle ouvrit la bouche. Il y enfonça une chaussette, avant de lui entourer la mâchoire avec du Scotch. Elle eut un haut-le-cœur et ses yeux se remplirent de larmes.

— Respirez par le nez, lui conseilla Martin.

Perron vérifia qu'elle n'étouffait pas. Martin retira une housse du fauteuil et lui recouvrit le bas du corps.

— Si tu es sage, il ne devrait pas y en avoir pour longtemps, murmura Perron à l'oreille de sa femme. Je te conseille de ne pas bouger et tout se passera bien.

Il ôta ses chaussures et ses chaussettes, et empoigna son pistolet.

L'action le transfigurait. Il paraissait détendu et sûr de lui. C'était sa journée.

— Je vais monter l'escalier tranquillement, comme si c'était elle qui revenait des chiottes, dit-il. Dès que je suis là-haut, je me planque derrière la porte de la chambre, je vous fais signe par-dessus la rambarde et vous me rejoignez. S'il se réveille et qu'il fait une connerie, je l'allume.

Le plan était simple, et Martin n'y voyait pas de faille. Il acquiesça.

Perron sortit du petit salon et alla aux toilettes.

Il tira la chasse, franchit l'entrée jusqu'à l'escalier et le gravit d'un pas lent, presque hésitant, son pistolet braqué vers le haut. Il avait laissé le fusil à pompe dans la cuisine.

Sur le petit palier, Perron leva le visage vers la seconde volée de marches. C'est à ce moment que son visage éclata dans une terrifiante déflagration. Martin plongea par réflexe, la tête rentrée dans les épaules.

Le corps dégringola lourdement l'escalier et atterrit sur le carrelage de l'entrée.

Il n'avait plus de visage, presque plus de tête. Du sang s'écoulait à petits bouillons du magma d'os et de chairs pulvérisés qui avait été une face humaine.

Pour échapper à cette vision, Jocelyne ferma les yeux si fort que son visage n'était plus qu'une grimace de souffrance.

L'air sentait la poudre et la sang.

— Salope ! hurla une voix d'homme avec un fort accent yougoslave mâtiné d'accent méditerranéen. Tu m'as trahi ! Je le savais ! Salope ! Salope ! Tu sauveras pas ton cul !

Jocelyne se raidit, tentant de toutes ses forces d'émettre des sons. Son visage prit une vilaine teinte violacée.

Martin roula vers elle, arracha le Scotch et tira la chaussette qui l'empêchait de respirer. Elle toussa, cracha, hurla.

— Non ! non !

— Salope ! hurla encore Jankelevic. Tu as appelé ton mari, hein ? Je savais que tu me trahirais ! Salope ! Je vais te tuer ! Je vais te tuer !

Martin resta allongé sur le sol du petit salon, s'appuya sur les coudes et leva son arme, s'efforçant de maîtriser sa respiration, visant le bord gauche de la porte, par où devait apparaître l'homme.

Les pas lourds descendirent les marches une à une, les faisant toutes craquer. 13 — 12 — 11 — 10 — 9 — 8... Ou alors 7 ? Martin ne savait plus bien s'il avait compté les premières.

— Non, je t'en prie, ne descends pas ! Non ! sanglotait Jocelyne. Il y en a un autre ! Il va te tuer ! Il va te tuer !

Les pas s'arrêtèrent.

— Tu mens, salope, fit l'homme d'un ton hésitant. S'il y en avait un autre, il aurait déjà tiré sur moi.

— Il est avec moi, je te jure, dit Jocelyne, il est armé, ils m'ont attachée et bâillonnée...

L'homme souffla et ricana.

— Espèce de garce... Tu as failli m'avoir. Et bien sûr il te l'a enlevé, ton bâillon, juste pour que tu me racontes tout ça.

Les pas reprirent. 7 — 6 — 5 — 4 — 3 — 2 — 1 — Carrelage. Martin avait bien compté. L'homme s'encadra dans l'ouverture, son pistolet au long canon nickelé pointé à quarante-cinq degrés vers le sol.

Pendant une seconde, sa surprise fut si totale qu'il resta planté la bouche ouverte.

C'était un homme très brun et très corpulent, à la mâchoire saillante et au front bas, aux petits yeux bleus rapprochés. Ses membres épais étaient couverts d'une toison noire. Un sanglier. Sa bedaine saillait sous le T-shirt noir. Lui non plus ne portait pas de slip, et Martin vit son sexe rétrécir sous la montée de la peur. Ses pieds nus baignaient dans le sang de Perron, mais il n'en avait pas conscience.

Il releva son arme de quelques centimètres.

— Non, dit Martin. Ne fais pas cette connerie.

Martin n'avait pas envie de tuer le gros truand. Autrefois... Il l'aurait contraint par ses sarcasmes à lever son arme, lui donnant ainsi l'autorisation de l'abattre. Aujourd'hui, l'idée de tuer le dégoûtait. La mort de Perron et celle de Julien étaient déjà deux de trop, que rien ne pourrait jamais compenser.

— Tu as une seconde pour lâcher ton arme si tu veux vivre, Jankelevic.

— Ne l'écoute pas, il va nous envoyer en prison pour toujours, gémit Jocelyne dans son dos.

Le long canon du .44 tremblait. Jankelevic ne savait littéralement pas quoi faire.

— Tu ne vois pas qu'elle a tout intérêt à ce que tu crèves, maintenant ? Elle pourra prétendre que tu l'as enlevée !

— Vous êtes ignoble, taisez-vous, dit Jocelyne. Ne l'écoute pas, mon chéri, je t'en supplie.

— Tu ne veux quand même pas finir comme lui ? dit Martin, sur le même ton persuasif.

L'homme jeta un bref regard à ses pieds, sur ce qui restait de Perron.

Les poils de ses cuisses se hérissèrent de chair de poule. Ce n'était pas par sympathie pour sa victime. Il s'était vu mort pendant une fraction de seconde, et cette vision ne lui avait pas plu.

— Lâche ton arme, bourrique ! dit Martin presque gentiment. Lâche ton arme.

Le temps s'arrêta.

La mire de Martin était pointée très exactement sur le plexus du mac. Martin ne voulait pas tuer Jankelevic, c'était entendu, mais son exécution ne l'empêcherait pas de dormir plus d'une ou deux nuits. Il ne faudrait qu'une pression infime de son index pour libérer le chien qui frapperait le marteau, qui à son tour percuterait la douille et enverrait le petit hémisphère de plomb droit dans le corps épais en une fraction de temps si réduite que le son de la déflagration n'atteindrait jamais le cerveau de Jankelevic.

Une goutte de sueur perla sur le front du truand et dégoulina entre ses sourcils, puis le long de son nez. Jankelevic n'avait pas une imagination très développée, mais il savait exactement pour en avoir déjà vu les effets ce que lui ferait la lourde balle subsonique du 11.43. Elle lui pulvériserait le sternum avant de déchiqueter le cœur, puis les vertèbres, accompagnée d'éclats de tissu, de peau, de chair et d'os. À la morgue, le légiste noterait que l'entrée avait la dimension de la balle, mais en retournant le corps, il verrait un trou de sortie d'au moins six centimètres de circonférence.

Il se mit à trembler de tous ses membres. Il avait tellement peur qu'il était capable de n'importe quoi.

— Lâche-le, hurla Martin.

— Je ne peux pas, murmura le truand, et un filet de pisse jaune jaillit de sous le T-shirt et dégoulina le long de sa jambe.

— Allez, un doigt après l'autre. Tu commences par retirer l'index du pontet.

— Tu vas me tuer.

— Si c'est ce que je voulais, ce serait déjà fait. Concentre-toi sur ton index.

Le truand obéit et l'index se dégagea de la boucle d'acier.

— OK. Maintenant, au majeur, tu le tends tout droit.

Le majeur se désolidarisa de la crosse et se tendit. Le lourd pistolet ne tenait plus que par le pouce et l'annulaire.

— Parfait. Maintenant, tu desserres les deux derniers doigts.

L'arme bascula vers le sol et atterrit avec un bruit sourd.

— À plat ventre, dit Martin, alors que derrière lui Jocelyne sanglotait.

Le faciès du mac exprima un soulagement furtif. C'était fini. Sa cavale sanglante était terminée. Il allait pouvoir se reposer. Les regrets viendraient plus tard. Il s'allongea dans le sang délayé d'urine et plaça ses mains derrière sa nuque sans que Martin le lui ait demandé. Martin se releva sans cesser de braquer son arme. Il écarta le magnum d'un coup de pied avant de menotter le truand dans le dos.

34

Mercredi quinze heures

La mère de Perron était ligotée sur un lit à barreaux de la petite chambre. Elle ne paraissait pas en trop mauvais état. Martin lui donna à boire après l'avoir détachée, et entreprit de lui masser les chevilles et les poignets.

— Mon fils est mort, dit-elle à voix basse, mais ferme.

Il acquiesça.

— Je ne le voyais pas souvent, dit-elle.

Martin ne savait pas quoi dire à la vieille et surtout pas que Perron s'était suicidé. Ce qu'il avait compris en découvrant qu'un grand miroir sur le palier du premier étage était placé face à la porte de la chambre où dormait Josic Jankelevic. De son lit, il avait vu Perron monter. Il n'avait plus eu qu'à loger la balle de .44 entre ses deux yeux.

Une heure plus tard, il y avait beaucoup de monde dans la petite maison forestière. Les secours d'urgence, des flics de Paris, parmi lesquels Fournier et Roussel, des gendarmes qui n'entendaient pas se laisser déposséder de l'enquête préliminaire, et même un procureur de la République.

D'abord effondré par cette issue qui pourrait lui coûter très cher, Fournier avait peu à peu repris du poil de la bête quand Martin avait raconté les événements à sa façon.

Martin avait tout pris sur lui. Laurette Weizmann était son amie, il avait su par hasard qu'elle avait soigné Perron, il était allé voir Perron, celui-ci lui avait raconté sa vie... Quand Perron était parti pour son expédition punitive, il avait accepté de se faire accompagner par Martin... Celui-ci n'avait pu prévenir la hiérarchie, ne sachant pas où Perron le conduisait.

Le procureur s'était montré plus que dubitatif. Il n'arrivait pas à comprendre comment deux flics dont l'un était en arrêt de travail et l'autre suspendu, avaient réussi à mener cette enquête à bien — en fin presque à bien, si on omettait la mort tragique de Perron. En même temps, l'histoire de Martin avait le mérite de boucher pas mal de trous, et dédouanait la police... Perron était un flic dépressif soit, mais parfaitement honnête. Mort en service, il méritait tous les honneurs.

Ce fut le sac contenant les sept cent mille euros qui fit taire les derniers doutes du procureur.

— Je sais pas ce que tu as foutu, mais on s'en tire plutôt bien, lui dit Fournier, dès qu'il fut seul avec Martin. Ce que je voudrais bien comprendre, c'est comment le fric a atterri ici. S'ils l'avaient, pourquoi rester ?

— Va savoir, dit Martin.

— Le problème, c'est que Jocelyne et Jankelevic sont vivants. Ils risquent de parler.

— Qui croira qu'on a apporté l'argent, Perron et moi ?

— Oui, évidemment... Quand même... C'était vraiment nécessaire de garder Jankelevic en vie ? demanda crûment Fournier.

— Si Jankelevic avait porté un pantalon, il se serait moins senti en état d'infériorité, et il aurait sans doute, en gros con de macho qu'il est, tenté le tout pour le tout. C'est sa nudité qui lui a sauvé la peau.

— Personne n'y aurait trouvé à redire si on l'avait trouvé refroidi, après ce qu'il a fait à Perron.

— Je sais. Mais si tu veux mon avis, il valait mieux le laisser en vie. La presse ne pourra pas prétendre qu'on a fait taire quelqu'un qui aurait pu impliquer un flic. Les journalistes vont tous se rabattre sur le couple criminel de l'année. C'est bien plus juteux qu'une histoire de ripou. Et Jocelyne est très photogénique.

— Quelle pute, celle-là, dit Fournier, préfigurant ce qui serait probablement la réaction quasi unanime dans les semaines à venir.

Martin ferma les yeux, et Fournier mit un moment à comprendre qu'il s'était endormi d'épuisement.

Il fut transporté à l'hôpital le plus proche, puis rapatrié en fin de journée dans son hôpital parisien du 10e arrondissement.

Francis la trompait peut-être — non, sûrement — mais il ne lui avait probablement pas menti, même par omission, en lui racontant son histoire. Francis en enquêteur... L'idée même était risible. C'était le seul moyen qu'avait trouvé le roi des corbeaux pour que l'enquête interne aboutisse le plus vite possible à une impasse. Mais il avait eu un autre objectif en impliquant Francis. La toucher, elle.

Les allusions, les demandes semi-formulées... Tout prenait sens. Francis n'avait été que le messager, aussi innocent que l'enfant qui vient de naître.

Le roi des corbeaux avait une intuition très développée, et il avait vite senti en elle les capacités dont il pourrait se servir. Mais il en savait peut-être aussi beaucoup plus sur elle qu'il ne l'avait dit. Des gens travaillant pour lui avaient pu faire ces fameux recoupements dont aucune police n'avait jamais été capable, et retracer petit à petit sa route sanglante. Il voulait l'utiliser et ne la craignait pas. Avec ces rapports, elle était à sa merci.

Elle prit son portable et composa le numéro sécurisé que le président lui avait donné. Elle obtint une messagerie vocale et parla dans le vide quelques secondes avant de raccrocher.

Son téléphone sonna moins d'une minute plus tard.

— Moi aussi je serais ravi de vous voir, ma chère, dit-il sans prendre la peine de se présenter. Quand serez-vous disponible ?

— Ce soir ?

— Onze heures. Mille baisers.

La ligne mourut aussitôt.

Elle frissonna d'excitation.

À la mort de son père, elle avait seize ans. Un voisin, Oswaldo Lerner, ami de son père, petit-fils d'immigrés allemands, riche propriétaire terrien de quarante ans plus vieux qu'elle, s'était institué son tuteur et l'avait épousée deux ans plus tard, pour faire main basse sur la fortune dont elle avait hérité, avec la complicité du notaire de famille.

Lerner avait quatre fils, qui étaient tous tombés amoureux d'elle. Après son mariage, l'aîné, Pablo, devint son amant. Il mourut six mois plus tard dans un accident de cheval, exactement comme son père à elle.

La première partie de son plan avait fonctionné à la perfection. Mais elle ne pouvait indéfiniment répéter le même scénario, sous peine de se faire remarquer.

Ramon, le second fils, disparut avec beaucoup d'argent sans laisser de traces. Il pensait qu'elle allait fuir avec lui, mais elle avait d'autres projets : il mourut mordu par un crotale, et fut enterré dans le désert.

Le plus jeune, Jesus, se noya dans la rivière qui traversait le ranch familial.

Tomaso, le troisième, se rompit le cou, en tombant du troisième étage d'un hôtel de Buenos-Aires, un jour qu'il était ivre mort. Quatre morts en quatre ans. Son vieux mari n'avait plus d'héritiers à part elle.

Elle avait gardé les lettres enflammées que les garçons lui avaient écrites et possédait des photos particulièrement pornographiques qui la représentaient en train de faire l'amour avec Tomaso et d'autres avec Jesus.

Un mois après la mort du dernier garçon, elle montra à son mari les lettres et les photos. À soixante-six ans, don Oswaldo était encore bel homme, mais la mort de ses fils l'avait beaucoup affaibli. Les photos et les lettres l'achevèrent. Il eut une congestion cérébrale qui le laissa impotent — et muet.

Avec l'aide du notaire qui devint aussi son amant, elle réalisa la plus grande partie de la fortune d'Oswaldo et la transféra sur un compte secret dans une banque des Caraïbes. Le notaire la suivit après avoir ponctionné les comptes en banque de quelques-uns de ses riches clients.

Il se noya une semaine plus tard en explorant un récif de corail — un défaut de charge dans sa bouteille d'air comprimé. Elle émigra sur la côte Ouest des États-Unis, à la tête d'une fortune déjà considérable, répartie sur plusieurs comptes de trois continents. Elle avait toutefois pris le temps de faire un petit détour par le ranch où elle mit fin aux souffrances physiques et morales de son mari impotent.

Elle s'était installée à Los Angeles et avait épousé un homme d'affaires propriétaire de la troisième usine de chaussures du pays. Il était mort au bout de trois ans d'un infarctus massif du myocarde dans lequel elle n'avait aucune part. Il s'était parfaitement comporté avec elle, et elle lui en avait été reconnaissante. Pendant trois ans, elle n'avait tué personne.

Plus tard, malgré sa fortune, elle avait à nouveau été contrainte d'éliminer des gêneurs. Elle n'avait jamais tué que pour elle. Pour se protéger. Pour conquérir sa liberté. Tuer pour le compte d'un autre était une expérience nouvelle.

Elle allait exécuter un contrat. En éliminant Gérard Dupuis, l'espion maître chanteur du parti, elle rendrait service au roi des corbeaux. Il ne pouvait pas imaginer qu'elle avait un intérêt tout personnel à cette liquidation. Dieu seul savait ce que le maître chanteur politique avait rassemblé comme infos sur elle. Était-ce grâce à ces dossiers que le président connaissait une partie de sa vie ? Il fallait absolument qu'elle les trouve avant tout le monde.

Exécutrice des hautes et basses œuvres du parti le plus important de ce pays. Intouchable par définition. Surtout quand elle aurait en main les archives de Gérard Dupuis — alias Aymeric Tanguy-Frost. Elle était en train d'accéder à un palier supérieur. Son destin prenait tournure. Elle n'en avait jamais espéré autant. Une bonne nouvelle n'arrive jamais seule. Sa poussée d'herpès était en train de s'atténuer, ne laissant plus que des petites croûtes rouge vif qui disparaîtraient bientôt avec la crème d'appoint.

La trahison de Francis l'obsédait toujours. Les images de son amant dans les bras d'une autre femme, ce corps qui lui appartenait obéissant aux caresses d'une immonde truie... Elle en avait des suées de rage. Comment avait-il osé ?

Ce n'était pas le moment de se laisser distraire. Les enjeux étaient trop importants.

Avant tout, elle devait savoir ce que les flics avaient découvert. Pour Francis, elle aviserait plus tard.

35

Mercredi soir

À l'hôpital, le médecin dut admettre que les conséquences de l'équipée de Martin n'étaient pas catastrophiques. Il laissa toutefois planer le doute sur des complications ultérieures, refusant qu'il s'en tire à si bon compte.

C'était de bonne guerre. Martin revoyait la mort de Perron et l'arrestation de Jankelevic. Perron avait choisi de mourir et c'était triste, mais Martin éprouvait une sensation de plénitude, presque de bonheur, à l'idée de ne pas avoir tué le gros truand. Un joli tour qu'il avait joué au destin.

La manière dont Jankelevic s'était laissé arrêter allait faire le tour des cours de prison, Martin y veillerait. Bientôt, la légende enjoliverait la reddition du mac, et plus jamais Jankelevic ne pourrait jouer au caïd. D'autres Julien n'auraient pas à pâtir de ses sévices.

Isa arriva à la fin de l'heure des visites. Seule. Elle était en colère contre lui, mais elle s'apaisa vite. Elle repoussa le chariot chargé du repas du soir auquel Martin avait à peine touché. Cuisse de poulet, patates-haricots verts, fromage de chèvre, compote de pomme.

— Mmm, ça a l'air bon. Je peux ? J'ai tout le temps faim.

Elle grignota la cuisse, finit les patates et la compote de pommes en raclant les parois du pot avec son index.

— C'était bon, dit-elle en se léchant les doigts. Tu as une encore plus sale tête que ce matin. Qu'est-ce que tu as fait aujourd'hui ?

— Je te raconterai plus tard. En fait, je vais mieux que j'en ai l'air. Et toi ? Et le bébé ?

— Ça va. Sauf qu'il cogne comme un fou. Je vais passer une visite de routine demain, François va m'accompagner.

— C'est un garçon sympathique, dit Martin. Tu es amoureuse ?

— Oui. Tu me trouves ridicule ?

— Non. Ce n'est pas ridicule de tomber amoureux.

— Tu parles ! Une femme enceinte qui tombe amoureuse d'un garçon qu'elle connaît à peine.

Il lui prit la main et la serra dans la sienne. Ils restèrent ainsi un moment sans parler.

— Et Marion ? demanda-t-il enfin.

— Elle est partie de chez nous. Enfin, de chez toi. Elle m'a demandé de lui donner de tes nouvelles, mais elle ne veut pas te voir. Myriam a appelé, ajouta Isa. Elle aussi voulait avoir de tes nouvelles.

— Comment elle a su ?

— Un entrefilet dans le journal, ce matin. « Un commissaire de police nommé Martin s'est fait agresser dans la rue », un truc de ce genre... Je lui ai dit que tu étais déjà debout. C'était vrai, en tout cas ce matin. Je me suis bien gardée de lui dire que tu avais débarqué avec une tête de fou furieux, que tu avais pris tes armes, et que ton sourire nous a fait tellement peur à Marion et à moi, qu'on a failli accoucher spontanément.

— Je suis désolé, dit Martin. Ce n'est pas pour me chercher des excuses, mais je crois que je n'étais pas dans mon état normal.

Isa laissa échapper un ricanement.

— C'est quand la dernière fois que tu étais dans un état normal ?

Jeannette était folle de rage contre Martin. Il l'avait laissée à l'écart. Il avait risqué sa vie sans même penser à lui demander de l'aide.

Cela prouvait une seule chose, dont elle aurait dû se rendre compte depuis longtemps : elle était quantité négligeable pour lui. Quelle folle elle était d'avoir une seconde pu imaginer le contraire.

Elle avait l'intention de lui dire tout ça et bien d'autres choses encore. Irresponsabilité. Stupidité congénitale. Machisme poussé à un point grotesque. Les mots lui venaient facilement à l'esprit. Tant pis s'il était cloué sur son lit d'hôpital et dans un état de faiblesse telle qu'il ne pourrait même pas lui répondre. Au moins il serait contraint de l'écouter.

En attendant l'ascenseur, elle trépignait tant elle était impatiente de lui dire ses quatre vérités.

La porte de l'ascenseur s'ouvrit.

— Jeannette ?

Isabelle lui faisait face, belle jeune femme enceinte au ventre rond comme une mappemonde.

Les deux filles s'embrassèrent.

— Il dort, dit Isa. Il s'est endormi, alors qu'on était en train de parler. L'infirmière m'a dit que c'était normal. Il est épuisé.

— Je passais prendre de ses nouvelles. Ça a l'air d'aller ?

— Oui. Pas de fièvre, tout va bien d'après eux. Il récupère.

— Tu veux que je te raccompagne chez toi ?

— Non, ça va, j'ai sa voiture. Merci.

Jeannette accompagna Isa jusqu'à la voiture de Martin, la regarda s'éloigner, et regagna l'hôpital dès qu'elle eut disparu.

Elle pénétra dans la chambre en marchant sur la pointe des pieds et resta là, immobile, à le regarder dormir. Un bout de papier dépassait de sa main repliée. Jeannette tira le papier doucement et le lut, avant de le remettre en place.

Je suis ridicule. Je m'imagine des choses et je m'énerve contre lui parce que mes rêves n'ont rien à voir avec la réalité. Secoue-toi ma fille. Ce type n'a jamais été, n'est pas, ne sera jamais pour toi. Trop vieux, trop compliqué, trop égoïste. Moi j'ai ma vie, ma fille, mon métier. C'est ça qui importe. Rien d'autre.

Elle approcha du lit et embrassa légèrement Martin sur le front.

— Bonne nuit, Martin, murmura-t-elle. Et bonne chance.

La chambre était dans la pénombre, juste éclairée par la veilleuse. Il chercha Isa du regard. Elle n'était plus là. Il n'avait pas rêvé, elle était bien venue ? Que lui avait-elle dit ? Quelque chose à propos de son état... Elle avait même terminé son plateau. Il soupira. Elle aurait pu au moins lui dire au revoir.

Il vérifia l'heure. Minuit. Quatre heures et demie s'étaient écoulées depuis la visite de sa fille. Il sentit un bout de papier sous sa main, et ramena sous ses yeux une page déchirée dans un carnet, barrée de l'écriture qu'il connaissait bien, quatre mots griffonnés à la mine de plomb. « Papa, je t'aime ».

Il sourit, referma le poing sur le message et sombra à nouveau.

Mercredi soir/nuit

Il y avait quelque chose de différent dans l'atmosphère de la garçonnière du 3e arrondissement. Quelque chose de différent aussi, sans qu'elle réussisse tout de suite à mettre le doigt sur ce qui avait changé par rapport aux autres fois, dans la manière dont le président l'accueillit. Une vigilance dans son regard, presque une contrainte. Il avait dû encore chercher à se renseigner sur elle. Qu'avait-il pu apprendre ?

À une certaine période de sa vie beaucoup de gens de son entourage proche étaient morts, mais cela n'était plus arrivé depuis longtemps, à deux ou trois exceptions près qu'il était impossible de rattacher à elle. Ou alors...

La dernière personne à être morte dans son entourage était la fiancée de Francis. Il n'y avait pas eu de véritable enquête, et la police avait conclu à un banal accident de circulation. D'ailleurs, elle-même n'était pas censée connaître la jeune femme.

En Amérique, pendant sa lente progression vers l'est, de Los Angeles à New York, en passant par Chicago, elle s'était montrée discrète, et très prudente. Après la mort de son premier mari, elle avait noué des liens à Hollywood avec des producteurs indépendants, et d'autres personnes appartenant au monde du spectacle. Elle n'avait pas vraiment menti au roi des corbeaux. On lui avait même proposé un petit rôle dans une série télévisée, qu'elle avait refusé. Elle avait couché avec beaucoup de monde, mais selon les normes en vigueur, elle s'était conduite de manière irréprochable.

Et puis un jour, quelqu'un l'avait reconnue dans un Palace de Las Vegas. Un ami du fils aîné d'Oswaldo. Elle avait compris au regard qu'il lui avait lancé qu'il allait être source de problèmes. Il voyageait avec sa femme, ce qui compliquait encore les choses.

Peut-être cela voulait-il dire qu'il était temps de changer de vie. Mais elle ne pouvait laisser derrière elle une telle hypothèque. Personne ne devait se poser de questions à son sujet.

Elle avait été contrainte d'agir avant de quitter définitivement Los Angeles.

Là encore, elle avait fait en sorte qu'il fût impossible de remonter jusqu'à elle. Ses deux accessoires avaient été une tenue d'apparence identique à celle des femmes de service de l'hôtel, et un petit Ruger .22 acheté chez un prêteur sur gages. Une balle dans la tête de l'homme dès qu'il avait ouvert la porte de sa suite, une balle dans la tête de la femme alors qu'elle se lavait les cheveux sous la douche. Le .22 glissé dans la main de l'homme et une troisième balle tirée dans le mur pour le test à la paraffine.

Le Palace était insonorisé, et les détonations n'avaient pas fait plus de bruit que des claquements de porte. Elle était ressortie de l'hôtel aussi discrètement qu'elle y était entrée, sa tenue de soubrette cachée sous un imperméable.

Elle avait appris par les journaux du lendemain que le couple était au bord du divorce, que ce voyage était destiné à recoller les morceaux... Le double assassinat avait été répertorié comme crime passionnel suivi d'un suicide, et l'enquête classée sans suite.

En ce temps-là, l'improvisation lui réussissait. C'était comme si le hasard s'ingéniait à lui faciliter la vie, depuis ce jour où, âgée de seize ans, elle avait pris son destin en main.

Quelques mois plus tard, à New York, il s'était à nouveau passé quelque chose d'embarrassant pour elle. Cette fois, ses victimes étaient des Américains d'un statut social élevé. Elle eut plus de mal à faire le ménage, et deux flics étaient venus lui poser des questions. Il n'y eut pas de conséquence, mais c'était déjà trop. C'est tout de suite après qu'elle s'installa à Paris.

Il n'était pas question qu'elle retourne aux États-Unis et L'Asie ne lui disait rien. Sa place était ici. En Europe. En France. À Paris.

Elle embrassa langoureusement le roi des corbeaux sur sa bouche aux lèvres inexistantes. Elle se colla contre lui en défaisant sa ceinture, et glissa à genoux en extirpant son sexe encore mou de son caleçon. Il se laissa faire sans bouger. Qu'est-ce qui n'allait pas ? L'avait-il déjà remplacée ?

— Relevez-vous, dit-il. Je n'aurais pas dû vous demander de venir. Je crois qu'il vaut mieux ne plus nous voir.

— Pourquoi ? demanda-t-elle, alors qu'elle devinait déjà la réponse.

Il s'écarta en se rajustant, sans répondre tout de suite.

— Appelons ça la culpabilité, si vous voulez, dit-il enfin.

Elle n'en crut pas ses oreilles.

— La culpabilité ? Culpabilité de quoi ?

— J'éprouve une très grande affection pour votre mari, dit-il d'un ton grave, presque peiné. Et malgré tout le goût que j'ai pour vous, j'ai honte de ma conduite.

Elle se planta en face de lui.

— Pourquoi ne pas dire tout simplement la vérité ?

Il la regarda comme si elle venait d'émettre une insanité.

— Il n'y a pas d'autre vérité, lâcha-t-il sur un ton définitif.

Elle se sentit perdue. Il n'avait pas le droit de la rejeter. Pas comme ça.

Elle se jeta à genoux et lui enserra les cuisses.

— Je vous aime, dit-elle en collant sa tête contre lui. Ne me quittez pas comme ça.

Il ne répondit pas, et les grandes mains la détachèrent de lui. Elle se laissa tomber au sol et se mit à sangloter.

Plus tard, un peu apaisée, elle se rajusta et vit qu'il était parti.

Il ne servait à rien d'insister. Elle ne voulait pas risquer de remettre en cause l'accord tacite qui la liait au président. Elle aurait bien trop à perdre. Il l'avait remise à sa place comme une domestique.

L'humiliation était presque insoutenable, mais il fallait qu'elle l'accepte.

Elle prit son manteau et sortit.

Que s'était-il passé ? Il ne voulait pas d'une tueuse comme maîtresse. Il ne fallait pas qu'on puisse la rattacher à lui.

Dans la rue, elle sentit avant qu'elle ne vît les deux hommes lui barrer le chemin. Elle se retourna. Il y avait deux autres hommes derrière elle, pareillement vêtus de vêtements neutres, sombres. Des flics en civil ou des hommes de main. Elle n'était pas armée, et contre quatre hommes entraînés, elle ne pouvait rien tenter. Elle se força à se détendre. Un des hommes en face d'elle glissa la main dans la poche intérieure de son veston et sortit un porte-carte qu'il ouvrit d'un coup de poignet, lui présentant une carte barrée de tricolore.

— Police, dit-il. Madame, veuillez nous suivre, s'il vous plaît. Vérification d'identité.

Là, soudain, elle eut vraiment peur.

36

Mercredi / jeudi

On la conduisit au poste de police du quartier. Après un rapide conciliabule avec le factionnaire, deux des hommes l'entraînèrent dans un long couloir sale et obscur jusqu'à une petite pièce surchauffée et sans fenêtre.

Ils fermèrent la porte à clé.

— Déshabillez-vous s'il vous plaît, dit un des deux hommes, pendant que l'autre vidait son sac à main sur une petite table métallique vissée au sol.

Elle ôta son manteau, puis passa sa robe par-dessus la tête.

— Ôtez le reste s'il vous plaît. Les bas aussi.

Elle s'exécuta et resta debout, pieds nus sur le sol froid.

Il portait son arme de service sur la hanche gauche, la crosse vers l'avant, prête à être saisie. Le point rouge de la sécurité était visible. L'information alla se nicher quelque part dans son cerveau. Elle n'en aurait peut-être jamais besoin.

Pendant ce temps, l'autre homme ouvrait sa boîte de maquillage, dévissait le tube de rouge à lèvres, feuilletait son agenda, inspectait chaque objet avec minutie. Il passa plusieurs minutes sur le passeport, le décortiquant page après page.

Celui qui lui avait donné l'ordre de se déshabiller procéda de la même manière avec ses vêtements, sous-vêtements, il scruta même l'intérieur de ses escarpins et la semelle, puis il l'examina sous toutes les coutures sans la toucher. Il enfila des gants en pvc, lui passa les doigts dans les cheveux, tâtant son cuir chevelu.

— Ouvrez la bouche, s'il vous plaît.

Elle s'exécuta et il éclaira son palais avec une petite lampe. Il introduisit deux doigts et lui tâta l'intérieur des joues.

— Veuillez vous tourner et prendre appui avec vos mains sur la table, dit-il ensuite. Reculez et écartez les jambes.

Elle obéit. Cette fouille était illégale. C'est une femme qui aurait dû la pratiquer. Mais toute tentative de discussion ou de révolte n'aurait servi qu'à leur faire plaisir.

Le flic lui examina sans douceur l'intérieur du vagin et de l'anus avec le doigt. Quand ce fut fini, il attendit quinze bonnes secondes, la laissant dans sa posture humiliante, avant de lui dire qu'elle pouvait se rhabiller.

Elle enfila ses vêtements sans hâte, le regard vide.

Les deux flics paraissaient déçus. De son manque de réaction, ou du fait qu'ils n'aient rien trouvé sur elle.

— Vous vous doutez de la raison pour laquelle vous êtes ici ? demanda le flic qui l'avait fouillée à corps en ôtant ses gants et en les retournant avant de les ranger dans une poche de son manteau.

Elle ne répondit pas.

— Nous pouvons vous garder quarante-huit heures, jusqu'à ce que vous répondiez.

Elle bâilla derrière sa main.

Le rouge monta aux joues du flic.

— On a toute la nuit, dit-il.

— Ça va, dit l'autre.

— Vous feriez mieux de vous tenir tranquille, reprit le premier.

Il rouvrit la porte, et fit un signe à son collègue. Ils sortirent, laissant la porte ouverte.

Elle entendit leurs pas décroître.

Elle attendit encore quelques secondes et quitta la pièce à son tour. Le couloir était désert. Derrière l'étroit bat-flanc de l'entrée, l'agent en faction lui tournait le dos, occupé à faire coulisser des fiches sur un tableau. Elle passa devant lui et rejoignit la sortie. Personne ne tenta de l'arrêter.

La rue était vide. Les quatre hommes avaient disparu.

Elle souffla, rassurée. Cette démonstration de force n'avait rien à voir avec les meurtres et tout à voir avec le roi des corbeaux.

Il avait voulu lui donner une leçon. Si le roi des corbeaux avait tenu à lui démontrer qu'ici elle était quantité négligeable, que sur un mot de son puissant protecteur, elle pouvait être réduite à rien, c'est qu'il la craignait. Cette fouille n'était pas uniquement destinée à l'humilier et à la contraindre à se tenir à sa place. On avait peur d'elle. Elle sourit. « On » avait raison d'avoir peur.

Les sbires n'avaient rien trouvé de compromettant sur elle, mais il n'était pas exclu qu'ils fouillent son domicile, et même son ordinateur. Son disque dur était verrouillé, mais il suffirait probablement d'un bon informaticien et d'un logiciel de pointe…

C'était peut-être la véritable raison pour laquelle on l'avait retenue dans ce poste de quartier.

Elle hâta le pas.

Francis dormait sur le canapé du salon, en chemise et chaussettes. Une bouteille d'*Absolut* largement entamée gisait à ses pieds.

Elle examina le décor d'un coup d'œil. Rien n'avait bougé. Elle gagna rapidement la chambre, puis son petit bureau. Tout paraissait intact.

Elle effaça toutes les données de l'ordinateur, y compris la liste qu'elle connaissait par cœur. Elle rassembla tous les papiers qui pouvaient se révéler compromettants, les emporta dans l'évier de la cuisine et les arrosa d'alcool.

Elle mit la hotte en marche et craqua une allumette. Les papiers s'embrasèrent.

— Que fais-tu ? dit Francis dans son dos.

Ses yeux étaient injectés de sang. Il n'était pas rasé. Elle ne l'avait jamais vu dans cet état.

Elle ouvrit en grand le robinet de l'évier. Le jet d'eau emporta les cendres dans le tourbillon de la bonde.

Il la saisit par le coude et la força à se tourner vers lui.

— D'où viens-tu ? dit-il, lui envoyant au visage son haleine chargée.

— Sois gentil, répondit-elle en détournant la tête, j'ai eu une nuit fatigante.

Il accentua son emprise sur son coude.

Elle lui tordit les testicules. Il hurla en reculant, plié en deux.

Elle le frappa sur le nez avec le plat de la main. Il recula, les yeux pleins de larmes. Elle le frappa de la pointe de son escarpin sous le genou. Il s'effondra.

— Je t'avais demandé de me lâcher, dit-elle.

Elle l'enjamba et sortit de la cuisine.

Jeudi à l'aube

Dans le salon elle se sentit tanguer, la poitrine écrasée par une terrible sensation d'oppression et de perte. Tout ce qu'elle avait bâti était en train de s'écrouler. Son mari n'était pas ce qu'il paraissait être. C'était un étranger. Un ennemi. Il l'avait trahie. Il n'y avait pas de retour en arrière possible. Cette haïne et ce mépris qu'elle avait lus dans son regard. Que lui avait-on dit sur elle ? Et comment osait-il ? Après tout ce qu'elle avait fait pour lui.

Elle se mit à tourner en rond, frappant dans les murs et dans les meubles avec ses poings et ses pieds. Elle faisait de l'hyperventilation. Il fallait qu'elle se calme.

Elle s'agenouilla sur le sol, posa le front contre la moquette et étendit les bras, ouvrant sa cage thoracique. Elle ramena les bras et les retendit, plusieurs fois de suite. Sa respiration s'apaisa, ses battements de cœur revinrent presque à la normale.

Elle se sentait à nouveau capable de raisonner. Francis l'avait trompée, bien sûr, elle se vengerait, mais cela pouvait attendre. Elle avait d'autres tâches autrement importantes à accomplir avant de faire justice.

Elle se redressa. Non. Elle ne pouvait rien entreprendre de constructif tant qu'elle ne saurait pas. La rage risquait de l'envahir au moment où elle s'y attendrait le moins, l'empêchant de penser, la mettant en danger. Il fallait qu'elle sache. Qu'elle punisse. Maintenant.

Elle revint à la cuisine. Il se redressait à peine. Il leva la main dans un geste de défense ridicule quand elle approcha de lui. Elle le frappa sous le genou, exactement au même endroit que la première fois. Il hurla de douleur. Elle se laissa tomber à califourchon sur lui et enfonça ses deux pouces dans les carotides, de chaque côté du cou. Il perdit conscience quelques secondes plus tard.

Elle lui lia les mains dans le dos et l'attacha à un pied de table avec du chatterton, elle fit la même chose avec les chevilles, et le gifla jusqu'à ce qu'il se réveille. Il ouvrit les yeux au bout de deux minutes, chercha autour de lui, le regard encore embrumé, avant de s'apercevoir qu'il avait les membres attachés et qu'il était dans l'incapacité de se relever.

— Tu es complètement folle ! Détache-moi tout de suite.

Elle se pencha vers lui.

— Tu as cinq secondes pour me dire le nom de la salope avec qui tu couches, dit-elle.

— Mais jamais...

Elle lui passa sur la tête un sac en plastique transparent qu'elle serra autour de son cou. Il secouait la tête en s'efforçant de hurler, quand l'air vint à manquer. Il se cogna la tempe contre le carrelage. Elle ne lâcha pas prise. Elle s'assit sur son thorax pour accélérer l'asphyxie. Les mouvements de Francis devinrent spasmodiques, la surface intérieure du sac se macula de morve et de bave. Des pointes de sang ponctuaient déjà les blancs de ses yeux exorbités.

Elle attendit encore quelques secondes et ôta le sac. Francis gémissait, à moitié inconscient.

— Le nom, dit-elle.

Elle lui prit le pouls. Son cœur battait à 170 pulsations / minute. Il ouvrait la bouche comme s'il cherchait à ingurgiter tout l'air de la pièce.

— Le nom, répéta-t-elle.

Il émit un son incompréhensible. Elle remit le sac en place. Il rua si fort qu'il faillit faire tomber la table et la désarçonner. Mais elle tint bon. Elle attendit une dizaine de secondes avant d'ôter le plastique. Il bougea la tête de part et d'autre, lentement, dans un état proche du coma. Elle lui piqua le corps à divers endroits avec un petit couteau pointu, sans le faire saigner, jusqu'à ce qu'il réagisse. Le sac était déchiré. Elle en prit un autre et commença à le lui enfiler. Il entrouvrit les yeux, ses lèvres remuèrent.

— Plus fort, dit-elle.

Il le lui dit.

Pour être sûre, elle le fit répéter, le secoua jusqu'à ce que les deux syllabes ressortent entre les lèvres bleuies.

— Je t'aime, lui dit-elle à l'oreille. J'étais prête à tout pour toi. Tout. Tu te souviens, ta petite fiancée ? C'est moi qui l'ai tuée. Par amour pour toi. Ton président. J'aurais fait de lui ce que je voulais. Pour toi. Et maintenant, c'est trop tard.

Ses lèvres frémirent, comme s'il voulait encore parler, mais elle lui ferma la bouche de la main et lui pinça le nez. Il tenta de lui échapper, mais il était trop affaibli pour résister longtemps. Ses mouvements désordonnés mollirent rapidement et son cœur cessa de battre.

Elle se redressa, l'esprit vidé de toute envie, de toute pensée.

Elle alla se passer de l'eau sur le visage. Il fallait qu'elle sorte de sa léthargie. Sa nuit ne faisait que commencer.

Elle se mit à sangloter sans pouvoir s'arrêter. Elle se laissa tomber à genoux et prit la tête de Francis dans ses mains, lui embrassa le front, les yeux, les lèvres, la gorge, la poitrine, saisie d'un accès de frénésie amoureuse. Elle le déshabilla entièrement et resta à le contempler, touchant de temps à autre du bout des doigts la peau encore tiède. Il l'avait trahie, mais c'était un faible, ce n'était pas de sa faute.

Elle aurait dû être plus vigilante, le protéger de lui-même, de l'ignoble souillure qui régnait partout.

Elle lui nettoya soigneusement le visage et défit ses liens. Elle lui ferma les yeux. Il paraissait dormir. Jamais il n'avait été aussi beau. Elle le rhabilla. Elle se promit qu'elle n'aimerait plus personne. Jamais.

37

Jeudi matin

Martin se réveilla presque dispos. Sa tête ne le faisait presque plus souffrir. Il avait fait des cauchemars. Tout ce sang. Perron était mort. Ce n'était pas un cauchemar. Tout avait réellement eu lieu. Les narines de Martin s'emplirent d'une insoutenable odeur de poudre et de sang. Il se leva, incapable de rester allongé une seconde de plus et alla à la fenêtre, qu'il ouvrit en grand malgré l'air glacé qui s'engouffrait dans la chambre d'hôpital trop chauffée.

Deux heures plus tard, il était dans la rue, avec cette fois la bénédiction du personnel hospitalier, muni d'une longue liste de médicaments à prendre et d'un échéancier de rendez-vous de contrôle.

L'appartement était vide et froid. Il trouva les clés de sa voiture sur son bureau et la clé de la porte d'entrée qu'il avait donnée à Marion, bien en évidence, sur la cheminée. Il chercha un mot, un signe. Il écouta le répondeur. Rien.

Il allait devoir se réhabituer à la solitude, après ce bref interlude où il s'était presque vu patriarche.

Il mit son portable en charge et le ralluma. Dès qu'il eut validé son code secret, la sonnerie retentit. Il avait cinq messages.

Isa s'inquiétait de ne pas avoir pu le joindre à l'hôpital. Un message de Landowski qui voulait lui parler « mais ça ne presse pas, reposez-vous bien ». Fournier lui demandait de passer dès qu'il pourrait, pour faire sa déposition. Puis un message muet, venant d'une source privée. Un autre message muet. De la même source ? Mais rien de Marion. À moins qu'elle ne se cache derrière les numéros masqués. Ou de Myriam. Ou de l'IGPN. Ou de n'importe qui d'autre.

Il appela sa fille et tomba sur le répondeur. Il lui dit que le médecin avait accepté qu'il sorte, qu'il était rentré à l'appartement, que tout allait bien. Il allait prendre du repos et regarder ses cheveux repousser.

On lui avait ôté son pansement. Il tenta d'apercevoir l'arrière de son crâne grâce à un jeu de miroirs. Les deux trous étaient à peine visibles à l'arrière de sa tête, bien plus petits qu'il ne les avait imaginés, deux points plus ou moins circulaires et presque noirs. L'hématome par contre était aussi large que la paume de sa main. Ses cheveux auraient largement le temps de repousser avant que la tache rouge sombre ait complètement disparu.

Il tâta la zone avec précaution, sans éprouver d'autre sensation qu'une douleur épidermique. Il n'avait plus mal au crâne. Il décida de ne pas prendre les calmants qu'on lui avait prescrits.

Son portable sonna. Un numéro protégé.

Une voix féminine un peu étouffée dans laquelle il sentit une trace d'accent ou d'intonation étrangère, demandait à parler au commissaire Martin.

— Bonjour commissaire. Je vous appelle de la part du préfet de police. Je m'appelle Magdalena Petit. Je rassemble des informations pour l'écriture d'un film policier qui se passerait en France, à Paris, et la police a eu la gentillesse de me communiquer le dossier d'une enquête. J'aurais besoin de l'œil d'un professionnel, d'un expert, pour comprendre comment fonctionne une enquête... Serait-il possible de vous rencontrer ?

— Oui. Quand voulez-vous ?

— Le plus tôt possible. Aujourd'hui si cela vous convient. Je connais un charmant petit salon de thé qui fait également restaurant dans le 7e arrondissement, on y déjeune très bien. Rue de l'Université. Au 186. Cela vous irait ?

— Si vous voulez, dit Martin. Disons treize heures. Vous me reconnaîtrez. J'ai le crâne rasé et plus ou moins peint en jaune.

Il y eût un silence à l'autre bout du fil.

— Ce n'est pas pour faire joli, précisa Martin. C'est un accident.

Jeudi treize heures

Martin connaissait bien le salon de thé de la rue de l'Université. Il aimait venir y déjeuner autrefois, avec Myriam et Isa. Il n'y avait pas remis les pieds depuis des années.

Le décor avait à peine changé, et Martin fut brusquement submergé par un accès de nostalgie, de regret du temps qui passe.

Il repéra la femme au premier coup d'œil. Elle s'était assise dans le coin le plus éloigné de la petite salle, face à la porte. Brune, le teint mat, d'une élégance discrète, vêtue de noir. La voix qu'il avait entendue au téléphone s'accordait parfaitement avec son allure. Il se dirigea vers elle et elle se leva en lui souriant, lui tendant la main. Il éprouva un sentiment de déjà vu, elle aussi le regardait comme s'il ne lui était pas inconnu. Sa main était petite, ferme et chaude. Il émanait d'elle un parfum lourd qui incommoda aussitôt Martin.

Son impression de déjà vu venait de ce que l'allure de la jeune femme lui évoquait Myriam, à laquelle il venait de penser. De taille moyenne, bien faite, les épaules larges, vibrante d'énergie contenue. Pour le reste, les deux femmes ne se ressemblaient pas. En s'asseyant face à elle, il se rendit compte qu'elle avait les yeux les plus noirs qu'il eût jamais vus. Il était presque impossible de distinguer la pupille de l'iris. Cela lui donnait un regard particulier. Elle était séduisante et le savait. Il se força à faire abstraction de cette séduction. Il se demanda de quelle origine elle était. Sud-américaine ?

— Venezuela, dit-elle. C'est la question que vous vous posiez ? C'est de là que je viens.

Martin sourit.

— Mais j'ai surtout vécu aux États-Unis et en Europe. Je vis en France depuis un peu plus de deux ans. Mon mari est français.

— Je ne compte pas vous demander vos papiers, dit Martin.

Elle sourit à son tour.

— Peut-être le devriez-vous. Et si j'étais une criminelle ?

— Dans ce cas, avec votre recommandation, vos faux papiers seraient si bien imités que je n'y verrais que du feu.

Elle rit.

— Vous pouvez me dire ce qui vous est arrivé, ou bien est-ce confidentiel ?

— J'ai été assommé dans la rue par un voyou.

— Pas de fracture ?

— Non, mais un hématome intercrânien.

— Vous ne devriez pas être encore à l'hôpital ?

— Ils m'ont laissé sortir. Ça se résorbe bien.

— Vous devez avoir le crâne solide.

— Plus maintenant. Chaque fois que je remue la tête, j'ai l'impression qu'elle va tomber en morceaux.

Une serveuse vint prendre leur commande.

— Je tiens à préciser que je vous invite, dit la jeune femme. C'est un déjeuner de travail.

Elle sortit d'une serviette de cuir le dossier que lui avait fourni la hiérarchie policière.

Son bras droit se dénuda partiellement et Martin aperçut de fines lignes blanches sur la peau mate, ainsi que des petits cercles clairs, aux bords irréguliers.

Elle remarqua son regard et sourit.

— Petite fille, j'étais un véritable garçon manqué comme vous dites ici. Je suis couverte de cicatrices... Des pieds à la tête.

Elle accentua son sourire, sans le quitter des yeux. Martin ressentit un petit choc électrique dans le ventre. Elle lui faisait de l'effet. Trop. Mais il y avait autre chose en elle. Quelque chose de presque repoussant. Il chassa l'idée. C'était absurde.

Il prit les papiers. Il reconnut avec stupeur les photocopies de PV d'interrogatoires et de rapports de médecine légale. Tout y était. Même si les noms avaient été noircis au marker, Martin était sidéré qu'on eût fourni à cette inconnue des documents aussi confidentiels.

Il n'en montra rien, mais la jeune femme perçut son raidissement.

— Vous pensez que je ne devrais pas être en possession de ces papiers, dit-elle.

— Je pense que si vous étiez une journaliste agissant sous le manteau, vous pourriez faire beaucoup de mal à l'enquête. Il y a dans ce dossier des informations que seule la police connaît. Il ne faut jamais oublier que le tueur lit aussi la presse. Si jamais par exemple il apprenait qu'il a éliminé la sœur de la femme qu'il voulait abattre, cela mettrait cette femme en danger.

— Je comprends, dit-elle. À plusieurs reprises, j'ai remarqué que les enquêteurs et même la personne qui signe les rapports du laboratoire scientifique font référence à une éventuelle tueuse. Sans que cette conviction soit étayée par des faits. Avez-vous une idée de ce qui leur permet d'être aussi affirmatifs ?

— Il y a la trace d'une semelle pointure 38 sur le premier meurtre.

— Bien sûr, j'ai vu ça. Mais c'est tout de même très mince comme indice. Ça vous paraît suffisant ?

— Non, bien sûr que non. Il y a des hommes avec de petits pieds.

— Et le tueur a pu laisser cette trace pour tromper les enquêteurs.

— Vous voulez dire qu'il serait spécialement venu avec une chaussure taille 38 pour laisser une empreinte ? Cela voudrait dire que le lieu du meurtre aurait été prémédité.

— Pourquoi pas ?

— Vous avez raison, pourquoi pas. Mais pour ma part je pense que c'est une erreur de la tueuse. Ou une provocation, tant elle est sûre de son impunité.

— Vous avez beaucoup réfléchi à l'enquête, dit-elle.

Il sentit brusquement une sorte d'agressivité, presque d'hostilité dans la façon dont elle posait cette question. Pourquoi cette réaction ?

— En effet, répondit-il. Mais ce n'est plus moi qui m'en occupe.

— Parce que ça ne progressait pas assez vite ?

— Il y avait une autre raison.

Elle n'insista pas dans cette voie.

— Comment procéderiez-vous, à présent, à la place de vos successeurs ?

Il n'avait aucune envie de lui donner plus d'informations. Il ne savait pas qui elle était, et dans quelle mesure ce qu'il pouvait lui dire n'allait pas interférer avec l'enquête. Cela lui paraissait contre nature de parler du travail en cours, sur un dossier aussi complexe, avec cette inconnue, aussi bien introduite fût-elle.

— Je ne peux absolument pas vous dire ce que je ferais. Il faudrait pour cela que je sache où ils en sont, quelles pistes ont été explorées, à quelles impasses elles ont abouti.

— Vous pourriez bien sûr vous renseigner.

— Je pourrais, mais je ne le ferai pas.

Elle sourit plus largement, mais il vit deux taches rouges apparaître sur les hautes pommettes.

— Je pensais pouvoir compter sur votre assistance, dit-elle. Mes références sont excellentes et les personnes par qui je suis recommandée sont... très importantes.

Y avait-il une menace sous-jacente dans la manière dont elle avait énoncé cette phrase ? Il décida de ne pas en tenir compte.

— Puisqu'on en parle, j'aimerais bien connaître votre identité exacte, dit-il, et voir vos références. Vous avez des documents prouvant que vous êtes productrice ?

Le sourire de la jeune femme s'élargit encore, révélant des dents parfaites.

Elle prit dans son sac un portefeuille et un passeport.

— Voici mon permis de conduire et ma carte d'identité. Et mon passeport américain. J'ai la double citoyenneté depuis mon mariage avec un citoyen français, Francis Petit. Collaborateur du président de l' Union pour le Progrès.

Elle lui tendit les trois pièces.

— Pour ce qui est de mon activité de productrice, je vous communiquerai dès demain des références. Vous acceptez de m'aider ?

Martin lui rendit ses papiers.

— Vous seriez la femme du président de la République, je vous répondrais la même chose. Une enquête est en cours. Il y a déjà eu de nombreux morts. Il peut y en avoir encore. Je n'ai pas le droit de faire ni de dire quoi que ce soit qui puisse nuire à l'investigation. Ces personnes importantes dont vous vous recommandez auraient dû vous l'expliquer. Et commencer par ne pas vous communiquer des documents aussi confidentiels.

Le sourire de la jeune femme était devenu un rictus.

— Vous voulez dire qu'ils ont eu tort de me faire confiance ?

— Je suis certain que n'importe quel policier réagirait de la même manière, aux États-Unis ou au Venezuela, conclut Martin.

Elle souffla bruyamment.

— Je vois que nous perdons notre temps, dit-elle.

— Si vous voulez que je vous parle des méthodes de la police appliquées à ce genre d'enquête, je peux parfaitement vous raconter ma dernière affaire de meurtres en série.

— Non. Vos chefs m'ont parlé de cette affaire, et c'est elle qui m'intéresse.

— Pourquoi ?

Elle prit le temps de ranger ses papiers et de fermer son sac avant de répondre. Quand elle releva les yeux, elle paraissait à nouveau sereine et sûre d'elle, toute colère envolée.

— Je vous prie de m'excuser, dit-elle. Je me suis énervée stupidement. J'ai tendance à prendre mes désirs pour la réalité... Un défaut d'enfant gâté.

— C'est oublié, dit Martin avec autant de sincérité apparente.

— Cette affaire m'intéresse parce qu'il y a tous les ingrédients pour faire une magnifique histoire. Et si la tueuse est une femme, c'est encore plus prometteur. C'est pour cela que je vous demandais si vous en étiez certain.

— Je comprends, dit Martin, et je serai à votre disposition dès que les meurtres seront éclaircis et l'assassin arrêté. Homme ou femme.

Elle se leva et lui tendit la main.

— Au revoir monsieur. Ravi d'avoir fait votre connaissance.

Elle partit dans un froufrou de soie et de parfum.

Contrairement à ce qu'elle avait annoncé, elle n'avait pas payé la note, constata mélancoliquement Martin. Il faut dire qu'il ne lui en avait pas vraiment donné pour son argent.

Il finit son assiette et commanda un café, repensant à cette étrange entrevue.

Dans la rue, elle s'arrêta au bout de quelques centaines de mètres, le souffle coupé par l'intensité de son émotion. Elle était folle de rage contre elle-même. Elle était épuisée par sa nuit. La fatigue lui avait fait commettre une énorme erreur de jugement. Jamais elle n'aurait dû rencontrer ce commissaire. Elle avait oublié que tous les hommes n'étaient pas comme les valets du président.

Ce flic était différent. Ce n'était pas un politicien de salon, mais un homme de terrain. Il connaissait la violence, il l'avait vue sous toutes ses formes, il l'avait pratiquée et subie, et il avait l'air de se ficher éperdument de son avancement.

Elle n'aimait pas le regard qu'il avait posé sur elle. D'abord attentif, séduit, presque amical. Il l'avait vue en tant que femme et elle lui avait plu. Mais devant l'insistance et la maladresse dont elle avait fait preuve, son expression s'était fermée. Ses yeux étaient devenus ceux d'un flic en train d'évaluer un suspect. Il n'avait qu'un pas à faire pour que sa méfiance se transforme en interrogations.

Et s'il commençait à imaginer des réponses... Il avait les moyens de se renseigner sur elle, de la mettre en danger. Les documents qu'elle avait trouvés la nuit dernière la protégeaient de gens comme le roi des corbeaux, mais pas de gens comme Martin. Elle ne pouvait pas tolérer ça. Martin était une menace pour elle. Elle ne pouvait pas le laisser vivre. Elle devait agir. Vite. Très vite.

Elle revint sur ses pas.

38

Jeudi treize heures

À l'heure où Martin rencontrait Magadalena Petit dans un élégant restaurant-salon de thé du 7e arrondissement, Gérard Dupuis, 58 ans, célibataire, ex-commissaire divisionnaire, ex-membre des RG, ex-chef d'entreprise de gardiennage, ex-trésorier d'un parti de droite, ex-cadre dirigeant de l'Union pour le Progrès et ex-maître-chanteur pour le président de l'Union, mais surtout pour son propre compte, sous le pseudonyme de Aymeric Tanguy-Frost, fut découvert par sa secrétaire, entièrement nu et mort, les membres liés, baignant dans son sang, sur le sol de marbre du living room de sa maison de Plaisir, dans la banlieue ouest de Paris.

Les premières constatations établirent que le décès s'était produit environ douze heures auparavant.

Il avait été torturé avant de mourir. Des plaies multiples et pour la plupart superficielles zébraient son corps, de la plante des pieds au visage. Des coupures en arabesques, en segments, en courbe, en pointe, en croisillon, et même en cercle. Une symphonie digne du jardin des supplices. Comme il était solide, il avait fallu qu'il perde les deux tiers de son sang avant que son cœur ne déclare forfait.

Du sperme était répandu sur son visage et sur sa poitrine. Les premières analyses prouvèrent qu'il n'y avait pas de sperme à l'intérieur de la bouche et de l'anus. Le tueur s'était contenté d'éjaculer sur lui.

Bélier fit agrandir les photos des plaies prises par ses collaborateurs et les afficha sur un mur en reconstituant une sorte de mosaïque macabre et parcellaire du corps de la victime.

Elle sortit du dossier les photos du corps supplicié de la sœur de Julie Rodez, et se livra au même travail sur le reste du mur. Il y avait moins de photos, mais il y avait aussi moins de blessures. Le résultat était tout de même à la hauteur de ses espérances.

Elle appela Landowski.

Landowski et Jeannette examinèrent le travail de Bélier.

— C'est le même genre de blessures sur les deux victimes, c'est ce que vous vouliez nous montrer ? dit enfin Landowski.

— Ce n'est pas seulement le même « genre », dit Jeannette. Certaines sont identiques.

— Mais d'autres sont très différentes, reprit Landowski. Ça pourrait être le hasard qui veut ça, non ?

— Pas vraiment, dit Bélier. Regardez ces deux plaies sur chacun des flancs gauches. J'ai réduit les photos à la même échelle. Elles se superposent parfaitement. Même chose pour deux plaies à la poitrine, et deux autres sur la face antérieure des cuisses. Des plaies aussi semblables que des lettres tracées par la même personne. Avec un bistouri au lieu d'un crayon.

— C'est donc notre tueuse qui a fait le coup, dit Landowski.

— On a trouvé du sperme répandu sur le visage de la victime, dit Bélier.

Landowski et Jeannette se regardèrent.

— Cela remet tout en cause, dit Landowski. Ce serait donc en fin de compte un homme qu'on recherche. Ou alors la tueuse a un complice. Vous avez fait l'analyse génétique ?

— C'est en cours, dit Bélier. Il y en a largement assez pour déterminer l'ADN nucléaire. On attend les résultats.

Aucune des deux flics ne demanda ce qu'elle entendait par ADN nucléaire. Toutes deux savaient, sans avoir de notion particulière de biologie moléculaire, qu'il y avait deux sortes d'ADN, l'ADN nucléaire qui n'existe qu'à un seul exemplaire par cellule, et le mitochondrial, beaucoup plus abondant, mais qui présente moins de variations entre individus, et ne permet pas une identification aussi précise.

— Et si c'était un leurre ? dit Jeannette.

Bélier la regarda avec un petit sourire.

— Je reconnais bien là votre esprit mal tourné.

— Vous voulez bien m'expliquer ? dit Landowski.

— Une femme a plus d'un moyen de prendre le sperme d'un homme sans qu'il s'en aperçoive, dit Bélier. Et de s'en servir ultérieurement. Le sperme se garde très bien au congélateur.

— C'est une hypothèse, dit Landowski, mais je la trouve un peu tirée par les cheveux. On ne peut se permettre de négliger la piste masculine. Attendons de voir les résultats de l'analyse génétique.

— Une seconde, dit Jeannette. Admettons qu'il s'agisse d'une femme...

Bélier et Landowski se tournèrent vers elle, attendant la suite.

— Excusez-moi, je n'ai rien dit.

L'embryon d'idée qu'elle venait d'avoir ne serait pas bien reçue par Landowski. Il fallait qu'elle réfléchisse encore avant de l'exposer. Mais si elle avait raison, des perspectives vertigineuses pouvaient s'ouvrir, et l'enquête prendre un tour entièrement différent.

Jeudi après-midi

Martin partit à pied, sans se douter qu'il était suivi.

Elle ne s'approcha jamais à moins de cent mètres de lui. Elle ne voulait pas prendre le risque même minime de se faire repérer. Si elle le perdait de vue, tant pis, elle trouverait un autre moyen de savoir où il vivait.

Ils traversèrent la Seine par le Pont Neuf. Il faisait toujours froid et sec, les passants se pressaient nombreux sur les trottoirs. Beaucoup étaient vêtus de couleurs sombres, et elle put se rapprocher de Martin, se fondant dans la masse. Il ne se retourna pas une seule fois.

Il s'arrêta devant un immeuble et composa un code, poussa la porte et entra. Elle avançait vers la porte de l'immeuble, quand celle-ci se rouvrit et Martin ressortit. Elle n'était qu'à une vingtaine de mètres de lui, elle se figea. S'il avait tourné la tête de quelques millimètres vers elle, il l'aurait immédiatement vue et reconnue, mais il partit d'un pas décidé dans l'autre direction.

Trop peu de temps s'était écoulé pour qu'il ait eu le temps de recevoir un coup de fil. Un sms ?

Elle reprit sa filature, accélérant le pas.

Il rejoignit un arrêt de bus pour lire les heures de passage, hésita quelques secondes avant de se remettre à marcher.

Il se dirigeait à présent vers le Marais. Elle avait noté la première adresse. C'était probablement la sienne. Qu'avait-il oublié ? Qu'est-ce qui l'avait fait aussi brutalement changer d'idée ?

Il traversa la rue de Rivoli et s'enfonça dans une petite rue qui descendait vers les quais. Elle connaissait bien ce quartier. Elle y avait habité quelques mois avant de rencontrer Francis. Un îlot de rues étroites bordées d'immeubles du XVIIIe. La rue était presque déserte, si Martin se retournait, il la repérerait immanquablement. Mais il ne se retourna pas une fois, tourna dans la rue Charles-V, une rue encore plus étroite et déserte que la précédente, et s'arrêta devant un vaste portail clouté. Il composa le code et entra. Le portail se referma avec un claquement sec.

Elle attendit quelques minutes et repartit. Elle avait beaucoup à faire. Elle rentra chez elle et emprunta le gros 4×4 de Francis. Elle se rendit dans une grande surface de banlieue, acheta une grande malle en aluminium à ouverture latérale et un petit plateau monté sur roulettes qui pouvait élever des charges sur une hauteur d'un mètre, et supporter jusqu'à trois cents kilos. Elle monta le tout chez elle par le monte-charge, sans rencontrer âme qui vive. Le parking de son immeuble était équipé de caméras de surveillance, mais elle s'était arrangée pour que celle de son étage soit en panne.

Au moment où Martin montait l'escalier de chez lui, son portable avait sonné. C'était un message blanc, sans texte. Ça venait de Marion. Une erreur d'envoi. Ou alors ? Il fallait qu'il en ait le cœur net. Il dégringola les marches et ressortit. Pas de taxi. Pas de bus. Il irait aussi vite à pied.

Rue Charles-V, il traversa le dédale de petites cours pavées et grimpa deux à deux les marches de l'immeuble au mur veiné de vigne vierge, le cœur battant. Il avait l'impression d'être redevenu adolescent. Il voulait reconquérir sa belle.

Elle n'était peut-être pas chez elle. Et de toute façon, elle ne voulait plus de lui. Il sonna deux coups à la petite porte laquée. Il avait toujours la clé, mais hésita à s'en servir. Elle n'était pas là. C'était stupide d'avoir espéré le contraire. Au moment où il se détournait, il entendit un déclic et la porte s'ouvrit.

Elle se tenait dans l'embrasure, les cheveux emmêlés, pieds nus, dans une chemise de nuit molletonnée et un énorme pull. Jamais il ne l'avait trouvée si belle. Elle ne manifesta pas de surprise particulière. Ils se regardèrent quelques instants sans parler.

— Je n'en peux plus de ne pas te voir, dit-il. Tu me manques tellement.

— Tu tiens à rester sur le palier ? dit Marion. Il fait froid dehors.

Entre chien et loup

Jeannette avait besoin de quelqu'un à qui exposer son idée. Ni Landowski ni Olivier ne lui paraissaient les meilleurs interlocuteurs. Mais qui d'autre pourrait l'écouter sans la traiter de folle ? Elle ne voyait que Martin. Elle avait besoin qu'il l'écoute patiemment, avant de lui dire si cette idée était crédible ou si elle était en train de péter les plombs.

Martin lui faisait confiance comme elle faisait confiance à Martin. Et cela n'avait rien à voir avec un quelconque sentiment romantique de part et d'autre. C'était de l'estime, de la complicité professionnelle. De toute façon, ses rêveries sensuelles avaient disparu. Du moins dans la journée. La nuit, personne n'est responsable de ses rêves.

Avant la fin de l'après-midi, les résultats de l'analyse génétique du sperme trouvé sur la victime étaient arrivés. Une recherche sur les fichiers avait été immédiatement lancée, mais elle n'avait pas encore abouti. À supposer qu'elle aboutisse un jour.

Une autre nouvelle était tombée. Un incendie avait eu lieu dans un pavillon situé à quelques kilomètres de celui de Gérard Dupuis. Marcel Rémoré, ancien gardien de la paix à la retraite, et sa femme avaient été retrouvés morts calcinés dans leur lit. Les premières constatations avaient d'abord conclu à un accident dû à l'imprudence. Mais les pompiers avaient eu des doutes, et très vite la piste criminelle avait été évoquée, et le LIPS contacté.

Le parquet avait réagi avec une rare promptitude, et sur le conseil de Bélier, Landowski et son équipe avaient été appelés sur les lieux.

Jeannette et Landowski furent pris dans les bouchons sur l'autoroute A13, puis sur l'A12 et la N12. Landowski passa son temps, au téléphone, avec le procureur, avec Bélier, et pour conclure avec Olivier, resté au bureau. Jeannette l'écoutait d'une oreille distraite.

— La loi des séries, ça existe, disait Landowski. On connaît tous ça. Mais Bélier ne nous a pas avertis par hasard. Il y a deux coïncidences. Un : Dupuis et le couple Rémoré sont morts assassinés la même nuit et ils étaient presque voisins. Deux : Rémoré était un ancien policier, comme Dupuis. Olivier, vous vous concentrez là-dessus. Est-ce que les deux hommes se connaissaient, est-ce qu'ils ont travaillé ensemble, etc.

Après les coups de fil professionnels, Landowski s'entretint alternativement avec son fils et avec sa fille. Jeannette essaya de ne pas écouter, mais dans l'habitacle étroit de la voiture, c'était difficile, et sa patronne ne faisait aucun effort de discrétion.

Apparemment, il y avait une fête quelque part, genre rave, à laquelle la jeune fille de dix-sept ans voulait aller, mais sa mère n'était pas d'accord, et tentait de mettre son fils aîné dans son camp.

Landowski raccrocha brutalement et Jeannette vit qu'elle avait les larmes aux yeux. Elle resta un moment les yeux fixés sur la route.

— Je ne sais pas quoi faire, dit-elle à mi-voix. Elle m'accuse de l'avoir laissé tomber quand elle était petite.

Jeannette ne fit pas de commentaire. Elle cherchait son chemin, et dans cette banlieue inconnue, où les panneaux indicateurs et les noms de rues étaient inexistants, elle avait besoin de toute sa concentration.

— Le pire, c'est qu'elle a en grande partie raison. D'après elle, j'ai perdu tout droit d'intervenir dans sa vie, ajouta Landowski.

Jeannette reprit soudain confiance : elle venait de s'apercevoir qu'elle était à peu près dans la bonne direction.

— J'ai vu dans votre dossier que vous avez une fille, dit Landowski.

Jeannette ressentit un pincement au cœur, comme à chaque fois qu'on lui parlait de sa petite.

— Oui, mais elle n'est pas encore en âge de sortir, dit-elle.

— Si je peux me permettre un conseil... Ne sacrifiez pas votre enfant à votre travail. Personne ne vous en sera reconnaissant et vous aurez raté votre vie.

— Peut-être que c'est plus compliqué que ça. Vous parlez de problèmes d'éducation avec le père de vos enfants ?

— Cela fait cinq ans qu'on ne s'est pas adressé la parole. D'ailleurs c'est un con.

— Ça n'aide pas.

— Et vous ?

— On est séparés depuis peu, mais on se parle, dit-elle.

Le téléphone de Landowski sonna. Jeannette ralentit au passage d'un rare poteau indicateur. Apparemment, ce n'était pas bon. Elle repartait vers Paris. Elle jura à mi-voix. À quel moment s'était-elle à nouveau plantée ?

Landowski raccrocha sans avoir émis autre chose que deux ou trois grognements.

— Olivier, dit-elle. Il a découvert que Rémoré était l'ancien chauffeur de Dupuis, il y a une quinzaine d'années.

— On est donc bien sur un triple meurtre, dit Jeannette.

— Oui. Lié aux autres meurtres de notre tueuse, si Bélier ne se trompe pas. Tous ces assassinats sont donc liés à la politique, dit Landowski. On ne pouvait pas rêver pire.

Le silence retomba.

— On est encore loin ? demanda-t-elle au bout de quelques minutes.

Jeannette s'arrêta sur le bas-côté.

— Je suis complètement perdue, avoua-t-elle.

Landowski se mit à rire.

— Je vais demander des crédits pour un GPS, dit-elle.

— Bien sûr. Avec un peu de chance, on l'aura dans deux ans.

Quand elles arrivèrent, la nuit était tombée depuis longtemps.

Elles s'arrêtèrent à quelques pas du pavillon noirci, gardé par un seul agent.

L'adjudant des pompiers intervenus sur le sinistre les rejoignit peu après.

— Je n'ai pas encore repéré l'accélérateur, dit-il, mais le feu a pris en deux endroits distincts. La chambre du premier et la buanderie derrière le garage. C'est criminel. C'est avéré.

— On peut entrer ? demanda Landowski.

— Si le cœur vous en dit.

Il sortit deux casques de chantier rouges de sa petite Clio rouge et les leur tendit.

— Mettez quand même ça, dit-il. Il peut y avoir des impondérables.

Jeannette le regarda. Impondérables ? C'était un bel homme, à peine plus âgé qu'elle, très brun de peau, avec des yeux bleus étincelants. Il mesurait une bonne tête de plus qu'elle et il était large comme une porte.

Il lui sourit.

— Le casque vous va très bien, dit-il.

Landowski fit une grimace dans son dos et leva les yeux au ciel. Jeannette faillit pouffer, et c'est à ce moment-là que toutes ses préventions contre Landowski tombèrent.

À l'intérieur du pavillon, l'odeur de suie et de plastique brûlé mélangée à celle de la chair grillée, prenait à la gorge. Jeannette sentit une boule de bile se former dans son œsophage. Landowski ne paraissait pas en meilleure forme.

— Ça pue, hein ? dit le pompier. Je crois que je ne m'y habituerai jamais. Respirez par la bouche.

— C'est quoi, ça ? fit Landowski en désignant au fond de ce qui avait été une cuisine une petite porte en acier entrouverte, que la chaleur de la fournaise avait tordue.

— La porte de la buanderie, dit le pompier.

— Une porte blindée pour une buanderie ?

— Oui, c'est bizarre, dit le pompier. Peut-être qu'ils cachaient toutes leurs économies là-dedans.

Jeannette examina la serrure. C'était une serrure quatre points, moderne et sophistiquée. Ni la serrure ni les gonds n'avaient apparemment été forcés. Le pêne était dans sa gâche, la porte avait déjà été ouverte dans les formes au moment où le feu avait pris.

Elle entra dans la petite pièce vide et sans fenêtre, aux murs noircis de fumée.

— Serait-il possible de faire un petit trou dans un des murs ? demanda-t-elle au pompier.

Landowski parut intriguée mais ne fit pas de commentaire.

Le pompier sortit et revint quelques instants plus tard avec une barre à mine.

— Où vous le voulez, votre trou ?

— Par là.

Il ôta sa veste et cogna dans le mur de la pointe de la barre à l'endroit précis désigné par Jeannette.

Un trou apparut, et il y eut un son métallique aigu.

— On dirait qu'il y a de l'acier derrière le parpaing, dit le pompier. Je ne peux pas aller plus loin. Drôle de buanderie. C'est une chambre forte.

Il posa la barre et jeta un coup d'œil à la pièce nue.

— Qu'est-ce qu'il pouvait bien y avoir là-dedans ? dit-il sans attendre de réponse particulière.

Landowski soupira.

— Je crois qu'on en a assez vu. On peut rentrer.

— Dupuis était un cadre de l'Union pour le Progrès, dit Landowski, alors qu'elles roulaient vers Paris. Il s'est fait virer récemment. Un type pas très clair, d'après ce que j'ai entendu dire, même du temps où il était flic. Il avait des dossiers sur tout le monde. Il a dû avouer sous la torture que les dossiers étaient dans la chambre forte de Rémoré.

— Ça veut dire que c'est notre tueuse qui a ces papiers maintenant, dit Jeannette. C'était peut-être ce qu'elle cherchait depuis le début. Tous ces morts...

— Je pense que l'enquête ne va pas tarder à nous être retirée, prédit Landowski.

— S'ils font ça, je parle à la presse. Tant pis pour ma carrière, dit Jeannette.

— Réfléchissez bien, dit Landowski. Ça sera en effet la fin de votre carrière à la PJ, mais malheureusement ça ne fera rien avancer. Vous vous serez sacrifiée pour rien. En plus, ça risque de vous mettre en danger, vous et votre fille. Il y a déjà eu beaucoup de morts, alors un de plus un de moins...

Jeannette se sentait glacée à l'intérieur. Elle regarda son chef. Maintenant, elle pouvait peut-être lui dire le fond de son idée. Landowski paraissait mûre pour la croire.

— Pourquoi découvre-t-on du sperme seulement maintenant ? dit-elle. Jusqu'à présent, tout indiquait qu'il s'agissait d'une tueuse.

— Les indices étaient quand même maigres.

— Mais ils pointaient tous dans le même sens. Jusqu'à Dupuis. C'est comme si...

— Comme si quoi ?

— Comme si la tueuse avait découvert qu'on recherchait une femme et qu'elle voulait réorienter l'enquête vers un homme.

— Comment aurait-elle pu découvrir ça ? Aucune mention sur le sexe du tueur n'a été faite dans la presse.

— Justement. Cela voudrait dire qu'elle a une source ailleurs.

— Peut-être qu'elle veut juste brouiller les pistes.

— Pourquoi *seulement maintenant* ?

— Qu'est-ce que vous voulez dire ?

— On vient de découvrir une connexion politique. Et les politiques ont souvent des rapports avec la police.

Landowski se tut. Son visage se ferma.

— Une source policière qui renseignerait la tueuse. Je déteste ce que vous venez de dire, dit-elle enfin.

— Vous pensez que je me trompe ?

— Non, je pense que vous pourriez bien avoir raison, et c'est ça qui est détestable. On nage en plein égout.

Elle se tut, en pleine réflexion.

— Les photocopies, murmura-t-elle... Toutes les pièces du dossier qui ont été dupliquées. Je voudrais bien savoir ce qu'ils en ont fait, de ces photocopies. Qui les a lues.

39

Jeudi soir

Elle obtint confirmation de l'adresse de Martin de la façon la plus simple possible : en consultant l'annuaire électronique. L'adresse correspondait bien à l'immeuble dans lequel Martin avait pénétré avant d'en ressortir quelques secondes plus tard.

Elle s'habilla de noir des pieds à la tête, emporta dans la sacoche fixée à sa ceinture un bistouri avec deux lames de rechange, diverses drogues et deux seringues, un peu d'huile, des lunettes de vision nocturne, et son outillage de cambrioleur. Elle glissa dans sa botte souple un stylet en acier à peine plus large qu'une grosse aiguille à tricoter mais beaucoup plus pointu. Elle introduisit également dans un mini holster coqué fixé à sa ceinture un minuscule pistolet calibre .25 à la crosse de nacre, chargé de deux balles. Imprécis au-delà d'un mètre cinquante, mais très efficace en cas de corps à corps.

Elle descendit jusqu'au sous-sol de son immeuble, emprunta une série de couloirs et de portes dont certaines s'ouvrirent avec un passe qu'elle s'était fait faire, avant de remonter à l'air libre, et de sortir par un immeuble voisin.

Elle prit un taxi cinq cents mètres plus loin et se fit conduire à deux cents mètres de l'adresse de Martin.

Le pavé numérique du portail ne l'arrêta pas longtemps. Elle avait depuis longtemps volé une clé universelle à un employé des postes.

Martin habitait au troisième. Il y avait deux autres noms rajoutés sur sa boîte aux lettres.

L'escalier était vaste et silencieux. C'était un bel immeuble haussmanien, dont les appartements devaient coûter cher à la vente ou à la location. Elle soupçonnait que le salaire d'un flic, même haut gradé, ne devait pas être très élevé. Sa cible devait posséder d'autres sources de revenus, ou avoir hérité de cet appartement. Il n'y avait que deux portes au troisième étage, de grandes portes à double battant, munies d'œilletons. Celle de Martin était à gauche. Elle se mit à genoux et examina la serrure. C'était un modèle déjà ancien, mais efficace, de serrure à trois points, doublé d'une autre serrure, plus bas, qui enclenchait deux barres horizontales dans le chambranle. Personne ne fermait jamais cette deuxième serrure, à part les vieux.

Elle introduisit à la hauteur de la première serrure, dans la fente entre les deux battants, une lame de titane très fine mais large de deux bons centimètres et étonnamment souple, qu'elle avait enduite de graisse. Elle avança par à-coups, enfonçant à chaque fois la lamelle de quelques millimètres de plus entre l'armature du chambranle et la porte. Elle sentit bientôt le pêne céder sous la pression.

Elle se faufila dans l'appartement et referma la porte sans la faire claquer après avoir essuyé la graisse. Elle resta immobile dans l'entrée, respirant doucement dans le noir.

Martin dormait-il ? Était-il sorti ? Elle aimait ces moments d'incertitude. S'il était là, il allait mourir. S'il n'était pas là, il mourrait quand même, mais un peu plus tard. Elle enfila ses lunettes de vision nocturne, sortit le stylet de sa botte et le tint devant elle, la tête du manche plaquée contre sa poitrine, le bras prêt à la détente.

Ainsi munie, elle avança d'un pas léger, attentive aux obstacles.

Tout était éteint. Elle visita le salon et la petite salle à manger faisant office de bureau, puis la cuisine, avant d'emprunter un couloir le long duquel ouvrait une chambre encombrée de cartons, de meubles inutilisés, et de caisses, et deux autres chambres séparées par une salle de bains. Les lits étaient faits.

Elle se demanda si elle devait l'attendre ou revenir plus tard. Il était plus de minuit. S'il était chez une femme, il ne rentrerait peut-être pas de la nuit. Elle décida de fouiller l'appartement à fond. Connais ton ennemi et la victoire est dans ton camp.

Vendredi

Martin se réveilla peu après minuit. Marion dormait profondément, la respiration égale. Il regarda son profil qui se détachait sur le mur pâle, et lui caressa doucement le visage du bout des doigts. Elle soupira et s'enfonça plus loin encore dans le sommeil.

Il se sentait en paix pour la première fois depuis longtemps. Ils avaient fait l'amour puis parlé jusqu'à très tard. Marion avait posé comme condition à son retour qu'ils déménagent pour trouver un autre logement.

Ils ne pouvaient décemment vivre avec un bébé dans son petit trois pièces, mais elle ne voulait plus habiter chez Martin. On a deux salaires, on se débrouillera, dit Marion. Je demanderai une augmentation s'il le faut.

Martin avait tenté de faire valoir qu'il ne trouverait jamais l'équivalent de son cinq pièces pour un loyer raisonnable. Il faudrait qu'il vende son appartement, et ça prendrait du temps. Et une grande partie du prix servirait à rembourser son emprunt sur vingt ans, qui ne venait pas à échéance avant 2010.

— Ce n'est pas une bonne raison, dit Marion. Tu peux le louer à quelqu'un, aussi. Tu ne comprends pas pourquoi je veux qu'on déménage ?

— Pas vraiment, avoua Martin.

— Je vais te donner un petit exemple. Quand elle avait treize ans, Isa vous a vus, toi et ton ex, en train de faire l'amour debout dans la cuisine, en pleine nuit.

— Elle ne nous l'a jamais dit, lâcha Martin, plutôt stupidement.

— Ça t'étonne ? D'ailleurs peu importe, ça n'a pas l'air de l'avoir traumatisée. Ce que je veux dire, c'est que je connais plein de détails de votre vie chez toi, avec Isa et ton ex, que je ne tenais pas à connaître. Chez toi, quoi qu'il arrive, je suis une intruse. Tu peux comprendre ça ?

— Pas vraiment, dit Martin. Ça fait longtemps que nous nous sommes quittés. Bien avant de te rencontrer.

— Redis-moi ça.

— Bien sûr on se voit de temps en temps, on n'est pas fâché.

— Arrête de me prendre pour une conne. Je serais prête à parier que vous avez continué à coucher ensemble pendant des années après votre séparation, peut-être même après que tu m'as rencontrée. Non, ne réponds pas à ça, je ne veux pas le savoir.

Cela arrangeait bien Martin. Il n'aurait de toute façon pas eu l'intention de lui dire la vérité, mais aimait autant faire l'économie d'un mensonge.

— Conclusion, poursuivit Marion : on n'a pas besoin de cinq pièces pour nous deux avec un bébé.

— Et si Isa veut venir avec nous ? dit Martin.

Elle s'écarta de lui comme si elle s'était brûlée.

— Qu'est-ce que tu dis ?

— Si Isa veut venir vivre chez nous ? répéta-t-il, sur la défensive.

— Tu penses qu'une fille de vingt-trois ans, sur le point de devenir mère de famille, doit habiter chez son père ?

— Tu connais Isabelle, dit Martin. Les Jules ça ne dure pas longtemps, et elle n'a pas de travail régulier. Elle va avoir un bébé, et j'avais l'impression que vous vous entendiez bien.

— Ne fais pas semblant de ne pas comprendre. Ta fille, je l'aime bien, et effectivement je m'entends bien avec elle. Mais je n'ai ni l'envie ni l'intention de vivre avec elle. C'est une adulte, plus une fillette.

— Elle a toujours compté sur moi, dit Martin.

— C'est peut-être ça le problème, dit Marion. Je ne te demande évidemment pas de ne pas t'occuper d'elle, je ne veux pas *vivre* avec elle, c'est tout. Et si tu ne comprends pas, ce n'est même pas la peine que je t'explique.

Une fois encore, Martin ne répondit pas.

Au fond de lui, il pensait qu'elle avait raison. Mais était-ce bien la peine qu'elle se donne tout ce mal pour le garder ? Elle essayait de faire du neuf avec du vieux. Changer d'appartement et l'avoir pour elle toute seule ne serait probablement pas suffisant pour transformer Martin en homme nouveau. Il se jugeait irrécupérable. À quarante-sept ans, on ne change pas. C'était un combat perdu d'avance. Il l'admirait toutefois de vouloir le tenter, même s'il la trouvait naïve.

Il lui prit la main et la serra doucement. Une légère pression répondit à la sienne. Il s'endormit peu après.

Non loin du lit, son portable, qu'il avait réglé sur « silence » s'alluma brièvement, éclairant un coin de mur et de plafond, signalant pour la huitième fois de la soirée que sa boîte vocale contenait un message.

Au bout de deux heures de fouille, Magdalena savait que le flic vivait ou avait vécu récemment avec deux jeunes femmes, dont l'une était sa fille. Il était divorcé. Il avait été marié une première fois avec une femme morte dans un accident de voiture. Il y avait peu d'indices sur sa compagne actuelle, à part des cheveux sur une brosse, des produits de beauté, une crème anti-vergetures. Pas de photos.

Dans le bureau de Martin, de vieux albums montraient une petite fille en train de grandir. Une jeune femme brune au regard doux disparaissait, remplacée après un bond de plusieurs années par une autre jeune femme brune, très belle, à l'aspect athlétique, qui enlaçait tendrement les épaules d'une adolescente.

Elle se prit soudain à envier et à haïr cette jeune fille, qui avait perdu sa mère, mais qui à part ce drame avait eu une enfance paisible. Une enfance, tout simplement.

Collège, lycée... Elle ne savait même pas à quoi cela pouvait ressembler. Tout ce qu'elle avait appris, elle l'avait appris seule, y compris la lecture et l'écriture. Tout ce qu'elle savait, elle ne le devait qu'à elle-même, à sa rage de faire sienne toute chose qui pourrait l'aider à survivre. Personne ne l'avait jamais aidée.

Elle avait passé des milliers d'heures dans des bibliothèques publiques, lisant sans en saisir le sens des milliers de pages, jusqu'à ce que la connaissance la pénètre. Elle était entrée comme une voleuse dans l'enceinte d'universités prestigieuses, elle avait suivi des cours sans y rien comprendre, sentant monter sa rage et sa frustration.

Comme chez tous les autodidactes, il y avait d'immenses lacunes dans ses connaissances, dont elle n'avait même pas conscience, mais aussi des domaines où elle pouvait en remontrer au meilleur spécialiste.

Et puis il y eut le miracle Internet. Tout de suite elle avait saisi cette fabuleuse opportunité : les moteurs de recherche permettaient un accès infini à presque n'importe quelle source. Et aussi l'acquisition d'à peu près n'importe quoi dans n'importe quelle partie du monde.

Les comptes bancaires de Martin n'étaient approvisionnés que par son salaire. Il possédait une licence d'une fédération sportive de musculation — elle ne devrait pas oublier d'en tenir compte si elle se retrouvait confrontée à lui.

Il était le propriétaire de son appartement, à ce détail près qu'il devait rembourser en intérêt et capital une somme de 1250 euros par mois.

Il avait un dossier médical aussi épais qu'un bottin. Radiographies, échographies, électrocardiogrammes, scanners, IRM, commentaires variés de la gent médicale s'amoncelaient dans un tiroir accompagné de feuilles de remboursement non remplies.

Ses connaissances en médecine étaient étendues, surtout en ce qui concernait les plaies. Martin avait apparemment été blessé plusieurs fois, et l'avant-dernière blessure avait failli être mortelle.

Des extraits de journaux relataient l'affaire qu'il avait brièvement évoquée devant elle. C'est en essayant de capturer un tueur en série que Martin avait été blessé, mais il avait réussi à tuer son agresseur, responsable de la mort de plusieurs femmes.

Martin n'était pas un adversaire à négliger. Mais cela, elle le savait déjà.

Il n'y avait que peu d'informations sur l'homme que Martin avait tué. Elle chercha machinalement des yeux un ordinateur pour s'apercevoir qu'il n'y en avait pas. Une vieille machine à écrire mécanique Éverest, âgée d'une quarantaine d'années, était juchée sur une commode près du bureau. Ce flic n'était même pas branché sur le réseau.

Dans la commode, il avait deux armes de poing anciennes mais bien entretenues, et quelques munitions. Avec un peu de chance, cela signifiait qu'il n'avait pas d'arme sur lui, mais elle évitait de compter sur la chance. Elle laissa tout en place.

Les bibliothèques du bureau et du salon étaient pleines de livres lus et relus. Il lisait beaucoup – pour un homme, et surtout pour un policier. Peu de romans, des revues de sociologie, des essais sur la criminalité, des ouvrages historiques.

Sa garde-robe était assez spartiate. C'était loin d'être un dandy. Il collectionnait dans un carton des objets étranges, qu'elle supposa être les souvenirs de certaines enquêtes : une balle de pistolet d'un calibre inconnu, un carreau d'arbalète, le moulage d'une main de femme, un bijou de pacotille, des billets de banque américains et néerlandais qui avaient l'air faux, quelques lettres de reconnaissance envoyées par des victimes, et bien d'autres bibelots hétéroclites.

Elle s'efforça de tout remettre en place dans l'ordre le plus exact possible. Un genre d'exercice dans lequel elle excellait.

Assise dans le fauteuil aux ressorts cassés de la pièce principale, face à la télé éteinte, elle s'imprégnait de l'atmosphère de l'appartement. Il était meublé de façon hétérogène, mais non sans recherche. C'était un appartement fondamentalement masculin, avec beaucoup d'éléments féminins. Aucun objet ne semblait être là tout à fait par hasard, même s'il n'y avait pas de meubles de prix. Mélange de fonctionnalité et de désordre. Les vêtements étaient rangés en dépit du bon sens. Les papiers administratifs par contre étaient soigneusement classés. Il ne voulait pas se laisser déborder par la paperasse.

Il y avait peu de bibelots, mais quelques objets de valeur, dont le plus précieux était une statuette de femme en bronze, potelée et pourtant gracieuse. L'œuvre d'un maître, probablement un objet de prix. Héritage ? Cadeau ? Un salaire de fonctionnaire, même de commissaire, ne pouvait permettre de s'offrir un tel trésor. La statuette était posée sur le bureau, près d'un amoncellement de papiers. Martin devait l'avoir presque sous les yeux quand il était chez lui.

Elle s'assit derrière le bureau, alluma la petite lampe et souleva ses lunettes sur son front.

Le téléphone sonna, la faisant sursauter. La sonnerie s'arrêta au bout de trois coups. Elle en déduisit qu'il y avait une boîte vocale. Elle trouva le mode d'emploi du répondeur au fond d'un tiroir. Elle composa le numéro indiqué sur la brochure : 3103.

Une voix de femme qui ne lui était pas étrangère retentit dans la pièce :

— Martin, rappelle-moi si tu as ce message. C'est important. Je crois qu'on a mis le doigt sur quelque chose.

Il y avait une urgence dans le ton de cette voix qui la fit frissonner. Que pouvait être ce « quelque chose » ?

Elle répéta le message deux, trois, dix fois, jusqu'à ce que les moindres inflexions de la voix inconnue n'aient plus de secret pour elle. Et soudain elle se souvint. Cette voix, elle l'avait déjà entendue en appelant le numéro vert donné par la presse. C'était la voix d'un flic. Et ce flic avait « mis le doigt sur quelque chose ». De rage, elle faillit jeter le téléphone contre le mur.

Il fallait qu'elle sorte d'ici. Elle en avait assez d'attendre. De toute façon il était trop tard. Il ne rentrerait pas.

Il lui restait une dernière tâche à accomplir avant de quitter l'appartement.

Elle se dirigea vers la cuisine.

Dame de pique

Le commissaire Martin ne saurait jamais qui l'avait tué ni pourquoi. Mais ce n'était pas ça le plus important. L'important était qu'il meure.

40

Vendredi trois heures du matin

En rentrant chez elle, Magdalena fut submergée par un brusque accès de nostalgie. Bientôt, ce magnifique appartement qu'elle avait entièrement arrangé à son goût ne serait plus qu'un souvenir. Il lui fallait abandonner ce lieu où elle avait été si heureuse.

Plus jamais elle ne se glisserait sous les draps pour rejoindre Francis. Le seul homme qu'elle avait aimé était parti pour toujours.

Elle essuya ses larmes. Plus tard, elle aurait tout le temps de s'attendrir. Pour le moment, il lui restait beaucoup de travail à accomplir.

Elle jeta dans la malle le contenu des poches de Francis, palm, clés, le téléphone portable qui était chargé d'une vingtaine de messages (dont certains provenaient du roi des corbeaux), hissa la malle sur le plateau, la fit rouler devant le réfrigérateur américain à double porte. Le corps enveloppé de plastique transparent était replié en position fœtale. Des gouttelettes de condensation s'étaient formées à l'intérieur de la bâche, rendant le visage de Francis presque invisible. Malgré la réfrigération (elle avait monté le thermostat au maximum), le sang avait dû s'accumuler sous les fesses et au bas des jambes, et il faudrait qu'elle en tienne compte dans sa mise en scène, quand elle placerait le corps là où elle voulait que les flics le trouvent. Le froid avait accéléré la rigidité cadavérique. Le corps était aussi dur qu'une statue de pierre, et presque aussi lourd. Elle enfila des gants et le fit basculer dans la malle.

Elle ne rencontra personne en descendant au parking. Le gardien dormait entre ses rondes, qu'il faisait à la demie de chaque heure. Elle disposait encore de dix bonnes minutes. Elle ouvrit le hayon du gros tout-terrain de Francis, haussa le plateau à l'aide de la manivelle incorporée jusqu'à ce qu'il atteigne le niveau du plancher de la voiture, bloqua les freins des roulettes et poussa la malle dans le coffre. C'était bien calculé. Le hayon fermait juste.

Elle sortit du parking, se dirigea vers la Seine et traversa sous le métro aérien.

À cette heure de la nuit, l'adresse où elle se rendait, une garçonnière du 16ᵉ arrondissement, rue Raynouard, à Passy, n'était pas éloignée de plus de cinq minutes.

Elle se gara en marche arrière en face de l'immeuble. Les places libres étaient nombreuses en cette veille de week-end.

Elle sortit la malle de la voiture aussi aisément qu'elle l'y avait fait entrer et la fit rouler jusqu'à la porte de l'immeuble.

Elle composa le code — Francis notait tout sur son palm — et prit l'ascenseur jusqu'au dernier étage.

Elle examina rapidement la serrure, trouva la clé correspondante dans le trousseau de Francis, ouvrit la porte, et fit rouler la malle dans l'appartement.

Au bout du couloir, une lampe s'alluma, et Hervé, le fils du président et l'amant de Francis, apparut en caleçon. Torse et jambes nus, il était encore plus insignifiant qu'habillé. Elle sentit la bile lui monter à la gorge à l'idée que Francis s'était frotté contre ce corps, qu'il avait...

— Qui êtes-vous ? Que faites-vous là ? dit le garçon d'une voix mal réveillée, un peu tremblante. Mais je vous reconnais...

Elle alla droit sur lui.

— Je suis la femme de Francis. Venez, je vais vous montrer quelque chose.

Elle le prit par le coude et l'entraîna. Il se laissa faire sans résistance, les yeux rivés sur la malle. Elle le lâcha et ouvrit le couvercle.

Il se mit à trembler en découvrant le corps recroquevillé de son amant. Elle le gifla de toutes ses forces et colla le canon du calibre .25 contre sa tempe droite. Il ferma les yeux, frissonna, mais ne tenta pas d'écarter la tête. Elle aurait aimé que sa vengeance dure des nuits entières, mais elle manquait de temps.

La tête du garçon fut violemment projetée en arrière sous l'impact et il s'affala. Il eut un spasme de tout le corps et s'immobilisa. Mort, il était plus beau que vivant, les jambes repliées sur le côté, les bras étendus le long de son torse trop maigre, les paumes offertes, le visage levé vers le ciel. Il lui rappela un tableau vu à Madrid, un Christ descendu de sa croix, un Zurbaran peut-être.

Elle plaça le pistolet dans la main droite du mort et tira l'autre balle dans le mur. Dans cet immeuble en pierre de taille, les appartements devaient être bien isolés.

Elle poussa la malle jusqu'à la chambre, sortit le corps de Francis et le cala sur le lit, contre le mur, ôta la bâche et la fourra dans la malle. Il basculerait probablement sur le côté dès que la rigidité cadavérique disparaîtrait, mais peu importait, et il serait sûrement découvert avant.

Elle fit un tour rapide de l'appartement. Un véritable petit nid d'amour, équipé comme une suite d'hôtel luxueux. Un jacuzzi dans la salle de bains, un lit de deux mètres de large et un magnifique dressing aux parois d'acajou dans la chambre. Les vêtements des deux amants se côtoyaient sur les portants. Des dizaines de photos étaient collées sur les miroirs, à l'intérieur des portes. Des photos de Francis et de l'autre. Sur la plupart des photos, ils étaient nus, posant seuls sur le lit ou enlacés. La tête lui tournait, mais elle se força à les regarder toutes.

Elle découvrit dans le petit salon plusieurs objets dont elle avait noté l'absence chez elle et que Francis avait prétendument emportés au bureau. Un accès de rage meurtrière la fit suffoquer. Comment avait-elle pu se montrer aussi naïve et stupide ! Depuis combien de temps ce manège durait-il ? Un mois ? Six mois ? Comment avait-elle pu ne rien soupçonner ?

Elle se força au calme. C'était fini.

Vendredi matin

Si Martin était tombé d'accord avec Marion sur le principe d'un déménagement, ils étaient restés dans le flou sur l'organisation immédiate de leur vie. Il ne savait pas si elle avait l'intention de revenir habiter provisoirement chez lui, ou s'ils allaient voguer d'un endroit à l'autre jusqu'à la découverte de l'appartement miracle.

— Je cherche dès aujourd'hui, le prévint-elle peu après son réveil, faisant sombrer ses espoirs. Quelque chose d'agréable et de calme, avec une belle chambre pour le bébé. L'idéal serait un duplex.

Devant la mine inquiète de Martin, elle avait ajouté :

— N'oublie pas qu'on sera deux à payer le loyer. Je gagne ma vie moi aussi. Peut-être même mieux que toi.

— Sûrement mieux que moi, dit Martin, mais ça ne suffira pas. Ce que tu cherches, ça va chercher dans les deux mille cinq cents, trois mille euros par mois.

Ils firent des calculs et arrivèrent rapidement à la somme maximale qu'ils pourraient payer. Pas assez pour vivre dans les quartiers qu'ils aimaient l'un et l'autre. Il leur faudrait se rabattre sur le 19e, le 20e arrondissement, ou le fin fond du 18e. Des lieux qui leur paraissaient aussi éloignés qu'une province lointaine.

— On pourrait repeindre entièrement l'appartement et changer les meubles. Ça coûterait beaucoup moins cher, même si on engage une entreprise. Et ça serait aussi bien qu'un nouvel appart'. C'était juste une idée, dit-il devant le regard noir que lui lança Marion. Au cas où on mettrait du temps à trouver ce qu'on veut.

— Arrête, dit-elle. Je n'aime pas quand tu es hypocrite. Toi, c'est bien simple, tu ne veux jamais rien. C'est moi qui veux. Le pire, c'est que tu fais semblant d'être d'accord avec moi en espérant que je vais finir par me calmer.

— Je ne suis pas hypocrite. Mais on risque de ne pas trouver ce qu'on veut avant que tu accouches.

— Tu m'énerves, Je vais m'habiller, dit-elle, le plantant là.

Elle repartit son café à la main.

Martin écouta le message de Jeannette sur son fixe et l'appela.

— Je viens d'avoir ton message, dit-il, percevant en arrière-plan les bruits de la circulation.

Elle n'était pas encore arrivée au bureau.

Jeannette lui fit part des déductions auxquelles elles étaient parvenues, Belier, Landowski, et elle. Quelqu'un proche de l'enquête devait — à moins d'une coïncidence improbable — renseigner la tueuse. Cette source renseignait-elle volontairement ou involontairement ? Et pour quelle raison ?

— On est à peu près certaines que c'est la tueuse qui a descendu un certain Dupuis, ancien cadre de l'Union pour le Progrès. Il a été retrouvé chez lui torturé à mort, de la même manière que Julie Rodez. Les plaies sont quasiment identiques. Mais elle ne s'est pas arrêtée là. Elle a fait griller un couple de retraités dont l'homme était aussi un membre de l'Union pour le Progrès. Ça va faire un bruit de tous les diables, reprit Jeannette. Ça commence déjà à remuer dans les couloirs. Landowski pense qu'on ne va pas tarder à nous retirer l'affaire. Ça devient trop politique.

— Comme tu dis, répondit Martin. À propos de politique et d'Union, j'ai rencontré la femme que vous m'avez envoyée. Magdalena Petit. Comme par hasard, elle est la femme de Francis Petit, l'assistant personnel de Chenal, le président. Pas difficile d'imaginer comment elle a pu obtenir le dossier des meurtres. Elle a débarqué avec tout le dossier de l'enquête sous le bras et elle m'a demandé de le commenter.

— Tu as refusé.

— Oui. Elle n'a pas du tout apprécié. Elle a commencé par insister lourdement, et puis soudain elle s'est rétractée, comme si ça ne l'intéressait plus.

— Ça m'étonnerait.

Martin mit enfin le doigt sur ce qui l'avait troublé.

— Comme si elle ne voulait pas que je puisse croire qu'elle y attachait plus d'importance que ça. J'ai trouvé ce revirement bizarre sur le moment. Ça sonnait faux.

— C'est-à-dire ?

Martin se concentra.

— Maintenant que j'y pense, je dirais que c'est comme si elle avait un intérêt personnel pour cette affaire. Un intérêt qui dépasse largement celui d'une productrice de films, ce qu'elle prétend être. Il y a un énorme sac d'embrouilles. Et je suis convaincu que cette femme en est un des éléments principaux, surtout maintenant que tu m'apprends cette histoire de triple meurtre lié à la politique et au même parti...

— Si on la convoquait ? dit Jeannette.

— Ne la convoque pas. Elle ne viendra pas. Mets-la en garde-à-vue, dit Martin.

— Sous quel prétexte ?

— Détention de documents non autorisés.

— Ça existe, ça ?

— Je ne sais pas. À toi de trouver. Si c'est bien argumenté, le procureur marchera pour vingt-quatre heures de garde-à-vue. Et ça risque de provoquer des réactions intéressantes à l'Union pour le Progrès. Son mari va réagir, forcément. Mais agis sous l'autorité de Landowski, de Roussel, de qui tu veux. Implique le plus de monde possible. Visiblement, il y a dans cette histoire des gens à qui le meurtre ne fait pas peur. Je ne veux pas qu'il t'arrive quelque chose. Et s'il te plaît... Tiens-moi au courant.

Il raccrocha pour affronter le regard de Marion. Cette fois, il y lut beaucoup plus de curiosité que de colère.

— Tu ne veux pas me raconter ce qui se passe ? dit-elle.

Après avoir raccroché, Jeannette réfléchit à la conversation qu'elle venait d'avoir avec Martin. Il l'avait mise en garde, mais à bien y penser, c'est lui qui était en première ligne, c'est lui qui avait rencontré cette femme. Il avait trouvé son comportement bizarre et Jeannette se fiait énormément aux impressions de Martin. S'il avait qualifié cette rencontre de bizarre, c'est qu'elle l'était.

Elle rappela Martin. Il était sur messagerie.

— Martin, c'est toi qui as rencontré cette fille. Si elle t'a fait cette impression, il y a forcément une raison. En plus, tu l'as provoquée. Elle est peut-être dangereuse. Sois prudent. Je ne plaisante pas. Rappelle-moi dès que tu peux.

Elle raccrocha, avec le sentiment de ne pas avoir dit ou fait tout ce qu'elle pouvait.

Vendredi matin

Martin rentra chez lui pour se changer avant d'affronter Fournier, Roussel, et les collègues de la police des polices. Il avait la ferme intention de ne pas se laisser emmerder plus que nécessaire. Si la pression devenait trop forte, il s'évanouirait. Ça ferait son petit effet, et dans l'état où il était, ça ne lui demanderait pas trop d'efforts.

En entrant chez lui, il eut la sensation vague que quelque chose n'était pas à sa place. L'appartement était vide et froid. Quoi qu'en pense Marion, il allait demander à Isabelle l'autorisation de transformer sa chambre d'adolescente en chambre de bébé. Une cure de rajeunissement pour l'appartement serait plus facile à réaliser que pour lui-même.

Il alla jeter un coup d'œil à la chambre d'Isa. Bientôt, si Marion cédait, la vieille peinture rose partiellement écaillée aurait disparu, ainsi que les posters fanés des stars des années quatre-vingt-dix. Prince, Keanu Reeves, et autres Freddy Mercury céderaient la place à des affiches de livres pour enfants, à des images d'animaux, puis aux nouveaux dieux des années deux mille dix, quand le bébé serait à son tour un adolescent. La vie est un éternel recommencement. Et lui, quel âge aurait il quand son enfant aurait dix ans ? Cinquante-sept ans.

Dans son bureau, la sensation qu'il y avait quelque chose d'anormal revint en force. Était-ce une odeur, une trace de parfum ? Impossible d'être certain…

Il fit le tour des pièces, sans rien noter d'inhabituel. Le désordre était conforme. Il ouvrit quelques tiroirs. Rien ne paraissait manquer.

Il hésita, puis regarda sous le lit, se sentant ridicule. Il n'y avait que le lot ordinaire de moutons, de Kleenex froissés et de journaux oubliés. Il en profita pour faire un peu de ménage.

Il fit le tour des placards et alla examiner la serrure de la porte d'entrée. Le pêne était un peu gras, mais c'était probablement normal. Pas trace d'éraflure dans le trou de serrure.

Il se dirigea vers la cuisine. Il avait la gorge desséchée, conséquence probable des doses d'antibiotiques, fluidifiants sanguins, et autres médications auxquelles il était encore astreint.

Son portable sonna et il écouta le message de Jeannette en ouvrant le frigo.

« Martin, c'est toi le premier qui as rencontré cette fille, pas moi. Si elle t'a fait cette impression, il y a forcément une raison. Elle est peut-être dangereuse. Sois prudent. Je ne plaisante pas. Rappelle-moi dès que tu peux. »

Il réécouta le message. Elle avait raison. Il était dans le collimateur, lui aussi, quelle que soit la personne qui se trouvait de l'autre côté, le doigt sur la détente.

Il se tâta la tête avec précaution. Une nouvelle agression serait de trop. La troisième en trois mois. Il n'y survivrait pas.

Il mourait de soif. Le frigo contenait en tout et pour tout une bouteille ouverte de Contrex, une eau minérale qu'il détestait et que les deux filles adoraient, et trois yaourts nature à 0 % de matière grasse. Aussi bien Isa que Marion étaient décidées à limiter au minimum le nombre de kilos qu'elles prendraient, et Martin avait bien été obligé de suivre le mouvement.

Il but de l'eau du robinet.

Puis il sortit deux yaourts et ouvrit le premier.

41

Au moment de porter la cuillère à sa bouche, Martin hésita soudain. « Tu l'as provoquée. Elle est peut-être dangereuse. » Tant qu'à être parano, autant l'être jusqu'au bout.

Il faillit jeter le yaourt à la poubelle, et se ravisa. Il le versa dans un assiette plate et le renifla. Le yaourt avait l'allure et le parfum d'un honnête yaourt. Il le remua avec une cuillère en examinant le jus qui s'écoulait doucement, formant une petite mare jaunâtre teintée de rose dans l'assiette. C'était un yaourt nature, qui ne contenait aucun composant de couleur rose. Il examina de près l'emballage. À un endroit, il y avait comme un infime défaut dans le plastique. Une tête d'épingle décolorée. Un minuscule trou rebouché à la colle ?

Il entassa dans deux cartons tout ce que la maison comptait de comestible, y compris un pack d'eau minérale, trois bières, le dentifrice, les bains de bouche, et tous les médicaments.

Puis il appela Bélier sur son portable et ne réussit pas à la joindre.

Vendredi midi

Les corps de Francis Petit et de son amant, le fils du président de l'Union pour le Progrès, furent découverts à dix heures tapantes par la femme de ménage, à qui il fallut près d'une heure pour retrouver ses esprit et composer le 17.

Une fois prévenus, les services de police agirent avec célérité. Le procureur de la République se déplaça lui-même et appela le ministre de la Justice. Il y eut immédiatement une miniconférence au sommet à laquelle assistaient le ministre de l'Intérieur, le chef de cabinet du premier ministre, le ministre de la Justice, et un conseiller personnel du Président de la République.

Le président de l'UPP fit une déclaration. Des milliers de messages affluèrent au siège du parti. Son domicile et son bureau furent assiégés par les journalistes.

Les corps furent envoyés à l'institut médico-légal où les techniciens du laboratoire de police scientifique, Bélier en tête, prélevèrent leurs indices avec le même soin que pour n'importe quel crime.

L'enquête n'échut pas au groupe de Landowski.

Dans la chambre de la garçonnière, un mort par asphyxie dont l'heure du décès était difficile à déterminer, dans le salon, un autre mort, apparemment suicidé. L'un habillé, l'autre nu. Meurtre suivi d'un suicide ou double meurtre ? Pourquoi le suicidé ne s'était-il pas servi de son arme pour tuer l'autre homme ? L'avait-il trouvé mort sur son lit ? Était-ce ce qui avait déclenché le suicide ? La deuxième balle trouvée dans le plafond n'infirmait pas nécessairement l'hypothèse du suicide. Beaucoup de suicidés par balle se ratent une première fois. Mais l'angle de tir était quand même bizarre. Cette deuxième balle pouvait s'expliquer aussi en cas de meurtre. Il n'y avait pas d'autre solution simple pour que la paume et les doigts de la victime soient criblés des infimes particules de poudre révélées par le test à la paraffine ou le test atomique.

Pour l'autre mort aussi, l'asphyxié, il y avait trop de choses qui ne collaient pas. Comment avait-il été asphyxié ? Son cou ne portait pas de trace d'hématome, sa trachée n'était pas obstruée. S'il s'était suicidé lui aussi, à l'aide d'un sac en plastique par exemple, où se trouvait le sac ?

Si c'était l'autre homme qui l'avait tué, s'était-il débarrassé du sac avant de se suicider ? Cela pouvait paraître étrange, mais Bélier avait déjà vu plus bizarre.

La poubelle de l'appartement avait été mise sous scellés et emportée, mais il y avait une trappe dans la cuisine. En ce qui concernait la poubelle de l'immeuble, il n'y avait plus rien à faire. Elle avait été emportée à six heures trente du matin par le gardien et s'était fondue avec les autres poubelles du quartier dans le ventre d'un camion poubelle. À l'heure où Bélier et son équipe étaient intervenus, il y avait longtemps que le camion avait déversé son chargement dans le centre de tri de Nanterre, avec ceux de dizaines d'autres venus de quatorze communes du pourtour de Paris et de deux arrondissements parisiens (le 16e et le 2e). Autant chercher un grain de sable particulier sur les plages de la côte Atlantique.

Le vrai problème, se dit Bélier, c'est que cette scène de crime racontait une histoire si complexe, si contradictoire, qu'on ne pouvait s'empêcher d'échafauder des hypothèses à l'infini.

Elle décida de chasser toutes les théories de son esprit et de se consacrer uniquement à la matérialité de sa tache – et de vérifier que ses collaborateurs manifesteraient autant de rigueur qu'elle dans leurs prélèvements.

Quand elle apprit l'identité des deux morts, elle décida également de ne pas se laisser déborder par le torrent qui allait s'abattre sur elle. Elle ferait son travail comme d'habitude, avec autant de soin et de précision.

Dès leur retour au labo central, elle réunit ses collaborateurs dans son petit bureau encombré et ferma la porte.

– Les deux morts appartiennent au monde politique, dit-elle. l'un d'eux est le fils de Chenal, et l'autre est son assistant. Et compte tenu des éléments que nous avons trouvés dans l'appartement, il n'est pas exclu qu'ils aient eu une liaison.

Certains de ses assistants ricanèrent. Les dits éléments, principalement des photos, étaient extrêmement explicites.

– Silence s'il vous plaît. Nous allons vivre une semaine d'enfer. Nous ne pouvons pas nous permettre la moindre approximation, ni la moindre erreur. Ça, c'est la première chose. La deuxième, c'est que s'il y a la moindre fuite, je trouverai le ou la responsable, et il sera viré séance tenante. Faites-moi confiance. Des questions ?

Les collaborateurs entassés se regardèrent. Ils l'avaient rarement vue aussi tendue.

— Si le préfet ou le procureur général nous demandent des renseignements, qu'est-ce qu'on leur dit ? demanda une fille rousse et maigre couverte de taches de rousseur et titulaire d'un doctorat de biologie moléculaire.

— Vous leur dites de m'appeler, dit Bélier. Personnellement. Je suis la seule habilitée à délivrer des renseignements certifiés. Et de toute façon, jamais rien par téléphone. Il n'y aura de rapports qu'écrits. Et je vous demanderai de ne pas laisser traîner les brouillons ou les cassettes, pour ceux qui enregistrent leurs observations. Je me suis bien fait comprendre ?

Ils acquiescèrent, se regardèrent et sourirent. L'idée d'envoyer paître les autorités sur ordre de leur patronne ne leur déplaisait pas.

Le voyant rouge du téléphone de Bélier clignota. Elle l'avait ignoré jusqu'à présent. Elle montra la porte à ses assistants, et décrocha quand elle fut seule.

C'était Martin.

— C'est important ? dit Bélier en préambule. Parce que là, je suis débordée.

— Notre tueuse a encore fait des siennes ?

— Pourquoi tu demandes ça ? dit-elle, sur la défensive.

— Eh, si tu ne veux pas me dire, je ne veux rien savoir, dit-il. C'était juste une question comme ça.

— Je me méfie de tes questions « comme ça », dit-elle avec un petit rire. Sans déconner, Martin, je suis hyper à la bourre. Si tu as quelque chose à me dire...

— J'ai peur de passer pour le dernier des cons, dit-il. Mais je voudrais que tu fasses analyser un yaourt.

— En rapport avec quel crime ?

— En rapport avec une tentative éventuelle d'assassinat sur ma personne.

— Tu plaisantes ?

— Non. Mais je suis peut-être parano.

— Je ne crois pas. Arrogant, exigeant, égoïste, inconscient, manipulateur, mais pas parano.

— Merci, dit Martin.

— Pas de quoi. Je t'envoie un motard. Juste une question. Laquelle de tes femmes t'en veut autant ?

42

Vendredi midi

La collaboratrice rousse vint trouver Bélier avec deux tirages sur papier.

— L'ADN du sperme trouvé sur le corps de Gérard Dupuis est celui de Francis Petit, dit-elle.

— Tu peux me répéter ça ?

L'assistante répéta mot pour mot ce qu'elle venait de dire.

— Oh putain, dit Bélier, en se levant. Tu es sûre de ce que tu dis ?

Bélier s'en voulut aussitôt d'avoir laissé échapper cette question.

— J'ai vérifié, dit la fille sèchement.

— Excuse-moi.

— On tient notre tueur, reprit la fille. Francis Petit. Et il est mort.

— L'assistant personnel du président de l'Union pour le Progrès, dit Bélier. Rien que ça.

— Et il aurait été tué par son amant avant que celui-ci ne se suicide.

— Le procureur a demandé qu'on le prévienne dès qu'on aurait identifié le sperme du tueur. Et le tueur est mort. Affaire classée.

— C'est ridicule, protesta l'assistante. On ne sait même pas comment il a été tué. Ni quand.

— Peut-être, mais c'est ce qui va se produire. Toute l'enquête va s'assoupir d'un coup. Ça va arranger trop de gens.

— Et si le sperme a été déposé là par le tueur ?

— Je te parie que ça ne fera pas partie des hypothèses officielles. Ils seront trop soulagés d'avoir un coupable mort.

— Même s'il s'agit d'un homme aussi important que ce Francis Petit ?

— Dans le public, personne ne connaît ce type. Un tueur mort, c'est la meilleure façon d'enterrer une affaire. La morale est sauve. Tout le monde est content.

— Et si le vrai tueur court toujours ?

Bélier pouvait-elle lui dire ce qu'elle avait en tête ?

Elle était joueuse, et elle faisait confiance à son jugement sur les gens.

— Il y a une solution pour empêcher que ça finisse comme ça.

La jeune femme répondit au sourire de Bélier.

— Je voudrais être sûre de bien comprendre, dit-elle. On devrait cacher la vérité au procureur et aux enquêteurs ?

— Pas plus de vingt-quatre ou quarante-huit heures. Le temps d'avancer suffisamment sur les autres éléments en notre possession. S'ils confirment ton analyse, tout va bien, on lâche le morceau.

— Et sinon ?

— Sinon, aux flics de faire leur boulot.

— Ça me paraît raisonnable.

— Autre chose, dit Bélier. Il y a des prélèvements de yaourts et d'autres aliments envoyés par le commissaire Martin. J'aimerais que tu te mettes dessus avec Paulo. Et si tu trouves quelque chose, tu me le donnes tout de suite.

Vendredi treize heures

Landowski apprit le double meurtre de la rue Raynouard en écoutant France-Info sur sa radio de bord.

Elle se gara aussitôt et appela le juge chargé de l'enquête. Il était en train de déjeuner et elle entendit en bruit de fond le tintement des couverts et des voix.

— Je suis à table, dit-il l'air contrarié.

Elle s'excusa succinctement.

— Je viens d'apprendre à la radio que Francis Petit, assistant personnel de Chenal, et le propre fils de Chenal, ont été retrouvés morts dans l'appartement de ce dernier. Double meurtre ou meurtre suivi de suicide.

Il y eut un silence.

— C'est affreux, dit enfin le juge.

— Il y a forcément une connexion entre ces deux morts, et l'assassinat de Dupuis et des époux Rémoré, dit-elle.

— C'est vite dit, répliqua le juge. Nous n'en savons rien. Pour le moment, le seul point commun que je vois, c'est l'appartenance de trois des victimes à un même parti politique.

Tu te fous de ma gueule ? aurait aimé hurler Landowski.

— Ça ne peut pas être une coïncidence, plaida-t-elle sur un ton mesuré. L'UPP est au centre de cette affaire. Ça crève les yeux. Il y a tous ces dossiers qui ont disparu de chez les Rémoré.

— Pure spéculation malheureusement, dit le juge. Nous n'avons pas la preuve que ces dossiers ont existé, si j'ai bien lu votre rapport.

Landowski réprima un soupir d'exaspération, se demandant si le juge n'avait pas déjà reçu des ordres. Pourtant, il avait plutôt une réputation d'honnêteté et d'indépendance.

— Si je comprends bien, vous ne comptez pas demander le rattachement à notre enquête ?

— Attendons de voir, si vous voulez bien, dit froidement le juge.

— Si nous ne le faisons pas, c'est le Parquet qui nous délestera de notre enquête, dit Landowski.

Le juge hésita.

— Cela me paraîtrait difficile, dit-il enfin. Nous avons antériorité.

— Permettez-moi d'insister, dit Landowski. C'est devenu une affaire politique, et les règles sont faites pour être transgressées.

Elle savait qu'elle glissait en terrain dangereux. Même si le juge comptait faire son travail en toute indépendance, il pouvait prendre peur — ou au contraire vouloir profiter de la médiatisation qui allait suivre.

— Je vais voir ce que je peux faire.

Elle lui avait gâché son déjeuner, mais c'était le dernier souci de Landowski.

Jeannette et Olivier étaient en train de parler de l'affaire quand Landowski entra dans le bureau.

— J'ai demandé le rattachement, dit-elle.

— Le juge est d'accord ?

— Il va essayer. C'est son intérêt, sinon il va se trouver le bec dans l'eau. Il n'y a évidemment aucune certitude qu'il l'obtiendra.

— Dès que c'est officiel, on devrait mettre la veuve de Francis Petit en garde à vue, dit Jeannette.

Landowski parut étonnée.

— Ce n'est pas parce que son mari a été tué...

— Son mari et l'amant de celui-ci, apparemment. Ça lui donne un mobile. Pour le procureur, ça devrait suffire, non ?

— Quelle est votre idée ? dit Landowski.

Jeannette lui raconta ce qui s'était passé entre Martin et la femme, mais se garda de lui dire que l'idée d'arrêter la veuve de Francis Petit venait de lui.

— Elle est au centre de cette affaire, conclut-elle. Et elle connaît notre dossier.

— Vous pensez qu'elle pourrait savoir qui est la tueuse ?

— Je pense qu'elle sait énormément de choses.

— Vous pensez qu'elle est la tueuse ?

— Si ce n'est pas elle, alors elle est la prochaine sur la liste.

Vendredi après-midi

Les résultats des analyses demandées par Martin arrivèrent sur le bureau de Bélier en milieu d'après-midi.

Elle les lut avec ahurissement et l'appela.

— Tes yaourts étaient bourrés d'abrine.

— Pardon ? dit Martin.

— L'abrine, c'est une albumine, une protéine végétale très toxique. Il y en avait un bon milligramme dans chacun des yaourts, et plus de cinq milligrammes dans l'eau minérale. Il suffit d'une dose d'un centième de milligramme par kilo de poids corporel pour provoquer la mort. Même à dose plus faible, on peut redouter des effets irritants sur la conjonctive et des hémorragies de la rétine laissant des séquelles irréversibles. J'envoie une équipe chez toi. En attendant, tu ne touches à rien.

— Tu n'exagères pas un peu ?

— Tu veux que je te décrive la succession des symptômes ? Nausée, gastro-entérite, hémorragies multiples, ballonnement intestinal, convulsions, hallucinations, mydriase, hémorragie de la rétine, hypotension, vasodilatation cutanée, collapsus. C'est irréversible. Si tu avais avalé une seule cuillerée de ce yaourt, ou bu une seule gorgée d'eau minérale, tu serais à l'IML, et du mauvais côté de la vitre. Ne touche pas à ta brosse à dents. Ne touche à rien de ce qui peut entrer en contact avec le corps.

— Même les fringues ?

— Les sous-vêtements en tout cas. Mes gars vont tout emporter. Tu as une idée de l'identité de la personne qui te veut autant de bien ?

— Ça a peut-être un rapport avec notre tueuse. Peut-être.

— Merde.

— Oui.

Martin se racla la gorge.

— Quand est-ce que je pourrai récupérer mes slips et mes chaussettes ? ajouta-t-il d'une voix faible.

43

Vendredi fin d'après-midi

L'arrestation de Magdalena Petit fut effectuée chez elle dans le calme et la discrétion.

Landowski lui signifia sa garde-à-vue, et la jeune femme appela un avocat.

La commissaire décida de procéder à la perquisition sur-le-champ.

L'appartement aurait déjà dû être perquisitionné à la suite de la découverte du corps de Francis Petit, et le fait qu'il ne l'ait pas été prouvait le flottement de la Justice.

L'efficacité de Landowski allait prendre tout le monde de court.

Magdalena Petit les regarda faire avec une indifférence étudiée. Elle alla se repoudrer dans sa salle de bains, s'écartant à peine pour laisser les policiers procéder à la fouille de sa coiffeuse.

Jeannette la fixait à la dérobée, fascinée. Cette belle jeune femme, élégante malgré le jean usé et les tennis sans lacet qu'elle portait chez elle, pouvait-elle être l'auteur de tous ces assassinats précédés de tortures ? Ces fines cicatrices blanches sur les bras. D'où venaient-elles ? Jusqu'où se prolongeaient-elles ?

La perquisition ne donna rien. On ne trouva ni arme ni dossier secret – à part les documents obligeamment fournis par le préfet de police, que les flics emportèrent. Ils embarquèrent également les deux ordinateurs et tout ce qui s'apparentait à du matériel électronique. Leur prisonnière manifesta un semblant d'étonnement en les voyant emporter aussi les draps du lit.

Jeannette examina la cuisine de fond en comble et surtout la pharmacie, avant de tout placer dans des cartons étiquetés.

En tombant sur la crème et les pilules anti-herpès, elle se tourna vers Magdalena qui la regardait faire.

— Vous ou votre mari ? s'enquit Jeannette.

— Moi. C'est mon père qui m'a fait ce cadeau quand j'avais cinq ans, répondit-elle d'une voix douce.

En affrontant le regard noir, Jeannette sentit ses poils se hérisser. Elle eut à cet instant l'intime conviction que la tueuse était devant elle. Cela n'avait rien de logique, et pourtant c'était pour elle une évidence absolue. Pourquoi ? Comment ? Restait à trouver les preuves. Mais Jeannette savait qu'elle avait raison.

Son téléphone sonna. Elle regarda l'origine de l'appel. Martin.

Elle décrocha et s'isola dans une autre pièce.

— Tu as arrêté la fille ?

— C'est en cours, dit Jeannette. On perquisitionne chez elle.

Il ricana.

— Bravo Landowski. Elle est gonflée quand même, ou tu l'as bien manipulée.

— Non. Elle a du cran.

— Je voudrais que tu dises un mot à Magdalena Petit et que tu observes bien sa réaction. Dis-lui : « Abrine ». C'est le nom d'un poison très toxique qu'on trouve dans une plante qui s'appelle la liane-réglisse.

— Qui a-t-elle empoisonné ?

— Moi. Enfin, elle a essayé.

— Tu me charries, dit Jeannette.

— Non. Et ça ne devrait pas t'étonner. Après tout, c'est toi qui m'as mis en garde. C'est grâce à toi que je n'ai pas mangé ces yaourts. Je te dois la vie. Allez, vas-y.

— Ce n'est pas la peine. Elle ne réagira pas. Mais c'est elle notre tueuse.

Vendredi fin d'après-midi

Un coursier apporta chez Martin une enveloppe contenant une feuille de papier avec l'en-tête d'un serveur Internet.

Le pli venait du laboratoire scientifique.

Il lut :

« La liane-réglisse du Jequirity

Étonnante plante des Indes, de l'Afrique et de l'Amérique tropicale, la liane-réglisse du Jequirity est remarquable par ses fleurs rouges et surtout ses jolies graines, elles aussi d'un beau rouge vif avec une petite tache noire à la base. Ces dernières sont depuis très longtemps récoltées pour faire, entre autres objets de décoration, des colliers et des chapelets.

Jolies graines sans doute, mais voici une observation qui les fera considérer sous un autre jour :

Le jour où elle doit quitter l'hôpital, une femme de cinquante-cinq ans se plaint de nausées et de céphalées intenses. La malade observe qu'une dizaine de grains de son chapelet sont désagrégés et il lui revient à l'esprit que, dans la nuit, elle a laissé tremper par inadvertance, pas plus de quelques instants, son chapelet dans le bol de tilleul. Un joli chapelet que des parents lui ont rapporté d'Espagne. Avec ses grains rouge corail et noir, luisants et lisses, il est agréable à voir et à toucher. Il s'agit de graines de Jequirity dont la malade n'a heureusement absorbé que très peu du principe actif. Finalement, il n'y aura pas de séquelles. Mais en aurait-elle absorbé davantage, la mort aurait été inévitable : il suffit d'une moitié de graine bien broyée et mastiquée pour provoquer une intoxication fatale. »

Il y avait un mot manuscrit griffonné par Bélier en bas de la feuille.

« Si une femme t'offre des colifichets, méfie-toi ! ! ! »

Bélier avait l'air de trouver la situation très drôle. Martin était moins sensible à cet humour noir. Il songeait que non seulement il aurait pu trouver la mort, mais sa compagne et sa fille également.

Il aurait aimé pouvoir parler à Laurette. Depuis la découverte de Bélier, il n'arrivait à fixer son esprit sur rien. Un dégoût général de l'existence l'avait saisi.

Il n'était pas en déprime, il était en état de choc. On avait essayé de le tuer, pour la deuxième fois en trois jours, et on avait été bien près de réussir. Le pire, c'était que ces tentatives provenaient de deux personnes sans lien entre elles et avec des mobiles différents. C'est ce qu'on appelle se faire des ennemis. Martin n'était pas superstitieux, mais il ne pouvait s'empêcher de penser jamais deux sans trois.

C'est dans cet état d'esprit qu'il reçut un appel de Roussel. Convocation immédiate à la direction de la PJ.

Vendredi début de soirée

— Vous êtes réintégré dans vos fonctions, lui dit Roussel en se levant pour lui serrer la main.

Martin enregistra la nouvelle d'un hochement de tête. Cela n'avait rien d'étonnant, puisque l'enquête officielle sur l'agression de Laurette était bouclée. Ce qui n'empêchait pas Laurette — il appelait chaque jour le service de réanimation — d'être toujours dans le coma.

Ce qui était moins logique, c'était l'empressement de Roussel.

— Vous allez immédiatement reprendre la direction de l'enquête sur les meurtres en série, enchaîna Roussel. Il y a de grosses implications politiques et je suis le dossier de très près. Landowski en a fait de belles. Je m'en doutais d'ailleurs. Beaucoup de gens comptent sur vous.

L'adage se vérifiait. Les politiques ont malgré tout besoin des professionnels. Martin garda un visage de marbre, refusant de répondre au sourire complice du bureaucrate.

Sa première réaction fut de refuser sa réintégration, par pur et simple désir de mettre Roussel dans l'embarras.

— Je suis en arrêt de travail, dit Martin en montrant sa tête.

— Je sais, dit Roussel. On vous demande beaucoup. Mais il y a des circonstances exceptionnelles.

Ces quelques secondes avaient suffi à Martin pour réfléchir et admettre qu'il pourrait agir plus efficacement de l'intérieur.

— Très bien, dit-il. Landowski est-elle au courant que je la remplace ?

— Elle va l'être très vite, dit sèchement Roussel en posant la main sur son téléphone.

Martin toussota.

— Bien sûr... Mais il me semble imprudent de la laisser en roue libre. Si elle a des états d'âme et un peu d'aigreur... Elle pourrait se laisser aller à bavarder.

Roussel le regarda avec intérêt.

— Très bien pensé, Martin, dit-il. Sujet très sensible. Vous vous sentez capable de la contrôler ?

— Je ferai de mon mieux.

Landowski regarda son petit bureau avec un soupir.

— Alors ça y est, dit-elle. J'ai failli y croire. Ils vont me remettre au placard. Tout ça parce que j'ai arrêté la tueuse. Je dis ça, mais c'est surtout Jeannette qui est convaincue. Moi je ne sais pas. On n'a rien contre elle.

— Eh bien on va chercher ensemble, dit Martin. Vous restez avec moi si ça vous convient. Officiellement, je suis censé vous contrôler.

— Et officieusement ?

— On travaille la main dans la main. Si ça vous convient, répéta-t-il.

— Et vous me contrôlerez quand même, dit-elle avec une trace d'amertume. Vous êtes très fort.

Martin s'assit en face d'elle.

— Vous avez fait du bon boulot. Du très bon boulot. Vous êtes plus courageuse que la plupart des mecs de cette boîte, moi compris. On travaillera ensemble, point. Je vous manipulerai peut-être, mais je ne vous contrôlerai pas. Maintenant, si ça ne vous plaît pas, allez vous faire voir.

Il la vit se détendre, et le pli d'amertume au coin de ses lèvres s'estompa.

— Ça ne va pas être facile, dit Martin. Ils n'attendent pas de nous qu'on élucide l'affaire. Ils attendent de nous qu'on leur évite la merde. À n'importe quel prix.

Jeannette entra à cet instant dans le bureau. En rencontrant le regard de Martin, elle se sentit rougir.

Elle comprit immédiatement que Landowski avait perçu son trouble, et la détesta pour cela.

— Le commissaire Martin reprend la direction de l'enquête, dit Landowski sur un ton officiel. Il aimerait savoir où vous en êtes de votre audition avec la prévenue.

— Nulle part, dit Jeannette. Elle trouve que je devrais m'habiller chez Christian Lacroix. À part ça, on ne progresse pas.

— Je ne pense pas faire mieux que toi, mais j'aimerais la voir, dit Martin.

— Elle est encore dans le bocal.

44

Magdalena Petit était assise à une table vissée au sol, derrière la glace sans tain.

Elle paraissait détendue, les jambes croisées, le pied gauche élégamment cambré se balançant doucement, ses mains manucurées posées l'une sur l'autre.

Elle tourna lentement la tête vers la glace et sourit. Elle avait senti qu'on la regardait. Elle restait maîtresse d'elle-même, parfaitement à l'aise.

— Il faudra qu'on trouve une preuve, dit Landowski. Elle ne parlera jamais.

— Je pense qu'on ne trouvera rien, dit Martin.

— Elle a bien laissé une empreinte de basket près du corps de Duperrier, dit Landowski. Elle a pu commettre une autre erreur.

— Elle sait qu'elle va être libérée, dit Jeannette. Ça se voit tout de suite.

— Pas étonnant qu'elle soit sûre d'elle, si elle a volé tous les dossiers compromettants de l'UPP, dit Landowski.

— Je me demande combien elle a tué de personnes, dit Jeannette.

— En plus des dix récentes ? dit Landowski.

— Plus qu'on ne saura jamais, dit Martin.

— Elle a un herpès génital, reprit Jeannette. D'après elle, c'est son père qui le lui a refilé quand elle avait cinq ans.

Martin n'émit aucun commentaire, mais il fit une grimace involontaire.

— Tous les enfants martyrs ne deviennent pas tortionnaires ou tueurs en série, laissa tomber Landowski.

Martin entra dans le bocal.

La prévenue manifesta sa reconnaissance d'un hochement de tête.

— Bonjour madame Petit, dit Martin.

Il s'assit de l'autre côté de la table, face à elle.

— Les circonstances ont changé, depuis notre dernière rencontre, dit-elle doucement.

— En effet.

— Vous avez l'air fatigué. Vous ne vous reposez jamais ? Vous ne rentrez jamais chez vous ?

— Je fais le désespoir de ma compagne, dit Martin. Cela fait une semaine que je ne l'ai pas vue. Et je viens d'apprendre qu'à peine rentrée, elle est tombée malade. Elle est à l'hôpital.

— J'espère que ce n'est pas grave.

— Des nausées. Rien d'inhabituel pour une femme enceinte.

Elle sourit.

— Peut-être. Je ne sais pas. Je n'ai pas d'enfant.

Si elle pensait au poison qu'elle avait semé chez Martin, ça ne se vit pas sur son visage.

Martin sentit une colère sourde et profonde monter de sa poitrine. Pour cette femme, ce qui n'était pas elle n'existait pas. Son esprit cassé, gauchi par il ne savait quelles monstrueuses expériences, était à jamais incapable de la moindre compassion.

— L'abrine, ça vous dit quelque chose ?

— C'est un prénom ? dit-elle avec son éternel sourire.

— Avez-vous tué votre mari ?

— Non.

— Avez-vous tué son amant ?

— Non.

— Avec vous tué Gérard Dupuis ?

— Non.

— Avez-vous tué son chauffeur et sa femme ?

— Non.

— Avez-vous tué Julien Duperrier, la sœur de Julie Rodez, Sébastien Grossard, Stéphane Holliez, Georges Forrier ?

— Non. Je ne connais pas ces personnes, je ne sais même pas de qui vous parlez, à part mon mari bien sûr. Je n'avais donc aucune raison de leur en vouloir. Vos accusations sont grotesques. Combien de temps comptez-vous me garder ?

— Aussi longtemps que la justice me le permettra.

Son sourire revint.

— Alors je serai libre bientôt. Du moins s'il y a vraiment une justice dans ce pays.

— Vous aimiez votre mari ?

— Oui.

— Vous étiez jalouse ?

Brusquement, sa bouche se tordit dans un rictus effrayant.

— Ça ne vous regarde pas.

— J'en déduis que vous étiez très jalouse. Vous aviez donc toutes les raisons de lui en vouloir et un très bon mobile pour les tuer, lui et son jeune amant.

Elle ne répondit pas, mais son sourire avait définitivement disparu. Mince victoire.

Son regard noir se fixa sur celui de Martin avec une intensité dévorante.

C'était cette dernière vision que ses victimes devaient avoir juste avant de mourir.

Elle murmura quelques mots dans une langue étrangère, de l'espagnol peut-être.

Martin se tendit instinctivement, prêt à recevoir son assaut.

Mais elle se rasséréna par paliers, et son expression redevint sereine.

— Vous ne réussirez pas à me mettre en colère.

— Je vais vous dire ce qui va se passer, dit Martin.

— Vous lisez l'avenir ?

— En ce qui vous concerne, ce n'est pas bien difficile, dit-il avec une nuance de mépris dans la voix.

Il la sentit réagir à ce mépris.

La porte s'ouvrit dans son dos.

Landowski lui fit signe de la rejoindre.

— Adieu commissaire Martin, lança la prévenue.

Vendredi soir

— L'ordre d'élargissement vient d'arriver, dit Landowski. À effet immédiat.

— Par écrit ?

— Non, par téléphone.

— Demandez une confirmation écrite. Signée du Parquet. Et pas de fax.

— Et s'ils refusent ?

— On la garde.

Landowski sourit et tourna les talons.

Martin regagna son bureau. Roussel l'appela presque immédiatement.

— Nous avons une situation embarrassante, dit-il.

— Vous parlez de madame Petit, c'est ça ?

— Vous avez de bonnes raisons de la garder ?

— J'attends un ordre écrit du Parquet pour la libérer, dit Martin. Ça devrait arriver d'un instant à l'autre.

— Parfait, dit Roussel. Vous avez raison. Il faut se couvrir.

Landowski entra et lui tendit le fax. La signature était floue et illisible.

— J'ai dit pas de fax, dit Martin.

— Le pli devrait arriver dans l'heure, dit Landowski.

— Eh bien on va attendre.

Le téléphone sonna sur la ligne directe de Martin. Seules Isabelle, Marion, Myriam, Jeannette et Olivier avaient ce numéro.

— Commissaire Martin ?

Martin reconnut la voix du juge.

— Bonjour, monsieur le juge.

— Je suis heureux de voir que vous êtes revenu parmi nous, Martin. Et navré de la nouvelle que je dois vous annoncer. Vous êtes dessaisi de l'affaire. Je devrais d'ailleurs dire que nous sommes dessaisis. Je suis désolé Martin, mais vous savez ce que c'est.

Martin examina la lettre à l'en-tête du Parquet.

La signature y était tout aussi illisible que sur le fax. Mais il n'allait pas pouvoir faire de l'obstruction plus longtemps.

Il demanda à Olivier de tirer plusieurs copies de la lettre avant de lui rendre l'original et alla lui-même signifier son élargissement à la tueuse. Elle était enfermée dans une petite salle des combles.

Un gardien se tenait dans la pièce, sur ordre de Martin. la prisonnière était menottée à une barre fixée dans le mur. Précaution obligatoire depuis la défénestration d'un prévenu.

Martin lui ôta la menotte.

— Vous êtes libre, dit-il. Suivez-moi, on va vous rendre vos affaires.

Dans la salle de la brigade, elle parut très intéressée par le tableau synoptique de ses meutres.

Olivier et Landowski la regardaient sans pouvoir la quitter des yeux.

Jeannette sortit des clés, un portefeuille et un portable d'un tiroir et les tendit à la jeune femme.

Magdalena plaça le tout dans ses poches avec indifférence. Elle se dirigea vers la porte et s'arrêta sur le seuil. Elle embrassa la pièce et ses occupants d'un coup d'œil, avant de fixer son regard sur Martin.

— Je pense que nous ne nous reverrons pas, dit-elle.

— Je ne pense pas non plus, dit Martin avec le sourire.

Un instant, elle parut surprise par cette réponse et ce sourire, mais elle se reprit aussitôt.

— Bonne chance pour votre enquête.

Elle referma doucement la porte sur elle.

Jeannette se mit à classer machinalement les paperasses disposées devant elle. Landowski regardait le tableau des victimes.

Soudain, elle fonça vers le mur et arracha le panneau de liège avant de le déchirer et de le jeter dans un coin.

Olivier haussa les sourcils mais ne dit rien.

— On ne peut pas gagner à tous les coups, dit Martin.

— C'est tout ce que tu trouves à dire ! explosa Jeannette.

Elle n'acheva pas sa phrase et se dirigea vers la porte à grands pas.

— Attends, dit Martin.

Elle s'arrêta sur le seuil.

— Quoi ?

— Vous ne comprenez donc rien ? dit-il.

Ils le regardèrent, muets.

— Pourquoi nous a-t-on retiré l'affaire ?

— Parce qu'elle les tient par les couilles avec ses dossiers.

— C'est ce qu'elle croit. C'est là qu'elle est arrogante et stupide.

— Je ne comprends pas, dit Landowski. Si elle ne les tient pas, pourquoi ne pas nous la laisser ? Elle aurait peut-être fini par craquer.

— Ils finiront par retrouver les dossiers, dit Martin. Des paperasses dans des cartons. Sans elle, ces dossiers compromettants, c'est comme du C4 sans détonateur. Inerte.

— Tu veux dire qu'elle va se faire éliminer, dit Jeannette. Par des types genre barbouze ou police parallèle.

— Elle va disparaître, tout simplement. Ni vu ni connu. D'une manière ou d'une autre.

— Comment ça, d'une manière ou d'une autre ? dit Landowski.

— Je ne suis pas sûr que tout le monde a pris la mesure de cette femme.

Il s'étira.

— Je rentre, dit-il. Normalement je suis en ITT. J'ai des courses à faire. Des sous-vêtements et de la peinture.

Vendredi soir

Magdalena avançait dans la rue, songeant au curieux sourire du flic. Il avait laissé échapper quelque chose, volontairement ou involontairement. Elle n'arrivait pas à savoir exactement quoi.

Elle ne prit pas garde tout de suite à la voiture qui freinait le long du trottoir, et quand elle se rendit compte de ce qui se passait, c'était déjà trop tard. L'instant d'avant elle marchait librement, la seconde d'après, elle se trouvait à moitié étouffée, embarquée sans ménagement et comprimée entre deux hommes à l'arrière d'une berline anonyme qui se coulait déjà dans la circulation.

Dans la rue, pas un passant ne s'était retourné. Du travail de professionnel.

Les hommes la menottèrent dans le dos, puis la fixèrent avec des regards de propriétaires. C'étaient les mêmes sbires qui l'avaient fouillée dans un poste de police.

Sa lèvre inférieure trembla. Deux larmes roulèrent sur ses joues.

Elle allait mourir. Le sourire de Martin. « Je ne pense pas non plus », avait-il dit. C'était un message. Elle avait tenté de le tuer et lui il lui laissait un message qu'elle avait été trop sotte et trop imbue d'elle-même pour comprendre. Ou alors était-ce pure imagination ?

Elle sentait contre sa hanche la bosse du pistolet du barbouze. Si près de sa main droite. Et si loin.

L'habitacle de la berline sentait le tabac et la sueur. Une voiture qui avait dû faire des milliers d'heures de planques.

Ils étaient sortis de Paris et roulaient à la limite de la vitesse autorisée sur l'autoroute.

Les deux hommes à ses côtés se détendaient un peu. Le chauffeur ne regardait plus dans son rétroviseur toutes les vingt secondes. Ils n'étaient que trois, cette fois. Sur l'autoroute, à une vitesse de cent trente kms/heure, difficile de tenter quelque chose et personne ne viendrait lui porter secours. Le gyrophare était posé entre les deux sièges avant. Cette mission n'avait rien d'officiel.

L'homme à l'étui de hanche posa la main sur sa cuisse, comme par inadvertance. Il avait envie d'elle. S'ils avaient été seuls à l'arrière, tout aurait été si facile.

Ses doigts trouvèrent l'épingle torsadée cousue dans la ceinture à l'arrière de son jean. Pour le trou de serrure des menottes, ce fut un peu plus difficile, mais pas tant que ça. Elle réussit à dégager sa main droite en prenant garde de ne pas faire bouger l'avant-bras.

— Qu'est-ce que vous me voulez ? dit-elle d'une voix faible.

Il baissa les yeux vers elle.

— Tu n'aurais pas dû buter Dupuis, dit-il. C'était notre patron.

Évidemment. La logique était parfaitement respectée. On avait eu besoin d'elle pour éliminer la menace interne. Et maintenant c'était son tour. Le serpent se mordait la queue.

Le panneau « Orléans-Tours » glissa au-dessus de la voiture. Où avaient-ils projeté de l'enterrer ? En Sologne, au cœur d'une vaste propriété dont le terrain ne serait jamais retourné ? Peut-être, ironie du sort, sur les terres mêmes de la famille de Francis.

Elle ferma les yeux et se concentra. Cela vint plus vite qu'elle ne l'avait cru. La bile monta dans sa gorge et son estomac se tordit. Elle eut un spasme violent et vomit sur la main de l'homme à l'étui de hanche.

Il sursauta avec une exclamation de dégoût. À sa gauche, l'autre homme s'écarta machinalement en anticipant un autre spasme. Le chauffeur leva la tête, tentant de voir ce qui se passait. Elle vomit encore.

Simultanément, sa main trouva le chemin de l'arme du flic assis à sa droite. Son pouce débloqua la sécurité et elle lui tira une balle dans le flanc. La déflagration la rendit presque sourde. Le flic sursauta si violemment sous l'impact que sa tête fendit la vitre. Elle ramena son bras contre elle et tira trois balles sur l'homme placé à sa gauche au moment où il enfonçait ses doigts dans sa gorge. La triple déflagration lui brûla le ventre. Les mains de l'homme retombèrent. Il bascula en avant puis en arrière, et ne bougea plus.

Le chauffeur freina à mort, et la voiture se mit en travers de la route. Il tenta un effort désespéré pour la saisir par-dessus le siège. Klaxons hurlants, crissements de freins et de pneus... Un semi-remorque tangua, les évitant par miracle, mugissant de toutes ses trompes.

Elle lui enfonça le canon sous le menton en fixant son regard terrifié.

— Demi-tour. Vite. On rentre à Paris, dit-elle.

Vendredi minuit

La vibration de son portable réveilla Martin. Il devina l'origine de l'appel avant même de décrocher. Les choses ne se sont pas déroulées comme prévues, se dit-il en embrassant Marion sur l'épaule et en la recouvrant.

Quand il arriva chez le préfet, Roussel était déjà là, ainsi qu'un inconnu qu'on ne trouva pas utile de lui présenter.

Personne ne lui offrit de s'asseoir. Il restait un siège de libre. Il le prit avant Roussel.

— Trois fonctionnaires ont été assassinés par la suspecte que vous avez relâchée ce soir, dit le préfet sur un ton grave.

— C'est affreux, dit Martin. Des fonctionnaires de quel service ?

Personne ne répondit. Pourtant, les regards des trois hommes restaient fixés sur lui.

S'ils désiraient qu'il se sente en accusation, l'effet était perdu. L'ordre de libération de Magdalena Petit était rangé bien au chaud dans son portefeuille.

— Nous avons un problème, poursuivit le préfet.

Martin resta impassible.

— Vous n'auriez pas dû la libérer. C'est une faute extrêmement grave, qui devrait entraîner des suites judiciaires et votre révocation.

— C'est en effet très grave, dit Martin, gardant un visage de bois.

— Vous reconnaissez que vous avez commis cette terrible erreur ? fit le préfet, ne pouvant dissimuler plus longtemps son soulagement.

— Je reconnais que quelqu'un a fait une erreur, dit Martin, comptant profiter au maximum de ce moment.

— Que voulez-vous dire ? fit le préfet, pressentant soudain la catastrophe.

— J'ai agi sur ordre écrit du Parquet. Du Ministère de la Justice. On ne vous l'a pas dit ?

Le préfet cilla.

— Personne ne m'a prévenu. Pourriez-vous me montrer cet ordre écrit ?

Roussel toussota.

— Bien sûr, dit Martin, et il sortit une photocopie qu'il lui tendit.

Le préfet saisit avidement le document.

— Mais c'est une photocopie ! où est l'original ?

— Rangé quelque part, dit Martin.

Ses mots flottèrent dans le silence. Le préfet leva les yeux vers l'inconnu. Avant de se tourner à nouveau vers Martin.

— Si nous vous avons fait venir, c'est parce que vous êtes le mieux à même de mettre la main sur elle, dit-il. Vous l'avez déjà eue une fois. Vous avez une idée ?

— Ce n'est pas moi, c'est Landowski qui l'a arrêtée.

Le préfet regarda Roussel. Il n'était même pas au courant.

De toute façon, s'ils l'avaient fait venir, ce n'était pas pour lui demander des conseils. C'était pour le clouer au pilori, en bon bouc émissaire.

Et ils avaient raté leur coup. De pestiféré, il devenait indispensable. Je hais ces hommes, se dit-il. Je les hais encore plus que cette femme qui a tué au moins treize personnes et qui a tenté de me tuer.

Quelque chose de ses sentiments dut transparaître dans son regard, car le préfet détourna les yeux.

— Que va-t-elle faire, à votre avis ? reprit Roussel.

— Quitter le territoire, le plus vite possible. Ça devient chaud pour elle, par ici. Même si elle bénéficiait de très hautes protections.

Le silence accueillit ces derniers mots. Personne n'avait de commentaire à faire.

— Cette femme va continuer à sévir ailleurs, dit enfin l'inconnu. À torturer et à tuer. C'est un véritable drame.

— Toutes les frontières sont alertées, dit Roussel. Toutes les polices européennes sont sur le pied de guerre.

Personne ne se donna la peine de le regarder. Il toussota à nouveau.

Martin se leva.

— C'est tout ce que vous aviez à me demander ? dit-il, laissant percer son dégoût malgré lui.

Le préfet rejoignit Martin. Il le prit par le bras, l'accompagna jusqu'à la porte, l'ouvrit, franchit le sas sans le lâcher et attendit que la deuxième porte molletonnée se referme sans bruit.

Il fit un signe à sa secrétaire, qui disparut.

— Cette lettre du Parquet, gardez-la comme protection si vous voulez, dit le préfet, mais n'essayez pas de vous en servir. Cela fera du mal à beaucoup de monde mais ne vous fera aucun bien. Et croyez-le ou non, je ne savais pas que le Parquet vous avait donné l'ordre d'élargir Magdalena Petit. Ils se sont bien gardés de me le dire. Le jour où le ministère de la Justice condescendra à parler avec les collègues de l'Intérieur...

— Vous lui avez procuré le dossier de l'enquête qu'on menait sur elle, le coupa Martin calmement.

— C'est faux, dit le préfet.

— Non, c'est vrai. Et j'en ai la preuve.

— Mais je ne pouvais pas soupçonner un instant qui elle était !

— Qui vous a demandé de lui transmettre ce dossier ?

Le préfet recula d'un pas.

— Vous vous oubliez, Martin, dit-il. Je vais faire comme si je n'avais pas entendu.

— Qui vous l'a demandé ? répéta Martin en se rapprochant de lui à le toucher. Je vous jure que si vous ne me donnez pas immédiatement l'information que je vous demande, demain toute la presse saura que vous avez personnellement communiqué à la tueuse le dossier de police qui la concernait.

Le regard du préfet vacilla. Il tenta de reculer, mais il était littéralement le dos au mur. Martin le saisit par les revers de son costume et le plaqua à la paroi. Il lui sembla que l'homme rétrécissait entre ses mains. C'étaient des individus de cette trempe qui imaginaient pouvoir disposer de Magdalena. Cela aurait été comique si treize personnes n'étaient pas déjà mortes.

— Chenal. Je ne pouvais pas refuser.

Le préfet releva le visage et regarda Martin dans les yeux, cette fois sans ciller. Martin hocha la tête et le relâcha. Il savait tout ce qu'il y avait à savoir. La tueuse était la maîtresse d'un des hommes politiques les plus puissants de France. Le troisième homme de l'État. Une véritable institution à lui tout seul.

— Bien sûr, dit Martin. Bien sûr. Vous ne pouviez pas refuser.

— Mettez-vous à ma place.

— Non merci, dit Martin.

Martin se glissa dans le lit avec mille précautions, mais Marion se réveilla quand même.

— D'où viens-tu ? dit-elle d'une voix ensommeillée en posant son bras en travers de sa poitrine. Tu es glacé.

— Magdalena a encore frappé, elle a tué trois bonshommes. Des types qui étaient probablement chargés de la faire disparaître. Ils n'ont pas fait le poids.

Marion se redressa sur le coude.

— Mais c'est tout à l'heure que tu l'as fait sortir !

— Oui, elle n'a pas perdu de temps.

— Oh putain… fit Marion en tirant l'oreiller contre le mur et en s'y adossant. Tu crois que je pourrai l'écrire ?

— Si tu veux. Attends les conclusions de l'enquête. Écris ton article sous forme de questions. De toute façon, il ne faut pas rêver, on n'aura jamais toutes les réponses.

— Qu'est-ce qu'elle va faire maintenant à ton avis ?

— Elle est déjà loin.

— Elle va tuer d'autres gens.

— Ça, ça me paraît évident.

Elle poussa un petit cri de surprise.

Il posa la main sur le ventre de sa compagne. Une bosse mouvante se formait sur le côté gauche.

— Mademoiselle s'étire, dit Marion. Je l'ai réveillée.

Martin caressa doucement le ventre, et la bosse s'effaça.

— On n'a toujours pas choisi de prénom, dit-il.

— Je pense qu'on n'arrivera jamais à se mettre d'accord, dit Marion.

Il rumina un moment cette constatation, et son esprit dériva.

— Magdalena, dit-il.

— Ça va pas ? fit Marion. Tu veux appeler notre fille comme ta tueuse ?

— Non, dit-il. Je pensais juste qu'elle n'a pas fini ici. Elle va revenir.

Marion ne songea pas une seconde à remettre cette déclaration en doute. Sur certaines choses, Martin ne se trompait pas.

— Tu vas les prévenir ?

— Bien sûr. Mais ils ne me croiront pas.

Marion eut soudain froid. Elle remonta le drap sur elle.

— Tu crois qu'elle t'en veut ? dit-elle.

— Je ne pense pas. Ce n'est pas pour moi qu'elle va revenir.

— Pour qui alors ?

Martin ne répondit pas. Il avait fermé les yeux. Elle crut qu'il s'était endormi, mais il ouvrit soudain la bouche.

— Si je repeins aussi le salon en blanc, tu m'en voudras ?

Elle rit.

45

À la fin avril, les arbres sont aussi verts qu'en plein été. À Paris surtout, où la température moyenne est de plusieurs degrés supérieure à celle des départements environnants.

La soirée était douce.

Une jeune femme blonde, élégamment habillée, monta dans un taxi à Passy à vingt-deux heures quarante et indiqua sa destination au chauffeur, une femme avec une casquette qui lui couvrait les cheveux et une partie du front.

C'était le troisième rendez-vous de la femme blonde, et elle se sentait un peu moins nerveuse qu'aux précédents. Elle avait tout prévu. Son mari — député européen — siégeait à Bruxelles, les enfants étaient chez sa mère, et sa meilleure amie la couvrait d'un alibi sans faille — avec pour seule condition de tout lui raconter dès le lendemain au déjeuner, ce qu'elle ferait en enjolivant un peu et en effaçant les détails humiliants.

Le taxi bifurqua à droite sur les quais au lieu de se diriger vers le centre.

La cliente, toute à ses pensées, mit une bonne minute à s'en rendre compte.

— Eh, vous vous trompez de direction ! dit-elle.

— Excusez-moi. Il faut que je prenne de l'essence, il y a une pompe encore ouverte sur les quais.

La voix de cette femme avait une trace d'accent ou plutôt d'intonation étrangère. Il y avait de plus en plus de travailleurs immigrés chez les taxis parisiens.

— Et c'est moi qui vais payer le détour ! râla la cliente.

— Non, je vous le décompterai de la course, dit Magdalena.

La cliente se renfonça dans son siège, furieuse. Elle allait être en retard. Il serait mécontent. Il lui faisait un peu peur. Et en même temps... Elle sentait d'une manière exacerbée la soie de sa robe sur sa peau. La caresse légère de ses cheveux sur sa nuque et le haut de ses épaules nues la faisait frissonner.

Cela faisait des années qu'elle ne s'était sentie aussi... excitée ? Non. Éveillée ? Non... Elle chercha le mot précis, vivante, voilà, elle avait trouvé le mot juste : vivante.

Le panneau de la station-service était éteint. Mais il n'y avait pas de chaîne en travers de la rampe. Le taxi s'engagea sous l'auvent qui abritait les pompes et s'arrêta.

La conductrice descendit en éteignant les phares. Brusquement, on n'y vit plus rien.

C'est seulement à cet instant que la cliente se rendit compte que quelque chose ne tournait pas rond.

Son excitation se mua en terreur quand la porte s'ouvrit et que la conductrice lui arracha la protection dérisoire du petit sac Hermès plaqué contre sa poitrine.

— Déshabillez-vous, dit-elle.

La cliente la regarda, terrorisée.

— Vous êtes une femme, vous n'allez quand même pas me violer ! Prenez mon argent et ma carte...

La conductrice la gifla sur la bouche.

— Ôtez votre cape et votre robe.

La cliente se mit à geindre et se déshabilla en se tortillant sur le siège. Quand ce fut fait, la conductrice lui arracha la robe des mains et l'envoya rejoindre le sac sur le siège avant.

La cliente s'apprêta à retirer ses sous-vêtements.

— Ça ira comme ça. Le code.

— Le code ? Le code de quoi ?

Elle reçut une nouvelle gifle.

— Le code d'entrée du 11.

La cliente secoua la tête.

La conductrice leva la main.

— Non, je vous en prie....79-11. Oui, c'est ça. 79-11.

La conductrice l'attrapa par les cheveux et lui tira violemment la tête en arrière.

La pointe de l'aiguille s'enfonça dans sa gorge et le liquide monta directement à son cerveau. Elle dormait avant même de retomber sur le siège.

La conductrice la tira par les pieds et la laissa en vrac derrière une pompe.

Elle se déshabilla à son tour rapidement, enfila robe et cape, et se glissa derrière le volant.

Elle posa sur ses cheveux coupés court une perruque blonde identique à la coiffure de la cliente, l'ajusta dans la glace du rétroviseur et redémarra, sortit de la station-service et se coula au milieu des voitures.

Elle s'arrêta à deux rues de sa destination.

Elle arriva devant le 11 avec cinq minutes de retard, et composa le code sans cesser de se regarder dans le petit miroir de poche, afin de masquer l'essentiel de son visage à d'éventuels observateurs.

Elle sonna à la porte laquée en mettant des lunettes noires. Il lui ouvrit. Il portait le même cardigan en cachemire gris-bleu que la première fois où elle l'avait rejoint. Il était en train de parler au téléphone.

Il lui fit signe d'entrer sans la regarder. Des affaires de haute politique monopolisaient son attention.

Elle alla droit à la minichaîne haute-fidélité, choisit une station de musique continue et mit le son à fond.

Il parut sur le seuil du salon, l'air si surpris qu'elle se mit à rire.

Elle se débarrassa de sa cape et ôta ses lunettes et sa perruque.

— Bonsoir, dit-elle. Je ne pouvais pas quitter la France sans vous dire adieu.

Il y eut un instant de flottement, mais il récupéra vite. Il rougit en serrant les poings.

— Espèce de petite salope. Je vais te tuer, gronda-t-il en avançant sur elle.

Il avait oublié sa voix d'acteur. Elle le préférait comme ça. Elle le laissa avancer. Elle n'avait plus seize ans. Les années d'expérience durement acquise la rendaient sûre d'elle.

— Viens mon cher roi, murmura-t-elle.

Il hésita un instant malgré sa colère, interdit.

— Viens, mon roi des corbeaux, répéta-t-elle, en espagnol. Viens mon cher petit papa.

Cette fois, elle lui laisserait tout le temps de lui demander pardon.

Remerciements

Ma première lectrice, Camille, a réussi à me convaincre que cet assemblage de mots était un roman. Ma lectrice suivante, Nadja, était de cet avis, ce qui ne l'a pas empêché de critiquer — utilement.

Danielle Bordes a pris son scalpel de Dame de Pique littéraire et m'a aidé d'une main experte à tailler dans le superflu.

Hélène Bihèry, mon éditrice, m'a offert ses encouragements et son regard attentif pendant quinze mois d'écriture.

Merci à elles.

Pour l'éditeur, le principe est d'utiliser des papiers composés de fibres naturelles, renouvelables, recyclables et fabriquées à partir de bois issus de forêts qui adoptent un système d'aménagement durable.

En outre, l'éditeur attend de ses fournisseurs de papier qu'ils s'inscrivent dans une démarche de certification environnementale reconnue.

Photocomposition : FACOMPO, Lisieux

Achevé d'imprimer en février 2011, en France sur Presse Offset par
Maury-Imprimeur - 45330 Malesherbes
N° d'imprimeur : 162216
Dépôt légal : 02/11 – Édition 02

Achevé d'imprimer [illegible]
[illegible]
[illegible]
Dépôt légal [illegible]